근대문학을 넘어서 새로운 지식체계로 확장하는 문학

디지털 매체와 문학의 확장

근대문학을 넘어서 새로운 지식체계로 확장하는 문학

디지털 매체와 문학의 확장

근대문학을 넘어서 새로운 지식체계로 확장하는 문학
디지털 매체와 문학의 확장

장노현 지음

역락

문학의 미래에 대한 회고

문학이 디지털 매체를 만나면서 나타나게 될 변화와 확장에 대한 생각을 오랫동안 해왔다. 아마도 10년은 족히 넘는 것 같다. 하지만 세월만 속절없이 흘렀다. 문학은 좀처럼 변화된 얼굴과 확장된 몸을 드러내지도 않고 있다. 본격적인 디지털 작가는 아직 나타나지 않았고, 디지털 문학 작품에 대한 창작실험도 이렇다 할 것이 보이지 않는다. 적어도 국내에서는 그렇다. 그 사이 디지털 문학 연구자들은 했던 말을 중언부언 되풀이하고 있을 뿐이다. 변화는 멈추고 확장은 정지되어 버렸나? 아니 애초부터 변화와 확장을 위한 어떤 조건도 갖추어지지 않았던 것일까?

내가 보기에 그것은 문학의 변화와 확장을 위한 내부적 동력이 없는 것이 원인이다. 문학은, 근대문학과 그 제도가 지닌 권위는 아직까지도 얼마나 강고하고 얼마나 튼튼한가? 소설의 독자가 영상서사로 돌아서고 시가 광고 카피나 SMS의 짧은 단문메시지에 밀려나도, 근대문학 시스템은 여전히 위세를 조금도 누그러트리지 않았다. 작가도, 평론가도, 연구자도 여전히 근대문학의 시스템 내에서 평안하다. 그런 평안은 앞으로도 한참을 가야 할 것 같다.

근대문학 시스템에 틈입하여 그것에 생체기를 내고 변화와 확장을 위한 내부적 동력을 제공할 새로운 디지털 세대의 등장이 절실히 필요하다. 과연 그들은 어떤 모습으로 어떤 과정을 통해, 언제쯤이나 등장하게 될까? 아니 근대문학의 확장을 주도할 디지털 세대가 조만간 등장하기는 할까? 요즘 내가 개화기의 서사문학에 관심을 갖는 것은 이런 해답을 구하기 위한 우회적 전략이다. 당시 새로 등장했던 인쇄매체가 근대문학의 탄생 과정에서 어떤 식으로 작용했는지를 점검하다 보면, 최근에 등장한 디지털 매체가 향후 문학에 미칠 영향력의 방향도 예측할 수 있지 않을까, 뭐 그런 생각이다. 연구를 더 진행해 보면, 인쇄 매체와 디지털 매체의 도입기에 문학에 어떤 변화가 나타나는지 비교 평가할 수 있게 될 것이다.

어쨌든, 길이 막히는 지점에서는 뭔가 하나를 정리해 보아야 한다는 생각을 했다. 그것이 한 발짝이라도 다음 걸음을 내딛는 데 도움이 될 것 같았다. 그동안 발표했던 논문들을 이곳저곳에서 모아 약간의 수정 보완을 거쳐 이 책을 만들게 된 이유이다. 그런데 막상 원고들을 모아 놓고 보니 '디지털'과 '문학' 혹은 '서사'라는 화두를 가지고 깊게 고민하고 체계적으로 이론화해 보려던 애초의 노력들이 참 사소하고 하찮아 보이기도 한다. 그래도 개인적으로 글 하나 하나가 내 삶의 흔적이며 자취인 것만큼은 확실하다. 사실 '문학의 미래에 대한 회고'라는 표현을 생각한 것은 이 때문이다. 이 책을 읽게 될 독자들이 나의 이런 개인적인 감상을 이해해 줄 리 만무하겠지만 그래도 이 책에서 내 고심의 사소한 자취라도 발견한다면 고마운 일이겠고, 혹시라도 디지털 시대의 문학에 대해서 작은 깨우침이라도 얻게 되는 독자가 하나라도 있다면 더없는 다행이 아닐 수 없겠다.

이 책은 총 5부로 구성되었다. 각 부는 기본논의를 중심으로 그와 관련된 추가적인 논의를 하나씩 덧붙였다. 4부와 5부에는 간단한 읽을거리나 참고자료를 첨부했다. 우선, 1부의 기본논의는 다매체 환경 하에서 문학의 정체성과 연구 방법론이 어떻게 변해야 할지를 다룬 글이다. 문학복합체에 관한 두 번째 글에서는 문학교육의 측면에서 디지털시대의 문학 정체성의 문제를 보다 구체적으로 논의했다. 두 편의 글은 각각 어문연구 58집과 문학교육학 35집에 발표된 논문이며, 후자는 한국문학교육학회의 '문학교육총서' 5권에도 수록된 바 있다.

2부에는 디지털서사 작품에 대한 심층 분석을 기본논의로 실었다. 일본의 이노우에 유메히토가 대표작가로 참여한 ≪99인의 최종전차≫라는 '온라인 하이퍼서사물(ONH)'을 대상으로, 디지털서사의 존재 방식, 서사 구성과 시공간의 형식 문제 등을 논의한 글이다. 그리고 디지털서사에서 자주 보이지만 이 글에서 논의가 충분하지 못한 다중서술에 대해서는 두 번째 글을 덧붙여 보충하고자 했다. 이 글은 다중서술의 문제와 함께 '영혼서술자'라는 새로운 모습의 서술자를 다루었다. 2부에 수록된 글은 국제어문 38집, 한민족문화연구 19집, 대중서사연구 17호 등에 발표했던 논문들을 수정하고 재편한 것이다.

3부에서는 소설 텍스트에 등장하는 각종 지명정보를 추출하여 데이터베이스로 재구성하는 방안을 기본논의로 다루었다. 하나의 완전체로 생각되어 왔던 문학텍스트는 작품 그 자체로서 뿐만 아니라 문화콘텐츠를 위한 다양한 원천 소스로 활용될 수 있다. 이를 위해서는 적절한 방법론을 동원하여 텍스트를 해체하고 재구축하는 작업이 선행되어야 한다. 3부의 기본논의에서 다루고 있는 '소설 지명정보 데이터베이스(DGDN)'는 문학텍스트의 해체와 재구축의 한 방법적 사례를 보여준다. 그리고 예시논의는 그렇게 재구축된 지명정보 데이터베이스가 문화콘텐츠를 위한 원천 소스뿐만 아니라 문학 연구에도 직접적으로 활용될 수 있음을 보여주는 글이다. 3부에 수록된 글들은 한민족문화연구 24집과 현대문학의 연구 47집에 발표했던 논문을 첨삭한 것이다.

4부의 기본논의에서는 공동체 스토리텔링을 통해 근대문학의 영역을 확장해 가야 한다는 생각을 펼치고자 했다. 공동체 스토리텔링은 공동체의 형성과 강화라는 목적을 위해 서사를 활용하는 것이다. 한창 때와 같은 영향력을 더 이상 기대하기 어려운 소설이라는 장르가 픽션이라는 개념 속에 갇히지 말고 개인생애사 등의 새로운 영역으로 확장하여 서사의 새로운 가능성을 탐색할 필요가 있다는 생각이다. 상세논의는 실제 서사인터뷰를 통해 채록한 생애사 스토리텔링 자료가 서사 텍스트로서 어떤 구조를 갖고 있는지 분석한 글이다. 4부에 수록한 글은 한국언어문화 44집과 대중서사연구 23호에 발표했던 논문들이며, 첨부파일은 주민자치 4호에 실었던 짧은 글이다.

5부에서는 문학을 포함한 모든 인문학 지식정보가 문화콘텐츠산업의 원천 소스가 되기 위해서는 그것에 대한 체계적인 디지털화가 필요함을 지적하였다. 인문학 지식정보에 대한 체계적인 디지털화의 결과물이 '인문학적 문화콘텐츠'이며, 이것으로부터 문화콘텐츠산업의 창의성이 발현될 수 있다는 것이 나의 생각이다. 사례논의에서는 인문콘텐츠 구축의 중요한 모델 케이스인 한국향토문화전자대전을 다루었다. 특히 이 글은 잘 알려지지 않은 초기 기획과정 및 지향점을 이 사업 기획자의 입장에서 서술했다. 5부의 기본논의와 확장논의는 한민족문화연구 18집과 국제어문 41집에 발표했던 논문들이며, 사례논의는 The Review of Korean Studies 8권 4호에 발표했던 한글 초고를 크게 수정한 것이다. 그리고 덧붙여 놓은 첨부파일은 한국향토문화전자대전 사업이 만들어지는 과정에서 정부의 최종 심의회의에 부쳐졌던 문서의 원본이다. 향후 우리 시대의 문화콘텐츠 사업에 관심을 갖게 될 연구자들에게는 의미 있는 자료가 될 수 있을 것이라고 생각한다.

3년 전 여름이 시작될 무렵에 아버지가 암으로 돌아가셨다. 아버지와 나는 별로 친한 사이는 아니었다. 그래도 아버지는 아버지로서, 나는 아들로서 열심히 살았다. 열심히 살더라도 모두가 서로에게 자랑스러운 존재가 되는 것은 아니다. 나는 아버지에게 그다지 자랑스러운 아들은 아니었을 것이다. 그런데도 아버지는 아버지의 자리에서 늘 충실하셨다. 아버지로서 한평생 힘들고 고단했을 삶을 묵묵히 지켜냈고 그러다가 남긴 자취 하나도 없이 홀연 떠나셨다. 세월이 가면서 아버지가 그리워지는 것은 그 홀연함 때문이며, 또 내 무심함 때문일 것이다. 그래서 나는 이 책을 빌려 아버지가 이 세상에 왔다는 작은 흔적이라도 남겨놓고 싶다. 나의 아버지 장재천(1938~2010), 하늘에서 평안하세요.

원고를 쓰고 또 출판하는 과정에서 고마운 이들이 많지만, 아버지의 흔적 뒤에 덧붙이는 것이 그분들께도 도리가 아니라고 생각하여 생략한다. 모두들 이해해 주실 것으로 믿는다.

2013년 9월 27일
시습재에서 장노현 씀.

차례

제1부 디지털 문학의 정체성을 탐색하다

제2부 디지털 문학의 실제를 탐험하다

제3부 문학텍스트의 연구와 활용, 디지털로 확장하다

제4부 공동체 스토리텔링의 가능성을 찾다

제5부 문학 혹은 인문학, 문화콘텐츠를 만나다

디지털 문학의 정체성을 탐색하다

기본논의 ● 다매체 환경과 문학의 새로운 정체성
구체논의 ● 문학의 새로운 몸, 문학복합체

다매체 환경과 문학의 새로운 정체성

1. 디지털과 다매체 환경

문화는 어느 시대에나 본질적으로 서로 겹치고 뒤섞인다. 마찬가지로 모든 문화 형식들도 서로 겹치고 뒤섞인다. 문학이라는 형식도 다른 형식들과 서로 겹치고 뒤섞인다. 그것은 최근 들어 매체의 뒤섞임, 즉 다매체화(멀티미디어화)와 깊은 연관 속에서 더욱 빠르고 의미심장하게 진행되고 있다. 현대문학 연구는 바로 이러한 상황에 대한 탐사와 탐구를 요청받고 있다.

그런데 현대문학 연구를 새로운 방향으로 견인하는 중요 변수들 중에서 다매체화라는 것은 무엇을 의미하는가? 앞으로의 논의를 보다 의미 있게 밀고 나가기 위해서는 이에 대한 보다 분명한 개념을 갖고 있어야 할 필요가 있다. 다매체 환경 혹은 다매체화는 다음의 두 가지 의미를 지닌다.

하나는, 말 그대로 여러 매체(미디어)가 공존하는 상황으로서의 다매체화이다. 물론 이것은 매체들의 단순한 공존만을 의미하지 않는다. 그것은 콘텐츠가 공존하고 있는 여러 매체와 장르를 손쉽게 가로지르는 상황을 함께 포함한다. 즉 동일한 콘텐츠가 다양한 매체와 채널로 유통되고, 또 수용되는 시점에서 다양한 형태로 변할 수 있는 시대적 환경이 조성되었다.

논의의 편의를 위해 이야기(서사)에 국한해 보자. 근대적 서사형식을 대표하던 소설은 인쇄매체를 통한 이야기하기(Storytelling)에 속한다. 소설은 주로 인쇄매체에 의존하였다. 아니 둘 사이의 밀회는 더욱 깊고 깊다. 소설은 인쇄매체가 출현하면서 생겨난 문학 장르였다. 하지만 최근의 이야기하기에서 인쇄매체의 역할은 차츰 축소되고 있다. 인쇄매체를 대체하거나 보완할 다른 매체와 형식이 부상하거나 새롭게 등장하고 있는 것이다. 이미 오래되었지만 영화는 오늘날 크게 각광을 받는 영상매체로 다시 부상하였다. 어떤 작가는 소설 대신 영화 시나리오를 쓰기 시작했고 심지어 어떤 작가는 직접 영화감독으로 나서기도 했다. 오늘날 이야기하기는, 인쇄매체보다는 영상성이 우세한 영화매체를 선택하는 쪽으로 방향을 틀었다. 이야기가 영상매체를 통해 좀 더 친숙하고 흥미롭게 전달되는 시대가 되었다.

영화 이후에 등장한 텔레비전 역시 이미 올드미디어가 된 느낌이 없지 않다. 하지만 텔레비전이라는 매체가 우리에게 전해주는 이야기는 지금도 흥미롭게 진화하고 있다. 텔레비전 서사는 아주 다양한 형식으로 끊임없이 새로워지고 있다. 그중에서도 TV 드라마와 다큐멘터리 형식은 텔레비전 서사의 중심 영역에 자리잡고 있는 듯하다. 그것은 사람들의 삶의 모습을 허구적 혹은 사실적으로 그려보이면서 우리를 감동하게 한다. **TV 드라마가 주는 감동**이나 **다큐멘터리가 주는 감동**은 소설의 그것에 비해 결코 뒤지지 않는다.

다큐멘터리가 주는 감동

KBS를 통해 방송된 〈차마고도〉라는 TV 다큐멘터리는 해당 지역에 사는 사람들의 삶의 모습을 어떤 소설보다도 진실되고 진지하게, 그러면서도 감동적으로 전해 주었다. 다큐멘터리라는 형식이 그 자체로서 얼마나 감동적인 이야기가 될 수 있는지 보여주었다.

그런 의미에서 TV 드라마나 다큐멘터리 역시 근대적 소설 형식이 만들어내려 했던 수많은 이야기들과 본질적으로 크게 다르지 않다. 그리고 이제는 이야기하기 분야에서 나름의 독특한 영역을 확보했다고 할 수 있다.

물론 이들보다 디지털 매체를 통해 새롭게 형성되고 있는 이야기하기 형식들은 좀 더 주목해 보아야 한다. 이 중 게임의 형식이 단연 두각을 보인다. 소위 '제10의 예술'로 불리기도 하는 게임을 소설이나 영화 등 기존 서사물의 연장선에서 이해하려는 사람들이 많다. 게임을 서사학이 다루어야 하는 한 분야로 생각하는 것이다. 이들은 "게임을 기존 서사문법에 상호작용성이 새롭게 더해지면서 탄생한 비선형적인 서사물"[1]로 개념짓는다. 문화콘텐츠 시대의 총아로서 경제적 부를 창출하는 역할까지 부여받은 게임의 형식은 이미 이야기 시장에서 각축하기 시작했다.

이밖에 디지털 애니메이션 분야도 게임만큼이나 주목받는 이야기 형식에 해당하며, 인터랙티브 영화나 홀로그램도 새로운 디지털서사 형식으로 개발되고 있다. 특히 하이퍼텍스트 서사[2]는 여러 나라에서 이미 진지한 창작 실험이 많이 축적되면서 디지털서사의 다선형성, 상호작용성, 조작가능성, 임의접근성 등의 개념을 일반화시키며, 서사의 개념에 대한 보다 근본적인 성찰을 유도하고 있다.

이처럼 서사 분야에서 인쇄소설 하나가 독주하던 시대가 저물고, 영화 매체, 텔레비전 매체, 디지털 매체 등을 통해 온갖 다양한 서사 형식들이 세력을 다투고 있다. 이러한 상황을 우리는 서사의 다매체 환경이라고 할 수 있다. 전통시대에 이야기가 구전설화로 전승되었고, 근대 인쇄 매체 시대에 이야기가 소설의 형식을 갖추었다면, 이제 다매체 환경 속에서 이야기는 영화가 되고, TV드라마가 되고, 다큐멘터리가 되고, 게임이 되고, 애니메이션이 되고, 그리고 또 무엇이 된다.

매체의 공존을 기반으로 하나의 이야기가 각기 다른 여러 매체에서 반복적으로 이야기되는 상황에 주목해야 한다. 즉 하나의 이야기는 다양한 매체에서 다양한 형식으로 반복된다. 동일한 주제의 이야기가 각기 다른 매체와 형식에 의해 지속적으로 변주되는 것이다. 이것을 문화콘텐츠 분야에서는 OSMU(One Sourse Muti Use)라고 한다. 결국 문학의 다매체화란 문학적 텍스트가 여러 장르와 매체를 손쉽게 가로지르는 광범위한 텍스트공동체(society of texts) 속에 놓이는 상황을 가리키게 된다.

> OSMU(One Sourse Muti Use)
>
> 하나의 원천 콘텐츠를 기반으로 다양한 부가 콘텐츠나 파생 상품을 개발하여 창구효과와 시너지 효과를 통해 수익을 극대화 하는 것. 만화 영화를 원천 콘텐츠로 테마파크, TV영화, 게임, 캐릭터 상품 등의 다양한 콘텐츠와 상품을 개발하여 광범위한 수익구조를 만들어 내는데 성공한 미국의 디즈니사가 대표적인 예이다.

다른 하나, 즉 다매체 환경의 또 다른 의미는 디지털 매체의 확산과 보다 깊은 관련을 가진다. 디지털 매체가 등장한 이후 우리는 문자, 소리, 사진, 동영상 등의 매체가 하나의 플랫폼이나 동일한 문서 환경에서 함께 작동하는 경우를 흔히 접하게 되었다. 이런 현상을 멀티미디어화 즉 다매체화라고 부른다. 디지털 매체에서 모든 신호는 0/1이라는 동일한 체계를 갖는다. 그 체계에서 문자, 소리, 영상은 각 매체의 물질적 고유성을 잃고 0/1이라는 형태로 환원될 수 있다. 디지털 매체에서 멀티미디어화가 가능한 이유이다. 이런 측면에 초점을 맞춰 문학의 다매체화를 논하게 되면, 결국 문자 중심적 문학의 미래에 대한 질문이 뒤따를 수밖에 없게 된다.

이상의 다매체화에 대한 두 가지 방향의 논의틀은 공통적으로 디지털 매체의 확산이라는 환경적 요인과 관련된다. 따라서 이들 논의는 서로 긴밀히 연관되게 마련이다. 때로는 혼란스럽게 겹치고 뒤섞이기도 한다. 필자는 가능한대로 문학의 다매체화와 관련하여 두 가지 모두를 점검해 보려 한다. 즉 다매체 문학환경이라 함은 인쇄매체의 테두리를 벗어나서 영화, 텔레비전을 비롯한 각종 디지털 매체들이 문학의 생산과 수용 과정에서 적절하게 활용되는 것을 의미하면서 동시에 문자 중심의 문학이 소리 및 영상의 영역으로 확장되어 가는 환경을 의미한다.

문학하는 환경이 문자 중심의 인쇄매체에 국한되던 시대를 단일매체 문학환경이라고 한다면, 이제 영화매체, TV매체, 다양한 **디지털 매체** 등이 문자, 소리, 화상 등을 모두 활용하는 시대를 다매체 문학환경이라 할 수 있다. 다매체 혹은 멀티미디어 환경에서 매체들은

> 디지털 매체
>
> 디지털 매체는 개인용 컴퓨터(PC)로 대표되며, 문학 작품은 이들을 플랫폼 삼아 독특한 문학형식으로 진화해 갈 수 있다. 특히 2010년대로 접어들면서 급속하게 보급되고 있는 스마트폰은 모든 형식의 콘텐츠의 생산, 유통, 그리고 소비에 관여하는 전천후 디지털 매체가 되어 가고 있다.

서로 겹치고 뒤섞이고 상호 교류하면서 새로운 형식의 '문학복합체'를 만들어내게 된다. 필자는 이러한 문학복합체에 대한 새로운 인식과 접근 방법을 넓혀가는 것이 다매체 환경에서 문학 연구가 나갈 방향임을 제시하고자 한다.

2. 디지털 시대의 문학의 정체성

문단에 이름이 널리 알려진 작가들과 문학 연구자들은 현대문학이 크게 위축되고 있으며 그와 함께 문학에 대한 연구의 지반이 흔들리고 있다는 사실을 인정하고 싶지 않을 것이다. 하지만 이는 어느 정도는 사실이다. 전통적인 의미의 문학하기가 새삼 문제시되고 있는 것이다. 이는 다매체 환경의 전개와 크게 관련되며, 다매체 환경은 디지털 매체의 확산과 관련되어 있다. 이러한 흐름 속에서, 문학 텍스트는 '인쇄된 문자문학의 몸'을 벗어나 새로운 신체를 찾아 디지털 세계를 탐색하기 시작했다. 디지털 매체를 가지고 혹은 그것을 통해 짓고, 전달하고, 소비하는

것, 그것을 '디지털로 문학하기'라고 이름붙일 수 있다. 아직까지는 그 변화의 과정에 있다. 다매체 환경에서 문학작품이 어떤 새로운 신체를 얻어 어떤 플랫폼에 가장 적절하게 적응하게 될지 단언할 수 있는 사람은 아직 없다.

서사문학의 경우도 다매체 환경 하에서 '디지털로 문학하기'를 시도하고 있다. 요즘 기성 작가들에 의한 블로그 소설의 등장은 디지털로 문학하기의 한 양상으로서 보다 적극적인 해석이 필요한 현상에 해당한다. 기성 소설가의 블로그 소설로는 박범신의 <촐라체>3)가 처음이었다. 이 작품은 2007년 8월에 시작하여 2008년 1월에 연재를 마쳤다. 그후 황석영의 <개밥바리기별>4)이 2008년 3월부터 7월까지 연재를 마쳤고, 정이현의 <너는 모른다>5)가 2008년 8월부터 2009년 6월까지 연재되었다. 이후 박민규의 <죽은 왕비를 위한 파반느>, 공선옥의 <내가 가장 예뻤을 때>, 강영숙의 <크리스마스에는 홀라를> 등이 여러 형태의 인터넷 공간을 통해 연재되었다. 이것들은 인터넷 공간의 형태가 독자 커뮤니티나 웹진 등으로 달라지긴 했지만 본질적으로 블로그 소설의 범주를 벗어나지는 않기 때문에 블로그 소설이라 통칭해도 무방하다. 이들 블로그 소설들은 사실 인쇄매체로 발표하던 소설을 그냥 디지털 매체로 옮긴 정도에 지나지 않을 수도 있다. 그래서 내용과 형식면에서 본다면 기존의 인쇄소설들과 큰 차이를 발견할 수 없다고 쉽게 말해 버릴 수도 있다.

하지만 블로그 소설은 몇 가지 측면에서 분명 새로운 문학현상으로 주목해 볼 필요가 있다. 우선 이들 작품은 이미 역량이 검증된 기성 소설가가 매체를 이동하여 작품을 발표하였다는 점에서 새롭다. 소위 말하는 본격문학이 디지털 매체에서 실현되는 신호탄으로서, 문학의 창작과 유통 및 소비에 있어서 디지털 매체의 역할이 보다 보편화될 가능성을 의미한다. 물론 이미 PC통신 시기에 인터넷 게시판 소설들이 있었고 지금도 '네이버 웹소설' 등이 이를 이어가고 있는 상황이지만, 이는 아마추어 작가들에 의한 창작이며 장르도 로맨스, 판타지, 무협, 추리공포 등의 특정 장르에 집중된다는 한계가 있다.

> **네이버 웹소설**
> http://novel.naver.com 2013년 현재 요일별로 10편씩 수십 편의 장르소설들이 연재되고 있다. 특히, 장르소설 작가를 지망하는 누구나 자유롭게 참여할 수 있는 창작 게시판 '챌린지 리그'도 함께 운영되고 있다. '챌린지 리그'에서 완성도와 인기를 인정받게 되면 웹소설 란에 정식 연재 기회가 주어진다.

블로그 소설은 그런 한계를 극복하고 있다. 이미 문학적 영향력이 있는 기성 작가의 작품일 뿐 아니라 내용도 특정 장르에 한정되지 않는다. 예컨대, <졸라체>는 "두 형제가 목숨을 걸고 험난한 등정에 나서는 이야기로 생사와 우애, 위기와 모험, 믿음과 의심, 가족애와 사랑이라는 우리 시대의 테마들을 하나의 찬란한 피륙으로 엮은",[6] 특정 장르에 국한되지 않는 일상적인 주제를 다루는 작품이다.

이들 블로그 소설로 인해 디지털 매체에 유사한 형식의 작품을 발표하는 기성 소설가들이 늘어나고, 더 나아가서는 디지털 매체의 특성에 부합하는 본격적인 디지털 신체를 입은 새로운 작품의 생산 가능성도 기대해 볼 수 있게 되었다. 물론 디지털 매체의 특성을 담보한 작품의 본격적인 생산은 어린 시절부터 디지털적 사고에 익숙해진 신세대 저작들에 의해서만 가능할 수도 있다. 하지만 그렇더라도 디지털 매체가 새로운 예술 창작과 유통 및 소비의 공간으로 인정되고, 본격문학의 작품을 디지털 매체를 통해 만날 수 있다는 생각을 널리 확산할 수 있는 계기가 되는 것만으로도 블로그 소설의 의의는 충분하다. 이러한 과정을 거쳐 디지털로 문학하기는 한 걸음 진전되고 있는 것이다.

그렇다면 '디지털로 문학하기', 즉 디지털 문학이란 어떤 것일까? 여러 가지 측면에서 그 정체성을 찾아볼 수 있겠지만 여기서는 세 가지 사항을 언급하고자 한다.

우선, 디지털 문학은 독자적인 완결체로서 존재하기 어렵다. 그것은 복합적인 예술 작업의 한 부분으로서의 문학이 될 것이다. 그동안 근대 문학은 개별 작품들이 독자적인 완결체로서 존재했다. 그것은 다른 작품이나 다른 예술 장르나 형식들과 섞이거나 통합되는 것을 원천적으로 거부했다. 작품 간의 경계짓기가 확실했다. 이는 존재론에 기반한 서구 근대사회의 모습이 투영된 것이며 다른 식으로 표현하면 대상 중심성에 다름 아니다. "대상 중심성은 소유욕과 긴밀한 연관이 있는 것으로 생각된다. 견물생심이라는 말이 있지만, 이 경우는 오히려 발심생물(拔心生物)이라 표현해야 할 듯하다. 소유욕이 소유할 수 없는 자연을 인위적으로 갈라 대상을 만들고, 더 나아가 소유할 수 있는 형태로 대상을 구획"7)하였던 것이 문학 체계에도 적용되어 경계가 확실한 개별 작품들을 만들어 냈고, 이것에 근거하여 저작권이라는 지적소유권이 작동하게 되었던 것이다.

하지만 디지털 매체에 의해 예술간, 매체간, 장르간, 개별 작품간의 경계짓기가 허물어지고 있다. 앞서도 보았듯이 매체간 장르간 가로지르기는 디지털 매체에서 일상화되어 가고 있으며, 이 속에서 예술간 장르 허물기도 만만치 않은 속도로 진행되고 있다. 이런 흐름 속에서 문학만이 독자적인 완결체로서 자신의 존재를 지속해 가기란 어려울 것으로 보인다. 결국은 문학 작품이 장르와 매체, 그리고 예술 간을 가로지르는 복합적인 예술 행위 속에 부분으로 존재하게 될 수 있는 것이다. 항아리와 같은 독자적인 완결체로서의 문학작품을 기대하는 것이 점차 어려워지는 것이 사실이며, 이는 문학환경의 다매체화와 직접적인 관련이 있다.

둘째, 디지털 문학은 여러 분야의 사람이 관여하는 협업에 의한 창작물이 될 가능성을 배제할 수 없다. 근대적 시스템 하에서 문학은 개별 작가의 창의물이라는 생각이 아직까지도 워낙 확고한 상태이긴 하다. 하지만 문학작품이 복합적인 예술 작업의 한 부분으로서의 가능성을 인정할 수 있다면, 결국은 개인의 창작물로서의 문학이라는 신화도 어렵지 않게 걷어낼 수 있을 것이다.

예컨대, TV 드라마의 경우를 생각해 보자. TV 드라마의 시나리오는 전통적인 문학 체계에서는 시나리오 자체만을 독립시켜 하나의 작품으로 인정하기도 했다. 하지만 제작의 전 과정을 거치지 않고 시나리오 자체가 독립된 독서물로 소비되는 경우는 거의 없다. 따라서 이 시나리오라는 문학적 텍스트는 TV 드라마라는 복합적인 예술 작업의 한 부분으로 다루어져야 정당하다. 이런 복합적인 기술 상황에서 예술 작업은 여러 분야의 협업을 요구한다. 더 나아가, 이런 시나리오라는 것이 요즘 들어서는 한 사람의 작가에 의해 만들어지는 경우는 거의 없다. 여러 작가들이 하나의 팀을 이뤄 하나의 시나리오를 완성해 가는 것이 일반적 대세이다. 이는 TV 드라마의 시나리오가 긴박한 시간 싸움이기 때문이기도 하며, 또한 고급화된 소비자의 눈높이에 맞추기 위해서는 보다 전문적인 여러 분야의 지식이 필요한 작업이기 때문이기도 하다. 이러한 예는 비단 시나리오의 경우에만 국한된 것이 아니다. 이미 어떤 소설 작가들은 몇 사람이 하나로 모여 하나의 필명으로 작품 활동을 하는 경우가 있으니, 이런 협업에 의한 집단 창작, 나아가서는 집단 지성에 의한 창작마저도 예상된다고 하겠다.

셋째, 디지털 문학은 과정으로서의 문학하기라고 할 수 있다. 즉 텍스트 중심의 근대문학 체계를 벗어나 창작이 놀이화되는 과정이 디지털 매체에서 발생하게 될 것이다. 물론 이는 새로운 것을 만든다는 창작이라는 개념을 넘어서 기존 작품을 끊임없이 재구성하는 작업을 소중하게 생각하는 발상과 맞닿아 있다. 앞서 잠깐 언급했던 팬픽은 기존의 문학적 관습과 제도에 비추어 볼 때, 아주 새로운 문학적 현상에 속한다고 할 수 있다. 팬픽은 원래 어떤 드라마나 영화 등의 외전으로 만들어지거나 그 등장인물들을 활용해 새롭게 재구성해낸 서사물이다. 즉 "만화·소설·영화 등 장르를 구분하지 않고 대중적으로 인기를 끄는 작품을 대상으로 팬들이 자신의 뜻대로 비틀거나 재창작한 작품"8)을 두루 지칭한다. 아이돌 스타를 좋아하는 팬들이 그들을 주인공으로 등장시켜 꾸며낸 서사물까지도 여기에 포함될 수 있다. 그런 의미에서 팬픽은 대중매체의 발달과 팬덤문화의 등장 이후에 나타난 문학현상에 속한다. 우리나라로 치면 팬픽은 PC통신의 보급과 함께 시작되었으며, 주로 대중문화 스타에 관한 팬픽이 대세를 이루고 있다.9)

하지만 팬픽을 바라보는 문학계의 시선은 부정적이다. 팬픽이 전체적으로 작품의 질이 떨어진다는 것이다. 팬픽을 짓고 즐기는 연령층이 중학생 심지어는 초등학생들에까지 내려간다는 점에서 작품의 질이 전반적으로 낮은 것은 사실이다. 하지만 작품의 질이 낮다는 사실이 팬픽에 대한 문학적 논의를 가로막아서는 안 된다. 작품의 질적 수준을 절대적 기준으로 삼아 문학적 담론과 연구의 대상을 결정하는 것은 근대문학 체계에 안주하는 것이다. 근대문학 체계 속에서 작품은 다른 무엇에 우선하는 절대적 가치를 가졌다. 이런 태도는 다매체 환경에서 근대적 문학제도가 심하게 요동치며 문학에 대한 새로운 접근법이 요구되고 있다는 사실을 애써 외면하는 것이다. 창작의 결과물로서 텍스트(작품)도 물론 중요하지만, 작품이 생산되는 사회적 환경과 매커니즘, 그리고 그 속에서 사람들이 느끼는 문학적 체험 등도 그에 못지않게 중요한 것으로 볼 수 있다. 청소년들이 팬픽을 창작하고 돌려보면서 느끼게 되는 문학적 체험 자체가 우리사회의 소중한 문화현상이자 문학현상이다. 이런 의미에서 팬픽에 대한 문화론적 연구가 더욱 활성화되어야 하며, 이는 과정에 대한 중시와도 서로 통한다.

이와 더불어 팬픽을 바라보는 또 하나의 지배적인 생각은 아무리 좋은 팬픽이라 하더라도 결국은 비틀기 차원을 벗어나지 못한다는 점에서 창작과는 구별해야 한다는 것이다. 여기에서도 팬픽을 바라보는 확고한 근대문학적 시각이 내재되어 있다. 문학작품을 쓰는 것을 우리는 '창작'이라고 한다. 창의적인 작가의 창의적인 사고와 생각이 반영된 글쓰기라는 관점은 근대문학을 지탱하는 또 하나의 핵심요소이다. 하지만 이런 생각만을 고집하는 것은 역시 다매체 환경 하에서 바람직한 태도라고 하기 어렵다. 다매체 환경 하에서는 창의적 작가에 의한 창작과 더불어 다양한 형태의 재구성 작업도 문학하기에 포함되어야 한다. 이런 두 가지 측면에서 팬픽은 문학에 대한 우리의 시각에 근본적인 문제를 제기하는 새로운 문학현상으로 이해되어야 한다.

결국 디지털로 문학하기는 경계를 넘어서고 극복하는 것과 관련된다. 그것은 문학이라는 자신만의 성을 벗어나 다른 예술과 함께 해야 하고, 개별 작가가 고독한 작업실에서 벗어나 다른 사람과 함께 창작해야 하고, 작품이라는 산물의식에서 벗어나 문학적 체험에 이르는 과정으로서의 문학하기를 의미한다.

3. 디지털 시대의 문학 연구

근대가 성립된 이후 "문학이란 근대의 이념과 근대사회가 낳은 근대문학(즉 현대문학)을 뜻한다. 근대사회의 종언과 더불어 근대사회에서 성행했던 여러 가지 문화양식들도 쇠퇴하고 있으며, 근대사회의 가장 중요한 문화양식인 현대문학도 쇠퇴하고 있다고 말할 수 있다. 즉 현대문학이 시대적 의미를 상실하고 쇠퇴한다면, 그것에 대한 연구 관점도 달라질 수밖에 없다."10) 이런 지적에는 아마도 많은 사람들이 동의할 것이다. 하지만 연구 관점을 어떻게 변화시키는 것이 좋을까 하는 문제에 이르면 다양한 이견들이 제시될 수 있다. 그런 이견들의 종합 정리가 필요할 수도 있다. 하지만 여기서는 디지털 시대의 문학의 정체성에 대한 앞서의 논의를 바탕으로, 디지털 시대의 문학 연구의 바람직한 방향에 대해 생각해 보는 것을 우선으로 삼겠다. 문학 연구의 대상과 방법 혹은 연구자의 자세는 어떠해야 하는가?

지금의 문학 연구는 대부분 근대문학 성립 이후 수십 년 이상 지속되어 온 연구 대상과 방법론에 의존하고 있다. 다매체 관련 문학 연구들을 보더라도, 다매체 상황에 처한 문학과 문학하기에 대한 전위적 연구는 좀처럼 찾아보기 힘들고, 시와 소설 등 기존 형식의 문학작품 속에 다매체 체험이 어떻게 형상화되고 있는지를 연구하는 경우가 많다. 이런 연구는 대부분 다음과 같은 결론으로 끝을 맺는다. "멀티미디어 시대의 문학이 가지는 사회적 길항력은 문자적·심미적·인문학적 상상력에 근거를 두고 있다. 문학은 직접적인 매체 경쟁을 피하고 그 대신 비문자 매체에 의해서 왜곡되어 가는 현실의 모습을 언어적으로 재현하거나 비문자 매체의 특성을 기법적으로 수용하면서 미디어와 사회를 비판하는 우회로를 선택하는 것이다."11) 한마디로 문학이 자신의 문자적 신체성을 근거로 비문자 매체와의 전선을 확고히 형성하며, 나아가 그를 통해 비판적 이성으로 기능하는 것이 중요하다는 논지이다.

하지만 그렇게 하기만 하면 문학은 디지털 환경에서도 예전의 지위를 굳건히 지킬 수 있는 것인가? 문학을 둘러싸고 있는 환경이 이렇게 많이 변해가고 있는데도 그것은 가능한가? 미디어아트 이론가인 로이 애스콧12)은 "과거에는 화가나 조각가가 고정불변의 작품을 만들어서 관람객에게 일방적으로 메시지를 전달했지만, 요즘은 미디어아트가 발전하면서 관람객의 참여에 따라 작품 내용이 달라지는 미술 작품들이 나오고 있다"고 말하면서 향후의 미디어아트 전문 미술관은 과거의 미술관과는 전혀 다른 형태일 수 있다고 예측하였다. 그렇다면 문학에서도 이런 변화가 온다고 생각하면 섣부른 것일까? 의당 앞서 논의했던 새로운 정체성을 가진 문학의 출현이 얼마든지 가능하다. 그러므로 문학 연구자들 중 일부는 이런 변화에 대비해야 할 것이다. 아니 대비하는 것을 넘어 보다 적극적으로 문학이라는 영토의 확장 및 재편을 꾀하고 실험하며, 이를 통해 문학 개념을 새롭게 하려는 시도를 계속해야 한다. 그렇지 않는다면 문학이 머지않은 미래에 사람들로부터 외면받게 될지도 모른다.

우선, 문학 연구자는 연구 대상의 확장과 재편에 관심을 가질 필요가 있다. 전통적으로 문학은 문자로 된 예술의 한 분야라고 정의되어 왔고, 우리는 그것을 당연한 것으로 받아들여 왔다. 즉 문자라는 매체를 벗어나면 음악이 되고 미술이 되고 무용이 된다고 배워 왔고, 또한 그것이 당연하다고 생각해 왔다. 하지만 디지털 환경에서도 그럴까? 디지털 시대가 발전하고 성숙되어 가도 문자만으로 이루어진 문학이 사람들의 사고와 감정을 미학적으로 표현하는 대표적인 형식으로 남을 수 있을지 생각해 보지 않을 수 없다.

"디지털 매체는 멀티미디어가 자유로운 매체이다. 즉 소리와 영상, 문자가 쉽게 어우러져 표현된다. 문자적 자의식을 지닌 작가와 영상의 자의식을 지닌 미술가들 모두 매체가 지닌 통합적 특성을 활용하는 과정에서 공통적으로 종합예술적 속성을 지향하게 되는 것이다"13) 따라서 문학 연구자는 기존 문학형식과 다르더라도, 그래서 좀 이질적이고 낯설더라도, 새롭게 출현하는 예술 형식을 보다 적극적으로 폭넓게 수용하고 받아들여야 할 필요가 있다. 그리고 그런 시도들을 통해 다매체 시대의 문학의 폭과 외연을 새롭게 다듬어내야 한다.

인쇄매체가 지배적이던 시대에 근대문학의 이론가들은 문자로 된 시와 소설 그리고 희곡으로 문학의 폭과 외연을 정리해냈다. 문학에 대한 이런 생각을 디지털 시대에 그대로 계승하는 것은 타당한가? 그보다는 디지털 시대를 사는 우리가 무엇을 문학이라고 할 건지, 그리고 무엇을 문학이 아니라고 할 것인지를 새롭게 말할 수 있어야 한다. 문학은 문자 중심의 예술 작품이었다. 그런데 멀티미디어 환경에서 문학은 문자의 중심적 역할을 얼마만큼 인정해야 할까? 문학을 다른 예술 분야와 구분하기 위한 보다 타당하며 적절한 기준이 필요한 것은 아닐까? 너무 근본적인 질문들인가? 그렇다면 이렇게 물어보자. 문자만으로 이루어진 영상이 작품 전체를 구성하는 '장영혜 중공업 YOUNG-HAE CHANG HEAVY INDUSTRIES'[14]은 문학인가?

'장영혜 중공업'은 웹에서 감상할 수 있는 소위 '웹아트'로 불리는 작품이다. 플래쉬 프로그램을 이용하여 움직이는 문자와 음악을 조화시켜 만든 멀티미디어 작품이다. '장영혜 중공업'에는 〈다코타〉, 〈문을 부숴〉, 〈삼성〉 등의 수십 편의 작품이 한국어, 영어, 스페인어, 포르투갈어, 일본어 등

[그림 1] '장영혜 중공업' 시리즈 중 〈문을 부숴〉의 한 장면. 〈문을 부숴〉는 여러 개 버전으로 만들어졌는데, 이것은 'with strings' 버전이다. (자료 출처 : www.yhchang.com)

다양한 언어로 소개되고 있다. 이 작품들은 제목도 이상하지만 첫인상도 몹시 기괴하다. 그럼에도 불구하고 이 작품들은 분명 문자를 중심으로 구성된 작품이다. 표현은 굉장히 직설적이지만, 내용은 현실 비판적이면

서도 철학적이다.

'장영혜 중공업' 시리즈 중에서 <문을 부숴>를 잠시 살펴보자. 이 작품에는 잠든 사이에 문을 부서뜨리고 들이닥친 집행관에게 속옷만 입은 채로 끌려가는 화자가 등장한다. 죽음에 직면한 그는 행복했던 기억으로 필사의 도주를 시도한다. 그는 끌려가면서 자신의 모습을 창문 뒤에 숨어 훔쳐보면서 음습하게 웃는 이웃들을 보게 되고, 외진 곳으로 끌려가 무릎 꿇린 채 머리에 박히게 될 총알을 생각한다. 그리고 그 순간 절박하게도 조금 전 침대에서 꾸던 꿈 속의, 잔광을 머금은 푸른 빛 바닷물이 바라보이는 테라스에 앉아 한잔 하면서 듣던 보사노바를 기억하려 애쓴다.

이처럼 '장영혜 중공업'의 내용은 시적이기도 하고 서사적이기도 하다. 화면을 메우는 큰 크기의 문자들 때문에 그런 내용들은 더욱 감정적으로 다가온다. 여기에 강한 비트와 함께 이어지는 경쾌한 음악이 베이스로 깔려 있다. 문자는 이 음악에 맞춰서 나타났고 사라지며, 커졌다 작아진다. 명멸하는 문자를 지켜보다 보면, 문자의 의미가 아니라 문자 스스로 말하고 있는 듯한 느낌이 들기도 한다.

여기에까지 이르면 우리는 이것이 문학인가 아니면 다른 무엇인가 혼동스럽다. 다른 예술과 문학의 경계가 흐릿해지고 이들이 스며들듯 섞이고 있기 때문이다. 이런 상황에서 문학 연구자들이 **'장영혜 중공업'**을 문학적 담론 내로 끌어들여 논의해 볼 필요는 없는 것일까? 이런 멀티미디어 작품에 대한 논의를 배제한 채 문학 연구자들은 디지털 시대의 문학적 변화를 위해 어떤 준비나 노력을 할 수 있는 것일까?

장영혜 중공업

이해하기 힘든 '중공업'이라는 타이틀이 어떻게 해서 정해진 것인지 확실하지는 않지만, 그 제목의 의미를 추론해 볼 수는 있다. 즉 장영혜는 예술 작품을 지탱하는 골조인 매체와 형식의 근본적인 변화를 꿈꾼다. 그런 꿈이 담긴 그의 작업에 있어서 매체라는 것은 마치 한 나라 산업의 근간을 이루는 기간산업인 중공업처럼 중요한 것이 된다.

금세기에 들어 문학 연구자들이 자신의 연구 영역을 영화로, 게임으로, 그리고 애니메이션으로, 심지어는 광고로까지 확장해 가고 있는 것이 사실이다. 하지만 디지털 작품에 대한 본격적인 탐험으로까지 나가지는 못하고 있는 것도 사실이다. 이제는 오래 전에 백낙청[15]이 언급했듯이, 문학과 영상매체를 상호배타적인 것으로 생각하지 말고 새 매체들과 언어예술의 결합이 진행될 수 있도록 해야 한다. '장영혜 중공업'과 같은 웹아트뿐만 아니라 문학적 특성을 부분적으로 갖는 다양한 형식의 멀티미디어 작품들을 적극적으로 문학 담론의 대상으로 끌어들여 문학의 폭과 외연을 실험적으로 탐구하는 작업이 필요한 시점이다.

그리고 여기서 한 걸음 더 나가, 디지털 환경에서 연구하는 문학 연구자들은 전혀 새로운 문학적 형식에 대한 실험도 진행해야 한다. 기존의 문학 연구는 기출간된 문학작품을 해석하고 분석하는 데 머물렀다. 또는 이미 존재하는 문학적 현상을 정리하고 이론화하는 데서 멈췄다. 하지만 지금처럼 변화가 요동치는 시기에는 문학환경 변화에 좀 더 적극적으로 대응하는 연구가 필수적이다. 향후의 문학적 향배를 미리 내다보면서 그 방향을 적극적으로 개척해내는 연구가 필요하다. 예컨대 <A Million Penguins>[16]의 연구 사례는 문학 연구가 환경 변화에 좀더 적극적으로 대응한다는 말이 어떤 의미인지 알려 준다. 뿐만 아니라 그것은 문학 연구가 매체를 어떻게 활용하는지를 보여주는 사례이기도 하다.

이 연구는 영국의 몬트포트 대학교와 펭귄북 주식회사가 2007년 2월부터 3월초까지 공동으로 진행하였다. 여러 사람에 의한 공동 작업이 소설쓰기에서는 가능할까 하는 의문에서 출발하여, 실제로 전세계인을 대상으로 위키소설(Wiki-Novel) 프로젝트를 수행하였다. 그 결과 생산된 <A Million Penguins>는 1,030페이지에 달하는 복잡한 비선형 온라인 텍스트로 완성되었다. 1개월여 동안 1,500명에 가까운 사람들이 쓰기와 편집에 11,000번 이상 참가했다. 그리고 75,000명이 사이트를 방문하여 28만 페이지뷰를 기록했다. 역사상 가장 많이 읽힌 소설은 아니지만, 가장 많은 사람에 의해 쓰인 소설이 된 셈이다. 연구에 참여했던 연구진은 이 작품을 통해 위키소설이 자기참조적인 성격이 강하며, 작품이 쓰이는 과정 자체가 작품 속에서 언급되는 등, 내용보다는 형식적인 측면에서 두드러진다고 보았다. 이 재미있는 실험은 여러 사람이 사전에 협의하지 않고 어떤 일관된 주제의 소설을 쓰는 것이 아주 어렵다는 사실을 보여 준다.

하지만 필자는 이러한 기록이나 결론 자체를 중요하게 말하려는 것이 아니라, 이런 실험적 연구를 실제로 진행할 수 있다는 사실에 주목하고 싶다. 사용자가 직접 글쓰고 편집하는 백과사전이라는 위키피디아가 이제는 많이 알려진 것도 사실이지만, 과연 소설이라는 예술 창작에서도 그런 공동 글쓰기 작업이 가능한가를 실험해 보겠다는 연구 의도가 얼마나 실험적이고 미래적인지 감탄하지 않을 수 없다. 또한 개별 연구자에 의한 개별적 연구가 대부분인 우리의 연구 상황에서, 웹이라는 '아주 새로운' 미디어를 활용하여 전세계인에게 열어놓고 여러 분야의 연구자들과 일반인이 함께 진행해 가는 연구 사례는 참으로 낯설다. 뿐만 아니라 그것이

> **'아주 새로운' 미디어**
> 우리나라에서 웹(인터넷)의 역사는 20여년에 근접하고 있다. 그런데 아직까지 문학 창작과 연구 분야에서 웹이라는 미디어는 개척되지 않은 '아주 새로운' 미디어이다.

산학 협력 프로젝트로 진행되고 있다는 측면에서도 우리 인문학계에서는 아주 낯선 연구 진행 방식이다. 다매체 환경에서는 온갖 디지털 기술과 매체와 장르가 뒤섞이고 혼합되면서 새로운 예술 작품이 만들어진다. 따라서 한 연구자가 독립된 연구실에서 앉아서 전통적인 연구방식으로는 해결하지 못할 연구 주제들이 다양하게 발생할 수 있다. 도전적이고, 미래 지향적인 연구 주제를, <A Million Penguins>의 연구 사례가 보여

주듯이, 다양한 분야의 연구자들이 새로운 미디어를 적극적으로 활용하여 공동 진행하는 연구 방식은 향후 우리 문학 연구자들의 연구방법론을 새롭게 하는데 좋은 지남이 될 수 있겠다.

한편, 디지털 매체 환경에서의 문학 연구가, 앞에서 지적한, 도전적이고 미래적인 연구 대상과 주제에만 한정될 수는 없다. 당연히 기존의 근대문학 작품에 대한 연구도 지속해 나가야 할 것이다. 여기에서도 방법론의 개척과 확장은 필요하다. 그런데 디지털 매체가 우리 사회 깊숙이 파고들어 대부분의 작가들이 컴퓨터를 이용해 글을 쓰고 작가들이 블로그 소설을 발표하는 지금까지도, 문학 연구 분야에서 디지털 기기 — 좀더 쉬운 말로 컴퓨터와 그 응용프로그램들 — 의 활용 측면은 전혀 진전이 없었다. 문학은 정신적인 문제이기 때문에 수량적으로 접근하는 컴퓨터 작업이 불가능하다는 확고한 믿음을 가지고서 컴퓨터 작업 자체를 무시하는 사람들도 여전히 주위에 많다. 하지만 그들이 진짜로 문학 연구 분야에서 컴퓨터 활용의 효용이 전무하다고 생각하는 것은 아닌 듯하다. 그런 연구자들은 컴퓨터를 포함한 디지털 기기와 매체에 대한 두려움을 갖고 있고, 그 두려움을 그것에 대한 무시로 표현하는 것이라고 파악된다. 따라서 이런 무시하는 상황이 어떤 임계점에 도달하게 되면 자연스럽게 문학 연구에 본격적으로 컴퓨터를 활용하려는 노력들이 생겨나지 않을 수 없다. 컴퓨터 활용 문학 연구라는 것이 문학에서 정신적 요소를 걷어내 버리는 유치한 방법론이 아니며 오히려 보다 객관적인 데이터를 통해 정신의 문제를 온전하게 드러내기 위한 방법론이 될 수 있기 때문이다.

그런데, 문학 연구에서의 컴퓨터의 활용이 문학의 정신적 문제를 온전하게 드러낼 수 있을 정도로 본격적이고 전문적인 수준에 이르렀는가가 문제이다. 문학 연구자들 대부분은 개인용 컴퓨터를 논문 집필을 위한 워드프로세서로서 사용한다. 좀 더 나간 사람들이 개인적인 자료의 정리에 활용하는 정도이다. 그뿐이다. 하지만 문학의 정신적 문제 등 보다 문학적이고 인문학적인 문제들을 해명하는 데 컴퓨터를 활용하기 위해서는 대규모의 자료를 전문적인 수준과 방식으로 집적해야 하며, 이 집적물은 필요할 경우 어떤 형태로든 재처리 가능한 상태를 유지하고 있어야 한다.

현재 우리나라는 시와 소설을 포함한 많은 문학작품들이 디지털 상태로 입력되어 있다. 출판을 위한 컴퓨터 조판의 일환으로, 교육용 자료 제작을 위해, 혹은 집필 단계에서, 작품은 전산입력 된다. 하지만 그것은 단순 입력된 날것으로서의 자료가 대부분이다. 그것들은 다양한 연구 목적에 대응할 수 있는 구조화된 자료의 속성을 갖추지 못한 상태로 존재한다. 연구자료로서 활용성을 높이기 위해서는 보다 전문적인 텍스트 부호화(TEXT ENCODING) 과정이 필요하다. 텍스트 부호화는 학문적 연구를 위해 드러내야 할 텍스트 특성을 충분히 나타내면서도 텍스트의 엄밀한 정의와 효율적인 처리를 가능하게 하는 수준에서 이루어져야 한다. 이를 통해 정밀하게 부호화된 문학작품 코퍼스가 구축되어야 한다. 텍스트 부호화와 이를 통한 코퍼스 구축은 컴퓨터 활용 문학 연구를 위한 전제 조건과도 같다.

현재 문학 연구를 위해 정교하게 부호화된 코퍼스 자료를 찾아보기는 쉽지 않다. 그런 속에서도 '현대시 코퍼스(KoPoCo)'[17]는 문학자료의 디지털화가 어떻게 이루어져야 하는지 잘 보여주는 사례이다. 현대시코퍼스는 김병선에 의해 만들어진 '현대시 데이터베이스(KPD)'를 구성하는 핵심 요소이다. '현대시 데이터베이스'는 목록과 원문 정보, 가공 정보, 관련 정보로 구성되어 있다. 다시 목록과 원문 정보는 현대시 작품 목록[18]과 현대시 작품 본문,[19] 그리고 현대 시집 목록[20]으로 구성되며, 가공

정보는 현대시 콘코던스[21)]와 통계 정보로, 관련 정보는 현대 시어 사전, 문예지 기사 색인, 개별 시인 코퍼스 등으로 구성되어 있다.

'현대시 코퍼스'는 1923년에서 1950년 즉 20세기 전반기 한국시(창작시)를 대상으로 하며, 시인 345명의 8,201편 속에 사용된 612,117개의 시어(token), 시어의 종류(type)로 치면 41,832종을 담은 **MS Access** 데이터베이스 형태로 되어 있다. 이 코퍼스의 구성요소는 출전시집 정보(현대시집 총목록의 코드를 적용함), 작품명(원제목, 이본제목들, 그리고 코퍼스가 채택한 표준제목 등), 창작일자, 장르 정보, 연작제목과 부제 등 작품 정보 및 검색을 위한 표준 키가 포함되어 있다. 아울러 작품의 원문을 메모 필드에 수록하였다.

이 코퍼스 구축작업은 시작품 원전 확정 과정으로부터 시작하였다. 원전이 확정되면 시어의 표기를 정규화하고(normalization) 이를 바탕으로 시어의 기본형을 추출하여(lemmatization) 코퍼스의 기본이 되는 정보요소를 생산하게 된다. 그후 동음이의어 분석, 다의어 분석, 내면시어 분석, 한자 및 외래 표기 분석, 품사 분석, 제목 시어 분석, 등의 복잡하고 까다로운 과정을 거친다.

'현대시 코퍼스'는, 앞서 지적한 것처럼, 전문적인 수준과 방법을 동원하여 20세기 전반기 한국의 창작 현대시에 등장하는 시어를 대규모로 집적하였으며, 이는 연구자의 필요에 따라 어떤 형태로든 재정렬되거나 재처리될 수 있다. 예컨대, 『한국 현대시어 빈도사전』은 이 코퍼스를 기반으로 만들어진 성과물이라 할 수 있다. 하지만 '현대시 코퍼스'는 개인이 구축한 것으로 지극히 제한된 조건에만 일반에게 공개되고 있다는 한계가 있다. 따라서 지금 문학 연구계에서는 '현대시 코퍼스'처럼 어떤 형태의 필요에도 적절히 대응할 수 있는 다양한 대규모 자료원의 공공적 구축이 시급한 형편이다.

　그런 의미에서 한 가지 사례를 더 살펴보자. 이는 필자가 구상하고 있는 '소설 지명정보 데이터베이스(DGDN)' 구축안으로, 소설 텍스트의 컴퓨터 활용 연구를 본격화하고자 하는 시도에 해당한다. 이에 대해서는 3부에서 자세하게 논의할 예정이므로 여기서는 간단하게 개요만 소개한다. 소설 속에는 무수히 많은 지명정보들이 등장한다. 이 지명정보들은 문학 연구뿐만 아니라 지역학이나 문화콘텐츠산업 등의 다양한 분야에서 활용될 수 있다. 하지만 현재로서는 그것을 활용하기 위한 체계적인 노력이 부족한 형편이다. 장소나 공간에 대한 연구는 산발적이고 개인적인 수준에 머물러 있다. 이를 한 차원 끌어올리기 위해서는 문학작품 속 지명정보를 체계적이고 포괄적으로 수집하고 가공하여, 연구 자료로서 활용 가능하도록 만드는 작업이 선행되어야 한다.

　'소설 지명정보 데이터베이스'[22]은 **소설이 갖고 있는 수많은 종류의 정보들** 중에서 지명정보만을 체계적으로 수집 정리하게 된다. 여기서 지명정보라 함은 지명 자체뿐만 아니라, 그에 따르는 관련 서술정보를 함께 이른다. 이러한 지명정보는 데이터베이스의 구축과 활용의 효율성을 고려하여 행정지명(지역명), 자연지명, 시설명, 유적명, 외국지명, 기타지명 등 6개의 속성으로 구분된다. 이 데이터베이스는 세 개의 테이블로 구성된 관계형 데이터베이스 형태로 구축된다. 핵심인 지명과 서술정보는 '지명 테이블'에 담긴다. 지명 테이블은 소설작품에 대한 정보를 담고 있는 '작품 테이블'과, 작가에 대한 정보를 담고 있는 '작가 테이블' 등을 참조하게 된다. 지명 테이블이 지명을 중심으로 관련 정보들을 정해진 기준과 규칙에 따라 체계화하듯이, 작품 테이블은 개별 작품 중심으로, 작가 테이블은 개별 작가 중심으로 정보를 체계화한다. 세 테이블은 모두 기본정보, 핵심정보, 부가정보를 갖고, 각각은 다시 몇 개의 정보 요소들을 포함하게 되며, 모든 정보요소들은 정해진 원칙에 따라 기술된다.

소설 작품들을 통째로 디지털화하는 것과 지명정보처럼 어떤 특정 정보만을 추출 가공하는 것은 나름대로의 장단점을 갖는다. 하지만 전자의 경우는 무엇보다도 저작권 문제에서 자유로울 수 없다. 아무리 그것이 연구용이라고 하더라도 완성된 자료를 오픈하여 사용하는 데에 한계가 따를 수밖에 없다. 반면에 후자의 경우는 그런 점에서 자유롭다. 뿐만 아니라 훨씬 다양하면서도 전문적인 형태로 정보를 가공할 수 있다. 이런 점들을 고려할 때 지명정보 데이터베이스와 유사한 자료원들이 많이 개발되어야 한다.

4. 마무리

근대문학은 어쩌면 시와 소설이라는 형식적 틀에 갇혀 그 뒤에 숨어 있었는지 모른다. 인간의 사유와 감흥은 시와 소설이라는 형식으로 표출될 수 있는 것보다 훨씬 다양할 것이다. 오히려 근대 이전 시대에는 근대에 비해 훨씬 자유로운 형식의 글쓰기가 행해졌다. 이제 보다 자유로운 글쓰기를 회복하는 것도 좋을 것이다. 시와 소설이라는 확고한 문학적 형식과 틀을 벗어나 좀 더 자유로운 글쓰기 형식들을 찾아 나서는 작업이 요구된다. 디지털 매체 환경은 그럴 수 있는 기회를 제공한다.

문학이 다양한 방식을 통해 디지털 신체로의 변화를 실험하는 것은 그런 이유에서이다. 이런 실험이 가져올 결과가 어떤 모습이 될지 단언할 수는 없다. 하지만 디지털 매체의 문학은 대체로 다음 몇 가지 점에서 이전과는 다른 정체성을 가지게 될 것으로 보인다. 그것은 하나의 독자적인 완결체로서 존재하기 어렵고, 창의적인 개별 작가의 창작물로 존재하기 어렵고, 이미 완성된 결과물로 존재하기 어렵다. 그것은 다양하고 복합적인 예술행위의 한 부분으로 존재하며, 따라서 여러 명의 공동 작업에 의한 창작물이 되며, 나아가 끊임없이 갱신되고 새로워지는 과정으로서의 문학이다.

그리고 문학 연구는 그런 시도와 실험을 뒷받침하고 지지하고 때로는 앞서서 끌어주는 역할을 충실히 수행해야 한다. 이런 변화에 맞춰 문학 연구도 새로워져야 할 필요가 있다. 우선 문학 연구의 대상을 확장하고 재편하며 더 나아가서는 문학 개념을 새롭게 할 필요가 있다. 다양한 종류의 글쓰기 혹은 멀티미디어 작품 중에서 문학적 논의의 대상을 찾는 노력이 필요하다. 또한 문학 연구에 웹 등의 매체를 보다 적극적으로 활용하며 다양한 분야와의 공동 연구 시스템도 갖추어야 할 필요가 있다. 컴퓨터를 활용한 정교하고 전문적인 대형 문학자료 데이터베이스의 구축과 활용이 필요하다.

이 글에서 논의하는 문학 연구의 새로운 방향이 기존 문학 연구의 가치와 방법론을 부정하는 것이 아니라는 사실을 확인해 두고 싶다. 이 글은 디지털 매체 시대를 맞이하여 지금의 문학 연구가 보강하고 보완해야 할 부분을 논의의 대상으로 삼았을 뿐이다.

문학의 새로운 몸, 문학복합체

1. 문학교육과 미디어 교육

문학교육은 변화를 도모해야 하는 시기를 맞이한 것 같다. 무엇이 어떻게 변해야 하는 것일까? 미디어 환경의 변화에 대응해야 한다는 이야기가 많다. 그런데 무엇이 어떻게 바뀌어야 미디어 환경의 변화에 맞춘 것이 될 것인지? 쉽지 않는 문제인 것만은 확실하다. 그래도 문학교육이 미디어 교육과 어떤 형태로든 손을 잡아야 한다는 사실만은 분명해 보인다. 반드시 그래야 할 것 같다.

그렇다면 문학교육과 미디어 교육은 어떻게 손을 잡아야 하는 것일까? 문학교육학에서는 '문학교육과 미디어 교육'의 관계 양상을 대개 두 가지로 정리한다. 우선, 미디어를 통한(혹은 활용한) 문학교육이라는 관점이 있다. 이는 문학교육을 위해 미디어를 동원하는 것이며, 미디어를 수단으로 생각하는 관점이다. 이는 한마디로 '미디어 교수법'이라 불릴 수 있다. 따라서 학생보다는 교사의 입장에서 각종 뉴미디어를 어떻게 교수 활동에 효과적으로 활용할 것인가에 대해 고민한다.

또 하나의 관점은 영화, 드라마, 애니메이션 등의 미디어 콘텐츠를 기존의 인쇄된 문학 콘텐츠와 동일한 범주로 간주하려는 관점이다. 문학 텍스트를 대상으로 해 왔던 것처럼, 각종 미디어 콘텐츠들을 수용, 감상, 해석의 대상으로 받아들이고 그것을 끌어들여 문학교육을 새롭게 하고자 한다. 물론 이 관점 내에는 다양한 스펙트럼이 존재하지만, 이때 선택되는 미디어 콘텐츠들은 주로 문학교육을 위한 보조 텍스트로 인식되는 경우가 많다. 때문에 인쇄된 문학작품과 친연성이 있는 미디어 콘텐츠들이 주로 활용된다. 이런 관점은 미디어 교육, 문화비평적 미디어 교육, 문학교육의 확장으로서의 미디어 교육, 미디어에 관한 교육 등으로 불리며 다양한 세부적 진폭을 갖는다.

그런데 문학교육과 미디어 교육의 관계 양상을 이런 식으로 개념화하고, 나아가 교육현장에서 이런 개념에 맞춰 문학교육을 수행해 가는 것은 과연 타당하고 적절한 것일까? 반드시 그래 보이지만은 않는다. 미디어 교수법적 관점에서 보든, 문학교육의 확장이라는 관점에 보든, 양자 모두는 문제의 핵심을 빗겨난 개념화일 수도 있다는 생각이 든다. 즉 문학을 둘러싼 미디어 환경에 근본적이고 대대적인 지각 변동이 일어나고 있다는 사실을 너무 안이하게 이해하거나 고려한 느낌이다. 인쇄 미디어가 홀로 독주하던 시대에서 다양한 디지털 미디어가 혼재하는 시대로 바뀌고 있다. 특히 문자만이 아닌(혹은 문자를 넘어) 소리, 화상, 동영상 등을 두루 활용하는 멀티미디어가 기존의 문학적 환경을 빠르게 에워싸고 있다. 이런 변화가 문제의 핵심적 고려사항이 되어야 한다.

어느 순간 정점을 찍었던 근대적 문학제도는 문학의 위기니, 문학의 쇠퇴니, 작가의 죽음이니 하는 각종 '위기' 담론 상태를 지나서, 이제 변화의 한복판으로 진입하기 시작했다. 활판인쇄 미디어의 쇠락은 이미 진행되기 시작했다. 미국출판협회(AAP)의 자료에 따르면, 2011년 2월 미국 e북 매출이 9천30만 달러를 기록하면서 사상 처음으로 종이책 매출액 8

천120만 달러를 넘어선 것으로 나타났다. 이러한 e북 시장의 성장은 아이패드 같은 태블릿PC의 확산과 관련된 것으로 파악되고 있다. 이에 따라 인쇄매체 중심의 근대적 문학제도도 근본적 변혁을 맞을 수밖에 없게 되었다. 아무리 학교 등에서 이루어지는 문학교육을 통해 기존의 문학제도를 유지시키려고 노력해도 이미 시작된 변화를 멈추게 할 수는 없어 보인다. 아니 오히려 이제는 문학을 가르치던 근대적 교육제도 자체도 변화에 직면할 수밖에 없는 상황이다. 여러 미디어를 동원하여 교수법을 개선하고 다양한 미디어 콘텐츠를 수용하면서 문학교육을 확장하는 수준에서 변화를 어떻게 수습해 보려는 생각이 제대로 먹혀들지 장담하기 힘든 상황이 되었다.

가라타니 고진은 "최근 1세기 동안 문학이 왜 그토록 큰 의미를 가졌는가? 그리고 왜 지금 그것이 사라졌는가?"라는 질문을 던진 바 있다. 이는 근대문학의 정체성과 그것의 종언에 대한 언급에 다름 아니다. 고진의 이런 언급이 한국사회에서는 조금은 성급한 질문처럼 들릴 수는 있다. 하지만 한국의 근대문학과 그 제도 역시 여러 가지 변화 상황에 직면에 있다는 것만큼은 사실로 보인다. 일반 독자들이 문학을 어떻게 생각하는지 잠시만 둘러봐도 금세 분명해진다. 독자들은 이미 문학을 엘리트 지식인의 표상으로도, 교양의 지표로도 생각하지 않는다. 1970~80년대 한국사회에서 그랬던 것처럼, 문학을 사회변혁을 위한 훌륭한 도구로 생각하는 젊은 세대는 더욱 찾아보기 힘들다.

더구나 새로운 독자로 진입해야 할 초중고 학생들은 대부분 **디지털 미디어의 세례 속에서 태어나고 자란 세대**가 되어버렸다. 이들은 인쇄 문화에 속해 있다가 어느 날 갑자기 디지털 미디어를 사용하

디지털 미디어의 세례 속에서 태어나고 자란 세대 이들은 활자이탈세대(活字離脫世代)라고 불리기도 한다. 조선일보(2010. 11. 1)는 이들의 학습능력과 의사소통능력을 평가한 기사에서, 이들이 글의 내용을 잘 이해하지 못하고 문법에 맞는 문장을 제대로 쓰지도 못하며 옳고 그름을 판단하는 비판적 사고력도 부족했다고 평가했다.

게 된 기성세대와는 근본적으로 다른 세대에 속한다. 그들의 사유 체계는 디지털 미디어에 최적화된 상태로 발달하고 있다. 그들은 기성세대들이 불편해 하는 다양한 디지털 기기와 디스플레이를 불편해하지 않는다. 기성세대가 책이라는 매체에서 심리적 편안함을 느끼는 것처럼, 그들은 오히려 디지털 디스플레이에서 편안함을 느낀다. 인쇄 미디어를 중심으로 삼고 디지털 미디어를 주변적인 것으로 생각하는 기성세대와는 참 많이 다르다는 사실을 간과해서는 안 된다. 그들에게 중심적인 미디어는 인쇄 미디어가 아니라 디지털 멀티미디어인 것이다. 따라서 그들에게 있어서 인쇄매체를 기반으로 하는 전통적인 문학은 이미 한물 간 역사적 유물이 되어 가고 있는 것이다. 새로운 독자층으로 진입해야 할 초중고 학생들의 이런 변화는 결국 문학의 근본을 바꾸는 힘으로 작용할 것이다.

문학(제도)이 사회에서 갖는 지위와 함의가 달라지고, 범주와 형식이 변하는 상황 하에서, 문학교육만 근대문학 체계를 굳건히 고수해 갈 수는 없다. 오히려 문학(제도)의 변화에 맞춰 스스로의 변화를 적극 모색해야 할 뿐 아니라, 오히려 교육학적 입장에서 문학의 변화상을 새롭게 정립하고 규정해 가는 작업을 서둘러야 할 것으로 보인다. 너무 전통적인 의미의 문학 개념에 매몰되지 말고, 새로운 문학개념을 정립해 가고 그것에 따라 새로운 문학교육의 논리를 세워 갈 필요가 있다.

2. 미디어 환경의 변화와 "문학복합체"

문학교육은 미디어 교육을 자신의 영역으로 끌어들이고 싶어 한다. 하지만 그 과정에서 문학의 개념과 범주를 비롯한 문학의 본질적인 어떤 요소가 다른 모습으로 바뀌는 것을 원치 않는다. 지난 한 세기 동안 그래왔던 것처럼 문학의 가치와 영향력은 지속될 필요가 있으며, 그러기 위해서는 문학이 무엇인가에 대한 기존의 생각이 변해서는 안 된다고 생각하는 듯 보인다. 그래서 근대적 형식의 문학에 대해 어떤 근본적인 의문이나 이의를 제기하기 보다는 매체 상황의 변화에 대한 추수적 대응에 만족하는 양상을 쉽게 목격하게 된다. 이는 문학의 본질과 고유의 역할이 불변한다는 논리의 연장선에 위치한다. 그것은 맞는 논리인 것 같다. 문학이 먼저이고, 문학교육이 그것을 따라가는 것이 자연스러워 보이기 때문이다.

하지만 문학교육이 미디어와 조우하게 되면서 그런 자연스러움에는 약간의 혼란스러움이 동반하기 시작했다. 여기에는 닭이 먼저인지 달걀이 먼저인지 하는 문제와 유사한 측면이 있다. 미디어 환경의 급변과 함께 문학교육에 뭔가 변화가 시도되기 시작했다. 어떤 연구자는 문학교육의 방법적 개선을 교육현장에서 도입하기 시작했다. 하지만 문학교수법의 방법적 개선만으로 미디어 환경의 전면적 변화와 그것이 초래하는 다양한 문화사회적 변화를 감당해 내기에는 역부족이다. 그래서 문학교육의 영역과 범주를 재조정할 필요를 느끼기 시작했다. 이런 상황에서, 문학이 기존의 근대적 범주와 형식을 그대로 유지하는 것이 최선인지 의문을 던질 필요가 있다.

닭이 달걀을 낳듯 문학이 문학교육보다 앞선다는 생각에 갇힐 필요는 없을 것 같다. 사실 근대문학이라는 것은 애초에 문학교육을 비롯하여 다양한 문화적 제도들의 영향을 받으면서 정초되고 마련되었던 제도가 아닌가? 그렇다면 미디어 시대의 문학교육도 이미 형성되어 있는 문학에 얽매이지만 말고, 스스로 자신이 가르쳐야 하는 문학이 어떤 것이어야 하는지 한 발 앞서 생각해 보기도 해야 한다. 즉 문학에 대한 근본적인 재개념화를 바탕으로 "문학/미디어 교육"을 논해야 할 것 같다. 여기서 "문학/미디어 교육"이라고 표기한 것은 문학교육과 미디어 교육이 별개의 영역이 아니라 동전의 양면과 같은 동일한 범주로 인식되어야 함을 강조한다. 근대문학이 인쇄 미디어에 대해 거의 언급하지 않듯이, 미디어 시대의 문학도 미디어와 하나로 뒤섞여 따로 분리할 수 없어야 한다. 새로운 미디어 환경에서 문학은 무엇이어야 하는가?

최근 들어 문학을 둘러싼 미디어 환경이 변하면서 문학은 점차 '문학복합체'로 변해가고 있다. '문학복합체'라는 말은 앞에서 디지털 시대의 문학의 정체성을 논하면서 언뜻 언급한 바 있다. "문학하는 환경이 문자 중심의 인쇄매체에 국한되던 시대를 단일매체 문학환경이라고 본다면, 이제 영화매체, TV매체, 다양한 디지털 매체 등이 문자, 소리, 화상 등을 모두 활용하는 시대를 다매체 문학환경이라 할 수 있다. 다매체 혹은 멀티미디어 환경에서 매체들은 서로 겹치고 뒤섞이고 상호 교류하면서 새로운 형식의 문학복합체를 만들어내게 된다." 문학복합체라니, 무슨 말인가? 어색하고 불편한 용어로 들린다. 왜 그런 용어가 필요한가? 이런 신조어를 문학교육학에서 사용할 필요가 무엇인가?

'문학복합체'는 문학의 신체가 변하고 있음을 강조하기 위한 용어이다. 인쇄된 문자, 즉 활자의 세계(책)에 갇혀 있던 문학은 새로운 신체를 탐색하면서 자신의 개념과 영역을 재조정하기 시작했다. 문자의 세계를 넘어서고 책의 겉표지를 벗어나 확장을 모색하고 있다. 문학 연구자들은 영화나 게임 콘텐츠, 심지어는 뮤직비디오 등에까지 연구 영역을 넓혀놓았다. 이는 문학의 새로운 신체 탐색을 위한 노력이며, 이를 통해 문학 개념과 영역은 얼마간은 지속적으로 재조정 과정을 겪을 것이다. 재조정 과정의 결과는 문학적 범주의 확장으로 귀결될 수도 있지만, 문학을 전혀 다른 무엇으로 만들어 버릴 가능성도 없지 않다. 문학복합체는 문학 개념과 영역이 재조정된 상황을 지칭하는 용어인 셈이다. 그렇다면 이러한 문학복합체란 구체적으로 무엇인가?

　디지털 미디어는 문자, 소리, 사진, 동영상 등을 하나의 플랫폼이나 동일한 문서 환경에서 함께 작동하게 만들었다. 모든 정보 신호가 0/1이라는 동일한 체계로 표현 가능해진 것이다. 이에 따라 문자, 소리, 사진, 동영상 등이 저마다 독자적으로 구축하고 있던 각 분야의 예술이 융합(convergence)되기 시작했다. 일종의 멀티미디어적 실천이 시작된 것이다. 이런 융합은 사실 1950년대와 60년대의 존 케이지에게서 시작되었다고 볼 수 있다. 그는 선구적인 실천을 통해 예술에 멀티미디어 관념을 선보였다. 그후 오랫동안 본격화되지 않았던 멀티미디어적 실천은 디지털 기술의 발전으로 다시 주목받기 시작했다. 특히 '미디어 아트', '웹아트' 등은 멀티미디어적 실천을 통해 새로운 예술 장르를 개척해 가고 있다.

　그렇다면 문학적 입장에서 바라볼 수 있는 멀티미디어적 실천은? 그것은 가능한 것일까? 멀티미디어적 실천을 통해 문자를 넘어서 버린 예술을 '문학적'이라고 보아줄 수 있을까? 보아줄 수 있다면 어느 수준까지의 멀티미디어화를 문학적이라고 용인할 수 있을까? 웹툰이나 애니메이션이 서사를 핵심 구조로 하고 있기 때문에 '문학적' 연구가 가능하다고 전제한다면, '문학적'이라는 표지를 부여할 수 있게 하는 또 다른 요소는 어떤 것이 있을까? 이런 기본적이지만 쉽지 않은 질문들에 답하는 것은 다음으로 미루고, 우선 문학복합체를 이렇게 개념화해 보자.

> ● **문학복합체 1**
> 　문학 창작이라는 생각 속에서 만들어지거나, 혹은 문학적 입장에서 감상하고 해석할 수 있는, 멀티미디어적 실천 혹은 그것을 통해 만들어진 멀티미디어적 텍스트

여기서 가장 중요한 개념은 '멀티미디어적 실천'이다. 멀티미디어적 실천을 통해 만들어진 문학복합체의 대표적인 사례로 우리는 앞에서도 한번 거론했던, '장영혜 중공업 YOUNG-HAE CHANG HEAVY INDUSTRIES'을 떠올리게 된다. '장영혜 중공업' 그룹은 자신들이 문학 작품을 창작한다는 생각으로 자신들의 작품을 만들고 있는 것 같지는 않다. 하지만 현실 비판적이면서도 철학적인 내용들이 시적이거나 서사적인 형식으로 표현되고 있는 그들의 작품은 다분히 문학적 입장에서 감상하고 해석할 수 있다.

[그림 2] '장영혜 중공업'의 〈Black on White, Gray Ascending〉 (자료 출처 : archive.newmuseum.org)

그것들은 명멸하는 문자를 통해 우리 앞에 제시된다. 이러한 '문자의 춤'을 지켜보다 보면 문자의 의미가 아니라 문자 자체가 말하고 있는 듯한 느낌을 받게 된다. 물론 문자의 춤은 때론 음악을 때론 목소리를 동반하기도 하고, 의미있는 사진을 배경으로 깔기도 한다. '장영혜 중공업'이 보여주는 이러한 멀티미디어적 실천은 문학과 다른 예술들의 경계가 흐릿해지고 이들이 상호 스며들듯 섞이고 있다는 느낌을 준다. 한마디로 예술들 간의 경계가 사라지거나 재편되고 있는 것이다.

예컨대 '장영혜 중공업'의 <Black on White, Gray Ascending>(2007)은 7개의 스크린에 통해 야오(Yao)라는 가상 인물의 납치와 살해에 대한 내러티브를 펼쳐놓는다. 각각의 스크린에는 7개의 에피소드가 분배된다. 어떤 스크린은 납치를 실행하는 캐릭터들의 대화를, 다른 스크린은 사건을 목격한 이웃의 증언을, 또 다른 스크린은 사건을 배후조종하는 권력의 목소리를 시각화한다. 정보 감시사회에 편재한 익명의 시선과 비가시적인 작동 체계에 대한 이 음모론적인 픽션은 이들 특유의 모던 재즈와 보사노바 트랙을 타고 분산된다.23) 또 <Down in Fukuoka with the Belarusian Blues>(2010)24)는 1873년 프랑스의 시인 랭보와 폴 베를렝의 비극적인 사랑이야기를 다룬다. 두 예술가들의 사랑과, 질투, 갈등관계의 심리적 상황 등은 기타와 아코디언이 조합된 때론 나른하고 자극적인 재즈 사운드를 타고 흐르면서, 불안정한 존재인 예술가들과 더 크게는 인간 존재에 대한 이야기를 들려준다.

시인 장경기도 꾸준히 멀티미디어적 실천을 통해 문학복합체를 생산하고 있다. 그는 자신의 멀티미디어적 실천을 멀티포엠이라 부른다. 멀티포엠이란 기존의 문자만을 활용한 시에서 한걸음 더 나아가, 영상, 음악 등 가능한 모든 매체를 활용하는 새로운 실험적 시 형식이다. '영화 아카데미' 출신인 시인은 비디오 형태로 된 멀티포엠 제1집 <몽상의 피>을 내놓은 이후, 필름, 비디오, 전자북, 대형그림, 대형 실사, CD-Title, DVD 등 다양한 형식의 시를 창작해 왔고, 최근에는 플래시, 프리미어, 디지털 카메라, 캠코더 등의 디지털 저작도구를 활용한 멀티포엠을 만들고 있다. 장경기의 작업은 활자로 된 시집 속에 갇혀 있던 시를 다양한 멀티미디어적 실천을 통해 그것으로부터 벗어나게 하려는 시도들이다. 그렇게 하여 "문학=활자로 된 작품"이라는 도식을 벗어나게 한다.

문학복합체는 이처럼 기본적으로 문자 이외에 소리, 영상 등을 활용하는 멀티미디어적 실천[25]의 한 양식이다. 그것은 최근의 다매체 환경과 깊이 관련되어 있다. 여기 하나의 스토리가 있다고 하자. 그 스토리는 다매체 환경에서 영화가 되고, 드라마가 되고 소설이 된다. 또 다큐멘터리로 재탄생하기도 하고 운이 좋으면 게임이 되거나 애니메이션으로까지 만들어지며, 또 자꾸 무엇이 된다. 동일한 주제를 가진 어떤 하나의 이야기가 여러 다른 매체에서 조금씩 다른 형식으로 반복 변주되는 것이다. 하나의 스토리가 여러 장르와 매체를 손쉽게 가로지르는 이런 현상을 문화콘텐츠 분야에서는 '원소스 멀티유즈'(OSMU)라고 한다. 하지만 이런 현상을 문학적 입장에서는 '문학복합체'라는 말로 재개념화할 수 있다. 다음과 같이 말이다

> ● **문학복합체 2**
> 다매체 환경에서 동일한 문학적 주제나 스토리를 여러 매체와 장르를 가로지르며 지속적으로 변주시키는 멀티미디어적 실천 혹은 그 결과로 만들어진 텍스트 복합체

스토리가 여러 매체와 장르를 가로지르는 현상은 오래 전부터 있어 왔다. 예컨대, 박경리의 소설 ≪토지≫는 오랜 시간적 간격을 두고 영화와 TV드라마로 만들어졌고, 계속해서 만화나 서사음악극으로도 매체가 전

환된 바 있다. ≪토지≫의 매체 전환은 지속적으로 이루어져 왔으며, 앞으로도 계속될 것이다. 그런데 최근 들어서는 하나의 스토리가 만들어질 때, 영화, 소설책, 게임, 애니메이션 등 가능한 여러 가지 문화적 형식으로 거의 동시에 기획된다. 기획단계에서부터 이미 다양한 창구효과를 노리고 그렇게 만들어진 각각의 형식은 저마다 매체적 특성을 드러내는 동시에 상호 보완적 관계 속에서 작동한다. 다음과 같은 애니스타일 광고에서는 하나의 스토리가 소설, 웹사이트, TV광고 등에서 상호 보완적으로 상승작용을 하면서 수용되는 사례를 확인할 수 있다.

한 편의 추리소설에서 출발한 애니스타일 광고는 처음부터 다른 매체로의 변용과 그것을 통해 얻게 되는 상호 보완의 효과를 고려한 실험적인 광고 기법을 선보였다. 먼저 애니콜 홈페이지에 한 편의 소설이 게재되었다. 그것은 사라진 다이아몬드 반지를 찾아 사건을 풀어가는 탐정의 스토리였다. 이 소설은 인터넷 환경 속에서 디지털 스토리텔링으로 변용되었는데, 여기에는 사건 일지와 사건 해결의 단서들이 잘 정리되어 있었다.[26] 그리고 다시 TV광고가 만들어졌다. TV광고는 오프닝에 해당하는 1편에 이어, 3명의 용의자에 대한 추리 과정을 담은 2~4편이 연작 형식으로 만들어졌다. 소설을 읽은 독자들의 경우에는 극단적으로 압축된 TV광고를 보면서도 마치 긴 추리영화 한 편을 보는 느낌을 받게 되고, 그렇게 감동받은 사람들은 인터넷 스토리텔링을 통해 사건 정보들을 탐색하면서 스토리를 재소비하게 된다. 즉 각각의 매체에서는 스토리가 자체적으로 완결되지 않으며, 문학복합체라는 상호적 관계 속에서 최대로 기능하게 된다. 이는 광고의 기획 단계에서 치밀하게 계획된 효과들이다.

≪토지≫의 매체 전환

영화 〈토지〉는 1974년 김수용 감독에 의해 만들어졌다. TV드라마 〈토지〉는 1979년, 1987년, 2004년 3차례 제작되었다. 만화 〈토지〉는 2007년 오세영에 의해 소설의 1부가 출간되었다. 서사음악극 〈토지〉는 이승하가 노랫말로 압축한 대본에 김영동이 곡을 붙여 세종문화회관에서 공연되었다.

하지만 텍스트의 감상과 해석만으로 문학복합체의 상호적 관계가 설정될 수도 있다. 각종 매체와 장르를 넘나드는 매체 통합적 읽기는 어떤 면에서는 하이퍼텍스트에서 하이퍼링크가 작동하는 원리와 유사하며, 따라서 직관과 연상의 방식에 주로 의존하여 재맥락화된다. 미디어 교육을 도입하여 문학교육을 확장하려는 연구자 중에는 이런 매체 통합적 읽기의 교수학습 모델을 자주 실험하기도 한다.

예컨대, 이상의 <오감도>를 '불길한 조감도'로 해석하게 되면, 까마귀의 눈을 벌어 공중에서 폐쇄된 도시를 내려다보는 시인의 시선과 위치를 만나게 된다. 시인은 높은 곳에 있고 거기서 세상을 굽어본다. 그 아래에는 무섭거나 무서워하는 13인의 아해가 질주하는 막다른 골목으로 상징되는 폐쇄된 도시가 펼쳐져 있다. 작품 읽기가 여기에 이르면, 갑자기 영화 <베를린 천사의 시>에 등장하는 천사가 생각날 수 있다. 베를린 상징물인 67.5m 높이의 전승기념탑 위 빅토리아 여신상에서 음습한 빛의 도시 베를린을 굽어보는 천사 다미엘의 모습이 그것이다. 이렇게 시 작품을 영화와 연계해서 해석함으로써 양자는 감상과 이해의 폭을 상호 확장시켜 주는 텍스트 복합체가 된다.27) "마치 끊임없이 이어지는 수많은 하이퍼텍스트들의 독특한 조합처럼 다양한 형태의 독창적인 문화물"28)을 재구성해 낼 수 있게 되는데, 우리는 이를 문학복합체 실천의 한 형식이라고 할 수 있다.

'문학복합체'의 '문학'은 근대적 형식으로서의 문학 개념이나 범주와는 다르기도 하고 같기도 하다. 문학이라는 말에 특수한 근대적 의미가 부가되기 전, 문학은 주로 읽기와 관련되어 있었다. 17세기에 등장한 '리터러리(literary)'라는 말은 읽는 능력과 독서경험을 뜻하였다. 그러다가 18세기에 이르러 문학은 '품위 있는' 혹은 '고상한' 학식으로 의미가 확장되었다. 이때 문학은 특정한(소수에 국한되는) 교육수준을 나타내는 일반화된 사회적 개념이 되었다. 이때까지만 해도 문학이라는 말이 '일정한 질을 가진 활자화된 책'이라는 아주 객관적인 성격의 범주로 받아들여지지는 않았다.

하지만 그후 읽는 능력과 읽는 경험이라는 이전 의미를 차츰차츰 밀어내면서 문학을 규정하고 정의하는 새로운 경향들이 나타났다. 이 복잡한 경향들은 세 가지로 정리될 수 있다. 첫째는 문학의 질을 정의하는 기준이 '학식'으로부터 '취향'이나 '감수성'으로 바뀐 것이고, 둘째는 문학이 점점 '창조적' 혹은 '상상적인' 작품들로 특수화된 것이며, 셋째는 '전통'이라는 개념이 민족적인 차원에서 널리 사용되면서 '민족문학'에 대한 한층 효과적인 정의가 가능해진 것이다.[29] 이렇게 근대문학은 미적 텍스트로서 점점 더 특수화되는 과정을 걸었다. 그리고 점점 난해해지면서 독자로부터 멀어졌을 때, 피들러는 소설의 죽음을, 앨빈 커넌은 문학의 죽음을 선언했다.

근대적 형식의 문학이 지닌 이러한 개념이나 범주들과 비교해 보면, 문학복합체는 이전의 문학보다 덜 문학적이고, 덜 고급스러운 것일지 모른다. 취향과 감수성만으로 질적 정의를 내리기 어려울 만큼 잡다한 기준이 필요한 복합체일 수 있기 때문이다. 그래서 생소하고 낯설게 보일 수도 있다. 문학이 아닌 다른 무엇으로 보일 수도 있다. 문학복합체는 이전의 문학보다 덜 창조적이고 덜 상상적인 것일지 모른다. 훨씬 더 참조적, 유희적, 실용적 텍스트의 복합체일 수 있기 때문이다. 그것은 이전의 문학에 비해 훨씬 다양한 질적 층위로 구성될 수도 있다. 문학복합체는 이전의 문학보다 덜 전통적이고 덜 민족적인 텍스트가 될지도 모른다. 그것은 민족적 전통의 계승이나 문화의 전승 같은 것보다는 개인의 현재적 삶의 맥락을 중시하는 것일 수 있다. 그래서 그것은 읽기 위한 실체적 텍스트가 되기보다는 쓰기를 통한 문화적·예술적 실천에 가까

위질 가능성이 높다. 그만큼 덜 물질적이고 그래서 덜 실체적이다.

3. 문학/미디어 교육의 대전환

문학이 무엇인가에 대한 생각은 문학교육의 방향과 방법론을 도출하는 논리적 근거가 된다. 때문에 문학에 대한 생각이 바뀌면 문학교육이 달라지게 되고, 반대로 문학교육의 변화의 필요성을 느끼면 문학에 대한 생각을 우선 점검해 보아야 한다. 앞에서 문학복합체에 대한 이야기를 꺼낸 것도 그 때문이다. 미디어 교육을 문학교육 내에 수용하려는 논의가 활발해진 이유 중의 하나는, "학생들의 삶의 맥락 속에 중요한 위치를 잡고 있는 대중문화를 교육의 대상으로 삼아 국어 교육에서 학생들의 적극적인 참여를 이끌어내기 위함"30)이다. 즉 기존의 국어교육(문학교육)이 학생들의 삶의 맥락과는 많이 동떨어져 있었는데, 이를 미디어 교육으로 보완할 수 있다는 논리이다. 그런데 학생들의 삶의 맥락을 존중하고 그들을 문학교육에 적극 참여시키기 위해서는 그런 목적에 맞게 문학의 새로운 개념과 범주가 필요하다는 판단이다.

문학복합체는 미디어 환경의 급변, 특히 디지털 미디어의 급속한 확산에 따라 우리가 경험하게 될 새로운 예술 형식이다. 문학이 문학복합체로 문화적 형식을 전환시켜 간다고 전제한다면, 문학교육도 그것에 맞게 근본적인 변화를 모색해야 할 필요가 있을 것이다. "이에 문학교육계는 작품(정전, 실체) 중심, 교사 중심, 해설 중심보다는 텍스트 중심, 학습자 중심, 활동 중심으로 문학교육의 방향을 취해 나가자는 데 대략 합의를 해 온 것으로 보인다. 이는 단의성보다는 다의성이, 지식보다는 창의성 신장이, 훈련보다는 유희의 정신이 더 소중하다는 패러다임에 동의한 결과이다.”31) 그렇다면 그런 방향으로 나가기 위해서 어떻게 해야 하는가? 필자는 그것이 ‘쓰기’(혹은 “창작”, 혹은 ‘창의적 제작’, ‘텍스트 생산’)의 활성화에 달렸다고 생각한다. 이번 장에서는 이 문제에 대해 살펴보겠다.

문학교육은 대개 수용과 감상 위주의 교육이었다. “문학 감상 교육의 최종 극점은 꼼꼼히 읽기, 비판적 읽기, 창의적 읽기를 통해 작품을 보는 자신만의 관점을 설정”32)하는 데 있었다. 교육과정에 ‘창작’ 혹은 ‘창의적 제작’ 등에 대한 목표 제시가 전혀 없는 것은 아니지만, 학교 현장에서는 아무래도 너무 소홀했다. 구색 맞추기 정도였다. 그리고 창작 수업이라고 해 봐야 기껏 이어쓰기, 바꿔쓰기 정도가 시도되었다.33) 이어쓰기나 바꿔쓰기는 당연히 어떤 작품에 대한 수용과 감상의 과정을 전제로 한다. 기성 작품에 대한 비판적 수용과 감상을 새로운 작품 창작을 위한 필수적 과정으로 생각하는 것이다. 즉 다른 사람의 작품에 대한 높은 안목의 수용과 감상을 할 수 있게 되면 비로소 창작이 가능해진다는 논리처럼 보이기도 한다. 수용과 감상의 능력이 갖추어진 연후에 작품의 창작(생산)에 참여할 수 있다는 관점이 내재되어 있는 것이다.

근대적 형식의 문학 개념에서 수용과 감상 위주의 문학교육은 어쩌면 지극히 당연하고 자연스러운 선택이었다고 할 수 있다. 근대문학의 개념은 읽기능력의 특수화가 이루어진 결과로 형성되었기 때문이다. 소수의 창의적 작가가 다수 대중에게 제공하는 읽을거리의 한 형식이 문학이었으며, 대중들은 주어지는 문학작품을 잘 읽어야 하는 사람이었다. 그들은 책읽기를 통해 계급적 감수성과 취향을 소비하는 데 익숙하고 능숙해져서 교양을 갖춘 사람으로 성장해 가야 할 사람들이었다. 결국 그들은 그 속에서 주체가 아닌 대상이자 객체였다.

그런데 오랫동안 유지되어 오던 이런 익숙한 틀에 균열이 생기기 시작했다. 문제가 생기기 시작한 것이다. 문학교육을 통해 아무리 읽기를 가르쳐도, 수용과 감상을 통해 교양을 갖춘 사람이 되라고 애써 일러줘도, 교실 밖의 사람들은 예전처럼 문학 작품을 흥미로운 읽을거리로 받아들이지 않게 되었다. 읽기는 문학작품뿐만 아니라 전반적인 읽기 문화의 쇠퇴 현상으로 나타나고 있다. 그래서 읽기 문화를 보호하고 책 읽는 사회를 만들기 위한 문화정책 토론회34)가 개최되기도 하였다. 토론회에서는 읽기 문화를 진작하기 위한, 출판문화산업 진흥과 청소년 독서운동 등등의 다양한 방법들을 쏟아냈다. 틀린 방법들은 아닐 것이다.

하지만 이런 방법들이 가진 맹점은 여전히 독자들에게 읽을거리를 제공한다는 사명감에 불타고 있다는 것이다. 이런 논리 속에서 독자들은 여전히 읽을거리를 소비하는 대상으로 자리매김 된다. 즉 출판 산업의 최종 소비자일 뿐인 것이다. 정부의 문화콘텐츠 산업정책 중에서 잘 팔리는 콘텐츠, 소위 '킬러콘텐츠'에 대한 정책은 이런 논리의 극단적인 형태일 수 있다. 킬러콘텐츠는 문화콘텐츠산업의 입장에서 보면 그 논리가 수긍되는 측면도 없지 않지만, 사회문화 전반적인 입장에서는 문제점이 없다고 할 수 없다. 앞서 언급한 문화정책 토론회에 참석했던 한 토론자는 "킬러콘텐츠만 '콘텐츠'로 평가받는 분위기 속에서 일반인들은 '강요된 읽기, 킬러콘텐츠 소비'에 지쳤다."35)고 지적하기도 했다.

이처럼 읽기 문화가 위기에 처한 상황에서, 읽기 중심의 문학교육은 지속되기 어렵게 되었다. 무슨 대안이 필요하다. 읽기를 더욱 강화해 보는 것은 어떨까? 아무래도 그것은 좋지 않은 방법인 것 같다. 읽기 문화의 위축이 학생들의 단순한 변심에서 발생한 것이 아니기 때문이다. 그것은 이 글에서도 애써 강조해 온 바이지만, 문학을 둘러싼 미디어 환경의 근본적이고 광범위한 변화가 가져온 문화적 변화에 기인하는 바 크기 때문이다. 이미 학생들의 손에는 문학책이 들려 있지 않다. 그들은 책을 펼쳐 읽지 않아도 자신의 시간을 흥미롭게 버텨내는 데 필요한 신무기(디지털 기기들)로 무장하고 있다. 읽기가 아니라면 문학교육을 쓰기 중심으로 대전환하는 것은 어떨까? "(미국의) 거의 모든 종합대학과 단과대학이 계속해서 문학교육을 다양한 종류의 글쓰기 교육으로 전환하고 있는 것은 변화를 알리는 신호이다."[36] 앨빈 커넌이 벌써 20여 년 전에 이런 지적을 했던 것을 고려하면, '쓰기로의 대전환'이 아주 얼토당토 않는 이야기는 아닌 듯싶다.

그런데, 읽기조차 힘겨워하고 싫어하는 학생들에게 쓰기라니? 말도 안 되는 제안처럼 들릴 수도 있다. 하지만 꼭 그렇게 생각할 필요는 없어 보인다. 수용과 감상의 능력이 갖추어진 연후에 작품 생산에 참여할 수 있다는 관점은 지극히 근대적[37]이다. 읽기의 문화는 근대적인 문화이다. 그것은 다분히 하향식 체계로 작동한다. 전문적인 소수의 작가가 작품을 생산하고 다수의 일반 독자들이 이를 수용한다는 인식이 그것이다. 근대적 작가들은 전문적인 훈련과 교육을 받은 후, 일반적으로 등단이라는 제도적 통과의례를 거친 사람들이다. 그런데 실제로 문학이라는 것이 그처럼 훈련받는 사람들만 써낼 수 있는 것일까? 그것은 근대적 작가들을 위해 만들어진 신화에 불과하지 않을까? 이런 물음을 조금 확대시키면, 쓰기 능력이 반드시 읽기 능력의 뒷받침을 받아야 하는가, 하는 의문에 직면한다.

시골 아낙들이 자신의 삶을 진솔하고 애절하게 읊었던 수많은 민요(그것은 실제로 한편의 시를 읽는 것보다 훨씬 감동을 주기도 한다)는 어떻게 만들어질 수 있었을까? 그들에게 읽기란 애초에 불가능에 가까운 일이었다. 필자는 최근 몇 년간 구술생애사를 채록하는 작업을 해 왔다. 이에 대해서는 4부에서 자세히 다룰 것이지만, 어쨌든 그 채록 과정에서 만났던, 문학교육을 받지 못한 구술자들의 뛰어난 이야기 능력은 어디서 온 것인가? 실제로 그들 중에는 지나온 삶의 이야기를 구조화하는 데 능숙한 솜씨를 보여주는 구술자들이 적지 않았다. 그들 중에는 소설 한 편 읽어 보지 못한 사람들도 있었다. 결국 문학 감상 능력은 문학 생산을 위한 필수적인 전제가 되지는 않는다는 사실을 발견할 수 있다. 상호 보완적 관계일 수는 있어도 어느 것이 다른 것의 전제가 되지는 않는다.

뿐만 아니라 학생들의 손에 들려 있는 신무기들은 쓰기를 더욱 쉽게 만든다. 어떤 이들은 디지털 시대의 쓰기는 읽기와 연동되어 간다고 말한다. 그만큼 쓰기가 보편화될 수 있는 환경이 조성되었다는 지적이다. 젊은 세대는 다양한 미디어를 이용해 자기의 이야기를 하기 시작했다. 누가 하라고 하지 않았는데 그들은 그곳에서 그렇게 자신을 표현하고, 나아가 이런 것을 한번 읽어보라는 듯이 읽을거리와 볼거리를 세상에 내놓는다. 그들은 문자와 소리, 화상, 동영상 등을 두루 활용해 자기를 표현하는 데 익숙한 세대이다. 그런 그들에게 우선 이런 저런 고전 작품을 읽고, 먼저 비판적 감상 능력을 갖추라고 끊임없이 요구하는 것은 좋은 방법이 아니다. 그들에게 문학복합체를 만드는 멀티미디적 실천에 참여하도록 유도하는 것이 훨씬 실천 가능한 방안이다.

호주의 퀸즈랜드(Queensland) 주의 2004년 개정된 자국어 교육과정은 '말하기, 듣기, 읽기, 보기, 쓰기, 형상화' 등 6가지 학습 영역을 포함하고 있다. 여기서 주목되는 것은 쓰기 외에 따로 형상화(Shaping) 영역이 설정되어 있다는 사실이다. "형상화(Shaping)는 개인적, 사회적, 문화적, 미학적 목적의 텍스트(글로 쓰이거나, 시각적이며, 멀티모드적인 텍스트)들의 의미를 구성(표현, 제작)하는 것에 초점을 두고 있다. 즉 '형상화하기'는 시각적이거나 좀 더 다양한 층위의 언어로 된 구체적인 텍스트를 제작하는 영역으로 볼 수 있다."38) 퀸즈랜드 주의 교육과정에 등장하는 'Shaping' 영역은 문학복합체를 만드는 멀티미디어적 실천과 여러 모로 유사한 측면이 있다.

문학교육이 참여와 생산 위주로 가야 한다면 그것은 어떤 모습으로 구체화될 수 있을까? 우선 생산의 주체에 대한 문제이다. 대개 문학작품의 창작은 한 사람의 창조적 작가에 의한 고독한 작업이라고 생각되었다. 작가들은 완전 폐쇄된 자기만의 골방에 틀어박혀 작업하는 것을 선호했다.[39] 그런데 그런 작업 방식에 변화가 나타나고 있다. 영화나 드라마의 시나리오는 더 이상 일개인의 창조적 작업 결과가 아닌 시대가 되었다. 네그로폰테는 자신의 책에서 "디지털 세대는 조화와 협동을 통한 지식과 정보의 공유 변형을 통해 문화와 문명의 발전에 기여할 수 있다."고 언급했다. 이제 문화와 문명의 발전은 고독한 개인보다는 **조화로운 협동 작업**에 참여하는 사람들에 의해 가능해진다. 협업이나 집단지성의 중요성이 차츰 커지고 있는 것이다.

> 조화로운 협동 작업
>
> 최근 클라우드가 부상하고 있다. 여기에 힘입어 본격적인 네트워크 컴퓨팅 시대가 멀지 않아 도래한다면, 디지털 협업은 훨씬 손쉽게 이루어질 수 있을 것이다. 참고로, 클라우드는 PC와 스마트폰, 태블릿, 스마트TV 등 모든 디바이스가 서로 통합되고 데이터가 쉽게 이동되는 미래의 컴퓨팅 환경을 말한다.

문학교육은 이런 추세에 맞춰 변해야 한다. '개인'의 창조적 능력을 향상시키기 위한 글쓰기 교육은 지나치게 근대적이다. 문학교육은 협업을 연습하는 교육의 장이 되어야 한다. 예컨대 앞에서 언급했던 삼성 애니콜 광고와 같은 문학복합체를 만들어 내기 위해서는 스토리 작가뿐만 아니라, 영상 전문가, 카피라이터, 웹 콘텐츠 전문가 등 다양한 분야의 사람들이 협력해야 한다. 문학복합체는 이처럼 서로 다른 관심과 능력을 가진 여러 사람들이 협력함으로써 만들어질 수 있다. 이런 과정을 통해 습득한 협력 정신과 방법들은 디지털 사회를 살아가는 소중한 힘이 될 것이다.

그렇다면 학생들이 협력적 참여를 통해 만들어낼 문학복합체는 어떤 내용으로 만들어지는 것이 좋을까? 물론 어떤 것이라도 좋다. 다만 학교에서의 문학교육에서는 일상적 삶과 체험을 대상으로 하는 것이 좋겠다.

특히 자신보다는 주변 사람들의 삶을 형상화하는 작업에 좀 더 비중을 둘 필요가 있다. 이는 2007년 교육과정에서 '문학과 공동체'나 '문학의 생활화' 항목 등을 통해 문학을 삶의 실천으로 보고자 했던 관점과 잘 어울리는 것이다. 학생들은 이 작업을 통해 학습과 생활, 일과 놀이 간의 중간 지대를 체험하게 될 것이다. 학습을 위해 만나는 사람과 실제 생활에서 만나는 사람 간의 구분이 없어지기 때문에 학생들은 학습 부담 없이 훨씬 유희적 상황에서 작업을 진행해 갈 수 있다. 이렇게 함으로써 문학복합체는 미적 대상으로부터 점차 소통의 방법으로 변한다. 즉 미적 커뮤니케이션의 영역을 벗어나 일상적, 문화적 소통을 위한 커뮤니케이션의 영역으로 확장될 수 있다. 앨빈 커넌의 다음 언급은 같은 맥락에서 이해될 수 있다.

> 학생들에게 문학은 현실의 또 다른 범주로 사라져가고 있다. 그곳에서 문학은 말이나 그림, 도표와 같은 다른 수많은 의사소통 방법들, 그리고 인쇄, 텔레비전, 라디오, 비디오, 카세트, 레코드, CD 등과 같이 정보를 효과적으로 수집하고 구성하고 전달하는 다른 수많은 의사소통 양식들 중에서 단지 글을 통한 의사소통을 위한 하나의 테크닉일 뿐이다.[40]

하지만 여기에서 일상적 삶과 체험에 관심을 두는 보다 실제적인 이유도 있다. 그것은 학생들에게 자료를 모으고 취재를 하는 직접적인 경험을 해 볼 수 있게 해준다. 우리나라 글쓰기 교육의 가장 큰 문제점 중 하나가 어떤 주제나 제재를 던져주고 '한번 써 보자'하는 방식이다. 그렇게 되면 학생들은 아무 것도 없이 머릿속에서 글을 쥐어짜느라 고생한다. 무엇보다도 자료를 모으고 취재를 하는 과정을 통해 글쓰기가 이루어진다는 것을 학생들은 알지 못한다. 때문에 취재가 용이하고 다양한 자료를 모으기 쉬운 글쓰기 대상을 찾는 것이 중요한데, 그것이 바로 주변 사람들의 생애사 작업일 수 있다. 그리고 그것은 소설 형식, 영화 형식, 다큐 형식, 사진이나 동영상 등 어떤 매체, 어떤 장르로도 쉽게 만들어질 수 있다.

4. 현재의 문학과 미래의 문학 사이에서

문학(제도)은 단순히 문학작품으로만 이루어지지는 않는다. 등단 같은 작가 제도를 비롯하여, 문학비평 제도, 문학출판 제도, 문학유통 제도 등의 여러 가지 하위 제도들로 구성되어 있다. 그중에서 문학교육 제도는 가장 중요한 하위 제도에 속한다. 문학교육은 문학이 무엇이고, 또 무엇이어야 하는지 정의하고 정립하는 데 있어서 중요한 역할을 하게 된다. 사람들은 학교교육에서 문학이라고 배운 것을 문학이라고 생각한다. 그래서 시와 소설을 다른 종류의 글들과 다른 영역의 특별한 글로 생각한다. 그것은 삶의 진정성과 인간의 존재 의의를 되짚게 하는 글들이라고 생각한다. 하지만 이런 전통적인 의미의 문학에만 초점을 맞춘 문학교육이 지속된다면, 어느 순간 문학은 현재를 반영하지 못하는 퇴영적 제도의 그늘에 갇혀 버릴지도 모른다.

특히 오늘날과 같이 문학을 둘러싼 여러 환경이 급속하게 변하고 있는 상황에서는 더욱 그렇다. 사회문화의 제반 분야에서 변화가 일렁거릴 때, 문학교육은 원래 보수적인 것이라면서 홀로 끝까지 보수적 입장으로 일관한다면? 그래서 언어예술과 언어예술 아닌 것을 나누는데 집착하고, 문학 중심(혹은 우선) 주의를 철저하게 지켜 다른 미디어 콘텐츠를 보조 텍스트로 지레 한정해 버린다면 문학과 문학교육의 장래가 어떻게 될 것인지 진지하게 생각해 보아야 할 때가 되었다. 문학이 지금까지의 모습을 유지하면서 언제까지나 계속될 수는 없을 것이다. 따라서 문학교육은 현재의 문학과 미래의 문학 사이에서 늘 고심해야 한다. 길항하거나 서로 섞여 융합되는 양자를 예의주시하면서 향후 무엇을 문학이라고 말하고 교육할 것인지 고민해야 한다. 그것이 문학교육의 본질적 과제이면서 기본적인 역할일 것이다.

제1부 미주

1) 한혜원, 『디지털 게임 스토리텔링』, 살림, 2005, 8쪽.

2) 장노현, 『하이퍼텍스트 서사』, 예림기획, 2005.

3) 네이버 블로그, http://blog.naver.com/wacho/ 연재가 시작된 때로부터 책으로 출간된 2008년 3월까지 연인원 107만 명의 블로그 방문객이 있었다.

4) 네이버 블로그, http://blog.naver.com/hkilsan

5) 인터넷교보문고 북로그, http://booklog.kyobobook.co.kr/jsweetcity

6) 홍은택의 졸라체 독후감으로, 책 표지에서 인용함.

7) 김영민, 『컨텍스트로, 패턴으로』, 문학과지성사, 1996, 43쪽.

8) 네이버 백과사전, http://100.naver.com/100.nhn?docid=768244

9) 1995년 <우주전함 야마토>를 패러디한 <우주전함 토마토>라는 글이 PC통신에서 인기를 끌면서 시작되었다고 볼 수 있다. 최혜실, 『문자문학에서 전자문화로』, 한길사, 2007, 94쪽.

10) 이남호, 「현대문학 연구의 새로운 방향」, 『돈암어문학』 11집, 1999, 48쪽.

11) 김정남, 「소설과 미디어 환경에 관한 연구」, 『현대소설연구』 32집, 2006, 381쪽.

12) 로이 애스콧은 2008년 10월 한국예술종합학교에서 열린 '예술과 테크놀로지 국제심포지엄'에서 강연하였다. 이 글은 그의 강연에 대한 2000년 10월 13일자 중앙일보 기사를 참고 인용하였다.

13) 최혜실, 『문자문학에서 전자문화로』, 한길사, 2007, 131쪽.

14) '장영혜 중공업 YOUNG-HAE CHANG HEAVY INDUSTRIES'은 1999년 서울에서 창립한 2인조 웹아티스트 그룹이다. 스스로 CEO(최고경영자)라고 칭한 장영혜와 CIO(지식총괄책임자)라 칭한 마크 보주(미국인) 두 명으로 구성된 이 그룹이 초창기 들고 나온 작품은 "삼성은 나를 죽음으로부터 구해 주리라 믿는다"는 구절이 섬뜩했던 '삼성(SAMSUNG)' 연작이었다. http://www.yhchang.com

15) 백낙청, 「2000년대의 한국문학을 위한 위상」, 『창작과 비평』, 2000 봄.

16) <A Million Penguins>, http://www.amillionpenguins.com

17) Korean Poetry Corpus의 줄임 표현. 이하 현대시 코퍼스에 대한 내용은 다음 자료를 참고하였음.
김병선, 「현대시인의 문체적 지문을 찾아서」, 『국어국문학』 143, 국어국문학회, 2006.
김병선, 조창환, 배희숙, 장노현 엮음, 『한국 현대시어 빈도사전』, 한국문화사, 2007.

18) 20,078항목의 규모로, 시인, 제목, 장르, 시집코드, 출처, 출판연도, 판본 정보 등 메타데이터가 수록됨.

19) 현대시 10,099편의 본문과 메타데이터 정보가 수록됨.

20) 2,437종의 시집을 대상으로 시집명, 저자(편자)명, 시집코드, 출판사와 출판일, 저작형태구분(저서인지 역서인지 편저인지) 등의 정보가 정해진 규칙에 따라 수록됨.

21) 61만여 항목. 현대시 본문을 원전 비평을 거쳐 KWOC 형태로 만듦.

22) The Database of Geographical Designation in Korean Novel의 줄임 표현

23) http://aliceon.tistory.com/580 참조.

24) http://www.galleryhyundai.com/teaser/ 참조. 여기에서 작품의 티저 영상을 볼 수 있다.

25) 본고에서 말하는 '멀티미어적 실천'은 그동안 다양한 형태로 논의되어 온 '복합 양식 문식성'의 개념과 관련되지만, 그보다 훨씬 포괄적인 개념으로 이해할 필요가 있다. 그것은 매체복합적 텍스트의 생산, 유통 및 수용 등에 관련된 개념이며, 이에 대해서는 추후 다른 지면을 통한 추가적인 논의가 필요하다.

26) 박사문, 「삼성 애니콜 애니스타일 TV 광고와 웹 광고의 스토리텔링」, 『문화산업과 스토리텔링』, 다홀미디어, 2007.

27) 정재찬, 「상호텍스트성에 기반한 문학교육의 실천」, 『독서연구』 제21호, 2009, 129~133쪽.

28) 정재찬, 「미디어 시대의 문학교육」, 『문학교육학』 제28호, 2009, 341쪽.

29) 근대문학의 발생을 전후한 문학적 규정과 정의들은 다음 책을 참조하여 정리한 것임. 레이몬드 윌리암스, 박만준 역, 『문학과 문화이론』, 경문사, 2003, 63~77쪽.

30) 정현선, 「한국의 교육과정과 미디어 교육」, 『한국언론학회 미디어교육 컨퍼런스』 자료집, 2004, 96쪽.

31) 정재찬, 「상호텍스트성에 기반한 문학교육의 실천」, 『독서연구』 제21호, 2009, 112쪽.

32) 임성규, 「개정 국어과 교육과정 문학 영역에 대한 비판적 검토」, 『국어교육』 124호, 2007, 460~461쪽.

33) "하지만 아직도 창작을 직접 지도하는 문학 교실의 상황은 그리 만만하지 않다. (…중략…) 그것은 단순히 학습자들에게 '한번 써 보자', '신경써서 써 봐라'하는 과제 제시가 일반적인 모습일 뿐 (…중략…) 개작 활동의 경우 창작에만 신경을 집중할 경우보다 오히려 창작 활동이 제대로 이루어지지 못한다는 사실을 고려할 필요가 있다. 주어진 작품에 대한 충분한 감상이 전제되고서야 그 일부분이나 특정 표지의 재구성이 가능하기 때문이다. 또한 단순히 작품의 일부분을 다른 단어나 문장으로 대체하는 것은 '글자 바꾸기 놀음'에 해당할 뿐 전면적인 창작으로 나아갈 수 있는 동력으로 기능할

수 없기 때문이다.”(임성규, 「개정 국어과 교육과정 문학 영역에 대한 비판적 검토」, 『국어교육』 124호, 2007, 458~459쪽)

34) 2010년 12월 3일, 사단법인 한국출판학회의 주최로 <제7차 출판정책 라운드테이블>이 개최되었는데, 이때의 주제는 “위기의 읽기문화, 어떻게 할 것인가”였다.

35) 구모니카, 「위기의 읽기문화, 청작문화부터 해결해야 할 것」, 『위기의 읽기문화, 어떻게 할 것인가?!』(제7차 출판정책 라운드테이블 자료집), 2010. 12, 24쪽.

36) 앨빈 커넌, 최인자 옮김, 『문학의 죽음』, 문학동네, 1999, 270쪽. 참고로, 앨빈 커넌 Alvin Kernan의 『The Death of Literature』은 초판이 1990년 9월 26일에 출간되었다.

37) 이와 관련하여, 읽고 쓰는 능력으로서의 문식성의 역할과 의미가 ‘신화’에 불과하다는 회의적 견해를 주목해 볼 필요가 있다. 회의론자들은 문식성이 언제, 어느 상황에서나 발휘되는 능력이 아니며, 문식성을 갖춘다고 하여도 개인과 사회의 문제가 해결되는 것은 아니라고 주장하며, 또한 그들은 문식성이 단지 특정한 맥락과 상황에서 유효하게 작동하는 능력이기 때문에 그것이 유능과 무능, 합리와 불합리, 효율과 비효율을 결정하는 잣대가 될 수 없다고 생각한다(정혜승, 「문식성(literacy) 교육의 쟁점 탐구」, 『교육과정평가연구』 제11권 제1호, 2008, 165쪽).

38) 정현선, 「한국의 교육과정과 미디어 교육」, 『한국언론학회 미디어교육 컨퍼런스』 자료집, 2004, 97쪽.

39) 이외수가 그런 경우였는데, 최근 이외수는 골방을 탈출하여 SNS의 하나인 트위터를 통해 사람들과 소통하고 거기서 소재를 찾거나 작품을 구상하는 작가로 변신했다는 사실은 참으로 상징적이다.

40) 앨빈 커넌, 최인자 옮김, 『문학의 죽음』, 문학동네, 1999, 270쪽.

디지털 문학의 실제를 탐험하다

기본논의 ● 디지털서사의 구성과 시·공간의 형식
보충논의 ● 다중서술과 영혼서술자

디지털서사의 구성과 시·공간의 형식

1. 이야기 공간으로서의 인터넷

소설이라는 근대적 이야기 공간은 이제 인터넷이라는 새로운 이야기 공간과 힘을 겨루어야 하는 상황에 이르렀다. 뉴미디어로서 인터넷은 더 이상 낯설고 이질적인 매체가 아니다. 그것은 이제 정보의 검색과 열람이라는 일반적인 기능을 넘어서서 우리의 일상이 되었다. 그러면서 예술작업의 도구이자 공간으로서 인터넷의 잠재력이 점차 주목받기 시작하였다. 사람들은 인터넷을 도구로 삼아 인터넷 공간에다 다양한 형식의 예술작품을 만들기 시작했다. 그중의 하나가 인터넷의 서사적(스토리텔링적) 기능이다.

인터넷을 중심으로 하는 디지털 매체의 서사적 기능은 다양한 형태로 구체화되고 있다. 최근 들어 폭넓은 대중성은 물론 학문적 기반까지도 바쁘게 갖추어가는 게임 스토리텔링은 디지털서사의 새로운 지평을 열어가는 선두에 서 있는 것으로 보인다. 게임 스토리텔링은 상호작용성과 화려한 영상성 등을 활용하면서 새로운 서사 패러다임의 만들어 가고 있다. 실제로 한국의 온라인 게임은 게임이라는 장르를 넘어 인류사에 존재했던 어떤 이야기 예술과도 다른, 전혀 새로운 서사 패러다임의 이야기를 출현[1]시킨 것으로 평가되고 있다. 뿐만 아니라 게임학(ludology)의 권위자인 에스펜 아세스는 한국의 다사용자 게임들을 두고 인간 커뮤니케이션의 미래에 영향을 미칠 수 있는 거대한 사회적 실험[2]이라고 평가했다.

디지털 매체의 네트워크 기능만을 주로 사용하는 네트워크 서사도 디지털서사의 한 분야로 들 수 있다. 이 분야는 종래의 인쇄된 소설 텍스트와 별로 다르지 않으며, 1부에서 언급한 바 있는 블로그 소설을 비롯하여 팬픽, 문학웹진 등의 문학현상으로 나타난다. 또한 인터랙티브 영화와 홀로그램도 디지털서사의 한 분야로 들 수 있는데 이는 아직 완성되지 않은 미래적 형식에 가깝다. 홀로테크 테그놀로지의 기술을 활용함으로써 이용자가 강력한 몰입을 통해 사건이 일어나는 장소에서 가상 캐릭터들과 함께 하면서 사건을 직접 체험하는 형식의 이야기가 여기에 속한다 할 수 있다.[3]

그리고 지금부터 다루게 될, 온라인 하이퍼서사(OHN, Online Hypertext Narrative)를 들 수 있다. 하이퍼서사는 잘게 쪼개진 텍스트 즉 단위텍스트들을 인터넷 매체의 작동방식인 하이퍼링크를 통해 연결해 가는 디지털서사의 가장 전형적인 형식으로, **CD-ROM** 같은 오프라인 매체에서보다 온라인 매체에서 비로소 의미있게 작동하게 된다. 링크라는 인터넷 매체의 보편적인 특성을 서사 전개에 주로 활용한다는 측면에서 디지털 매체의 보급 이후 가장 손쉽게 자리잡을 수 있는 분야라고 생각되

> **≪디지털 구보 2001≫**
> 한국에서 최초로 실험된, 그리고 아직까지는 유일하게 본격 하이퍼서사물로 남아있는 ≪디지털 구보≫는 북토피아와 인터넷MBC가 공동으로 제작하여 각각의 서버를 통해 서비스했다. 그러나 2002년 들어 MBC가 서비스를 중단했고, 그 후 북토피아마저도 어느 시점부턴가 서비스를 중단함으로써 한때 웹상에서 완전히 자취를 감추었다. 2005년 들어 북토피아가 서비스를 재개함으로써 ≪디지털 구보 2001≫은 하이퍼서사로서 생명력을 잠시 회복했으나, 2006년 현재는 다시 서비스가 끊긴 상태이다. ≪디지털 구보 2001≫, http://hyper.booktopia.com/contents/hypertext/ (북토피아)

기도 했다. 하지만 아직껏 국내에서는 ≪디지털 구보 2001≫ 이외에는 이렇다 할 하이퍼서사 작품이 나오지 않고 있는 실정이다.

국내에서 하이퍼서사의 생산이 활발하지 못한 이유는 여러 가지일 수 있다. 무엇보다도 그동안 이야기 생산을 담당했던 기성 소설가들은 디지털 매체에 대한 이해가 여전히 부족하고 반면에 디지털 매체에 익숙한 세대는 아직 이야기 생산의 주된 담당층으로 성장하지 못한 점을 가장 먼저 꼽을 수 있다. 태어날 때부터 디지털의 세례를 받은 젊은 세대가 하루 빨리 성장하여 본격적인 디지털 문학에 관심을 갖게 되기를 바란다. 또 다른 이유로, 국내의 인터넷 서비스 공급자들이 하이퍼텍스트 서사를 창작할 수 있는 대용량 웹서비스 공간을 제공해 주지 않고 있다는 점, 창작에 활용할 수 있는 쉬운 창작 툴이 없다는 점 등을 꼽아볼 수 있겠다. 인터넷 서비스 중에서 가장 보편적인 웹 서비스 공급자들, 예컨대 상업적인 포털사이트 업체들이나 문학 관련 주요 기관 사이트들이 하이퍼서사의 창작 활동을 주도적이고 적극적으로 이끌려는 의지와 이를 뒷받침하는 웹공간을 확보해 주는 것이 하이퍼텍스트 서사의 창작 기반 확대에 매우 필요한 과제라고 생각한다. 더불어 웹페이지 작성에 통상적으로 사용되는 '나모'나 '드림위버' 같은 일반 웹에디터가 아니라 하이퍼텍스트 서사를 창작하기 위한 특수 용도의 전용 서사 에디터 개발도 뒤따라야 한다.

하지만 이런 이유들은 오히려 부차적일 수 있다. 보다 근본적인 이유는 우리 사회 어느 누구도 하이퍼서사를 진지하고 본격적으로 경험해 보지 못했다는 데 있다. 이와 함께 이론적 연구도 부진을 면치 못하고 있다. 성공적인 디지털서사를 만들어내는 창작 원리나 프레임워크, 디지털 스토리를 평가하거나 분석하는 데 활용할 이론적 틀 등이 거의 연구된 바 없다. 서구에서 생산된 하이퍼서사 작품에 대한 간단한 요약 소개

정도로는 하이퍼서사에 대한 경험을 일반화할 수 없을 뿐더러, 이론적 측면에서도 진전된 연구를 기대하기 어려운 게 사실이다. 실험적인 창작과 이를 바탕으로 한 이론적 모색이 필요한 시점인 것이다. 일본에서 만들어진 ≪99인의 최종전차≫을 심층 분석해 보려 하는 것은 그런 이유 때문이다. 온라인 하이퍼서사물(OHN)에 대한 국내 문화계의 관심을 유도하고 더불어 이에 대한 이론적 논의를 시작하는 데 조금이나마 도움이 될 것을 기대하는 것이다.

2. 하이퍼서사의 존재 방식

매체가 바뀌면서 서사물의 존재방식이 달라지게 되었다. 이에 따라 연구방법론 또한 달라지지 않을 수 없다. 근대소설은 물리적으로 존재하는 인쇄 제본된 책이 연구 대상으로 쉽게 확정될 수 있지만 하이퍼텍스트 서사의 경우에는 좀 더 복잡한 과정이 필요하다. 이 과정은 연구를 위한 전제로서, 연구 대상이 되는 서사물을 확인하고 텍스트의 경계를 확정하는 작업에 해당한다. 하이퍼서사물의 연구가 아직 고유의 방법론을 확립하지 못한 상황이기 때문에 이 글에서는 이를 자세히 다루어 보도록 하겠다.

먼저, 연구 대상이 되는 서사물의 존재 위치를 확인하는 과정이 필요하다. 이는 서사물이 저장된 곳의 URL과 그것을 관리 운영하는 주체를 밝히는 일이다. 온라인 하이퍼서사물(OHN)은 미러사이트의 형태로 여러 곳에서 서비스될 수도 있다. 이는 인쇄된 소설의 판본이 몇 개가 동시에 존재할 수 있는 것과 유사하다. 그러나 인쇄본 소설이 작가의 일점일획을 소중히 여겨 어떤 변경도 허용하지 않는 것과는 달리, OHN은 시간의 흐름에 따라 변화를 거듭하면서 서사가 변경되거나 확장되게 된다. 동일한 상태에서 출발한 미러사이트들도 시간이 흐르면서 전혀 다른 모습으로 성장해 갈 수 있다. 따라서 OHN의 URL을 정확히 확인하는 과정은 온라인 서사 연구의 첫발이 된다. URL과 더불어 그 URL을 유지하는 관리 주체를 함께 밝혀 주어야 한다. 관리 주체는 기관, 단체, 개인 혹은 업체 등으로 다양할 수 있다. 따라서 관리 주체의 성격에 대한 간단한 파악도 이루어져야 한다. 이는 인쇄본 소설의 출판사를 밝히는 것과 같은 의미가 된다. 또한 시간이 흐름에 따라 달라지는 하이퍼서사물의 특성 상, 대상 텍스트의 조사 시기에 대한 명시도 반드시 필요하다.[4]

본 연구의 대상이 되는 ≪99인의 최종전차≫(이하 ≪99인≫으로 칭함)는 [http://book.shinchosha.co.jp/99/top.htm]에서 서비스되고 있다. 이 URL은 일본 출판업체인 신조사에서 유지 관리하는 서버 상에 위치한다. ≪99인≫은 1996년 4월부터 연재되기 시작하여 지속적인 업데이트가 이루어져 오다가 2005년 1월 6일 최종 업데이트를 통해 완결되었다. 연재 초기에는 모뎀을 이용하는 열악한 인터넷 환경 때문에 지금과는 많이 다른 인터페이스를 가지고 있었다고 한다. 한 예로 현재의 화면구성은 프레임을 사용하고 있지만 처음에는 프레임 없는 화면으로 이루어져 있었다고 한다. 본 연구는 2006년 4월에서 7월 사이에 조사된 ≪99인≫을 연구대상

[그림 3] ≪99인의 최종전차≫ 처음화면. 맨 위에 '하이퍼텍스트 소설'이라는 표기가 있고, 그 아래쪽으로 2005년 1월 6일에 최종 업데이트 되었다는 표시도 보인다. (자료 출처 : www.shinchosha.co.jp)

텍스트로 한정한다. (참고로, 2013년 7월 현재도 ≪99인≫은 온라인 상에서 정상 작동하고 있음.) 이에 따라 논프레임 상태의 인터페이스로 서비스되었던 초기 버전은 연구 대상에서 제외된다.

그러나 이와 같은 형식적인 문제를 해결했다고 해서, OHN의 경계가 분명해졌다고 할 수 없다. 두께가 정해져 있는 책이나 CD롬 등의 오프라인 매체와는 달리, OHN은 가시적이고 명확한 경계를 갖고 있지 않다. 이런 현상은 일차적으로는 인터넷의 끝없는 링크 때문에 생겨나는 문제로 보인다. 하지만 좀 더 근본적인 이유를 따지고 들면 OHN 저자들의 서사 창작 의식의 변화와 만나게 된다. OHN 저자들은 포스트모던한 세계 속에서 디지털 매체를 통해 작업한다. 때문에 그들은 혼성모방이나 다시쓰기(일종의 패러디), 다중서술 등의 포스트모던한 기법에 익숙하다.

예컨대, 목진요의 <a Circular Story>5)는 다시쓰기로서의 하이퍼텍스트 문학의 속성을 보다 정교하게 만들어내고 있다.6) 그는 17개의 픽션으로 구성된 보르헤스의 책을 구 단위까지 순서 없이 해체하여 그 요소들로 다시 짧은 소설을 만들었다. 처음화면의 오른쪽에는 보르헤스의 <FICTIONS>이라는 책의 표지를 놓았고 왼쪽에는 <a Circular Story>라는 제목을 배치했다. 제목 아래에는 텍스트가 목진요에 의해 추출되고, 해체되고, 재분류되었다는 설명이 덧붙여져 있다. 이 처음화면을 클릭해 들어가면 오른쪽에는 보르헤스 작품의 원문이 있고 왼쪽에는 그 원문에서 뽑아낸 구들과 문장들로 만든 이야기가 있다. 왼쪽의 어떤 문장을 클릭하면 오른쪽에서는 그 문장이 포함된 보르헤스 책의 원문 페이지를 보여주는 인터페이스 구조를 구현하고 있다. 독자는 분명 목진요의 작품 속에서 보르헤스의 작품을 함께 보게 된다.

그렇다면 목진요의 <a Circular Story>의 경계는 어디까지인가 하는 문제가 발생한다. 왼쪽의 재구성된 문장들로 만들어진 이야기만 목진요의 작품인가? 아니면 재구성된 문장들을 클릭하면 그에 따라 바뀌는 오른쪽의 보르헤스 <FICTIONS>까지도 목진요의 작품 안으로 흡수되는가? 우리가 왼쪽의 이야기만을 목진요의 작품으로 쉽게 한정해 버릴 수 없는 이유는 독서 과정에서 체험하게 되는 독서효과 때문이다. 왼쪽의 이야기는 그것만을 단독으로 읽을 때보다는 오른쪽 보르헤스의 작품을 함께 읽을 때 훨씬 다양하고 깊은 느낌으로 다가온다. 이런 독서효과를 목진요가 의도했다면, 그의 텍스트는 보르헤스의 작품과 함께 할 때에 (혹은 그것에 기대거나 그 곁에서) 비로소 완성되어 간다는 창작의식에 기초하고 있다고 봐야 한다. 참고로, 보르헤스도 이탈리아 판본과 영어 번역본이 왼쪽과 오른쪽에 나란히 실린 어떤 책에 대한 자신의 독서법을 소개하면서 이와 비슷한 독서체험을 언급한 바 있다. "나는 다음과 같은 독서법을 생각해냈습니다. 우선 영어 산문 3행으로 이루어진 한 개의 연을 읽고, 나중에 똑같이 3행으로 이루어진 한 개의 연을 이탈리아어로 읽는 방법이었습니다. 그렇게 한 개의 노래가 끝날 때까지 계속했습니다. 그런 다음 모든 노래를 영어로 읽고서 다시 이탈리아어로 읽었습니다. 이런 첫 번째 독서에서 나는 번역은 원작품의 대체물이 아니라는 것을 깨달았습니다."[7]

  이처럼 OHN 저자들은 근대소설 작가들에게 주어졌던 독창성에 기초한 창작의식과는 확연히 다른 창작의식을 갖는다. OHN 저자들의 변화된 서사 창작의식과 변화된 서사기법으로부터 하이퍼서사의 끝없는 확장 구조가 나타나게 된다. 연구자들이 이런 확장 구조에서 허우적거리지 않기 위해서는 임의적 경계가 필요하다. 바로 이런 점 때문에 OHN 연구는 연구 대상 작품의 경계를 확정하는 것에서 출발하지 않으면 안 된다. 그러나 그것은 말처럼 쉽지 않다.

필자는 이미 다른 글에서 OHN의 경계를 확정하는 과정에서 '내부 텍스트'와 '외부 텍스트', 그리고 '서사 텍스트'와 '서사 밖 텍스트'라는 새로운 개념[8]의 사용을 제안한 바 있다. 내부 텍스트란 특정 작품 속에 링크된 수많은 다종의 텍스트들 중에서 하나의 서사적 경계 내에서 읽히거나 연구되어야 한다고 인정되는 텍스트들을 말한다. 다시 말하면 그것은 동일한 서사적 목적과 의도와 관련되는 텍스트들이다. 반면에 외부 텍스트란 어떤 하이퍼서사물 속에 링크되어 있지만 서사적 목적이나 의도 등이 원래 서사물과 확연히 다른 텍스트를 말한다. 내부 텍스트와 외부 텍스트는 링크 표지를 통해 서사물 속에 뒤섞여 있기 때문에 이를 구분하는 작업은 분명한 기준에 따라 이루어져야 한다.

그럼, 무엇이 합리적인 기준이 될 수 있을까? 우리는 우선 '**처음화면**'과 동일한 서버의 동일한 루트 디렉토리 안에 존재하는 일련의 텍스트인가 아닌가 하는 점을 기준으로 제시할 수 있다. 그리고 처음화면에 표시된 저작권자 혹은 운영자와 동일인의 텍스트인지의 여부를 부가적인 판단 기준으로 삼을 수 있다. 큰 틀에서는 처음화면과 동일 서버의 동일 디렉토리에 저장된 텍스트는 모두 내부 텍스트에 해당하며, 그렇지 않을 경우는 대부분 외부 텍스트라고 보아도 된다.

> 처음화면
>
> 하이퍼텍스트 서사물의 연구에서 '처음화면'이라 함은 특정 하이퍼서사물의 맨 처음 페이지를 말하며, 통상적으로 제목, 관련 이미지, 저작권 등이 표시되게 된다. 인쇄본 소설의 겉표지에 해당하며, 일반적인 웹사이트에서는 인트로페이지, 혹은 메인페이지 혹은 톱페이지(top page) 등으로 불린다.

저장 공간을 내부/외부 텍스트를 나누는 우선적인 기준으로 삼는 이유는 OHN의 특성 때문이다. OHN은 근대소설처럼 한 사람의 작가에 의해 완성되기보다 여러 포괄적 원작자들의 협력을 통해 성장해 간다. ≪99인≫의 경우에도 이노우에 이외에 타케마루 아비코, 케이고 미사키, 캔지 쿠로다 등이 포괄적 원작자로서 텍스트 집필에 참여하고 있다. 그들은 등장인물 중에서 마츠도 마사오, 오오타키 쥰타, 미즈구치 테츠야,

사야마 미치코 등의 단위텍스트를 집필하였는데, 텍스트의 성격 상 이들도 내부 텍스트로 분류된다. 이처럼 포괄적 원작자들이 텍스트 생산에 협력하기 때문에 **OHN**은 한 명의 집필자에 의해 완성되지 않는다. 즉 **OHN**은 어떤 집필자(저작권자)의 인격적 구분에 의해 경계 지어진다고 보기는 힘들다. 그렇다고 책처럼 물리적 경계가 있지도 않다. 지속적인 변화를 수반하는 **OHN**에서 그나마 일관성을 유지하는 것은 텍스트가 저장되는 서버공간이다. 뿐만 아니라 텍스트가 저장된 디렉토리가 같다는 것은 제작시기와 제작자가 같고, 제작시기와 제작자들이 같다는 것은 서사 목적과 의도에 어떤 공통점이 있다고 볼 수 있다. 따라서 저장 공간을 기준으로 내부/외부 텍스트의 경계를 나누는 것은 나름대로 합리적인 대안이 된다. 이런 기준에 따라 판단해 볼 때, ≪99인≫의 경우는 'book.shinchosha.co.jp'의 URL를 가진 신조사 서버의 '99' 루트 디렉토리에 저장된 단위텍스트들이 대부분 내부 텍스트로 분류될 수 있다.

한편 연구자의 판단이 필요한 좀 더 예외적인 경우도 있다. 처음화면과 동일한 디렉토리에 저장된 텍스트가 아닌 경우라도 저작권자 혹은 운영자가 동일한 경우에는 내부 텍스트로 인정해야 하는 것들이 있을 수 있다. 예컨대 처음화면에 링크되어 있는 <독자담화실>과 <夢人.com>은 저장 위치가 다르다. <독자담화실>은 'ww.linkerbell.com/99'이라는 URL를 가지고 있어서 처음화면과는 다른 서버의 다른 루트 디렉토리에 저장되어 있지만 루트 디렉토리명이 '99'로 다른 내부텍스트와 동일한 형태이다. 또한 ≪99인≫의 제작진 중 한 사람인 니시오 타쿠로우(별명 きる編)가 직접 관리 운영할 뿐 아니라, 독자들의 게시글이 다양한 형태로 서사의 창작과 독서에 직접 영향을 미치고 있다. 이런 이유들 때문에 <독자담화실>은 내부 텍스트로 분류하여 연구의 직접 대상으로 삼아야 할 필요가 있다. 반면 <夢人.com>에 링크된 자료들은 이

노우에의 개인 홈페이지로서 연구에 참고할 만한 외부 텍스트가 된다.

≪99인≫에 링크된 여러 종류의 단위텍스트들을 내부 텍스트/외부 텍스트로 구분함으로써 작품의 경계를 확정하였다. 그런데 확정된 내부 텍스트는 다시 '서사 텍스트'와 '서사 밖 텍스트'로 나눠지며, 서사 텍스트는 다시 '기능성 서사 텍스트'와 '이야기성 서사 텍스트'로 나뉠 수 있다. 우선, 서사 밖 텍스트란 순수 서사 텍스트를 제외한 주해, 후기, 편집자의 개입 등을 일컫는다. ≪99인≫의 처음화면 <소설읽기>에 링크된 텍스트들은 서사 텍스트이며, 이를 제외한 다른 내부 텍스트는 서사 밖 텍스트에 해당한다. 또 기능성 서사 텍스트란 주로 서사적 전개에 영향 미치는 모든 인터페이스를 말한다. ≪99인≫에서는 지하철 노선도, 시계 등의 시간 표지들, 등장인물의 캐리커처 등이 기능성 서사 텍스트에 속한다. 이들은 주로 왼쪽 프레임에 위치하면서 독자들이 독서 순서를 제어하게 함으로써 독서 행위를 통한 이야기의 완성에 영향을 미치게 된다. 특히 103명의 등장인물 캐리커처는 독자들로 하여금 읽고자 하는 인물의 이야기를 예상하도록 유도하는 역할을 함으로써, 기능성 서사 텍스트가 단순히 페이지를 넘기는 기능적 행위를 넘어 이야기의 완성에 직접 관여하게 됨을 보여준다. 독서행위에 직접 영향을 미치는 '이야기성 서사 텍스트'는 '기능성 서사 텍스트'의 제어를 통해 독자가 읽게 되는 이야기 자체를 말한다.

내부텍스트-서사텍스트를 중심축으로 ≪99인≫을 감상하려면 우선 처음화면에서 <소설읽기>를 클릭한다. 상하 3단으로 분할된 화면이 열리는데, 처음화면을 심도1로 볼 때, 이 화면은 심도2에 해당한다. 이곳에는 항행 아이콘, 긴자센 지하철 노선도, 차안과 플랫폼 약도 등의 기능성 서사 텍스트들이 주로 배치되어 있다. 현재 전차는 아사쿠사역과 시부야역에 멈춰서 있는데 독자는 역(장소)과 시간을 선택할 수도 있고, 인물을 선택할 수도 있다. 그리고 인물 인텍스 화면과 장소/시간 인텍스 화면으로 바로 전환하기 위해 가장 위쪽의 항행 아이콘을 클릭할 수도 있다. 심도2의 화면들은 2개의 프레임을 조합한 화면으로, 모두 루트 디렉토리(99) 아래의 "inde" 디렉토리에 저장되어 있다.

심도2에서 한 단계 더 클릭해 들어가면 심도3에 해당하는 서사 텍스트가 열린다. ≪99인≫의 핵심 부분으로, 103명의 이야기가 시간/장소별로 전개된다. 역시 좌우 2개의 프레임을 조합한 화면 구성을 보여준다. 왼쪽 프레임은 기능성 서사 텍스트들이 배치된 공간이고, 오른쪽은 이야기성 서사 텍스트들이 배치된 공간이다. 왼쪽 프레임에서는 인물 인텍스와 장소/시간 인텍스를 번갈아 펼쳐 볼 수 있다. 오른쪽 프레임에는 상하 3단으로 텍스트 공간이 분리되어 있다. 위쪽부터 시간/장소·인물명·인물캐리커처 공간, 중심서사 텍스트 공간, 관련 인물 링크 공간으로 구성되어 있다. 그리고 상하에 앞뒤 시간대로 이동할 수 있는 항행 아이콘이 놓여 있다.

연구의 전제로서 대상 작품을 확정하는 마지막 과정으로 저자 문제를 간단히 살펴보자. 모든 디지털서사는 창조적이고 고독한 개인보다는 그러한 개인들의 협동 작업을 통해 만들어진다. 여러 명의 개발자들에 의해 개발되며 무수히 많은 사용자들의 참여로 완성되는 게임서사는 협동 작업의 산물이라는 디지털서사의 특성을 잘 보여준다. 하이퍼서사물의 경우도 이와 다르지 않다. 필자는 이전 글9)에서 이를 '포괄적 원작자' 개념으로 설명한 바 있다. 포괄적 원작자란 디지털 서사물을 생산하는 데 관여하게 되는 텍스트 집필자, 서사 구성자, 사이트 기획자 등을 두루 포함하는 말이다. 이인화는 '집합 지능(collective Intelligence)'10) 개념으로 디지털서사의 저자 문제를 설명했다. 그는 디지털 시대의 사회적 조건이 인간의 창조성을 격려하면서 집합지능에 의한 새로운 삶의 비전들을 만들어낼 것이며, 그 결과 정보화시대의 디지털 스토리텔링은 단일한 작가, 단일한 화자의 통일된 목소리와 결별한다고 말한다. 그리고 사용자들을, 네트워크화된 개인주의 사회 속에서 개인의 정체성 인식보다는 아름다움에 대한 취향과 진리와 정의에 대한 자기 윤리를 네트워크 속에서 구현하고 공유하는 데 더 중요한 가치를 두는 새로운 개인들로 설명한다.

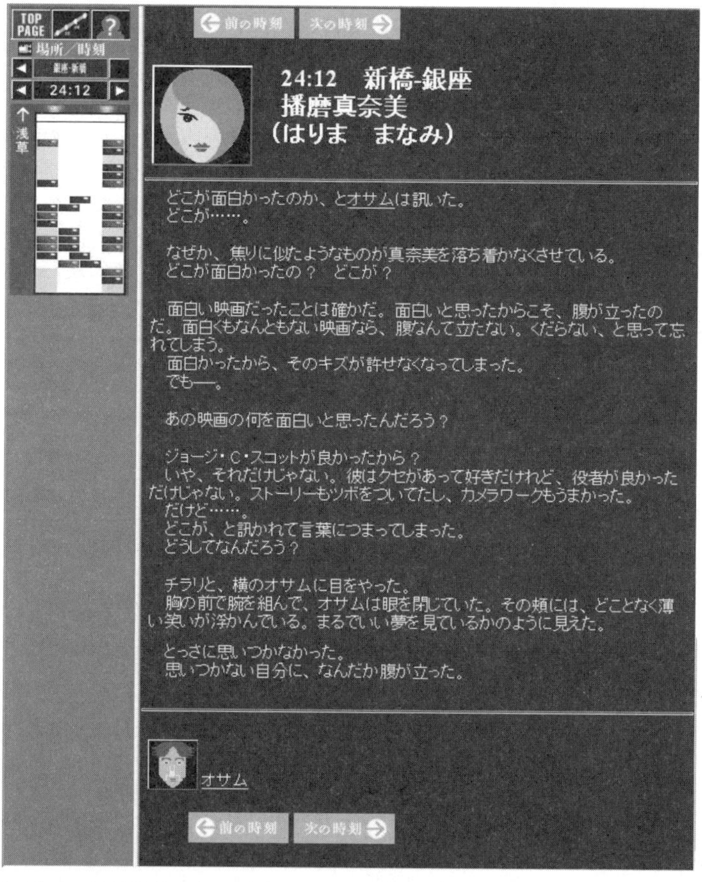

[그림 4] ≪99인의 최종전차≫의 심도3의 화면. 좌우 2개의 프레임을 조합한 화면 구성으로, 왼쪽 프레임은 기능성 서사 텍스트들이 배치된 공간이고, 오른쪽은 이야기성 서사 텍스트들이 배치된 공간이다. (자료 출처 : book.shinchosha.co.jp)

이런 관점에서 볼 때, ≪99인≫을 이노우에 유메히토라는 단일 저자에 의한 작품이라고 말하는 것은 타당한가? 처음 화면의 저작권 표시란에는 이노우에만을 유일한 저작권자로 표시하고 있지만 이는 지난날 소설가가 누리던 권위에 의존하고 있는 방식일 뿐이다. 왜냐하면 소설가들에 의한 문자의 연속적 배열만으로 이야기의 의미를 만들어내던 인쇄서사와는 달리, 하이퍼서사물의 의미는 다양한 곳 ― 텍스트 자체, 인터페이스 구조, 캐릭터, 심지어는 편집과정까지도 ― 으로부터 생산되고 조합되기 때문이다. 이에 따라 의미 생산의 주체도 다양화되게 된다.

≪99인≫의 경우 이노우에와 함께 의미의 생산과 조합에 관여하는 주체로는 누구를 지목할 수 있을까? 우선 이야기성 서사 텍스트와 관련하여, 분량으로 치면 이노우에에게 크게 못 미치지만 타케마루 아비코, 케이고 미사키, 캔지 쿠로다 등을 포괄적 원작자의 범주에 포함시키는 데는 별다른 이견이 없을 것이다. 이들이 쓴 단위텍스트들의 하단에는 저작권자로 이들의 이름이 명시되어 있다. 그런데 기능성 서사 텍스트 창작에 관여한 두 사람, 인터페이스 디자인을 기획하고 이를 실현한 무카이 유우이치(向井裕一)와 등장인물의 일러스트를 그린 타니구치 쥰베이(谷口純平)는 어떤가? 타니구치 쥰베이의 다음과 같은 언급은 ≪99인≫이 결코 한 사람에 의해 완결되지 않음을 보여준다.

처음 수십 명은 이노우에 씨의 문장을 보면서 일러스트를 그렸지만 차츰 그렇게 되지 않았습니다. 그리는 사이에 처음과는 캐릭터의 그리는

이노우에 유메히토

1950년 후쿠오카현 출생. 본명은 이노우에 이즈미(井上泉). 德山諄一와 함께 '岡嶋二人'라는 필명으로 데뷔했다. 82년 데뷔작 「짙은 갈색의 파스텔」로 에도가와 란포상(江戶川亂步賞)을 수상했고, 85년 「초콜릿 게임」으로 일본추리작가협회상을 수상했다. 89년의 ⟨클라인의 단지⟩를 마지막으로 德山諄一과의 공동작업을 끝내고, 이후는 이노우에 유메히토(井上夢人)라는 필명을 사용하기 시작했다. ≪ダレカガナカニイル…≫ ≪パワー・オフ≫ ≪もつれっばなし≫ ≪オルファクトグラム≫ 등을 발표했다. 2000년부터는 소설가들이 직접 운영하는 웹 사이트 「e-NOVELS」에서도 활동하고 있다.

> 방법이 달라졌습니다.……이노우에 씨가 소설을 쓰기 전에, 일러스트의
> 얼굴을 보고 다소라도 영감을 받았다면 아주 기쁘겠습니다.[11]

이러한 언급을 통해서, 멀티미디어를 지향하는 하이퍼서사의 특성 상 시각적인 일러스트가 이야기의 생산과 소비 과정에서 그 의미에 어떤 형태로라도 가담하게 됨을 확인한다. 인터페이스 디자인을 포함한 다양한 기능성 서사 텍스트가 문자의 선형적 배열만을 중요시 하던 관습에 유의미한 저항을 하고 있는 것이다.

그밖에, 편집자인 니시오 타쿠로우(西尾琢郎)의 경우는 어떤가? 그도 역시 ≪99인≫의 제작에 큰 영향을 미치고 있다. 그는 독자게시판을 운영하면서 독자들의 의견이 작품에 반영되도록 하는 역할을 하고 있다. 더욱 흥미로운 점은 그가 등장인물의 한명으로 작품 속에 등장하여 자기 반영적이며 자동기술적인 텍스트를 집필하고 있다는 점이다.

> 내가 하는 일은 유메히토(夢人)가 보내온 원고의 체재를 정돈하고, 웹
> 에 올리는 것이겠지? (…중략…) 좋아, 이렇게 되면, 작자의 이름을 고쳐
> 써 버리자. 이 소설을 쓰고 있는 것은 바로 나이기 때문에, 내 이름을 당
> 당히 톱 페이지에 기록하는 것이다. 그렇게 한다고 뭐가 나쁜가? 이것은
> 내 작품이다.
>
> — 니시오 타쿠로우, 24 : 07

인용문은 OHN 편집자에게 저자의 역할마저 요구하는 상황을 작품 내적으로 다루고 있어서 흥미롭다. 그만큼 OHN 편집자의 역할은 단순하지 않다. 인용문에서 볼 수 있듯이 편집자가 저자의 이름을 탐할 만큼 작품에 큰 영향을 미치게 되는 것이다. 때문에 니시오 타쿠로우 역시 포괄적 원작자에 포함되어야 하는 것이다.

그런데 ≪99인≫의 포괄적 원작자에 대한 이러한 논의에도 불구하고, 여전히 현재로서는 하나의 서사물이 한 명의 작가에 의해 창작된다는 문학적 관습에 저항하기는 힘겁다. 따라서 OHN의 창작과 유통이 확대되고 이에 대한 연구가 성숙되어 저자에 대한 문학적 관습과 인식에 변화가 생겨날 때까지 한 명의 작가를 중심으로 서사물을 이해하는 전통을 인정하지 않을 수 없다. 필자는 이를 대표저자 혹은 핵심저자로 이름 붙이고, ≪99인≫의 경우에는 이노우에 유메히토를 대표저자로 불러 무방하다고 생각한다.

3. 하이퍼서사의 서사 구성 방식

서사 구성 요소들은 개별 서사물에서 여러 상이한 방식으로 다루어진다. 특히 매체가 바뀌면 그 상이함은 더욱 커진다. 디지털서사에서 서사 구성 요소들을 다루는 방식은 인쇄서사와 다를 수밖에 없다. 이야기가 야기하게 될 의미나 암시의 폭도 달라지고, 서사꾼이 역점을 두게 되는 이야기의 국면도 달라지게 될 것이다. ≪99인≫을 통해 하이퍼서사에서 이야기를 다루는 방식 즉 서사 구성 방식이 어떻게 변화하고 있는지 분석해 보기로 하자.

3.1. 개체적 구성과 선형적 구성

하이퍼텍스트 서사만의 특징적인 서사 구성 원리를 분석해 내기 위해서는 우선 전통적인 서사 구성 원리를 정식화해 볼 필요가 있다. ≪99인≫은 103명에 이르는 개별인물에 관한 수많은 이야기들의 모임이다. 각 이야기들은 서로 다른 인물, 서로 다른 내용이나 주제를 다룬다. 완결성이 다르고 장르가 상호 이질적인 이야기들이 아주 낯선 방식으로 한데 어울려 있다. 가정 폭력에 시달리다 가출하는 주부의 이야기, 유아 납치범 이야기, 외계의 별에서 파견된 지구 정찰대원 이야기, 몸 안에 핵연로를 탑재한 인조인간형 살인기계 이야기, 젊은 직장 동료들 간의 얽히고설킨 사랑이야기 등등. 어떤 독자는 ≪99인≫에서 연애소설이나 범죄소설을 발견할 수도 있고, 어떤 독자는 공상과학이나 미래소설을 읽게 될 수도 있다.

이처럼 다양한 등장인물과 이질적인 이야기들로 구성된 ≪99인≫은 『**용재총화**』 등과 같은 전통시대의 야담집에 실린 인물이야기들을 연상시킨다. 『용재총화』는 저마다 독립된 즉 개체화된 이야기들을 병렬적으로 늘어놓는 구성 방식을 취

『용재총화』
『용재총화』는 조선 중기에 성현(成俔)이 지은 필기잡록류에 속하는 책이다. 성현이 이 책에서 이야기하는 인물들은 왕세가(王世家)와 양반 관료는 물론이고, 유학자, 서화가, 음악인, 문인 또는 당시 사회에서 천대받던 과부나 중, 복서(卜筮), 기생, 탕녀(蕩女)에 이르기까지 다양하며, 이야기의 내용도 단순한 일화에서 해학담(諧謔譚), 소화(笑話)에 이르기까지 다양하다.

하고 있다. 이 이야기들은 책이라는 형태 속에서 선형성을 취하는 것처럼 보이지만 사실은 연속적으로 나열되어 있는 앞뒤 이야기들이 별다른 상관성을 갖지 않는다. 따라서 독자가 어느 곳을 먼저 읽어도 문제되지 않기 때문에 병렬적이다. 이것을 개체적 구성 원리라고 부를 수 있다.

≪99인≫은 일차적으로는 『용재총화』의 이야기들과 몇 가지 점에서 닮은 점이 있다. 여러 인물에 관한 이야기들을 순서 없이 제시하고 있다는 점, 등장하는 인물의 삶 전체를 두텁게 다루지 않고 한 순간만을 부각시켜 일화처럼 짧게 다룬다는 점, 현실적인 소재에서부터 합리적으로 이해되지 않는 기이한 주제까지를 두루 포괄하고 있다는 점 등은 양자에서 동일하게 확인된다. 그러나 『용재총화』와 ≪99인≫이 동일한 방식으로 이야기를 다룬다고 할 수는 없다. 개체적 구성 방식에서 모든 이야

기는 스스로 중심에 위치한다. 그러면서도 다른 이야기를 주변으로 밀어
내지도 않는다. 그것이 가능한 것은 모든 이야기들이 서로 간에 아무런
관계도 맺지 않기 때문이다. 관계 맺음을 위한 어떠한 고려도 발견되지
않는다. 이야기의 나열은 이야기 자체의 의미를 최대한 배제한 상태에서
편자의 이야기 외적인 의도만 반영되어 있을 뿐이다. 따라서 이야기 자
체로는 무의미한 순서가 있을 뿐이다.

근대소설은 전통시대의 야담집이 보여주는 개체적 구성 방식을 탈피
하여 구성요소들 간에 긴밀한 인과적 연관성을 중시한다. 과학적 세계관
이 널리 퍼짐에 따라 현실의 사건들은 인과적 연관의 고리 안에서 발생
한다고 여겨졌다. 그에 따라 인과적 질서에서 벗어나는 우연적 요소는
서사의 세계에서도 축출되었다. 이야기에 채택된 구성요소는 어느 것 하
나 빠지지 않고, 합리적인 설명이 가능한 인과적 선후에 따라 연결되어
야 했다. 그리고 그 연결은 선형적인 모습으로 나타나게 된다. 인쇄매체
를 기반으로 하는 근대소설의 이러한 서사 구성 방식을 선형적 구성 원
리라고 단순화해 볼 수 있다. 선형적 구성 원리는 서사의 중심을 하나의
축선 상에 배치하는 방식이다. 축선 상에서 먼 곁가지 이야기는 주변적
이고 부수적인 이야기로 격하되기 때문에 이야기들은 중심과 주변이 나
누어진다. 이른바 여담이란 이야기의 축선 상에서 빗겨나 있는 이야기들
을 말한다.

3.2. 클러스터 구성 원리

디지털 매체를 기반으로 하는 OHN의 하나인 ≪99인≫이 보여주는
서사 구성 원리는 무엇인가? 전통시대의 야담집이 보여주는 개체적 구
성 방식과도 다르고, 나아가 근대소설의 선형적 구성 방식과도 다른 하

이퍼서사만의 서사 구성 원리는 무엇인가? 그것은 이야기의 여러 요소들을 클러스터로 묶고, 각 클러스터들이 상호 계열체를 이루도록 구성하는 방식이다. 이야기 요소들은 클러스터 내에서도 상호 병렬적인 계열체를 형성한다. 이를 클러스터 구성 원리라 부르고자 한다.

≪99인≫은 인물 중심의 103개 이야기로 구성되어 있다. ≪99인≫에서 제공되는 시공간 인덱스나 인물 인덱스 등의 시각적인 화면은 모든 인물들(을 포함하는 모든 이야기들)이 상호 등거리에서 동일한 결속성을 갖는 것처럼 표현되어 있다. 그리고 1분 단위로 나누어진 모든 단위텍스트들도 서로 같은 정도의 결속력을 갖는 것처럼 서술되고 있다. 어떤 인물이 어떤 인물과 더 가깝고, 어떤 단위텍스트가 어떤 단위텍스트와 더 밀접한 관련성이 있는지 잘 알기 어렵다. ≪99인≫의 포괄적 원작자들은 등장인물 간에, 혹은 이야기들 간에 존재하는 거리의 멀고 가까움을 인터페이스 구조에 신중히 반영하려 애쓰지 않았다.

그렇다고 등장인물들이 등거리 상태에서 동일한 결속력으로 연결되어 있는 것은 아니다. 그들은 어머니와 아들, 회사 동료, 납치범과 경찰, 살인 기계와 타깃 등의 다양한 관계로 등장하기 때문에 결속력이 서로 다를 수밖에 없다. 관계에 따라 결속의 양상은 무수하고 결속의 정도도 많이 다르다. 결속의 양상을 밝히고 결속의 정도를 수치화한다면 실로 다양하고 흥미로운 자료가 될 것이다. 그러나 그것은 현실적으로 불가능해 보인다.

더구나 ≪99인≫에서는 지속적인 재초점화가 이루어진다. 모든 인물들은 스스로 초점화자가 되어 다른 인물을 초점화 대상으로 만든다. 초점화자와 초점화대상이 끊임없이 교체된다. 이에 따라 인물들의 관계는 어떤 경우도 고정적이지 않다. 누가 초점 화자가 되느냐에 따라 인물들 간의 결속은 달라진다. 즉 A라는 인물이 초점화자로서 B, C, D라는 인물을 초점화 대상으로 삼는다 해도, 이들 네 명의 인물이 언제나 같은 관계망 속에 고정되어 있지 않는다. B라는 인물을 중심으로 재초점화가 이루어지면 그들의 간에 존재하던 결속 관계는 무너지거나 변한다. 대신 또 다른 E, F가 B와 새로운 관계 속으로 들어올 수도 있다.

야마와키 유코(山脇祐子)는 아들인 에이스케(山脇英介)를 데리고 긴자센 마지막 열차를 탔다. 유코는 남편의 폭력을 견디다 못해 가출하였고 친정으로 가는 중이다. 그러나 우에노역에 내렸을 때 남편이 그들을 기다리고 있다가 에이스케를 안고 가버린다. 에이스케는 아무런 영문을 모른 채 남편의 품에 안겨 좋아한다. 남편과 아들이 안 보이게 되자 유코는 간신히 다리를 옮겨 그들을 따른다. 유코를 중심(결속양상 1)으로 볼 때, 유코와 아들인 에이스케, 그리고 남편은 가정 폭력에 얽힌 현대인의 삶의 편린을 보여주는 이야기를 구성한다. 그들은 상호행위적 인물들로서 한 이야기를 만들어낸다.

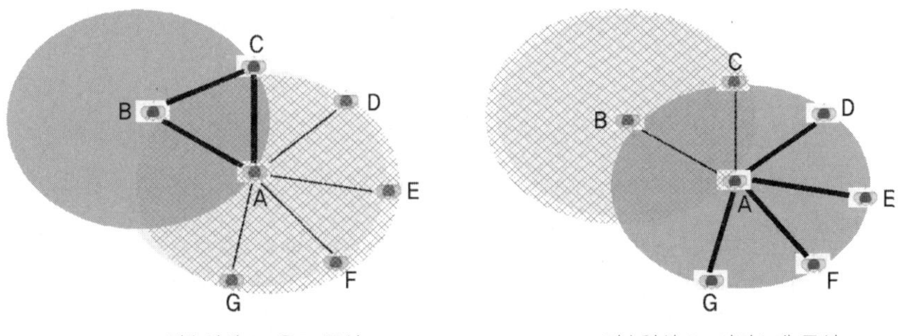

결속양상 1 : 유코 중심　　　　결속양상 2 : 아이스케 중심

A : 에이스케, B : 유코, C : 유코의 남편, D : 히토미(유령), E : 토시로우(유령), F : 도마뱀(우주인), G : 타카시(친구)

[도표 1] 재초점화에 따른 가변적 결속

그런데 아들인 에이스케를 중심(결속양상 2)으로 이야기를 읽어나가면, 에이스케는 전혀 다른 이야기를 구성하는 이질적인 인물들에 둘러싸여

있다. 엄마의 손에 이끌려 지하철에 오른 에이스케는 피곤에 지쳐 잠 속으로 빠져든다. 그는 반수면 상태에서, 창밖 지하철 벽면의 파이프들이 뱀처럼 꿈틀거리는 것을 보고, 뱀을 쏘아 죽이는 환영의 세계와 만난다. 또한 보라색 연기와 오렌지색 연기에 휩싸인 여자와 남자를 본다. 교통사고로 죽은 히토미와 90년 전에 죽은 토시로우의 유령이다. 다른 승객들이 눈치 채지 못하는 유령들의 말을 듣고 움직임을 하나하나 살펴보고 있다. 히토미 유령은 머리를 쓰다듬어 주고 에이스케는 그녀에게 웃어 보인다. 또한 빨강과 초록의 양복을 입은 탑승자에게서 도마뱀 인상을 받게 되는 순간, 친구인 타카시와 도마뱀 꼬리 자르기 경기에 열중하는 꿈의 세계로 진입한다. 이 대목에서 에이스케는 엄마인 유코와의 서사 구성적 결속력이 오히려 약화된다. 즉 유코와 에이스케 사이의 의미적 연결이 둔화된다. 대신 유령인 히토미와 토시로우, 빨강과 초록의 양복 입은 도마뱀(그는 먼 별에서 온 우주인이다), 친구인 타카시와는 서사 구성적 측면에서 친밀한 결속력을 보여준다.

유코를 중심으로 형성된 그룹은 에이스케에게서 해체되고 새로워진다. 유코 그룹 속에서 에이스케는 가정 폭력의 피해자이다. 그는 밤 늦은 시간에 엄마의 손에 이끌려 지하철을 타서 꾸벅꾸벅 졸거나 학교 걱정을 해야 한다. 그들의 이야기는 도쿄에서 일어나는 현재의 이야기이다. 그런데 에이스케가 유령과 도마뱀 등에게 에워싸이게 되면 시간은 증발해 버리고 공간도 사라져 버린다. 이야기는 충분히 몽상적이고 환상적인 것으로 변질되어 버린다. 유령과의 교감도 그렇지만, 어린이들을 대상으로 하는 에니메이션 서사에서나 볼 수 있는 도마뱀 꼬리 자르기 경기 등과 같은 것은 환몽적인 꿈의 세계 그 자체이다.

에이스케의 경우에서 볼 수 있는 것처럼, 개개의 인물들은 한 이야기 내에 갇혀 있지 않는다. 각 인물들은 자기를 중심으로 다른 인물들을 불러 모아 새로운 이야기를 만들어낸다. 즉 인물들은 서로간의 서사적 결속력을 변화시켜 가면서 새로운 이야기를 창출해내게 된다. 이러한 가변적인 서사적 결속력에 의해 만들어지는 가변적인 그룹을 '클러스터'라고 부르기로 하자. 클러스터(cluster)란 이미 여러 분야에서 사용되는 용어로, 어떤 요소들이 모여서 상호작용을 통하여 새로운 지식과 기술 혹은 의미 등을 창출해내는 것을 말한다. 여기서 말하는 '**이야기 클러스터**'란 다양한 서사 구성 요소들의 집합으로, 이 구성 요소들은 상호작용을 통해 이야기 효과와 의미를 새롭게 할 수 있다.

> 이야기 클러스터
>
> OHN 서사물의 분석 과정에서는 다양한 이야기 클러스터를 상정해 볼 수 있다. 앞의 경우 같은 인물 클러스터 외에, 시간 클러스터, 공간 클러스터 등이 있을 수 있다. 여기서는 인물 클러스터를 중심으로 논의를 심화시켜 보기도 하겠다.

3.3. 이야기 클러스터의 결속 양상들

인물 간의 다양하고 가변적인 서사적 결속의 양상은 크게 직접적 결속과 간접적 결속의 양상으로 구분된다. 직접적 결속은 상호 대화나 감정 교류가 가능한 사이에서 발생하는 결속의 양상이다. 이들이 수행하는 행위의 의도나 목표는 상대에게 직접 영향을 미치며, 또한 이들의 심리적 변화도 상대와 직접적으로 연관되어 있게 된다. 이처럼 인물들 간의 상호행위적인 관계를 직접적 결속으로 볼 때, 이는 서사적으로 의미 있는 이야기를 구성하는 요소가 된다. 따라서 직접적 결속은 서사 구성력을 확보한 결속 상태를 의미하며, 여기서 이야기 클러스터가 형성된다. 이야기 클러스터는 직접적 결속이 상호 복잡하게 얽혀진 관계망이다.

≪99인≫에는 수많은 이야기 클러스터가 등장한다. 이 클러스터들은 도쿄 지하철에서 만날 수 있는 다양한 관계로 얽힌 사람들의 모임이다. 클러스터는 특별한 사정과 상황 속에서 빚어지는 이야기를 창출한다. 이

미 앞에서 살펴본 바 있듯이, 가정 폭력에 얽힌 현대인의 삶의 편린을 보여주는 유코와 아들, 남편으로 얽혀진 클러스터도 있고, 반수면 상태의 에이스케가 친구인 타카시, 유령인 히토미와 토시로우, 그리고 우주인 등과 얽혀진 클러스터도 있다. 이밖에도 다양하고 많은 클러스터가 구성된다.

새로운 사업 계약을 따내고 축하 모임을 가진 후 늦게 귀가하는 직장 동료들인 마키 유리코(牧百合子), 후나야마 신키치(舟山新吉), 야스에 스토무(安江務), 나미우치 카스미(浪內勝己)의 클러스터. 잘 나가는 직장 여성인 마키는 사실은 육아 문제와 젠체하기 좋아하는 남편 문제로 늘 골치가 아픈데 동료들은 그런 사정을 모른다. 마키의 부하 직원인 후나야마는 그녀의 업무 능력과 외모에 흠뻑 빠져 있다. 반면 무능력한 선배인 야스에를 비웃거나 불쌍하게 여긴다. 야스에는 모든 일에 불평불만이 많다. 마키에게 아첨하는 후나야마를 싫어하며 어떻게든지 그에게 상처를 주려 한다. 나미우치는 동료들 뒤에 한발 뒤처져 걸으면서 전화로 아내와 다툰다. 아내가 구입한 5년치의 콘돔 때문이다. 이 클러스터는 직장 동료들 간의 감정 마찰을 통해 현대인의 일상에 맞닿은 이야기를 만들어낸다. 특히 마키의 육아에 대한 마찰과 후나야마의 아내와의 사소한 싸움 등은 직장 동료와 있을 때조차 개인사를 떨쳐버리지 못하는 현대적 삶의 복잡한, 그러면서 지극히 사소한 삶을 이야기로 잘 들려준다.

다른 클러스터의 경우, 유괴한 아이의 몸값을 받으러 긴자역으로 가는 아리마 나오토(有馬直人), 요네무사 마사노리(米村正紀), 히라오카 메이(平岡芽衣)로 구성되는 클러스터가 있다. 이 클러스터에서는 이들 3명의 범인 외에 형사들, 유괴된 아이의 아버지 등이 유괴사건이라는 귀속적 주제를 중심으로 직접적 결속 양상을 드러낸다. 그런데 특이하게도 유괴범들은 사건의 주도적 인물이면서도 한편으로는 사건에 무관심한 것처럼 보인다. 아리마는 유괴사건의 주범으로 보다는 책읽는 남자로 훨씬 비중있게 서술된다. 그는 문고본을 읽는데 집중할 뿐 주변에 관심이 없다. 심지어는 공범인 요네무라가 도중에 지하철을 내리는 것도 알지 못할 정도다. 요네무라는 우연치 않게 쓰러진 승객을 돕고 고맙다는 인사를 받는다. 세상에 대한 불평과 증오만 가득해서 세상과 소통하지 못하던 그로서는 처음 듣는 호감이 섞인 말이다. 그 순간 몸값을 받으러 가던 길이라는 것도 잊어버린다. 히라오카 메이도 남자친구의 부탁으로 유괴사건에 간접 가담하고 있지만 관심은 다른 데 있다. 유괴범들은 주변과 소통하지 못하는 사람들이라는 공통점이 있다. 이들은 유괴사건과는 다른, 소통이라는 문제로 또 하나의 클러스터를 구성하게 된다.

어떤 경우에는 링크로 연결되지 않은 인물들이 서사 구성이라는 측면에서 상호 협력적 관계를 만들어내기도 한다. 이는 저자의 서사적 의도가 개입되지 않은 상태에서 독자가 임의적 연결을 선택함으로써 의미를 구성해 내는 경우이다. 지하철 긴자센을 배회하는 일군의 인물들, 교통사고로 죽은 에노모토 히토미(榎本ひとみ)와 90년 전에 죽은 쿠사카베 토시로우(日下部敏郎)의 유령, 반투명의 유체 상태로 배회하는 오오타키 쥰타(大瀧旬太), 초소형 핵연료를 탑재한 인조인간형 살인기계인 P13AX, 어느 날 갑자기 여자가 된 남자 미즈구치 테츠야(水口徹也), 또 남자가 된 여자 사야마 미치코(佐山美智子), 천재 과학자의 꿈을 안고 투명화 장치를 실험 중인 마츠도 마사오(松戸征夫), 먼 별에서 파견된 지구 정찰대원 에치고야 토미(越後屋トミ一). 판타지소설이나 공상과학소설 등에 등장할 것 같은 이들은 존재 방식이 비현실적이라는 점에서 닮았다. 그들은 따로따로 존재하지만 반복적으로 임의적 링크가 연결되면서 어느 순간부터 하나의 클러스터로 인식된다. 인물들이 서로 직접적인 결속을 맺는 방식은, 대화 등의 직접적 교류를 통해서 항상 암시되는 것은 아니다. 이번

경우처럼 결속성은 해석을 통해서 추론되는 경우도 많다. 서사 속에서 그들은 여러 시간의 공존이나 현실에 덧입혀진 비현실적 세계에 대한 인식을 확산시키는 공통의 역할을 수행한다. 이를 통해 ≪99인≫의 서사적 의미는 훨씬 풍부해진다. 그들은 서사적 의미의 생산이라는 측면에서 직접적 결속력을 갖고 있다. ≪99인≫에서 직접적 결속은 대개 이름이나 그들 간의 정확한 관계(엄마 등)를 지칭하는 연결표지를 수반한다.

같은 클러스터 내에서 직접적 결속을 맺는 인물들은, 동시에 다른 클러스터에 속한 인물과도 일정한 연결이 닿아 있다. 클러스터 밖으로 향하는 이런 연결은 대개 간접적 결속 양상에 속한다. 간접적 결속은 바라보기나 관찰하기 등의 약한 결속 양상이다. 간접적 결속은 일정한 거리가 떨어져 있는 인물들 간에서 일방향적인 시선으로 구성된다. 어떤 초점 화자의 입장에서 보더라도, 직접적 결속 관계와 간접적 결속 관계는 대개 분명하게 드러난다. ≪99인≫에서는 중심 서사텍스트 하단에 배치된 수많은 링크에서 간접적 결속의 표지를 쉽게 발견할 수 있다. 간접적 결속은 ‘벤치의 남자’, ‘장발의 젊은 남자’, ‘중년 아줌마’, ‘빨간 차이나 드레스를 입은 여자’, ‘초록과 빨강의 양복을 입은 도마뱀’ 같은 간접적인 링크표지를 수반한다. 당연히 두 인물 사이에 직접적인 교감이 없기 때문에 상대인물은 눈에 비친 겉모습일 뿐이고, 그에 대한 서사적 정체성은 아직 드러나지 않은 상태가 된다.

클러스터 내부의 직접적 결속과 클러스터 밖으로 향하는 간접적 결속이라는 ≪99인≫의 이중적 관계 맺기는 현실 사회를 대상으로 조사한 인간 관계망과 아주 유사한 형태를 보인다. 마크 그라노베터(Mark Granovetter)는 사람들이 어떻게 직업을 얻게 되는가의 문제를 사회학적으로 규명하는 과정에서, ‘강한 연결’과 ‘약한 연결’에 의해 연결된 네트워크 클러스터 구조를 얻게 되었다.

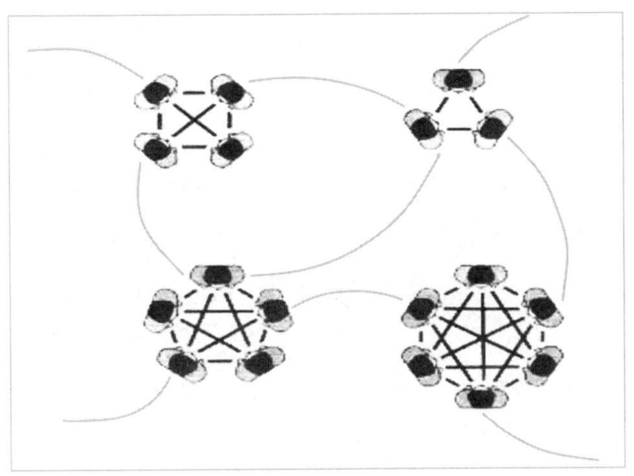

[도표 2] 마크 그라노베터(Mark Granovetter)의 강한 연결과 약한 연결

마크 그라노베터는 보통 사람 주변의 사회적 네트워크의 구조를 이렇게 설명한다. "자아는 여러 명의 가까운 친구들을 갖고 있는데, 이들의 대부분은 상호 간에 잘 알고 자주 접촉하는 밀도 높은 사회적 덩어리를 이루고 있다. 자아는 또한 그냥 아는 사람들을 여럿 갖고 있는데 이들은 상호 간에 잘 모르는 사이인 경우가 많다. 그런데 이 그냥 아는 사람들 하나 하나는 자신의 친한 친구들을 갖고 있어서 긴밀하게 짜인 사회적 덩어리를 이루고 있다."12) 즉 사회는 몇 개의 클러스터로 구성되어 있는데, 각 클러스터 내부는 모두가 모두를 서로 잘 아는 긴밀한 친구들이 서클을 이루고 있다. 외부로는 몇 개 안 되는 링크들이 있어서 그것이 클러스터들이 외부 세계로부터 격리되는 것을 막아주고 있다. 이처럼 클러스터화된 사회 네트워크는 내부적으로 강한 끈으로 완전하게 연결되어 있는 작은 서클들로 이루어져 있다. 그리고 이 서클들 간은 약한 끈으로 이어져 있으며, 약간 연결은 소문의 전파나 직장을 구하는 것과 같은 많은 경우에 오히려 더 중요한 역할을 한다. 결국 그라노베터가 그리

는 사회상은 내부적으로는 완전하게 연결된 클러스터들이 상호 간에 몇몇 약한 연결들을 통해 연결되어 있는 분절화된 그물망의 모습을 하고 있는 것이다.

그라노베터가 밝혀낸 현실 사회의 강한 연결과 약한 연결의 클러스터 구조는 하이퍼텍스트 서사물 ≪99인≫의 이야기 클러스터 구조와 매우 흡사하게 닮았다. 현실 클러스터와 이야기 클러스터의 구조적 상동성이 확인된다. 현실을 닮은 서사 구조가 가능해진 것은 하이퍼텍스트의 다중 링크 기능에 의해서이다. 그것을 통해 우리는 훨씬 더 쉽게 현실 세계를 이야기로 재구성해 낼 수 있게 되었다.

3.4. 이야기 클러스터의 서사적 역할

≪99인≫에서 이야기 클러스터는 서사적 인물의 정체성을 구성하는 역할을 맡는다. 일반적으로 정체성은 시간적 지속성을 바탕으로 하는 개인의 단일성과 관련된다. 서사적 인물의 정체성이란 서사물 속의 인물이 가질 수 있는 품성, 성격, 그리고 행위적 성향 등의 단일성이다. 이는 인물의 경험이나 인물에게 일어난 과거 사건들의 의미 관련성 안에서만 구성된다. 인물의 개인사의 축적이 없다면 정체성은 구성되지 않는다. 서사 작가는 사건을 통해 인물의 개인사를 축적해 나간다. 정체성 문제에서 중요한 것은 지나간 시간과 그 속에서의 경험이다. 그런데 ≪99인≫은 어떤가? 그것은 단지 하루 중에서 18분 동안에 벌어지는 일을 다룰 뿐이다. ≪99인≫에는 축적된 시간이 없고, 인물들은 과거가 없다. 따라서 그들에게는 정체성을 구성하는 사건들도 없었다. 그들에게 있어서 정체성이란 과거의 경험 등과 같은 시간적 지속성에 바탕을 두고 있지 않다.

≪99인≫에서 어떤 인물이 초점대상이 되는 시간은 짧으면 2~3분, 길어야 10여 분 정도이다. 한 인물을 말하거나 보여주기에는 너무 짧은 시간이다. 이런 짧은 시간 동안에 어떻게 한 인물의 정체성이 구성되는가? ≪99인≫의 인물들은 여러 초점 화자들에 의해 반복 서술된다. 동일한 클러스터 내의 인물들 사이에서는 상호 초점화가 이루어진다. 즉 한 인물이 동일 클러스터의 다른 인물들에 의해 여러 차례 초점 대상이 된다. 이를 통해 반복 서술의 효과가 생겨난다. 반복 서술은 인물을 입체적으로 바라볼 수 있는 여러 시선을 의미한다. 여러 시선에 의한 입체적 조망은 시간적 지속성을 대체하는 정체성 구성의 요소가 된다. 여러 다양한 시선이 하나로 통합되면서 한 인물의 정체성이 발생하게 된다. 이렇게 상호구성적인 모든 인물들의 서사적 정체성은, 마치 입체파 화가 조르주 브라크의 회화에서 모든 공간이 질적으로 평등한 것처럼, 질적으로 평등하다.

≪99인≫의 스즈키 미도리(鈴木みどり)라는 인물의 정체성 형성과정을 예로 들어보자. 미도리에 대해 서술하는 단위텍스트들은 그녀가 유카와 쥰(湯川潤)과 결혼을 약속한 평범한 직장 여성임을 알려준다. 그녀는 동료들이 모두 자기를 부러워한다고 확신한다. 그러나 정작 결혼 상대인 쥰은 청혼한 기억이 없다고 하고, 미도리는 이 믿기지 않는 상황에 눈물을 흐린다. 바람둥이에게 속아 상처를 받은 미도리의 모습이다. 그러나 쥰을 서술하는 단위텍스트들은 읽는 순간, 미도리에 대한 독자의 연민은 의심스러운 상황에 빠진다. 쥰은 미도리가 아닌 카노우치 마키(嘉野內眞紀)를 사랑한다. 그는 미도리와의 결혼은 생각조차 없었으며 단지 몇 번 만나 식사를 했을 뿐이다. 마키에게 아무리 그런 마음을 호소하지만 마키는 믿어주지 않는다. 이제 독자는 미도리와 쥰 중 어느 쪽이 더 진실한지 혼란스러워질 수밖에 없다.

그러나 미도리의 다른 남자들의 단위텍스트를 읽게 된 독자는 미도리의 서사적 정체성이 무엇인지 확신하게 된다. 테가 테츠야(手賀徹矢)는 미도리와 쥰의 결혼 발표를 인정할 수 없다. 자신의 방에 와서 자고 간 게 3일 전이다. 자꾸만 매달리던 미도리를 이제는 자신의 여자라고 생각하고 부모에게 인사시키려 하던 중이다. 카가미 쿠니히코(鏡國彦)는 미도리에게 어떻게 이별을 고할지 내내 고민 중이었는데 그녀가 쥰과 결혼한다니 이렇게 예쁜 이별은 다시 없을 것이라고 생각한다. 또 바람둥이 나라오카 히로끼(奈良岡裕基)도 미도리가 즐기기 위한 상대였기 때문에 그녀의 결혼 발표에 미련 같은 것은 없다. 쥰을 비롯하여 테츠야, 쿠니히코, 히로끼 등은 각자의 입장에서 미도리를 초점 대상화한다. 이를 통해서 미도리는 반복 서술되며, 서사적으로 흥미로운 인물이 된다. 남성 편력이 심한 미도리는 남성에 대한 병적 집착을 보이는 건강하지 못한 서사적 정체성을 지닌 인물로 구성된다.

미도리의 단위텍스트들은 그녀의 서사적 정체성 형성에 미흡하다. 단지 한 순간의 스냅샷과 같은 평면적 인물에 지나지 않던 그녀는 클러스터 내에 위치하면서 흥미로운 서사적 정체성을 갖기 시작한다. 그녀의 성장은 바로 이야기 클러스터라는 자장 내에서 이루어진다. 클러스터 내에서 인물은 의미 있는 정체성을 부여받는다. 이처럼 클러스터는 결국 개별인물들의 정체성이 마련되는 장이다.

근대소설의 선형적 서사 구성에서도 어떤 인물들은 좀 더 가깝고, 어떤 인물들은 좀 더 먼 거리를 유지한다. 거리가 가까운 인물들은 이야기의 구성상 특정한 그룹을 형성할 수 있으며, 이는 하이퍼서사물의 이야기 클러스터와 비슷해 보일 수도 있다. 하지만 여기에는 중요한 차이가 있다. 선형적 구성에서는 특정한 그룹이나 개인에게 서술이 집중되고 서사적 의미가 모여든다. 이러한 초점은 이야기가 진행되면서 지속될 수도 있고, 변할 수도 있다. 어떤 경우이든 그것을 결정하는 것은 작가의 몫이다.

반면, 하이퍼서사물에서는 이야기 클러스터들이 각기 비슷한 중요성을 갖고 경쟁하며, 클러스터 내의 인물들 역시 상호 대등한 중요도를 갖고 서사에 참여한다. 즉 클러스터는 상호 연관성 속에서 병렬 배치된 독립된 이야기들이다. 이들의 서사적 의미와 가치를 결정하는 것은 작가가 아닌 독자들이다. 독자의 선택에 의해 비로소 이야기의 초점이 실현되며, 이 순간이 바로 하나의 이야기가 완성되는 순간이다. 그리고 클러스터 간의 계열체적 조합이 끊임없이 달라짐에 따라 이야기는 늘 새로운 이야기로 재탄생하게 된다.

4. 하이퍼서사의 시간 형식

4.1 이질적이고 다양한 시공간

사람들이 시간과 공간을 인식하고 경험하는 방식은 시대마다 다르다. 과학기술과 문화에서 일어나는 엄청난 변화가 거기에 작용하기 때문이다. 스티븐 컨은 『시간과 공간의 문화사』에서 1880년경부터 제1차 세계대전 발발 때까지 당시 서구인들이 시간과 공간을 어떻게 인식하고 경험하는지 연구하였다. 그에 따르면, 당시 전화, 무선, 엑스레이, 영화, 자전거, 자동차, 그리고 비행기 등 다방면에 걸친 과학기술상의 혁신은 시간과 공간 개념의 일대 전환을 가져오는 물질적 기반으로 작용하였다. 또 의식의 흐름 기법을 활용한 소설, 정신분석, 입체파, 상대성 이론 등이 시대에 전개된 다양한 문화 현상들도 사람들의 시간관과 공간관을 바꾸는 직접적 계기가 되었다.

시공간 개념의 변화라는 측면에서 볼 때, 지금은 20세기 초에 시작되었던 변화의 지속이며 강화이다. 휴대폰, 위성DMB, 인터넷 등의 디지털 기술혁명과 다중사용자 온라인 롤플레잉 게임(MMORPG), 하이퍼텍스트, 포스트모더니즘 이론 등은 그러한 지속과 강화를 이끄는 주된 기반이자 계기로 작용하고 있다. 20세기 초의 변화와는 달리 지금의 변화는 그 영향이 다중(多衆)의 일상에까지 깊숙이 미치고 있다. 변화는 유치원생까지를 포함한 모든 학생들, 집과 회사에서 생활하고 일하는 성인들, 도시인이나 농민, 그리고 지하철이나 버스에 무심한 듯 앉아있는 승객들, 피서지의 유흥객들 모두에게 미친다.

20세기 초 문학 분야에서는 마르셀 프루스트와 제임스 조이스 등이 문학적 시공간의 변화를 탐색하였다. 프루스트에게 공간은 관점·생각·감정 등의 변화에 따라 얼마든지 달라질 수 있었다. 조이스는 서로 다른 차원들을 가진 우주들이 다수 공존한다는 복수성의 상상력을 발휘하기도 했다. "두 작가는 문학의 무대를 균질적 공간 안의 고정된 무대에서 현대적인 무대로, 즉 인간 의식의 내용이나 시점들의 변화에 따라 끊임없이 변화되는, 질적으로 서로 다른 복수적인 공간들로 변형시켰다."13)

하지만, 그들의 사례는 특별한 경우였다. 그들 이후에도 20세기의 많은 소설가들은 리얼리즘 계열에 속해 있었다. 리얼리즘 계열의 소설들은 평범한 인간과 풍경을 기하학적인 원근법을 채용하여 서술하였다. 고정된 한 시점으로부터의 투시를 통해 현전성과 깊이를 부여하고자 했고, 화자가 있음에도 마치 그것이 없는 것처럼 보이게 하려 했다. 그것의 완성된 형태가 '3인칭 객관묘사'인데, 일본의 가라타니 고진은 이를 근대 리얼리즘 소설의 형식적 특징으로 꼽았다. 그는 "3인칭 객관이 부여하는 리얼리즘의 가치를 제거하면, 근대소설이 가진 획기적인 의의도 없어지게 되는 것이며, 그저 이야기로 되돌아가 버린다"[14]고 했다. 근대소설은 사물을 이해하는 데는 단일한 시점으로 충분하다는 생각에 기초하고 있다.

프루스트와 조이스의 작품에서 예외적으로 나타났던 시간과 공간의 이질적 다양성이 보다 구체적인 형태로 작품 속에서 구현되기까지는 많은 시간이 더 필요했다. 종이 위에서 선형적으로 펼쳐지는 근대소설이 이질적이고 다양한 시공간을 펼쳐 보이는 데는 어려움이 많았다. 근대소설의 표현양식은 인쇄의 기술적 제약을 감수해야 했다. 인쇄의 선형적 구성을 통해서는 이질적이고 다양한 시공간을 그려내기도 어려웠고, 어찌어찌 그것을 그려냈다 하더라도 독자가 그것을 이해하기란 더욱 쉽지 않았다. 조이스의 작품에 난해성이라는 꼬리표가 늘 따라다니는 것은 이질적 시공간이 선형적으로 펼쳐져 있는데서 오는 어려움이었다. 그런데 디지털 매체는 작가들이 이질적이고 다양한 시공간을 서사 내로 끌어들이는 것을 쉽게 만든다. 그런만큼 '온라인 하이퍼텍스트 서사(OHN, Online Hypertext Narrative)'는 이질적이고 다양한 시공간에 대한 실험장이 될 수 있다.

《99인》은 도쿄 지하철 긴자센(銀座線)을 무대로 하고 있다. 23시 56분에 아사쿠사(淺草) 역과 시부야(澁谷) 역을 출발하는 두 대의 마지막 전동차가 24시 13분에 긴자(銀座) 역에 도착하기까지 18분 동안의 이야기이다. 아사쿠사를 출발하는 전동차의 맨 뒤 칸과 시부야에서 출발하는 전동차의 맨 앞 칸에 타고 내리는 103명의 승객들이 겪는 일들은 1분 단위로 짧게 끊긴 균질적 시간의 틀 속에서 제시된다. 이는 04시에서 26시까지를 1시간 단위의 균질적 시간의 틀로 제시했던 《디지털 구보 2001》과 비슷한 시간 구성 방식이다. 18분 동안의 이야기라는 시간 한정 방식도 ≪디지털 구보≫가 23시간 동안의 이야기라는 시간 한정을 설정한 것과 유사하다. 그리고 ≪99인≫은 서사의 종결부를 긴자역에서의 대폭발 사고로 마무리함으로써 돌발적으로 단절되는 시간을 보여주기도 하였다.

또한 공간 제약을 전혀 활용하지 않았던 ≪디지털 구보 2001≫과는 달리, ≪99인≫은 전철과 전철역의 플렛폼이라는 한정된 공간에서 일어나는 이야기들이다. 그러나 그것은 현실세계에 실재하는 공간을 그대로 반영하지는 않는다. 현실세계의 공간은 우선 시각(視覺)에 의해 인지되는 도상(圖像)적 공간으로 변형되어 제시된다. ≪99인≫은 방대한 103명에 이르는 등장인물을 지하철의 도상적 공간 속에 배치하고 있는 것이다. 이는 ≪디지털 구보≫가 구보와 이상, 그리고 어머니라는 3명의 등장인물의 이야기를 시간대별로 배치한 구조와 크게 다른 양상이다. 또한, ≪99인≫은 이야기 클러스터들이 만들어내는 이질적인 공간들이 구조적으로 병치되어 계열체를 이루고 있다.

4.2. 잘게 쪼개진 시간 단면들

19세기 후반 이전까지는 시간의 균질성에 대해서 누구도 체계적인 의문을 제기하지 않았다. 뉴턴(Isaac Newton)은 1687년에 절대적이고 참되고 수학적인 시간을 정의하면서, "그것은 자연히, 그리고 본성상 외부의 어떤 것과도 관계없이 동등하게 흐른다."라고 하였다. 칸트(Immanuel Kant)는 1781년 『순수이성비판』에서 뉴턴의 절대적이고 객관적인 시간론을 부정하고, 시간은 모든 경험의 주관적 형식 혹은 기초라고 주장하지만 그러한 주관적 시간도 모든 이에게 동일하다는 점에서는 또한 보편적인 것이었다.

하지만 20세기에 들어서면서 영화는 편집에 의해 시간적 질서를 마음대로 변경할 수 있다는 사실을 발견해 냈다. 필름을 거꾸로 돌림으로써 시간의 역류를 표현하거나 동일한 사건에 대해 동시에 발생한 여러 가지 반응들을 보여줌으로써 시간을 확장시키는 것이 가능해졌다. 근대 소설들도 다양한 시간 장치들을 개발하여 균질적인 공적 시간을 공략하였다. 주네트가 프루스트의 ≪잃어버린 시간을 찾아서≫를 분석하면서 이론화시킨 다양한 시간 조작 방식들을 우리는 이미 알고 있다. 그는 스토리 시간(이야기되는 시간)과 담화 시간(이야기하는 시간)을 구분하고 이들 사이의 관계에서 발생할 수 있는 시간 범주들—순서, 지속, 빈도—을 설정하고 그에 따른 다양한 시간 조작에 대해 말했다. 이러한 시간 조작은 누구에게나 어디에서나 동일한 속도와 방향을 따르는 균질적 시간 개념에 대한 정면 도전이었다. 예컨대 특정 순간을 따로 떼어내어 마치 시간이 정지한 것처럼 멈추게 한 뒤 그것을 확대하여 자세히 서술하는 시간 조작 방식은 개인에 따라 다르게 인식되는 사적인 비균질적 시간을 표현하는 것이다.

20세기에 이루어진 시간 조작에 대한 다양한 시도들은 디지털 매체를 활용하는 하이퍼서사에 와서는 좀 더 강화된 형태로 나타난다. 그것은 스토리 시간을 담화 시간과의 관계 속에서 조작하는 것을 넘어서, 수용의 시간과도 얽히게 만든다. 스토리 시간, 담화 시간, 수용의 시간 등 3개의 시간 국면이 상호 복잡하게 관련을 맺는다. 서술행위를 통해 작가가 수행하던 텍스트 내의 시간 조작은 이제 텍스트 수용 과정에서도 지속적으로 발생하게 되었다. 향후 만들어질 하이퍼서사물을 좀 더 관찰하여 보아야 단언할 수 있겠지만, 어쩌면 하이퍼서사에서는 담화 시간에 의한 스토리 시간의 조작보다는, 수용의 시간에 의한 스토리 시간의 조작이 훨씬 의미 있는 시간 조작의 양상이 될지도 모른다. 즉 수용자가 스토리를 어떤 순서와 얼마 동안의 지속으로, 그리고 얼마만큼의 빈도로 수용하는가가 서사의 구성과 그 효과에 결정적인 영향을 미치는 반면, 작가는 더 이상 스토리의 시간이 어떤 순서로, 얼마만큼 여러 번 읽히게 될 것인가 관심을 둘 필요가 없게 될 수도 있다.

[표 1] ≪99인≫의 파편화된 시공간과 각각에 배치된 단위텍스트의 수

시간 (분) \ 공간 (역)	23시									24시								
	56	57	58	59	00	01	02	03	04	05	06	07	08	09	10	11	12	13
淺草→銀座	5	10	10	14	14	15	12	12	14	16	16	23	23	27	12	14	15	16
淺草驛	4																	
田原町驛	3	4	4															
稻荷町			1	1	1													
上野驛			1	3	4	5												
上野廣小路		1	1	1	2	2	3	3										
末廣町					1	2	2	2										
神田							1	1	1	11								
三越前驛								1	1	2	2	3	4					
日本橋驛												1	2	2	2			
京橋														1	1	1		
銀座驛	2	2	2	2	2	1	1	2	3	3	3	3	5	5	6	10	15	15
新橋驛												4	11	14	16	18		
虎ノ門										2	2	3	6	6				
赤坂見附驛		1	1	1	1	2	4	4	4	1	8	2						
靑山一丁目驛			2	2	2	2												
外苑前																		
表參道驛	2	3	3															
澁谷驛	1																	
銀座←澁谷	2	3	3	6	6	6	6	6	6	9	9	14	14	14	20	20	28	28

≪99인≫은 1분 단위의, 짧게 끊긴(파편화된) 시간 위에 수많은 단위텍스트를 배치해 놓았다([표 1]). 예컨대, 23시 57분에는 모두 24명의 인물을 위한 단위텍스트가 배치되어 있다. 아사쿠사발 긴자행 전차 안에 10명, 시부야발 긴자행 전차 안에 3명이 타고 있고, 이들 전차가 지나게

될 다와라마치(田原町), 우에노히로코지(上野廣小路), 긴자(銀座), 아카사카미쓰케(赤坂見附), 오모테산도(表參道) 역에서 각각 4명, 1명, 2명, 1명, 3명이 전차를 기다리고 있다. 독자는 처음화면의 시계 이미지에서 스토리 시간으로 제시된 18개의 분—시간 중 원하는 시간대를 선택할 수 있다.

얼핏 생각하면, 시계의 눈금 분할에 맞춰 시간을 1분 단위로 자른다는 행위는 시계(시간—기계)가 보장하는 균질적인 공적 시간에 기댄다는 의미로 받아들여지기도 한다. 그런데 시간의 파편화는 오히려 그것과는 아주 다른 서사적 효과를 발생시킨다. 즉 시간이 아주 잘게 잘라져 파편화됨으로써 누구나(즉 수용자들마저도) 서사적 시간을 마음대로 조작할 수 있게 되었다. 영화에서 1초를 여러 부분으로(통상 24프레임) 잘게 나눔으로써 편집을 통한 시간 조작이 가능해진 것과 같은 이치이다. ≪99인≫은 파편화된 시간을 시계처럼 잘 정돈된 상태로 늘어놓고, 마치 공간을 선택하는 것이 가능하듯이, 시간 파편을 선택하도록 종용한다. 수용자는 최초로 선택한 어떤 시간으로부터 1분 단위로 전진하거나 후진할 수 있고, 뿐만 아니라 건너뛸 수도 있다.

결국 누구에게나 그리고 어디에서나 동일한 방향과 속도로 흐르는 시간은 사라지고, 수용자들은 저마다 다른 서사적 시간의 역류와 비약을 경험할 수 있다. 영화 <메멘토(Memento)>(2000)는 시간의 역류라는 독특한 시간 조작 때문에 주목받았다. 단기기억상실증에 걸린 주인공 레너드 셸비의 경험이 시간적 선후, 원인과 결과가 뒤바뀌어 제시되는 영화이다.15) 하지만, <메멘토>의 방식도 하이퍼텍스트 서사에서는 더 이상 특별한 시간 구성 방식이 아니다. ≪99인≫의 수용자는 원하기만 한다면 언제든지 역류하는 시간 경험이 가능하다. 스토리 시간의 역류, 정지, 비약, 그리고 반복은 수용자의 임의적인 선택과 판단에 따라 발생하게 되고, 이러한 시간 조작은 텍스트의 미학적 수용에 영향을 미친다.

시간의 역류를 서사 전개의 중요한 방식으로 활용하는 이창동 감독의 <박하사탕>(1999)은 시간 조작이 텍스트의 수용에 어떻게 영향을 미치는지 잘 보여준다. 이 영화는 1999년 봄의 어느 야유회에 느닷없이 나타난 김영호라는 인물이 철교에서 자살하는 것으로 시작된다. 그리고 아름다운 기찻길 장면과 함께 시간은 거꾸로 흐르기를 반복한다. 김영호가 시간을 거슬러 도착한 곳은 20년 전 순수하던 청년시절의 소풍날이다. 텍스트가 이처럼 역전된 구조로 제시됨에 따라 이 영화는 '아름다운 순수로의 시간여행'으로 읽힌다. 그런데, 만약 이 영화가 1979년 봄의 소풍에서 시작하여 1999년 봄의 야유회에서 끝나는 서사구조를 지녔다면? 아마도 이 영화는 김영호라는 인물이 한국 현대사의 질곡 속에서 자신의 의지와는 상관없이 서서히 타락하여 끝내는 자살에 이르는 비극적인 내용으로 파악되기 십상이었을 것이다.[16]

≪99인≫ 속에는 수용자의 선택에 따른 시간의 역류가 서사적 의미를 달라지게 만드는 경우가 많다. 예컨대, 쿠세루쿠세스는 원래 고양이였는데 어느 날 아무 이유도 없이 자신도 모르는 사이에 인간으로 변했다. 인간이 되어 주인에게 쫓겨났지만 여전히 애완동물의 특성이 남아있는 상태다. 그는 사람들을 접하면서 차츰 인간화의 과정을 거치게 된다. 그런데 쿠세루쿠세스의 단위텍스트들을 시간의 역순으로 선택해 읽어나가면 그는 차츰 동물화되어 가는 인간처럼 생각된다. 그래서 마치 카프카의 <변신>을 읽는 듯한 착각 속에 빠질 수도 있다.

시간의 역류와 비약이란 시간이 방향을 바꾸거나 갑작스럽게 속도를 변화시키는 것이다. 이러한 시간 조작은 하이퍼텍스트 서사물의 시작과 결말에서도 그대로 적용된다. ≪99인≫에서 독자들은 전통적인 근대소설이 확립했던 안정된 형태의 서사의 시작과 결말을 볼 수 없다. 전통적으로 서사의 시작은 인물을 지정하고 그들을 특정한 시공간 좌표에 닻을 내리게 하여 스토리를 출발시키는 것을 의미하며, 서사의 결말은 그렇게 출발한 스토리의 종결을 의미한다. 그런데 하이퍼서사는 전통적 의미에서의 시작도 없을 뿐더러 서사의 시작에 잘 조응되는 결말도 없다. 이론가들은 이를 다양한 시작과 다양한 결말이라고 말하거나 시작과 결말이 따로 존재하지 않는 형식이라고 말한다. ≪99인≫이 하이퍼텍스트 소설임을 표방했던 저자 이노우에 유메히토 역시, 하이퍼텍스트 소설의 가장 큰 특징으로 첫 페이지와 마지막 페이지가 따로 정해져 있지 않다는 점을 들었다.[17) 이는 ≪디지털 구보 2001≫의 경우에서도 확인되었다. 즉 인물의 강조와 플롯의 약화로 인해 결말은 흩어지고 사라져 버린 형태를 띠었다.[18)

≪99인≫도 스토리의 종결에 따른 자연스러운 결말은 찾아보기 힘들다. 이야기의 돌연한 중단이 결말을 대신할 뿐이다. 예컨대, 아라야시키 히데오(荒屋敷日出雄)라는 인물은 서사의 돌연한 중단을 아주 잘 보여준다. '최고의 하루'를 보냈다고 생각하는 그가 24시 13분에 긴자역에 들어서자마자 서사는 돌연하게 중단된다. 그 인물이 서사적 시공간에 안정적으로 닻을 내리기도 전에 그리고 그가 보낸 '최고의 하루'가 어떤 하루였는지 알려주지도 않고 서사가 멈춰 버린 것이다.

≪99인≫에서 스토리의 돌연한 중단은 두 가지로 나타난다. 인물이 지하철 공간을 벗어남에 따라 더 이상의 서사가 지속되지 못하는 경우와 24시 13분 긴자역의 대폭발로 서사가 지속되지 못하는 경우이다. 전자는 산발적인 형태로 나타나지만, 후자는 모든 이야기의 동시적이며 완전한 중단이다. 안정적인 결말이 아닌 돌연한 중단, 이것은 링크를 통해 끝없이 이어가야 할 운명에 들어섰던 이야기들이 한 순간에 끝나버리는 것을 의미한다.

그런데 서사의 지속 충동에 반하는 이야기의 돌연한 중단은 어떻게 설명할 수 있을까? 그것은 서사의 분명한 시작과 끝을 통해 작품 경계를 명확히 하려는 근대소설가의 몸에 밴 습관에 기인하는 것으로 보인다. 이는 동물들이 배설물로서 자신의 서식 영역을 분명히 표시하는 본능적 습관을 연상시킨다. 즉 언제까지나 이 한 작품만을 붙들고 있을 수 없다고 생각한 작가는 다른 사람들에게 서사의 지속을 위한 바통을 내주느니 차라리 여기서 끝내버리는 것이 좋겠다고 생각한 결과라고 볼 수 있다. 그렇게 함으로써 자신의 저작이 다른 이들의 저작과 섞여 자신의 영역이 어디까지인지 불분명해지는 상황을 만들지 않으려 했다고 볼 수 있다. 영역 표시를 위한 최종적 배설인 것이다.

또 결코 끝낼 수 없을 것만 같은 이야기에 대한 부담감 등이 오히려 돌연한 이야기의 중단으로 나타났을 가능성이다. 돌연한 중단을 가능하게 하기 위해서 ≪99인≫은 17분이라는 한정된 스토리 시간과 지하철이라는 한정된 스토리 공간을 작품 구조에 미리 준비해 두었다. 이러한 시간 한정과 공간 한정은 이야기의 지속적 확산을 방해하는 요소로 기능하지만, 오히려 이야기의 지속에 대한 역설적 강조로 받아들여진다. 서사 전개의 제약이 심하던 선형적 인쇄서사와 달리 다선형 혹은 비선형 구조를 통해 서사 전개가 훨씬 자유로워졌다는 하이퍼서사가 그 자유로움을 맘껏 실험하지 않고 오히려 시간과 공간의 한정이라는 제약요소를 스스로 설정하는 사실은 하나의 역설적 상황이다.

4.3. 사라진 서사적 현재

≪99인≫에 등장하는 시간은 하루가 마무리되는 어떤 날의 자정 무렵이다. 그런데 그 어떤 날이 무슨 계절, 무슨 요일인지 알 방법은 없다. 계절을 알려주는 풍경 묘사나 인물의 옷차림에 대한 묘사가 없다. 지하

철이니 창밖 풍경은 어둠뿐이고, 각 인물의 아이콘도 얼굴 부분만으로 되어 있다. 이노우에는 어떤 대담자리에서 작품 속의 요일이 '별요일'이라고 가벼운 농담을 하기도 했다. 굳이 지정되지 않았거나 혹은 딱히 뭐라고 지정할 수 없는 어떤 날의 자정 전후가 이야기 시간(story time)을 구성한다. 그날은 오늘인 듯도 하고, 어제나 혹은 내일인 듯도 하다. 지금 현재이거나, 지하철이 도시의 땅밑을 다니기 시작했던 가까운 과거이거나, 심지어는 아직 오지 않은 미래이거나, 아니면 그 모두일 수 있는 것이다. 파편화된 시간만큼이나 수없이 많은 이야기들이 하나의 특정한 서사적 현재에서 발생한 이야기라고 보기는 어렵다. 이야기 시간의 미확정성은 서사적 현재에 대한 불명확한 감각을 만들어 낸다.

　가브리엘 가르시아 마르케스의 ≪백년 동안의 고독≫의 서두는 불확실한 서사적 현재가 어떤 미학적 효과를 가져오는지 잘 보여준다. "오랜 세월이 지나 총살대 앞에 서게 되었을 때, 아우엘리아노 부엔디아 대령은 아버지를 따라 처음으로 얼음 구경을 갔던 먼 옛날의 어느 오후를 생각했을 것임에 틀림이 없다."[19] 이 대목에서 독자들은 즉각적으로 현실의 방향감각 상실을 경험한다. 그것은 여기에서 사용된 이중의 시간 조작 때문이다. '오랜 세월'이 지난 그때가 언제인지를 알 수 있는 닻 역할을 할 서사적 현재가 제시되기도 전에 미래에 있을 총살형이 느닷없이 사전제시 된다. 뿐만 아니라 그것도 모자라 사전제시 속에서 '먼 옛날의 어느 오후'의 얼음 구경의 경험이 소급제시 된다. 이처럼 미래적 사건 제시에서 순식간에 과거 경험을 소급하는 시간 조작으로 인해 서사적 현재는 파악 불가능해진다. 서사적 현재가 언제인지 애매해지면서 독자는 사실상 현실의 방향감각을 잃어버리게 된다.[20] 그리고 독자들이 현실감각을 잃어버리게 되는 순간, 소설의 시공간은 단숨에 환상적인 분위기에 휩싸인다.

≪99인≫의 계절도 없고 요일도 없는 '별요일'이라는 이야기 시간은 서사적 현재의 불확실성을 위해 계산된 비현실적 시간이다. 독자가 파악하려고 하는 순간 서사적 현재는 흩어져 버린다. ≪백년 동안의 고독≫의 서두에서 경험했듯이, 서사적 현재를 파악하는 것이 불가능해지는 순간 서술자의 위치가 불명확해진다. 따라서 서술자의 권위를 바탕으로 서사를 이끌어가던 전통적인 리얼리즘 소설에서 맛볼 수 있었던 이야기의 현실적 토대는 사라진다. 대신 지극히 비일상적인 시공간이 펼쳐진다. 이곳은 90년 전에 죽었던 사람의 유령, 지구를 정탐하기 위해 나타난 우주인, 핵연료를 탑재한 인조인간 살인기계, 몸이 뒤바뀐 남녀, 반유체 상태로 배회하는 아이, 투명화 장치를 실험하는 천재과학자, 인간이 된 고양이, 그리고 여기에 지극히 정상적인 일상인들까지 뒤섞여 공존하는 비현실적이고 상호 이질적이며 심지어는 환상적이기까지 한 시공간이다. 이것은 이인과 기인과 바보와 영웅들, 그리고 여기에 일상인들까지 공존하는 구비전승의 설화적 시공간과 유사하다.

이러한 복합적인 시공간은 하이퍼텍스트적 형식에 의해 뒷받침된다. 하이퍼링크가 보장하는 비선형적(혹은 다선형적) 서사 구성 체계가 그것을 가능케 하는 직접적인 계기이다. 만약 인쇄서사의 선형적 구성 체계였다면, 아무리 이질적이고 비현실적인 시공간을 채택하였다고 하여도 ≪99인≫의 서사적 사건의 다양성은 크게 제한되었을 것이다. 형식이 내용상의 변화를 이끌었다고까지는 말하지 않는다 하더라도 최소한 하이퍼텍스트적 형식이 내용의 변화를 위한 최소한의 계기가 되고 있음은 틀림없다.

5. 하이퍼서사의 공간 형식

5.1. 도상적 공간, 비위계적 공간

≪99인≫은 대도시의 지하철에서 벌어지는 이야기를 다룬다. 데이비드 윤이 만든 하이퍼서사 <Subway Story>21) 역시 대도시 지하철을 배경으로 한다. 지하철 공간은 끝없이 이어지는 복도 즉 회랑이나 미로와 같은 형상을 하고 있다. 지하철 노선도는 미로 같은 지하 공간을 알기 쉽게 도상적으로 표현한 것이다. 지하철에서 사람들은 노선도의 선을 따라 이동하면서 원하는 장소에서 선을 이탈하거나 다른 선으로 옮겨간다. 혹시 잠깐 졸다 역을 지나치면 반대 방향의 열차를 타고 거꾸로 선을 거슬러 갈 수 있다는 것을 알고 있다. 지하철 승객들이 미로 같은 지하 공간을 이처럼 쉽게 이동할 수 있는 것은 노선도 덕분이며, 따라서 승객들은 어둠뿐인 지하 공간을 노선도라는 도상적 이미지로 기억한다.

하이퍼링크를 통해 연결된 하이퍼서사도 지하철처럼 미로와 같은 구조물이다. 그것은 비선형적 혹은 다선형적 구조를 취한다. 때문에 텍스트 수용자는, 지하철 승객들처럼, 쉽게 길을 잃고 서사 구성에 필요한 방향감각을 상실할 수 있다. 따라서 방향감각 상실을 막고 독서를 안내하는 가이드나 대리인22)이 필요해진다. ≪99인≫과 <Subway Story>에는 서사적 공간을 시각화한 도상적 이미지가 제시되어 있는데, 이는 텍스트 수용 과정에서 지하철의 노선도와 같은 역할을 한다. 독자는 상세한 공간 설명이나 묘사 없이, 도상적 이미지를 보고서 서사 공간을 상상 속에서 재구성한다. 이처럼 지하철과 하이퍼텍스트는 미로와 같은 구조물이며, 두 경우 모두 사람들에게 도상적 이미지로 인식되고 기억되는 공간이다. 이러한 공통점 때문에, 지하철은 하이퍼텍스트 서사의 공간

구조에 대한 상징으로서 주목을 받게 된다.

뿐만 아니라, 지하철은 비위계적인 포스트모던한 공간이라는 점에도 주목할 필요가 있다. 사람들은 명령과 통제를 작동시키기 위해 공간들을 구획한다. 학교에서 교사와 학생의 공간을 나누거나, 회사에서 직급에 따라 공간을 나누는 것은 바로 구획화를 통해 명령과 통제의 시스템을 작동시키려는 의도를 내포하고 있다. 이처럼 공간은 구획화됨으로써 위계적 공간이 된다. 하지만, 지하철은 구획화되지 않은, 비위계적인 상태를 유지하는 열린 공간의 성격을 띤다. 지하철 공간의 이러한 비위계적 성격은 하이퍼서사의 비위계적 구조와 잘 어울린다. 즉 하이퍼서사의 개별 단위텍스트들 간에 나타나는 비위계적 속성(이는 디지털 지식정보 전체의 속성이기도 하다)을 보다 효과적으로 구성해내는 데 있어서 지하철과 같은 비위계적인 실제 공간이 필요조건이 되는 것이다.

비위계적인 공간의 속성을 가진 지하철에서 승객들은 '의례적인 무관심'으로 서로를 대한다. 되도록이면 직접적인 상호작용을 기피하는데, 이것이 서로를 존중하는 방법이라고 생각한다. ≪99인≫은, 지하철이 그렇듯이, 비위계적 성격을 띤 서사적 공간이다. 이 속에서 인물들은 서로를 관찰하고 탐색한다. 시선들은 수도 없이 교차하지만, 이들은 직접적인 상호작용을 기피하는 피상적이거나 일방적인 시선들이다. 어떤 인물도 자신과 주변 인물들에 대해, 그리고 자신들이 속한 세계에 대해 완전히 알지 못한다. 그러면서 세계는 설명 불가능한 상태를 보이게 된다.

세계에 대한 설명 불가능성은 P13AX라는 인물에게서 극단화된다. 그는 내부에 초소형 핵연료를 탑재하고 있는 인조인간형 살인기이다. 그는 누군가의 조정에 의해 살인 타깃을 추적한다. P13AX를 초점인물로 하는 단위텍스트를 아무리 뒤져도 그가 누구의 조정을 받는지 아무런 단서도 찾을 수 없다. 따라서 그의 모든 행동은 설명 불가능한 상태로 남게 된다. 그는 살인 타깃을 추적하는 동안 일부 고장을 일으키게 되는데, 그 때 그에게 나타나는 의미 없는 에러메시지들은 세상이 결코 설명될 수 없는 사소하거나 혹은 거대한 사건들로 가득하다는 상징들로 읽힌다. 고장이 점차 진행되면서 빨간 램프의 깜박임이 빨라지고, 점차 이동 기능을 잃어가자, P13AX는 살인의 타깃과 동반 자폭을 선택한다. 그가 자폭 장치를 작동시켜 초소형 핵연료를 폭파시키자 긴자센 지하철은 폭발 속으로 사라진다.

비위계적 공간에서의 상호 일방적 시선들은 근대적 주체의 시선과는 많이 다르다. 근대적 주체는 세계를 합리적으로 설명하고 통제할 수 있는 이성적 주체이다. 그의 단일한 시선으로 보면 세계는 언제나 질서정연하다. 기하학적인 원근법에 따라 고정된 한 시점으로부터 세계를 투시하는 근대적 주체의 시선으로 보면, P13AX를 비롯하여 ≪99인≫의 세계는 비정상적인 세계이다. 그 세계는 이성적 주체의 시선에 의해 하나로 통합되지 못하며, 상호 불관여와 무관심을 통해 여러 개로 분할되는 세계이다. 그곳은 이질적 공간들이 증식되는 세계이며, 시선의 수만큼 이질적인 공간이 존재하는 세계이다. 지하철의 한정된 공간에서 증식되고 형성되는 수많은 사적이고 이질적인 공간 세계, 그것이 ≪99인≫의 공간이다.

하이퍼서사로서 ≪99인≫이 보여주는 이러한 공간 형식은 같은 디지털서사인 온라인 게임의 공간 형식과 비교될 수 있다. 게임서사에 나타나는 전형적인 공간은 광활하고 알려지지 않는 미지의 공간이다. 게이머는 이 공간을 탐험해야 하고 그곳의 지리를 파악하고 비밀을 파헤쳐야 한다. 그리고 단계를 넘어가면서 점점 넓은 영역으로 나아간다. 반면에 ≪99인≫의 공간은 시각적 도상화가 가능할 만큼의 한정된, 한 눈에 일별할 수 있는 공간이다. 그래서 그것은 이미 충분히 알려진 기지의 공간처럼 보인다. 하지만, 기실 《99인》의 세계는 비위계적 특성으로 인해 수많은 사적이고 이질적인 공간들로 확장되어 간다. 독자는 이러한 이질적인 공간들을 도상적 이미지의 도움을 받으면서 탐험한다. 그리고 탐험의 결과로서 얻어지는 서사적 의미를 재구성해 나간다.

5.2. 이질적인 공간들의 계열체

<웰컴투 동막골>(2005)의 외딴 마을 동막골에는 무기도 전쟁도 모르는 사람들이 살고 있다. 전쟁이 났다는 말에 왜놈이 쳐들어왔는지 떼놈이 쳐들어왔는지 되묻는 마을 이장의 말은 동막골이라는 공간의 성격을 말해준다. 화를 내고 소리를 질러도, "어째서 화가 그리 났을까?"라고 걱정해 주고, 그 원인을 해결해 주기 위해 해맑은 미소로 고개를 갸웃거리는 사람들이 어울려 사는 곳이다. 동막골은 어렸을 때 보았던 만화 속 스머프 마을 같다. 이런 마을에 무기를 든 군인들이 찾아든다. 북상 중에 낙오된 인민군 리수화 일행과 병영을 이탈해 길을 잃은 국군 표현철과 문상사 일행이다.

이 외지인들이 동막골 촌장집에서 조우하는 영화의 초반부는 상호 이질적인 두 개의 서사적 공간을 극적으로 대비시킨다. 하나는 동막골 주민들의 순박한 순수의 공간이고, 다른 하나는 외지인들의 살벌한 전쟁의 공간이다. 총과 수류탄으로 무장한 채 상호 대치하는 남과 북의 군인들은 금방이라도 모든 생명을 앗아갈 듯한 살벌한 공간을 만들어낸다. 반대로 마을 주민들은 그 상황에서도 여유롭고 순박하다. 그들은 전쟁에 대한 어떤 경험도 없었기에 총과 수류탄의 대치 상황에서 어떤 위협도 느끼지 못한다. 대치 상황은 밤이 되고 날이 새도록 지속된다. 영화는 이 시퀀스에서 순수의 공간과 전쟁의 공간이 한 화면 속에 공존하는 모

습을 여러 차례 반복적으로 보여준다. 처음에는 동막골 사람들이 군인들에 포위되었다가 점차 군인들이 마을 사람들에 에워싸이는 형국으로 변한다. 점차적으로 순수가 확장되고 확산되면서 이질적인 공간의 공존 양상이 바뀐다.

며칠 밤을 새며 비몽사몽간의 대치가 계속되던 중, 체력의 한계에 이른 인민군 소년병 택기가 안전핀이 뽑힌 수류탄을 놓치게 된다. 하지만, 폭발은 일어나지 않는다. 표현철은 이 불발탄을 주워들어 무심코 옥수수 곳간 쪽으로 던져 버린다. 이때 '꽝~~' 폭발이 일어나고 곳간에 쌓여 있던 옥수수 알맹이들이 하늘로 비상한 후 팝콘이 되어 눈처럼 흩날린다. 이런 아름답고 동화적인 순간에 이질적이던 두 개의 서사적 공간은 하나의 동질적인 공간으로 합쳐진다. 이제부터 영화는 동질적인 하나의 공간에서 진행된다. 살벌한 전쟁의 공간은 차츰 해소되면서 동막골이라는 순수의 공간 속에 동화되어 버린다.

영상서사나 문학서사에서 등장하는 이질적인 공간의 혼재나 병행 배치는 다양한 미학적 효과를 가져온다. <웰컴투 동막골>에서 동시적으로 제시된 이질적인 두 공간은 관객들로 하여금 한편으로는 웃음을 자아내게 하고 한편으로는 전쟁과 인간이라는 무거운 주제를 생각하도록 이끄는 서사적 힘을 보여준다. 이처럼 이질적인 서사적 공간들은 서사물의 미학적 효과에 중요한 요소이다. 그런데 서사물 전체에 이질적인 공간을 전면적으로 도입한 경우는 흔치 않다. <웰컴투 동막골>이 그랬던 것처럼, 이질적인 서사적 공간들의 공존 형식은 작품 내에서 부분적으로만 활용되는 기법이었다. 그런 측면에서 ≪99인≫은 새로운 공간구성에 대한 실험으로 보인다. ≪99인≫은 이질적인 다수의 공간들을 중심으로 서사물이 구성되어 있다. 단일한 공간과 단일한 관점을 신성시하던 서사적 관습에 변화가 생겼다고 할 수 있다.

≪99인≫에는 수많은 이야기 클러스터가 등장한다. 이 클러스터들은 도쿄 지하철에서 만날 수 있는 다양한 관계로 얽힌 사람들의 관계망이다. 가정 폭력에 얼룩진 현대인의 삶의 편린을 보여주는 유코와 아들, 그리고 남편으로 얽혀진 클러스터도 있고, 반수면 상태의 에이스케가 친구인 타카시, 유령인 히토미와 토시로우, 그리고 우주인 등과 얽혀진 클러스터도 있다. 그리고 새로운 사업 계약을 따내고 축하 모임을 가진 후 늦게 귀가하는 직장 동료 관계인 마키, 후나야마, 야스에, 나미우치의 클러스터도 있다. 이 밖에도 다양하고 많은 클러스터가 구성된다. 이 클러스터는 각각 하나의 서사적 공간을 구성하는데, 크게 보아 이것은 일상적 공간과 비일상적 공간으로 나누어 볼 수 있다. 유령, 우주인, 미래 과학자, 인조인간, 유체 상태에서 떠도는 인간, 사람이 된 고양이 등이 만들어내는 비일상적 공간이 현대적인 대도시에서 만나게 되는 지극히 일상적인 공간과 혼재한다.

즉 <웰컴투 동막골>에서 전쟁의 공간과 순수의 공간이 한 화면(혹은 한 시퀀스) 속에 섞여들었듯이, 유코의 개인적 일상의 공간 옆에 에이스케의 환상적 비일상의 공간이 병치되어 있고, 또 그 옆에 마키의 사회적 일상의 공간이 형성된다. 이와 같은 일상성과 비일상성의 혼재는 디지털 서사의 또 다른 한 분야인 게임서사에서도 비슷한 양상으로 나타난다. 이인화에 따르면, "MMORPG 게임인 <리니지2>에는 자본주의적 현대 도시의 일상적 기능이 존재하는 바로 옆에 신화로부터 튀어나온 몬스터들과의 대결이라는 비일상성이 존재한다. 이는 시대와 시대가 섞이고, 문화와 문화가 섞이며, 인간과 컴퓨터가 섞이는 디지털 미디어 시대의 다층적 혼혈성을 반영한다."[23)]

그런데 현대 자본주의 대도시의 기능성 위에 형성된 문화의 다층적 혼혈성으로 표현되는 리니지의 서사적 공간은 이질적 요소들이 이미 하나로 융합된 서사적 공간이다. 반면 ≪99인≫에서 일상성과 비일상성은 하나로 융합되지 않는다. ≪99인≫은 일상과 일상, 일상과 비일상, 비일상과 비일상이 상호 융합되지 않은 채, 저마다 이질적인 다수의 공간들로 혼재하면서 계열적 관계를 맺게 된다. 이로 볼 때, 하이퍼텍스트 서사의 공간적 구성 체계는 통합적 관계보다는 계열적 관계가 우선시됨을 짐작할 수 있다.[24] 그리고 계열적 관계의 강화는 디지털서사의 일반적인 특성으로 간주할 수 있는데, 이는 하이퍼링크라는 하이퍼텍스트 문서의 강력한 작동원리에서 기인한다고 볼 수 있다.

6. 메타렙스와 서술자

앞에서 살펴본 대로, ≪99인≫에서 서사적 현재는 불확실하다. 그런데 불확실한 서사적 현재는 서술자의 위치가 불확정적임을 시사한다. 서술자의 위치와 관련하여 주네트는 메타렙스(Metalepse)라는 용어를 사용하였다. 서사물에서 서술자가 위치하는 세계와 서술자가 서술하는 세계 사이에는 유동적이지만 성스러운 경계가 존재하는데, 메타렙스란 이 경계를 위반하는 것을 말한다. ≪99인≫에는 메타렙스적 현상을 보여주는 흥미로운 인물이 등장한다. 니시오 타구로우(西尾琢郎)는 이노우에의 원고를 넘겨받아 하이퍼텍스트로 구성하는 작업을 하는 실제 편집자이면서, 동시에 작품 속에 등장하는 인물이다. 작품 속에서 니시오는 하이퍼텍스트 소설을 쓰는 이노우에 유메히토의 원고를 넘겨받아 작업하는 편집자이며, 새로운 인물 설정을 위해 최종 열차의 승객들을 몰래 촬영하여 작가에 보내주는 역할을 한다.

그런데 니시오는 편집 작업을 하다가 자기 자신까지 하이퍼텍스트 소설의 등장인물이 되어 버린 것 같은 착각에 빠져 든다. 내가 등장하는 소설을 내가 읽는 듯한 느낌 속으로 빠져 든다. 잠시 편집 중인 노트북을 닫았다 열었더니 24 : 00의 니시오 타쿠로우의 페이지가 저절로 만들어져 있다. 전차를 탔을 때도 그는 이미 탑승하고 있는 탑승객 전원의 이름을 알고 있는 자신을 발견한다. "제일 앞쪽 문 옆에 서 있는 것은 오츠지 준이치, 반대쪽 차량의 맨 뒤로 앉아 있는 것은 요네무라 마사노리, 그 정면으로 앉아 있는 커플은 미야케 사토시와 코마가타 치카코다"(24 : 01) 내가 소설 속의 인물인지 현실세계의 인물인지 다시 혼란스러워진다. 등장인물 중 한명이 자기를 어떻게 보고 있나 알고 싶어져 그녀의 페이지를 본다. 그녀는 자기를 변절자로 보고 있다. 그는 그녀에게 자기는 그런 사람이 아니라고 변명을 한다. 이처럼 니시오 타쿠로우는 자기반영적 글쓰기를 통해 자기가 만들고 있는 세계에 끝없이 관여하게 된다. 그리고 이러한 거울 효과를 통해 자신이 편집하는 세계에 갇히고 만다. 그는 "어떻게 하면, 나는 이 《99인의 최종전차》로부터 빠져 나갈 수 있을 것인가."(24 : 12)하고 외친다. 이러한 서술 상황은 서술자의 자기분열적 모습을 극단적으로 보여준다.

서술자의 자기분열적 모습과 관련하여 최근의 몇몇 서사물들은 특이한 형태의 서술자를 보여준다. 미국 중산층의 뒤틀린 자화상을 그린 영화 <아메리칸 뷰티>와 역시 미국 중산층 주부들의 다양하고 은밀한 욕망을 다루는 TV드라마 <위기의 주부들>(원제는 'Desperate House wives')에는 '**죽은 자**'가 서술자로 등장한다. <아메리칸 뷰티>의 죽은 버넴은 죽기 직전의 자신과 주변 인물들이 겪는 일들에 대해 이야기한다. 화면 밖에서 들려오는 담담하고 나직한 버넴의 내레이션은 아름다우면서 잔인한 인간

'죽은 자'가 서술자

2006년 노벨문학상을 수상한 터키 작가 오르한 파묵의 장편소설 《내 이름은 빨강》에도 이미 죽은 자가 서술자로 등장한다. 구효서의 〈명두〉에서도 죽은 굴참나무가 서술자이다. 이 소설은 2006년 황순원 문학상을 수상한 작품이다.

적 욕망을 밑바닥까지 드러내 보여준다.[25] <위기의 주부들>은 한적한 교외 '위스테리아 가'의 아름다운 집에서 평범하게 살아가던 주부 메리 앨리스 영(Mary Alice Young)이 어느 날 느닷없이 자신의 목숨을 끊는 것으로 시작된다. 이후 메리는 서술자가 되어 자신의 가족과 이웃들의 삶을 소개하고 그들의 내밀한 비밀을 폭로한다. 죽었기 때문에 더 많은 것을 보고 알 수 있게 된 메리는, 한적한 마을에서 여유롭게 사는 완벽해 보이는 주민들의 내밀한 비밀을 하나씩 하나씩 풀어나가는 데 아주 적절한 서술자이다.

이승을 떠난 죽은 몸으로 서술에 참여하는 서술자를 '영혼서술자'라고 부를 수 있다. 그들은 대부분 자기 주변의 이야기를 서술한다. 현실세계를 벗어나 있는 그들은 늘 낮고 중립적이며 분명한 목소리로 사건들을 서술한다. 이런 목소리로 볼 때 그들은 분명 경계의 너머에 위치해 있다. 이 때 그들은 자신이 살던 곳의 사건들을 경계선 너머에서 관조적으로 지켜보는 전지적 서술자이다. 때문에 그들은 사건의 이면과 등장인물의 심리를 분석적으로 서술할 수도 있다.

그런데 영혼서술자에게는 다른 측면도 있다. 그들이 자기 생전의 사건을 서술할 때는 스스로가 인물로서 사건 깊숙이 관여하는 개입적 서술가가 된다. 영혼서술자는 이처럼 전지적인 성격과 개입적인 성격이라는 자기분열적 모습을 동시에 갖추고 있다. 그래서 그들은 자신들이 위치하는 세계와 자신들이 서술하는 세계의 경계를 절묘하게 넘나들고 있다. 이승과 저승의 경계 사이에서 오락가락하는 '영혼'이라는 특별한 존재방식이, 경계를 넘나드는 메타렙스적 서술을 가능하게 만드는 것이다. 영혼서술자의 문제에 대해서는 이어지는 보충 논의에서 보다 자세하게 다루어질 것이다.

3인칭 객관묘사를 통해 대상을 재현하려고 했던 리얼리즘 계열의 근대 서사물들은 원근법의 토대 위에서 단일한 시각으로 세계를 바라본다. 그 중심에는 합리적 주체인 인간의 관점이 존재한다. 그런데 경계를 건너뛰는 메타렙스적 서술은 평면적이고 투시적인 묘사를 통해 다양한 공간들을 그려낸다. 그것은 근대적 주체의 단일한 시각을 걷어내고 다양한 층위와 각도에서 세계를 바라보려는 최근 서사물에서 특징적으로 나타나는 양상이다. ≪99인≫과 같은 하이퍼텍스트 서사에도 이와 공통된 특성이 나타난다. 도상적으로 표현된 수많은 비위계적이고 이질적인 공간들을 통해, 다양한 시각의 공존을 노골적으로 내보이는 서사 양식이 하이퍼텍스트 서사라고 할 수 있다.

7. 하이퍼서사 창작에 대한 기대

스테판 코올은 리얼리즘이 기존의 문학적 관습이나 사회적 관념을 벗어나 현실 그 자체를 인식하고자 하는 것이라고 말한 바 있다. 그의 말대로 리얼리즘은 형식 면에서, 그리고 내용 면에서 관습적인 것들을 거부한다. 관습이란 복잡다단한 현실의 여러 측면을 하나의 관점이나 형식으로 파악하여, 역동적인 현실을 평면적으로 고착화시키는 경향이 있다. 문학의 사명은, 리얼리즘이 그랬던 것처럼, 관습의 유혹을 벗어나 당대의 현실을 보다 생생하게 드러내는 것이다.

하이퍼텍스트 서사는 인쇄매체를 바탕으로 하던 근대소설의 고착화된 서사 관습에 제동을 걸고 서사를 새롭게 만들어 줄 잠재력을 지니고 있다. 이 글에서는 이런 생각을 가지고 ≪99인≫이라는 하이퍼텍스트 서사물을 탐험해 보았다. 우선 작품의 경계를 확인하고 저자 문제를 검토하였다. 하이퍼텍스트 서사물은 책으로 된 근대소설과는 다르다. 이는 지속적으로 확장하는, 끝나지 않는 이야기 형식이다. 따라서 물리적 존재감이 느껴지는 근대소설과는 달리 연구의 시작점에 연구의 대상이 되는 작품의 경계를 확실하게 해 둘 필요가 있다. 이는 고소설의 판본을 확정하는 것과 유사한 작업이다.

이렇게 연구 대상을 확정하고 나서 ≪99인≫의 서사 구성 방식을 살폈다. 이를 통해 디지털서사의 구성 방식이 '클러스터 구성'을 취한다는 사실을 밝혔다. 단위텍스트들이 모여서 개별 인물 이야기가 되고, 계열체를 이루는 개별 인물 이야기가 모여서 이야기 클러스터를 형성한다. 그리고 상호 약한 연결을 유지하는 클러스터들은 또한 스스로도 계열체를 형성하면서 좀 더 큰 하이퍼텍스트 서사물을 구성하게 된다.

물론 ≪99인≫이 보여주는 서사 구성 원리가 모든 하이퍼텍스트 서사물에 공통적으로 적용된다고 볼 수는 없다. 앞으로 만들어질 하이퍼서사물들은 이런 구성 방식을 적용할 수도 있고, 이를 변형하거나 혹은 완전히 다른 구성 방식을 취할 수도 있다. 그러나 클러스터 구성 원리는 향후 OHN 서사 구성 방식 중에서 아주 중요한 한 가지 방식이 될 가능성이 높다.

한편, 우리는 소설을 위시한 모든 서사물이 시간축을 중심으로 전개되는 시간예술(time-art)이라고 가름해 왔다. 그러나 디지털서사는 시간예술을 넘어서 공간예술로서의 여러 효과에 상당한 관심을 보이는 듯하다. 디지털서사의 한 분야인 하이퍼텍스트 서사에서도 그런 경향이 뚜렷이 나타난다. ≪99인≫에서도 시간 형식이 약화되고 공간 형식이 강화되는 경향을 찾아낼 수 있었다.

약화되는 시간 형식과 관련하여 우선, 시간의 파편화로 인해 시간의 인과적 흐름과 연쇄가 덜 중요해진 양상을 다루었다. 인과적 연쇄를 무시한 채 임의적 선택이 가능해진 파편화된 시간은 시간의 공간화 경향으로 해석된다. 또 불확실하고 불확정적인 서사적 현재가 서사적 시공간을 비현실적으로 몰아감으로써 무시간성에 접근하려는 경향이 있음도 밝혀냈다. 한편, 강화되는 공간 형식과 관련해서는, 도상적이고 비위계적인 공간이 도입되는 양상과 수많은 이질적 공간들이 공존하는 양상을 두드러진 특징으로 보았다. 이에 따라 통합적 관계보다는 계열적 관계 축이 더 중요한 서사의 구성 원리가 되었다. 계열적 관계의 강화는 근대적 주체의 단일한 시각을 걷어내고 다양한 층위에서 세계를 바라보려는 하이퍼텍스트 서사의 특징적 양상이다.

지금 하이퍼텍스트 서사는, 디지털서사의 다른 한 분야인 게임 서사만큼 널리 창작·유통될 수 있는 기반을 조성하는 것이 시급한 과제이다. 이 글이 ≪99인의 최종전차≫의 서사 구성과 시간 형식, 공간 형식이 어떻게 설계되었는지를 주로 살핀 것은 바로 그런 이유 때문이다. 이 글이 자극제가 되어 하이퍼서사의 창작과 유통의 기반이 마련되기를 기대해 본다.

다중서술과 영혼서술자

1. 여러 명의 서술자 : 다중서술의 양상

서술자는 서사물의 중요한 서사 장치로, 세계를 바라보는 시선이나 관점과 관련된다. 다중서술은 여러 명의 서술자가 이야기를 서술해 나가는 방식이다. 다중서술은 최근에 새롭게 등장한 것이 아니며, 오래 전부터 여러 서사물에서 심심치 않게 사용되어 왔던 서사 기법 중 하나이다. 그럼에도 불구하고 다중서술은 최근의 서사물에서 다시 문제시되고 있다.

소설가 황석영은 리얼리즘적 객관성에 의문을 제기하면서 과거의 리얼리즘 형식은 보다 과감하게 보다 풍부하게 해체되고 재구성되어야 함을 지적한 바 있다. "역사와 개인의 꿈같은 일상이 함께 현실 속에서 연결되어야 한다고 생각한다. 주관과 객관이 분리되어서도 안 되고, 화자는 어느 누군가의 관점이나 일인칭 삼인칭으로 고정된 것이 아니라 등장인물 각자의 시점에 따라 서로를 교차하여 그려서 완성시켜 줄 수 있을 것이다. 한 인물과 사건을 두고도 모든 등장인물들이 보여주는 생각과 시각의 다양성으로 자수를 놓듯이 그릴 수는 없을까"[26] 이는 황석영만의 고민이 아니다. '등장인물 각자의 시점에 따라 서로를 교차하여 그려서 완성'시킨다는 말은 앞서 살펴본 ≪99인≫에서 각 인물의 정체성이 만들어지는 과정과 동일한 의미로 받아들여진다. 현실이 점점 더 복잡하고 다원화되어 가는 이상, 총체론적 관점에서 현실을 서술하는 것이 점점 어려워지고 있다.

거시적 관점에서 하나의 세계 모델을 구성하려는 어떤 시도도 쉽게 열매 맺을 수 없는 상황이 되어 가면서 서사 기법의 하나로 다중서술이 다시 문제적이 되고 있다. 여기서는 다중서술을 다층적 다중서술과 다원적 다중서술로 나누어 살펴보고자 한다. 이 중에서 다원적 다중서술은 훨씬 더 디지털 매체 친화적인 성격을 갖는다.

1.1. 다층적 다중서술

다층적 다중서술은 층이 다른, 즉 차원이 다른 복수의 서술자에 의해 서술이 이루어진다. 다층적 다중서술은 이야기 속에 이야기가 들어있는 구조를 많이 취하는데, 이는 전통적인 서사이론에서 액자소설이라 불리던 서사물에서 주로 발견된다. 액자소설에서 겉이야기의 서술자는 어떤 경로를 통해 알게 된 속이야기를 전달하는 역할을 수행한다. 액자소설이 이야기의 틀이라는 측면을 강조한 용어라면 다층적 다중서술은 서술자의 권위와 능력이 서로 다름을 강조하는 용어이다.

겉이야기의 서술자는 주로 상위 서술자의 역할을 수행한다. 상위의 서술자는 다른 하위 서술자가 수행하는 사건 서술을 중계하게 되는데, 이것이 속이야기를 구성한다. 이런 경우 서사의 최종 목적은 속이야기에 있다고 생각되기 쉽다. 그래서 액자소설은 일반적으로 속이야기의 근원을 제시하거나 속이야기가 왜 진술되는가 등 이야기 도입의 효과만을 노리고 겉이야기를 짜넣게 된다. 예컨대 박지원의 ≪열하일기≫에 수록된 <호질>에서는 서술자(이 경우 작가와 동일인)를 은폐하기 위한 방편으로 요동 지역에서 전해들은 이야기라는 식의 겉이야기 즉 액자가 고안된다.27) 액자는 곧 당대 사회에서 통용되기 어려운 양반에 대한 신랄한 풍자를 내용으로 하는 속이야기를 끌어내기 위한 서사적 장치이자 트릭으로서 기능한다.

하지만 이런 경우 겉이야기의 서술자는 자신의 시각과 관점에서 자신만의 이야기를 하는 것이라 볼 수 없다. 그런 서술자는 알맹이 없는 껍데기일 뿐이다. 속이야기의 개연성을 증진시키기 위한 교묘한 트릭으로서의 겉이야기는 관점에 따른 수많은 현실을 그려내겠다는 다중서술의 전략과는 큰 거리가 있다. 따라서 다층적 다중서술의 겉이야기가 단지 도입이나 트릭의 효과만을 노리는 데 그칠 필요는 없다. 겉이야기 역시 속이야기만큼 충분하면서도 독립적인 서사를 구성하는 것이 좋다. 록우드의 이야기 속에 넬리의 이야기가 담겨 있는 ≪폭풍의 언덕≫이나 르농쿠르의 이야기 속에 그리외의 이야기가 담겨 있는 ≪마농레스코≫ 등은 전형적인 다층적 다중서술 양식을 보여준다.

자세히 살펴보자. 1847년에 발표된 에밀리 브론테의 ≪폭풍의 언덕≫에는 두 명의 서술자가 등장한다. ≪폭풍의 언덕≫은 도시의 복잡함을 피해 조용한 시골에 위치한 스러쉬크로스 그레인지에 세들게 된 런던 신사 록우드(Lockwood)가 그곳을 돌보는 하녀 넬리(Nelly)로부터 워더링 하이츠와 스러쉬크로스 그레인지 저택을 둘러싼 여러 인물 간에 얽힌 애증의 이야기를 듣는 구조로 되어 있다. 상위 서술자인 록우드는 소설의 초점화자인 넬리의 이야기를 중계한다. 뿐만 아니라 스스로 초점화자가 되어 워더링 하이츠와 스러쉬크로스 그레인지에서 직접 보고 들은 경험을 이야기한다. 상위 서술자인 록우드와 그에 의해서 중계되는 또 다른 서술자인 넬리, 이 두 명의 서술자는 모두 서사내적 서술자로, ≪폭풍의 언덕≫에 사실주의적 요소와 로맨적인 요소가 병존할 수 있도록 해 주는 서사적 장치로 활용된다.[28] 이처럼 겉이야기와 속이야기가 서로 다른 서술자에 의해 서술되면서, 각자 충분하고도 독립적인 서사적 세계를 그려내고 있는 이 작품의 경우는 전형적인 다층적 다중서술에 해당한다.

다층적 다중서술은 서사내적 서술자와 서사외적 서술자가 함께 나타나는 경우도 있다. 1970년대에 발표된 ≪난장이가 쏘아올린 작은 공≫은 한 명의 권위적인 서술자에 의해 지배되고 있지 않다. <칼날>과 <육교 위에서>의 초점화자는 신애, <난장이가 쏘아올린 작은 공>의 화자는 영수, 영호, 영희이며, <우주여행>과 <궤도 회전>, <기계 도시>의 초점화자는 윤호, <은강 노동 가족의 생계비>, <잘못은 신에게도 있다>, <클라인씨의 병>의 화자는 영수, <네 그물로 오는 가시>의 화자는 사장의 아들인 경훈, 그리고 <뫼비우스의 띠>와 <에필로그>의 화자는 이야기 밖에 놓여 있다.[29] 이처럼 ≪난장이가 쏘아올린 작은 공≫은 서로 다른 층위에 속하는 서사외적 서술자과 서사내적 서술자가 함께 서술에 참여하고 있는 양상을 보여준다. 좀 더 자세히 살펴보자.

<칼날>은 신애라는 40대 가정주부의 입장에서 뒷집 사람들 이야기(31~33)[30]를 초점화한다. 매일 밤 텔레비전을 보는 여자와 가정부, 주간지를 보는 아이들, 부정부패에 연루된 남편, 독약을 삼킨 큰딸 등 뒷집 식구들에 대한 이야기는 분명 신애의 지각과 연관되어 초점화되고 있다. 예컨대 "저 집 사람들은 귀머거리구나. 저렇게 크게. 이 세상엔 왜 이렇게 온전한 사람들이 없을까?"(31)에서 '저 집', '저렇게' 등의 낱말에서 느껴지는 공간적 거리감이 아주 가깝다는 것을 통해 그것이 신애의 지각 내용임을 알 수 있다. 즉 신애를 통해 초점화되고 있는 것이다. 뿐만 아니라 앞집의 유난히 밝은 전깃불과 부엌 환기창을 통해 들어오는 앞집의 고기 굽는 냄새(36) 등도 분명 신애를 통해 초점화된다. 특히 신애

에 의한 초점화는 수도꼭지를 고쳐달고 있는 난장이를 지켜보는 장면에서 더욱 분명해진다.

[1] 그것은 절단기, 멍키 스패너, 렌치, 드라이버, 해머, 수도꼭지, 펌프 종지굽, 크고 작은 나사, T자관, U자관, 그리고 줄톱 들이었다. 쇠로 된 것들뿐이었다. 모두 난장이를 닮아 보였다. 난장이를 닮은 이 도구들도 난장이가 잠잘 시간에는 벽돌공장의 굴뚝 밑에 놓여 숨을 죽일 것이다. 난장이네 식구들도 모두 숨을 죽이고 잠잘 테니까. 바람이 부는 밤은 방죽의 잔물결 소리가 숨을 죽이고 잠자는 난장이네 뜰 앞까지 들릴 것이다.(46~47)

난장이의 부대 속에서 나온 기계와 무쇠 조각을 만져 보면서 신애는 머릿속으로 인용문과 같은 생각을 하고 있었던 것이다. 이처럼 <칼날>은 뒷집과 앞집 이야기 대목에서 초점화자의 지각과 인식이 삽입된다.

그러나 전체 서술은 초점화자에만 전적으로 의존하지 않는다. 신애의 초점화를 통제하는 상위서술자로서 엄연히 서사외적 서술자가 따로 존재한다. 이 서사외적 서술자는 뒷집 사람들 이야기를 하는 중간에 아무런 예고도 없이 초점화자를 밀어내고 서술에 개입한다. "오늘 아침 신애는 그 집 큰딸이 통이 넓고 긴 바지로 골목길을 휘적휘적 쓸면서 나가는 것을 보았다."(33) 여기에서 우리는 신애의 행동을 지켜보고, 그것을 서술하는 서사외적 서술자의 존재를 느끼게 된다.

결국 <칼날>은 서사외적 서술자에 의한 객관적인 서술이 신애라는 내적 초점화자에 의해 내파되는 양상을 보인다. 즉 서사외적 서술자의 서술에 내적 초점화자들의 서술이 삽입되고 있는 것이다. 이러한 서술 방식은 황석영의 ≪손님≫에서도 나타난다. ≪손님≫은 서사외적 서술자가 전체적으로 서술을 이끌어 가는 방식이지만 중간 중간에 요셉과

요한이 번갈아가며 초점화자로서 서술에 참여한다. 특히 '시왕' 부분에서는 요셉과 요한 이외에도 소메삼촌, 순남, 일랑 등이 초점화자로서 서술에 참가한다. 즉 초점화자에 의한 부분적인 내적 초점화가 세계를 바라보는 단일한 시각에 균열을 낸다.

다층적 다중서술은, ≪폭풍의 언덕≫에서 그 예를 찾을 수 있을 만큼, 이미 오래 전부터 활용되던 서사 기법이었다. 다층적 다중서술은 여러 명의 서술자가 서술을 이끌어 가지만, 사실은 상위서술자─겉이야기의 서술자나 서사외적 서술자─가 다른 하위서술자들을 일정한 범위에서 통제하는 결과를 보인다. 즉 상위서술자가 다른 하위 서술자들의 서술을 하나로 아우르려는 의도가 전혀 없다고 할 수는 없다. 때문에 상위서술자는 어느 정도는 리얼리즘 계열의 근대소설을 지배하던 권위적 서술자의 성격을 갖는다.

1.2. 다원적 다중서술

다층적 다중서술에서는 상위 서술자가 나머지 서술자(들)의 이야기를 중계하거나 통제하지만, 다원적 다중서술은 모든 서술자가 동일한 층위에서 자신의 관점과 시각으로 서술에 참여한다. 또 다층적 다중서술의 서술자들이 서로 다른 사건이나 대상에 대한 이야기를 한다면, 다원적 다중서술의 서술자들은 동일한 사건이나 동일한 대상을 갈마들며 이야기한다. 1부에서 '장영혜 중공업'의 <Black on White, Gray Ascending>에 대해 살핀 것을 기억할 것이다. 야오(Yao)라는 가상 인물의 납치와 살해에 대한 내러티브를 7개의 스크린을 통해 펼쳐내는 작품이다. 그런데 여기서 사용되는 7개의 스크린은 7개의 시선과 관점을 의미한다고 볼 수 있다. 즉 7개의 익명의 시선을 통해 납치와 살해에 관한 내러티브를 다원적 다중서술의 형식으로 풀어낸 것이다.

다원적 다중서술은 두 가지 형태가 가능하다. 하나는 여러 화자가 각자의 시각과 관점에서 동일한 사건을 전체적으로 이야기하는 형식으로, 구로자와 아키라(黑澤明) 감독이 만든 영화 <라쇼몽>이 대표적이다. 또한 앞글에서 분석했던 디지털서사 ≪99인의 최종전차≫에서도 이런 다중서술의 기법이 쓰이고 있는 것을 확인했다. 다른 하나는 여러 명의 서술자가 하나의 사건을 이야기하되 각자 일정한 부분만 담당하는 방식으로, 장 클로드 무를르바의 ≪바다아이≫,31) 오르한 파묵의 ≪내 이름은 빨강≫32) 등에서 볼 수 있는 형식이다. 이 또한 디지털서사의 여러 분야에서 활용 가능한 서술 방식이다.

<라쇼몽>33)은 산길을 가던 사무라이 부부에게 일어난 사건을 바라보는 여러 개의 시선을 보여준다. 시선의 주체는 사건에 직간접적으로 연루된 산적, 아내, 사무라이, 그리고 나무꾼 등이며, 이들은 이야기의 초점화자들이다. 산적 타조마루는 자신이 사무라이의 아내를 겁탈했고 정당한 결투를 통해 사무라이를 죽였다고 말한다. 아내 마사코는 겁탈당한 자신을 경멸하듯 바라보는 남편에게 배신감을 느껴 그를 죽였다고 말한다. 영매를 통해 영혼으로 등장한 남편은 아내가 자신을 배신했고 오히려 산적은 자신을 동정하고 옹호해줬으며 자신은 스스로 자결한 것이라고 말한다. 이들의 이야기는 라쇼몽 아래에서 비를 피하는 나무꾼과 승려에 의해 중계된다. 산적의 이야기는 나무꾼에 의해, 아내와 사무라이의 이야기는 승려에 의해 중계된다.

이는 ≪폭풍의 언덕≫에서 넬리의 이야기가 록우드에 의해 중계되었던 것과 비슷한 양상이다. 하지만, 근본적으로 다른 점은 이들이 다른 대상이 아닌 동일 대상을 서술한다는 점이다. 간접적 사건 연루자인 나무꾼은 자신의 입장에서도 동일 사건을 재구성하여 이야기한다. 그는 사

무라이의 아내가 남편과 산적의 싸움을 부추겼고 두 사람은 졸렬한 개싸움을 벌이다가 산적이 남편을 죽였다고 말한다. 물론 자신의 도둑질은 쏙 빼놓는다. 승려와는 달리, 나무꾼은 스스로 초점화자가 되기도 한다. 이런 다양한 초점화를 통해 초점화자들의 욕망은 서로 교차하고 어긋나고 빗나간다. 사건의 진실이 존재하는 듯 하지만 정작 어느 누구도 진실에 도달하지는 못한다.

객관적 진실 혹은 사실은 존재하며, 모든 것은 과학과 이성이라는 잣대로 규명할 수 있고, 규명할 수 없는 것은 존재하지 않는다는 것이 근대성의 출발점이다. 그래서 근대적 학문으로서 역사는 하나의 진실과 사실을 얘기하려 했고, 문학은 리얼리즘 계열의 소설을 통해 단일한 시선에 의해 파악되는 세계를 만들어내려고 했다. 그러나 <라쇼몽>은 다중서술을 통해 사실이라는 것은 사실 자체로 존재하는 것이라기보다는 개개의 주관적 시선에 포착된 무엇이 아닐까 하는 의문을 제기하도록 만든다. 개인의 욕망이나 시대의식에 의해 훈련받은 시각에 따라 수백, 수천 개의 사건이 있을 수 있다는 것이다. 결코 단 하나의 중심, 단 하나의 진실이란 있을 수 없고, 복수의 중심, N개의 진실이 있을 수밖에 없다는 신념이 다중서술 기법에 의해 효과적으로 드러나게 되었다.

한편, 다원적 다중서술의 다른 사례에 해당하는, ≪바다아이≫는 비가 세차게 쏟아지는 칠흑같이 어두운 한밤중에 어린 일곱 형제가 집을 떠나면서 시작된다. 이들이 가출을 결심한 이유는 가장 막내인 얀의 말한 마디 때문이다. "부모님이 우릴……." 차마 말을 잇지 못하는 얀의 모습에 형제들은 당황하지만 결국 집을 떠나게 된다. 열한 살이지만 네 살배기처럼 키가 작은 얀은 말없이 눈짓과 몸짓으로 자신의 생각을 전달하는 아이이다. 평소에도 알 수 없는 직감으로 형제들을 놀라게 했던 아이이다. 그래서 형제들은 얀을 자신들의 꼬마 대장으로 생각한다. 얀을 제외한 다른 형제들은 모두 쌍둥이로 태어났고 막내 얀만은 혼자서 태어났다. 그만큼이나 얀은 가족 중에서도 특별한 위치에 있었던 것이다.

부모님의 말 한마디 때문에 얀과 형제들은 서쪽을 향해 아슬아슬한 모험을 시작한다. 일곱 형제의 모험 이야기 즉 가출 사건은 아주 다양한 초점화자에 의해 서술된다. 여정의 길목마다에서 만나거나 스치게 되는 다양한 사람들, 예컨대 그들을 태워 준 트럭 운전기사, 우연히 그들을 보게 되는 작가, 홀로 사는 할머니, 공짜로 빵을 주는 빵집 주인 등 많은 사람들이 초점화자 겸 서술자가 된다. 그들은 마치 릴레이 선수가 바통을 넘겨받듯이 초점화자의 역할을 넘겨받아 이야기를 이끌어간다. 그들은 리얼리즘 계열의 근대소설의 서술자와는 아주 다른 양상을 보여준다. 작품에서 초점화자들은 자신이 위치한 삶의 자리에서 얀의 형제들과 조우하며 자신들의 처지에서 형제들을 관찰한다. 그래서 그들은 사건과 완전히 동떨어진 초월적 위치에 있지 않다. 아이들과 무관한 삶을 살아가면서도 금세 아이들의 삶 속으로 삼투되어 들어가게 된다.

예컨대, 아이들을 태워다 주는 트럭 운전기사는 갑자기 트럭으로 들이닥치는 아이들을 보면서 자식이 없는 자신의 모습을 떠올리고, 아이들이 기차표를 훔치는 것을 묵인해 주는 흑인 여대생 발레리는 아이들에게서 외국인인 자신처럼 연약하고 애처로운 무언가를 발견한다. 아이들을 애처로운 토끼로 바라보는 사람들이 있는가 하면 자신의 집에 무단 침입한 범죄자로 보는 매정한 사업가도 있다. 이처럼 똑같은 초점화 대상 즉 가출한 일곱 형제를 바라보는 초점화자들의 시선의 질감은 각자가 아주 다르다. 초점화자가 처한 상황에 따라 그들이 바라보는 대상이 달라지게 된다. 시각과 관점의 다름에서 아이들의 모습은 여러 가지로 변주되고 있는 것이다.

전통적인 화풍을 고수할 것인가 새로운 화풍을 받아들일 것인가의 문제를 두고 이슬람의 세밀화가들 간에 질투와 긴장 그리고 살인 등을 그린, 오르한 파묵의 ≪내 이름은 빨강≫도 다원적 다중서술의 두 번째 양상을 보여주는 서사물이다. 이 작품은 서사의 내용 자체가 시각과 관점에 대한 문제를 다룬다. 대상을 평면적이고 투시적으로 묘사하는 이슬람의 세밀화가들과 원근법을 사용하여 대상을 사실적으로 재현하는 서양의 화가들은 세계를 인식하고 인식한 것을 그려내는 표현기법 면에서 전혀 딴판이다. 파묵은 인식과 표현기법 상에 나타나는 두 세계의 차이를 다중서술 방법을 통해 효과적으로 그려낸다. 각 장마다 달라지는 초점화자는 생물과 무생물, 산자와 죽은자를 넘나드는 다양한 모습으로 등장한다. 그들은 각자 자신의 시각과 관점에서 이야기를 서술해 나가게 되는데, 이것들은 다양한 방식으로 연결되면서 더 큰 이야기가 되어 간다. 초점화자들의 개별 이야기들이 연결되는 방식 중 하나를 살펴보면 다음과 같다.

카라가 초점화자 겸 서술자의 역할을 수행하는 2장의 마지막 부분은 이렇게 끝난다. "이야기꾼 옆에는 거친 종이에 서둘러 그리긴 했지만 솜씨 좋은 화가가 그린 것이 틀림없는 개 그림이 한 점 걸려 있었다. 이야기꾼은 이따금 그걸 가리키면서 그림 속 개의 입을 빌어 이야기를 하고 있었다."(1권, 28) 이 부분은 다음과 같은 3장의 첫 부분으로 연결된다. "내 송곳니는 아주 날카롭고 길어서 입 속에 넣고 있기조차 힘들 정도입니다. 이것 때문에 내가 대단히 위협적인 인상을 풍긴다는 것을 알고 있지요. 그래서 난 내 송곳니가 썩 마음에 듭니다."(1권, 29) 2장에서 초점대상 중 하나였던 '개'는 3장에서 인식의 주체이자 이야기를 서술하는 서술자의 역할을 겸한다. 갈마드는 '초점화자-서술자'들을 통해 서사는, 수많은 방을 가진 궁전에서 이방과 저방을 옮겨다니듯, 조금씩 진행되어 나간다.

앞에서 다층적 다중서술의 한 예로 거론했던 ≪난장이가 쏘아올린 작은 공≫은 다원적 다중서술의 양상도 동시에 보여준다. <칼날>의 신애와 <우주여행>의 윤호에 의해 초점화되는 난장이는 지극히 왜소한 현실적인 모습이고, <난장이가 쏘아올린 작은 공>의 영수, 영호, 영희 등에 의해 초점화되는 난장이는 공간과 시간에 대한 현실감을 잃어버린 비현실적인 모습이다. 이처럼 신애와 윤호에 의해 초점화되는 난장이와, 자식인 영수, 영호, 영희에 의해 초점화되는 난장이가 서로 다르게 서술되는 것은 다원적 다중서술의 기법이 난장이에게 적용되고 있기 때문이다.

<칼날>에서 신애에 의해 초점화되었던 난장이의 왜소함과 하잘것없음은, <우주여행>에서 윤호에 의해 다시 내적 초점화되면서 반복된다.

[2] 난장이네 집은 바로 방죽가에 있었다. 바람에 밀린 잔물결이 난장이네 좁은 마당 끝에 와 찰싹거렸다. 난장이는 그 마당에 앉아 그의 공구들을 손질했다. 절단기, 멍키 스패너, 플러그 렌치, 드라이버, 해머, 수도꼭지, 펌프 종지굽, 크고 작은 나사, T자관, U자관, 줄톱 들이 난장이의 공구였다. 쇠로 된 것들뿐이었다. 달빛 아래에서 이 공구들은 난장이를 닮아 보였다.(56~57)

윤호가 초점화자인 인용문 [2]에서 난장이는 그저 낡고 작은 공구들을 닮은 것으로 그려진다. 신애가 초점화자였던 인용문 [1]에서의 난장이의 모습을 **반복서술**하고 있는 것이다. '온갖 쇠로 만든 공구들'이 난장이를 닮아 보였다는 표현은 결코 난장이의 굳세고 당당함을 의미하지 않는다. 오히려 부대자루 속에 아무렇게나 우겨넣어진 연장들처럼 하잘것없는 난장이를 의미한다. 그것은 삶의 질곡 속에서 허우적

반복서술

반복서술은 다중서술과 다르다. 다중서술이 초점화 대상에 대한 다양한 시각과 관점을 통해 대상의 다양성과 불확실성을 드러내고 이를 통해 대상에 대한 인식 불가능성을 확인하려는 의도를 갖는다면, 반복서술은 오히려 대상의 단일성과 확실성을 강화하는 쪽으로 의미작용이 일어난다.

거리는 현실의 난장이 모습이다.

그런데 <난장이가 쏘아올린 작은 공>에서 난장이는 전혀 다른 모습이다. 여기에서 난장이는 큰 아들 영수, 작은 아들 영호, 딸 영희에 의해 차례로 초점화되고 서술된다. 그들은 초점화자이면서 서술자인 셈이다. 세 명의 초점화자들은 철거 계고장이 날아오고, 영수가 이웃집 명희와 사랑하고, 아버지는 벽돌공장 굴뚝에서 죽고, 영희는 가출하고, 집은 철거되고, 가출한 영희가 전매업자로부터 입주권을 되찾아 오는 일련의 사건에서 각자 담당한 부분을 관찰하고 서술한다.

자식들에 의해 연쇄적으로 서술되는 난장이라는 인물은 달나라의 비상구를 찾아 나선 비현실적 인물이다. "난장이는 죽음에 직면하여 달나라로 갈 것을 생각한다. 이때에는 시간에 대한 인식도 현실적이지 않다. 그에게는 어제의 일이 삼년 전의 일로, 그의 미래는 십만 년 후로 인식된다. 거리에 대한 인식도 마찬가지이다. 그가 갈 곳은 달나라이다. 이렇게 될 때 시간의 정도와 공간 거리의 정도는 문제가 되지 않는다. 여기와 저기가 바로 같은 곳이며 그래서 지구나 달이나 그곳은 겹쳐 존재하며 투사하는 중층이 되어 버린다."34) 난장이의 이러한 모습은 앞서 살폈던 삶에 쪼들린 난장이의 모습이 아니다. 신애와 윤호, 그리고 영수와 영호와 영희는 각자 자신의 입장에서 난장이를 초점화하고 그것을 통해 완전히 다른 난장이가 만들어지고 있는 것이다.

다원적 다중서술에 의해 난장이의 완전히 다른 모습이 효과적으로 그려지고 있다. 그리고 이처럼 상반되는 난장이의 모습 때문에 난장이 연작은 리얼리즘적 해석과 반리얼리즘적 해석 모두에 열려 있는 작품이 된다. 시대가 달라져도 늘 새로운 의미를 열어 보여줄 수 있는 것은 다원적 다중서술이 작품의 의미망을 다양하게 확장시키고 있기 때문이다.

얼핏 보면 다층적 다중서술과 다원적 다중서술은 별반 차이가 없는 것처럼 보일 수도 있다. 그래서 전자에 해당하는 ≪폭풍의 언덕≫과 후자에 속하는 <라쇼몽>을 그저 액자소설의 동일한 범주로 분류하고 말 수도 있다. 하지만 앞서 살펴본 대로 양자는 근본적인 차이를 감추고 있다. 다층적 다중서술에서는 각 서술자가 서로 다른 사건이나 대상을 이야기한다. 때문에 각 서술은 서로 긴밀한 연관성이나 서사적 일관성을 확보하기가 쉽지 않다. 한 명의 서술자가 상위 서술자로서 다른 하위 서술자들을 중계하도록 만드는 것은 서술들 간에 벌어진 연관성의 틈새를 메우기 위한 서사 전략인 셈이다. 반면 다원적 다중서술에서는 여러 서술자들이 동일한 대상을 초점화하기 때문에 각 서술은 긴밀한 서사적 연관성을 쉽게 확보할 수 있다. 서사적 틈새를 메우는 상위 서술자의 역할이 불필요해진 것이다. 때문에 모든 서술자는 동일 레벨에서 보다 자유롭게 서술에 임함으로써 각자 서술의 주인이 될 수 있다.

또한 다층적 다중서술처럼 상이한 대상을 상이한 서술자가 이야기하는 것은 결국 하나의 대상이 1회에 걸쳐서 서술되는 것인데 비해, 같은 초점화 대상을 여러 명의 서술자가 이야기하는 다원적 다중서술은 하나의 대상이 n번에 걸쳐 반복적으로 서술된다는 점에 큰 차이를 보인다. 동일 초점화 대상에 대한 반복적인 다중서술은 대상을 총체적 시각에서 인식하는 것이 어렵고 심지어는 불가능하다는 것을 우회적으로 보여준다. 주체가 가질 수밖에 없는 인식의 불완전성은 대상 자체의 복잡성에 기인할 수도 있고, 인식 주체의 불완전성에 기인할 수도 있다. 누가 보더라도 어떤 대상이나 사건이 한 눈에 파악 가능한 것이라면 반복적인 다중서술이란 애시당초 필요 없어진다. 따라서 세계에 대한 이야기를 서술함에 있어서 불완전한 인식 주체가 한눈으로 인식 불가능한 세계를 이야기하는 경우와 그 반대의 경우는 여러 측면에서 크게 다르다고 할 수 있다.

1.3. 다중서술의 서술자들

이제 다중서술의 서술자들이 어떤 특성을 지니는지 종합해 보기로 하겠다. 우선 다중서술의 서술자는 인식과 재현의 가능성에 대한 완전한 믿음이 없다. 근대 리얼리즘 계열에서 주로 채택되었던 권위적 서술자는 세계를 자신의 입장에서 자르고 오려붙여 통일성을 가진 어떤 대상으로 재구성해 낸다. 재현해야 하는 세계나 재현된 서사적 세계는 둘 다 단일하고 분명한 체계에 수렴된다. 이와 비교할 때 다중서술은 분명히 다르다. 다중서술은 다양하고 이질적이며 복잡한 체계로서의 세계를 반영하는 서술 형식이다. "체계가 복잡하면 할수록 거기에는 안−주름운동의 고유한 가치들이 더 많이 나타나게 된다."35) 복잡한 체계에서는 권위있는 단일 서술자가 복수의 서술자들에게 자리를 내어 놓는다. 복수의 서술자들은 대개 자신의 시각과 관점에서 대상을 초점화한다. 그들은 현실 세계의 복잡성을 총체적으로 파악하지 못할 뿐만 아니라, 서사 내 세계마저도 온전히 인식하지 못하는 입장에 놓인다. 리얼리즘 계열 서술자가 총체적인 시각에서 세계를 이해하고 재현해 내려고 했던 것과는 아주 다른 양상이다. 이처럼 다중서술은 인식과 재현의 가능성에 대한 불신이라는 포스트모더니즘적 관점의 서사적 구체화라 할 수 있다. 향후 만들어지는 수많은 서사물이 다중서술의 형식을 채택하게 될 가능성을 여기에서 만난다. 특히 **OHN** 즉 온라인 하이퍼서사에서는 그런 가능성이 더욱 높아진다.

둘째 다중서술의 서술자는 거대 서사의 가능성을 불신하고 작은 서사를 향한다. 다중서술의 복수 서술자들은 자신의 관점에서 이야기하지만, 그것은 배타성에 기반하지 않고 다른 시각의 서술과 공존한다. 즉 타자의 시각에 의한 타자의 서사를 수긍하고 그와의 공존을 인정한다. 이는 단순한 인정의 수준에서 멈추지 않는다. 내 자리에서 단지 타자에 공감하고 동정하는 것에서 한 걸음 더 나아가 서로에게 보고 생각한 것을 말할 수 있도록 자리를 내준다. 이는 "타자의 처지를 동정하거나 타자의 주장에 동의하는 수준보다 훨씬 근본적인 윤리적 태도이다."[36] 즉 권위적인 단일 서술자가 동정적인 입장에서 타자를 서술하는 것보다 훨씬 윤리적이고 진보적인 것이다. 이 지점에서 다중서술은 거대 서사를 거부라는 포스트모더니즘적 예술의 입장과 닮아 보인다. 더 이상 세계는 하나의 지배적인 이데올로기만으로 구축될 수는 없다. 다양한 목소리가 혼종된 복잡한 시대를 서술하려는 서사적 기획에 따라 다중서술 형식은 좀 더 주목받을 가능성이 높다. 서사적 기획과 서술 형식은 떼려야 뗄 수 없을 만큼 깊은 연관을 갖고 있기 때문이다.

셋째, 다중서술의 서술자는 서사적 세계 내에 위치한다. 다시 말해 그들은 세계 내 존재로서 자신이 서술하는 사건에 어떤 식으로든 연루되어 있는 서사내적 서술자이다. 3인칭 객관묘사를 실현하고자 했던 수많은 리얼리즘 계열의 서술자들이 서사 밖의 어떤 객관적인 위치를 확보하려 했던 것과는 구별된다. 그들은 결코 상호 영향 관계를 완전히 배제하는 진공상태에 있을 수 없다. 서술자도 세계 내 존재인 이상, 서술되는 세계에 어떤 식으로든지 연루되어 있을 수밖에 없다. 서술자가 세계 내 존재로서 서술되는 세계와 복잡한 연관 관계 속에 놓일 수밖에 없는 상황을 가장 극적이고 흥미롭게 잡아낸 것이 다음에서 다룰 영혼서술자이다. 영혼서술자는 전지적인 서사외적 서술자이면서 동시에 서사적 인물들과 같은 레벨의 서사 내적 성향도 함께 보여준다.

2. 죽은 자에 의한 서술 : 영혼서술자

2.1. 죽은 자들의 서술 참여

앞서 살펴본, 영화 <라쇼몽>에는 '죽은' 사무라이 타케히로가 자신의 관점에서 사건을 서술하는 대목이 나온다. "난 지금 암흑 속에 있다. 빛 한 줄기 비추지 않는 암흑 속에서 괴로워 울고 있다. 나를 이 암흑의 지옥으로 몰아넣은 자 때문이다." 죽은자가 삶과 죽음을 중계하는 '영매'라는 서사적 장치를 빌어서 초점화자—서술자의 역할을 수행하고 있는 것이다. 이처럼 서사적 장치를 활용하여 죽은 자를 살아있게 만들고 더 나아가 이야기를 서술하도록 만드는 경우는 전통시대의 전기(傳奇) 서사물로부터 근대소설까지 지속되어 온 현상이다. 죽은 자들은 <라쇼몽>처럼 삶과 죽음의 세계를 연결하는 영매나 무녀의 모습, 혹은 꿈이나 환상과 같은 비현실적 세계에 속하는 존재가 되어 서술자로서의 권한을 부여받는다.

아니면, 구효서의 <명두>에서처럼 죽은 사람이 아닌 죽은 나무를 서술자로 등장할 수도 있다. "나는 죽었다. 죽은 몸으로 20년을 서 있다. 잎이 없을 뿐, 생김새는 살아있을 때와 별반 다를 게 없다… 이 마을에 태어나 서른 넘게 살아온 사람들은 나를 굴참나무로 기억한다"[37] 인간이 아닌 다른 존재가 말할 수 있다는 설정 또한 오래된 서사적 기법이다. 서사물에서는 나무나 동전, 바위 등 비인격적 존재도 서술자가 될 수 있었다. 따라서 인격적 존재가 아닌 굴참나무, 그것도 죽은 상태의 나무가 서술자로 등장하는 것 역시 흔한 방법은 아니어도 서사적 체계 내에서는 불가능한 것은 아니다. 그런데 역설적이게도 유일하게 인간만은 최근까지도 그것이 아무리 서사 속이라 하더라도 죽은 상태에서 말할 수는 없었다. 영매, 꿈, 환상 등의 복잡한 서사적 장치를 덧입지 않은 상태에서 죽은 자가 보고 말하는 것은, 아무리 서사적 세계 속에서라도 쉽게 용납되지 않았던 것이다.

2007년 신춘문예 수상작 중 하나인 류진의 <칼>[38]은 한 남자와 한 여자에 대한 이야기이다. 한 남자는 '당신'으로, 한 여자는 '그녀'로 지칭된다. '당신'은 어느 악단의 수석 바이올리니스트이고, '그녀'는 부검의사이다. 두 사람은 어느 날 우연히 만나 사랑을 나눈 사이다. 그러나 서사적 현재 시점에서 둘은 저승과 이승으로 갈라져 있다. 아내의 외도로 팽팽하던 삶의 줄이 끊어지기 시작하면서 죽음에까지 이른 '당신'과, 서글픈 가족사를 안고 어쩔 수 없이 부검의를 택했던 '그녀'에 대한 이야기가 교차한다. 소설은 무엇보다도 죽어 누워있는 '당신'이 살아있는 사람처럼 의식 활동을 계속 하는 데서 팽팽한 긴장을 유발한다. 예컨대, "당신은 이곳으로 옮겨진 것부터가 맘에 들지 않았다. 당신은 그저 조용히 쉬고 싶을 뿐이었다." "머리카락 한 올 흘러내리지 않도록 꼼꼼하게 틀어 올린 머리에 녹색 가운을 입은 그녀는 하얀 마스크로 얼굴을 반쯤 가리고 있었다. 하지만 당신은 그녀가 누군지 금방 알았다." "누워만 있었는데도 이렇게 고단한데 그녀는 얼마나 힘들었을까, 당신은 부검실에 남겨두고 온 그녀를 잠시 생각했다."

이미 죽은 자가 산 사람과 같이 의식 활동을 계속할 수 있는, 그래서 서술자에 의해 그것이 서술되는 상황은 낯설고 생경하다. 서술자는 살아 있는 '그녀'와 죽어 있는 '당신'을 동일한 방식으로 이야기하고 서술한다. 근대소설에서 이처럼 죽은 이의 의식이나 생각을 전달하는 서술자는 쉽게 찾아지지 않는다. 전지적 화자의 경우라도 죽은 인물의 의식이나 생각을 전달해 주는 경우는 거의 없다. 그저 외부에서 관찰 가능한 주검의 모습이나 분위기만을 전해 줄 수 있을 뿐이었다. 그런 의미에서 죽은 인물에게 의식을 부여하고 그 의식의 내부를 제멋대로 들여다보는 서술자의 모습은 새롭게 느껴진다. 이승과 저승의 경계를 넘나들면서 양쪽을 아우르는 서술자의 모습과 그의 서사적 위치는 여느 서술자들과는 다른 모습이다.

합리적 이성을 중심으로 사고하는 근대인의 관점에서 볼 때, 사람은 삶과 죽음 중 어느 하나의 상태에 놓인다. 살아있거나 죽어있을 뿐이며, 중간 상태란 없다. 사람의 존재 방식도 선/악, 남자/여자, 중심/주변 등과 같은 이항 대립의 체계 속에서 파악된다. 죽음의 상태에서 사람은 의식하지 못하고 말하지 못하고 행동하지 못한다. 의식하고 말하고 행동하는 것은 살아있다는 증거였다. 그런데 근대를 벗어나 전통사회 속으로 눈을 돌리면, 죽어 저승으로 가지 못하고 이승의 주변을 배회하는 혼령의 존재가 자주 목격된다. 서사물이 그려내는 서사적 세계는 이러한 전통적 관념에 조금 더 가까운 세계이다. 이승 주변을 배회하는 영혼들은 설화, 소설, 영화 등 가능한 모든 형태의 서사물 속에 자주 등장하였다. 오래된 전설에서는 원통함 때문에 저승길을 가지 못하는 원귀의 모습으로 등장하였고, 근대의 서사물에서는 사랑이나 우정을 완성하지 못해 차마 남겨두고 떠나지 못하는 안타까운 영혼으로도 등장하였다.

하지만 그들은 대부분 서술자가 아닌 등장인물이었다. 서사 속의 등장인물은 서술자(혹은 작가)에 의해 태어나고 살아가다가 어떤 이유로 해서 서사 속에서 사라지거나 죽어간다. 사라지거나 죽는 것으로 작품에서 퇴장한다. 그리고 그뿐이다. 사라지거나 죽은 이들은 회상이나, 꿈과 환상, 영매 혹은 죽은 나무 등과 같은 서사적 장치를 빌리지 않고서는 더 이상 이야기에 등장하지 않는다. 그런데 최근 들어 서사 속 죽은 자들이 복잡하고 거추장스러운 서사적 장치를 벗어버리고 홀가분한 몸으로 거듭나고 있다. 죽은 자들은 서술 대상이 되는 인물로서의 역할이 끝나는 지점에서 서술자가 되어 되돌아온다. 그들이 바로 영혼서술자이다.

2.2. 영혼서술자의 등장

서술자가 되어 되돌아온 죽은 자들이 적극적으로 자기의 죽음을 알리고 입장을 변호하며, 심지어는 죽은 이후 다른 이들의 삶을 관찰하면서 그들에 대해 말하기 시작했다. 여기서는 서사적 장치에 의존하지 않은 죽은 몸의 서술자를 '영혼서술자'라고 부르기로 하겠다. 영혼서술자는 비록 행동을 통해 서사적 사건에 영향을 미치지는 못하지만, 지각하고 생각할 수 있는 존재이다. 영혼서술자는 삶과 죽음의 중간지대(회색지대)에 위치하는 존재로, 죽은 상태이면서 살아있는 것과 같다.

그들은 살아있는 사람(것들)의 입장에서 세계를 바라보는 데서 벗어나 오히려 죽은 자, 즉 삶의 저편에 서서 이쪽을 바라보고자 한다는 점이 흥미로운 대목이다. 영혼서술자는 영상서사물인 영화와 드라마는 물론 소설에서까지 두루 나타나고 있다.

[3] 나는 올해 마흔 둘, 일년 이내로 죽을 것이다.[39)]

[4] 나는 지금 우물 바닥에 시체로 누워 있다. 마지막 숨을 쉰 지도 오래되었고 심장은 벌써 멈춰버렸다. 그러나 나를 죽인 그 비열한 살인자 말고는 내게 무슨 일이 일어났는지 아무도 모른다. 그자는 내가 정말로 죽었는지 확인하려고 숨소리를 들어보고 맥박까지 확인했다. 그러고는 옆구리를 힘껏 걷어차더니 우물로 끌고 와 바닥으로 내동댕이쳤다. 이미 돌에 맞아 깨져 있던 내 머리는 우물 바닥에 부딪히면서 산산조각이 났고, 얼굴과 이마, 볼도 뭉개져 형태를 분간할 수 없다. 뼈들도 부서졌고 입 안엔 피가 가득하다.[40)]

[5] 내 이름은 메리 앨리스 영이다. 오늘 아침 신문을 펴는 순간 사람들은 내 생애에서 가장 특별한 날에 대해 알게 될 것이다. 눈 씻고 찾아도 뉴스거리라곤 없던 내 인생이었지만 지난 목요일은 완전히 달랐다. 하루의 시작은 평소와 다름없었다. 난 가족들을 위해 아침 식사를 준비했고 집안일을 했다. 그리고 계획했던 일을 끝냈고, 잡다한 바깥일도 처리했다. 다른 날들과 다름없이 완벽에 가까울 정도로 내가 해야 할 일들을 끝냈다. 그러니 내가 갑자기 복도 끝 옷장에 가서 권총 하나를 꺼내든 건 너무나 뜻밖의 일이었다. 내 시체를 발견한 건 이웃에 사는 마사 후버 부인이었다. (…중략…) 내가 땅에 묻힌 건 월요일이었다. 장례식 후 '위스테리아 가'에 살고 있는 모든 주민들이 조문을 하러 왔다.41)

인용문 [3]은 영화 <아메리칸 뷰티>에 등장하는 죽은 버냄의 내레이션이다. 이미 죽은 몸이기 때문에 일년 이내에 닥쳐올 자신의 죽음에 대해 분명하게 말할 수 있는 것이다. 즉 죽은 버냄이 일년 전의 서사적 사건 속으로 되돌아가 그때의 일을 서술하고 있는 것이다. 화면 밖에서 들려오는 버냄의 내레이션은 죽은 자답게 담담하고 나지막하여 삶의 온갖 격정으로부터 벗어나 있는 것처럼 들린다. "페이드 인이 되면 바둑판처럼 가지런하게 정렬된 중산층의 주택가를 하늘에서 '내려다보는' 장면이 펼쳐진다. 잘 정돈된 포장도로, 푸른 가로수들, 군데군데 정원에서 선홍색 반점을 드리운 아메리칸 뷰티. 영화 전체에 걸쳐 너댓번 반복되는 이러한 앵글의 카메라는 주택가 전체를 천천히, 아주 천천히 더듬어 가면서 내려다보는데"42) 이는 영혼서술자인 죽은 버냄이 지상보다 한 차원 높은 곳에 자리잡고 있음을 느낄 수 있게 해 준다.

버냄은 인식의 대상이 되기도 하고, 인식의 주체이기도 하다. 등장인물로서의 버냄은 전자에, 영혼서술자로서의 버냄은 후자에 해당한다. 그들 사이에는 공간적, 시간적 차원의 거리가 존재한다. 하지만 전통적인 서사물이 인물들로부터 서술자를 철저히 구분하고 서로의 역할이 섞이지 않도록 세심한 배려를 했던 것과는 달리, 인물과 서술자가 분명하게 구분되는 것 같지 않다. 즉 메타렙스적 상황이 발생하고 있는 것이다.

인용문 [4]는 오르한 파묵의 ≪내 이름은 빨강≫의 첫 부분으로, 세밀화가인 엘레강스가 살해당한 이후에 죽은 자기를 서술하는 부분이다. 앞서 살펴본 대로 수많은 초점화자가 직접 자신이 겪는 일을 서술하는 이 작품에는, 엘레강스 말고도 죽은 자신에 대해 이야기하는 또 다른 서술자가 있다. 엘레강스와 에니시테를 죽였던 올리브가 그런 경우이다. 올리브는 칼에 맞아 죽은 자신을 이렇게 서술한다. "나는 그를 향해 단검을 겨누지도 못하고 보퉁이를 든 손을 들어 막았을 뿐이다. 보퉁이가 날아갔다. 속력이 줄지 않은 빨간 장검이 먼저 내 손을 잘랐다. 그러고는 곧바로 내 목을 잘라 바닥에 머리가 떨어졌다. (…중략…) 살인자와 보퉁이는 내 뒤에, 이제는 결코 가지 못할 바다와 카드르가 항구를 향해 내려가는 비탈길 쪽에 있었다."(2권, 320~321).

그런데 재미있는 사실은 엘레강스나 올리브가 이미 신체를 벗어나 물리적인 현실 차원을 떠나있지만, 한편으로는 현실의 자장을 완전히 벗어나지 못한 상태라는 점이다. 그들의 인식 능력은 살아있는 사람처럼 제한적인 상태이다. "울다울다 지친 딸애는 넋을 잃은 채 대문만 쳐다보고 있을 테고, 다른 식구들도 모두 목을 빼고 내가 돌아오기만을 기다리고 있을 것이다. 그런데 정말 나를 기다리고들 있을까? 어쩌면 벌써 나의 부재에 익숙해졌는지도 모르지."(1권, 15~16) 엘레강스가 남은 가족들을 생각하는 이런 대목은 그가 비록 죽은 영혼의 상태이지만 전지적인 위치에 있지 않음을 보여준다. 그들은 전통적인 시점 이론의 1인칭 주인공이나 1인칭 관찰자의 제한적 시각보다는 자유롭지만, 전지적 시점의 서술자만큼 무제한적인 시각을 보유하고 있지는 않다. 그 중간 부분에 영혼서술자가 위치한다.

영혼서술자의 이러한 특성은 TV드라마로 방영된 <위기의 주부들>의 메리 앨리스 영에게서도 비슷하게 드러난다. 인용문 [5]는 자살하는 메리 앨리스 영의 마지막 하루를 서술하고 있다. 메리 앨리스 영은 죽은 후 자신과 관련된 위스테리가의 은밀한 부분을 드러내 이야기해 준다. 살아서는 알 수 없는, 친구들의 사적이고 은밀한 생활을 들춰내 논평하기도 하고 비판하기도 한다. 친구들의 심리를 묘사하기도 하고, 앞으로 벌어질 사건을 사전에 서술해 주기도 한다.

주목되는 점은 서술자의 위치이다. 메리는 자살을 하던 바로 그날의 동시적 관점에서 자살의 과정을 서술한다. 그것은 '오늘 아침 신문(this morning's paper)'이라는 표현을 통해 알 수 있다. 메리는 서술되는 '스토리의 시간'과 아주 가까운(혹은 같은) 시간에 위치하고 있다. 즉 '스토리 시간'과 '서술 시간'이 아주 가깝거나 동시적이다. 자신이 땅에 묻히고 장례식 이후에 동네 사람들이 조문하러 오는 상황 서술도 '스토리의 시간'에 아주 가까운 위치에서 이루어진다. 마치 서사적 세계 속의 한 인물이 일련의 상황을 서술하는 것처럼 보인다. 그런데 전체적으로 메리는 친구들의 사생활을 속속들이 알고 있는, 어느 정도는 전지적인 서술자이기도 하다. 다시 말하면 영혼서술자로서 메리는 서사내적인 상태를 유지하기도 하고 서사외적인 상태를 유지하기도 한다. ≪내 이름은 빨강≫에 나오는 다음 대목은 영혼서술자의 서사외적 상태를 잘 보여준다. "수 년 동안 내 머리는 진흙 속에 묻힌 채 이 슬픈 비탈길, 돌담, 약간 멀리 떨어져 있는 뽕나무와 밤나무를 보고 있을 것이다"(2권, 322) 이처럼 영혼서술자들은 전통적인 서술자와는 달리, 서사내적이거나 서사외적이길 강요받지 않으면서 자유롭게 위치를 옮겨 이야기를 서술해 나간다.

영혼서술자는 근대소설 중심의 전통적인 서사물이 서술자에게 부여하거나 덧입혔던 복잡한 서사적 장치와 여러 구속들을 벗어버리고 홀가분한 상태에서 말하기를 시도한다. 지금까지 살펴본 영혼서술자의 여러 특성을 리몬-케넌이 초점화의 국면을 설명하기 위해 사용했던 세 가지 국면43)으로 정리해 보면 다음과 같다.

먼저 지각적 국면(perceptual facet)에서 영혼서술자는 공간 요인이나 시간 요인에서 어떤 특정한 구속 상태에 놓이지 않는다. 그들은 동시적 초점화나 파노라마식 개관이 가능한 조감의 위치에 있을 수도 있고(<아메리칸 뷰티>의 버넴처럼), 제한적 관찰자의 위치(≪내 이름은 빨강≫의 엘레강스처럼)에 있을 수도 있다. 시간적으로도 그들은 현재에만 제한되기도 하고 모든 시간 차원(과거, 현재, 미래)을 마음대로 다룰 수 있기도 한다. 영혼서술자는 공간과 시간 요소 모두에서 전자와 후자를 오고갈 수 있고, 그 중간 상태를 유지할 수도 있다.

심리적 국면(psychological facet)에서 영혼서술자는 서사적 세계의 대부분을 알고 있는 외적 초점을 견지하기도 하고 아주 일부의 한정된 부분만을 인지하는 내적 초점을 견지하기도 한다. 마찬가지로 외적초점과 내적 초점을 오갈 수 있고, 중간을 취할 수도 있다. 이 경우 외적초점은 전지적 시점의 기존 서술자들에 비해 훨씬 제한적으로 사용된다. ≪내 이름은 빨강≫에서 마지막 서술자로 등장하는 세큐레는 이렇게 말한다. "세상이 서로 통하는 문이 달린, 수많은 방을 가진 궁전처럼 느껴졌습니다. 우리는 이 방에서 저 방으로 기억하며, 상상하며 드나들 수 있지만, 대부분 게을러서 조금만 움직일 뿐 항상 같은 방에 머무르고 있는 거지요"(2권, 326) 이는 세계를 서술하는 데 있어서 전적으로 전지적이지도 않고 전적으로 제한적이지도 않은 영혼서술자가 왜 필요한지 조용히 알려준다.

이데올로기적 국면(ideological facet)은 '개념적으로 세계를 보는 일반 체계'를 가리킨다. 전통적인 서술이 단일한 지배적 관점을 주로 제시하고자 했다면, 영혼서술자는 주로 다중서술을 기반으로 하여 비획일적이고 다양한 세계를 드러내기 위해 활용된다. 전자가 역사와 인간사회를 내려다보는 거시적 체계라면, 후자는 개인 생활의 여러 층위를 드러내는 미시적 체계를 중시한다. 즉 영혼서술자는 보통 사람이 일상에서 겪는 경험과 일상에서 퍼올리는 사소한 기억을 서술하려 한다. 그는 자신이 생전에 관여하고 있던 세계의 시간을 사후까지 연장할 수 있는 능력있는 서술자이지만, 오히려 그는 작고 단편적인 세계를 벗어나려 하지 않는다. 그의 목소리는 비록 낮고 중립적이라 하더라도, 그는 언제나 어떤 구체적인 상황에 얽혀 있는 존재일 뿐이다. 이는 자신이 관여되어 있던 세계와 직접적인 관여가 없는 세계를 함께 서술하기 위한 효율적 입장이 된다. 한마디로 영혼서술자들은 세계를 작고 사소하고 파편화되고 개인화된 것으로 바라본다.

영혼서술자는 서사적 세계를 이성적이고 합리적인 현실로부터 분리시켜 놓고 사람들을 이야기의 공간으로 초대하는 역할을 한다. 기존의 리얼리티 계열의 서사물이 서사에 현실을 끌어들여 서사와 현실을 뗄 수 없는 관계 속에서 파악하고자 했던 것에 대한 저항이다. 현실을 이야기하면서도 현실이 아닌 곳에 서사적 세계를 건설하고자 하는 것은 현실에 대한 긴장, 현실에 대한 예속으로부터 벗어나, 전적으로 이야기의 세계를 건설하고자 하는 서술 전략이라 할 수 있다. 그 전략 속에서 서술자는 서술자 나름대로 서술의 즐거움을 만끽하고, 독자는 독자 나름대로 현실이면서 현실이 아닌 이야기를 즐긴다. 이는 놀이의 즐거움을 추구하는 최근 서사물 특히 디지털 스토리텔링의 서사 전략과도 일맥상통한다. 진지한 의미의 추구보다는 놀이와 같은 즐거움의 추구라는 현대적 서사물의 보다 분명한 경향을 내적으로 실현하려는 의도가 반영되었다고 볼만하다.

3. 서술자에 대한 지속적 탐색 필요

다중서술은 인식과 재현의 가능성에 대한 불신이라는 포스트모더니즘적 관점의 서사적 구체화라 할 수 있다. 다중서술의 서술자는 거대 서사의 가능성을 불신하고 작은 서사를 지향하면서, 타자의 시각에 의한 타자의 서사를 수긍하고 그와의 공존을 인정한다. 그리고 다중서술의 서술자는 세계 내 존재로서 자신이 서술하는 세계에 어떤 식으로든 연루되어 있는 서사내적 서술자이다. 서술자가 세계 내 존재라는 사실을 아주 극적이고 흥미롭게 잡아낸 것이 영혼서술자이다.

영혼서술자는 거대 서사를 거부하고 작고 단편적인 이야기들의 세계를 추구한다는 측면에서 다중서술의 서술자들의 서사 전략과 일맥상통하는 면이 있다. 그는 전통적인 서술자에게 부여되거나 덧입혀졌던 복잡한 서사적 장치와 여러 구속들을 벗어버리고 홀가분한 상태에서 이야기한다. 영혼서술자는 공간 요인이나 시간 요인과 같은 어떤 특정한 구속 상태에 놓이지 않으며, 전지적인 외적 초점을 견지하기도 하고 내적 초점의 위치를 견지하기도 한다. 따라서 구체적 삶의 상황과 직접적으로 연루된 전지적 서술자의 입장에서 이야기를 서술하게 된다.

단일하고 총체론적 서술자가 다중서술의 서술자에게 자리를 내어주는 현상을 살펴보았지만, 사실 새롭게 등장하는 가상현실 유형의 디지털서사에서는 서술자라는 서사적 장치에 더 큰 변화가 예고되고 있다. 즉 사건을 인지하고 인지된 사건을 전달하는 서술자의 역할이 무화되어 버리고, 그동안 서술자에게 부여되었던 시각과 관점의 선택권이 독자 혹은 수용자에게 넘어가고 있는 것이다. "수용자는 프로그램에서 특정한 카메라를 선택하여 원하는 시점으로 화면을 조직하여 시청할 수 있고, 자신의 선택에 따라 프로그램 내용을 진전시킴으로써 개인성을 반영할 수 있다. 이는 유럽이나 일본의 디지털 방송에서 이미 시도하고 있는 것으로, 자동차 경주 프로그램에서 수용자는 경주장에 설치된 카메라는 물론 운전자의 헬멧에 장착된 카메라 화면을 선택하여 운전자의 시점으로 시청할 수 있으며, 야구 경기에서도 포수의 시점 혹은 투수의 시점 등 카메라를 선택하여 경기를 시청할 수 있다."[44] 시대의 다원화와 기술의 발전, 그리고 서사매체의 변화가 서술자에게 무슨 변화를 가져올지 계속 지켜보아야 할 것이다.

제2부 미주

1) 이인화,『한국형 디지털 스토리텔링』, 살림, 2005, 6~7쪽.

2) Aarseth, Espen. "Genre Trouble : Narrativism and the Art of Simulation" in First Person edited by Noah Wardrip-Fruin and Pat Harrigan. Cambridge : The MIT Press, 2004, p.54.

3) 최혜실,「새로운 기술과 탈근대의 세계관의 만남」, 김성곤 편저,『21세기 문예이론』, 문학사상사, 2005, 37~38쪽 참조.

4) 하이퍼텍스트 서사물에 대한 연구에는 대상 텍스트의 위치와 시기라는 기본 전제가 필요하다. 이에 대해서는, 장노현,『하이퍼텍스트 서사』, 예림기획, 2005, 194~196쪽 참조.

5) Jin-Yo Mok's personal medium, http://www.geneo.net/story/index.html

6) 최혜실,「통합의 시대의 혼란 : 하이퍼텍스트 문학인가, 넷아트인가」, 한국문화예술진흥원,『문예연감 2002』, http://artsonline.arko.or.kr/yearbook/ 2002/ilban/7-02. html, 2002.

7) 보르헤스(송병선 옮김),『칠일 밤』, 현대문학, 2004, 14쪽 참고.

8) 내부텍스트/외부텍스트, 서사텍스트/서사밖텍스트 등에 대한 자세한 설명은, 장노현,『하이퍼텍스트 서사』, 예림기획, 2005, 212~215쪽 참조.

9) 장노현,『하이퍼텍스트 서사』, 예림기획, 2005, 196~204쪽 참조.

10) 이인화,『한국형 디지털 스토리텔링』, 살림, 2005, 12~15쪽 참조.

11) ＜文学的実験、メディアと小説＞, http://book.shinchosha.co.jp/99/special/special02. html

12) A.L. 바라바시(강병남 김기훈 역),『LINKED : The New Science of Networks』, 동아시아, 2002, 75쪽. 바라바시는 이 책에서 마크 그라노베터의「약한 연결의 힘 The Strength of Weak Ties」이라는 논문을 소개하는데, 이 논문은 역사상 가장 많은 영향을 끼친 사회학 논문 중 하나로 평가된다고 한다. 이하 관련 논의들은 바라바시의 책을 참고함.

13) 스티븐 컨, 박성관 옮김,『시간과 공간의 문화사, 1880~1918』, 휴머니스트, 2004, 375쪽.

14) 가라타니 고진, 조영일 옮김,『근대문학의 종언』, 도서출판b, 2006, 61쪽.

15) 영화 <메멘토(Memento)>(2000년)에 대해서는, 장노현, 『하이퍼텍스트 서사』, 예림기획, 2005, 165~187쪽 참조 바람.

16) 장노현, 『하이퍼텍스트 서사』, 예림기획, 2005, 181쪽.

17) ≪99人의 최종전차≫ 독서안내, http://book.shinchosha.co.jp/99/manu/prepare.htm

18) 장노현, 『하이퍼텍스트 서사』, 예림기획, 2005, 231~234쪽.

19) 가브리엘 가르시아 마르케스, 이가형 옮김, ≪백년 동안의 고독≫, 하서, 1997, 5쪽.

20) 패트릭 오닐, 이호 옮김, 『담화의 허구』, 예림기획, 2004, 79~80쪽.

21) David Yun, <Subway Story : An exploration of me, myself and I>, http://www.cyberartsweb.org/cpace/ht/dmyunfinal/frames.html

22) 피터 글루어는 데이터 공간 내비게이션을 위한 7가지 디자인 개념으로서 링크, 검색, 순차화, 위계, 유사성(similarity), 맵핑, 가이드와 대리인 등을 제시한 바 있다. Peter Gloor, *Elements of Hypermedia Design* (Boston : Brikheuser, 1997).

23) 이인화, 『한국형 디지털 스토리텔링』, 살림, 2005, 67~68쪽 참조.

24) 박기수는 <신세기 에반게리온>을 비롯한 국내외의 여러 애니메이션 서사를 점검하고, 이들의 특징으로 계열적 관계의 강화, 통합적 관계의 이완 경향을 거론하였다. 개개의 요소들이 자립적인 계열적 관계를 이루며 그러한 요소들이 향유자의 취향이나 능력에 따라 선택되고 통합적 관계를 이루게 된다는 것이다. 박기수, 『애니메이션 서사 구조와 전략』, 논형, 2004, 403~410쪽.

25) 김기주, 「삶, 그 흔들림의 형이상학」, 『내러티브』 3호, 한국서사학회, 2001, 126쪽.

26) 황석영, ≪손님≫, 창작과비평사, 2001, 260쪽.

27) 한용환, 『소설학 사전』, 문예출판사, 1999, 310쪽.

28) 고영란, 「경계선 허물기와 두 서술자의 역할, ≪워더링 하이츠≫ 연구」, 『19세기 영어권 문학』 제3호, 2000. 2, 43~65쪽.

29) 한귀은, 「≪난장이가 쏘아올린 작은 공≫의 이야기와 화자 연구」, 『한국문학논총』 제32집, 2002. 12, 348쪽.

30) 조세희, ≪난장이가 쏘아올린 작은 공≫, 『한국소설문학대계』 51, 동아출판사, 1995. 이하 괄호 속 번호는 이 작품집의 페이지를 나타냄.

31) 장 클로드 무를르바, 김주경 역, ≪바다 아이≫, 다림, 2006. ≪바다 아이≫는 2000년도에 프랑스 서점 협회가 그 해에 출간된 청소년 책들 중에서 가장 우수한 책을 선정하여 주는 상인 '소르시에르 상'을 비롯해 청소년 문학상(Pris litterature de Jeunesse)을 받았고 프랑스 국제아동도서협회(IBBY)의 명예 리스트에 들면서 주목을 받은 작품이다.

32) 오르한 파묵, 이난아 옮김, ≪내 이름은 빨강≫ 1-2, 민음사, 2004.

33) 구로자와 아키라 감독, <라쇼몽>, 1950.

34) 한귀은, 「≪난장이가 쏘아올린 작은 공≫의 이야기와 화자 연구」, 『한국문학논총』 제

32집, 2002. 12, 343쪽.

35) 질 들뢰즈, 김상환 옮김, 『차이와 반복』, 민음사, 2004, 542쪽.

36) 허문영, 「마지막 카우보이, 위대한 전쟁영화를 만들다」, 『시네 21』, 2007. 2.

37) 구효서, <명두>, 『2006 제6회 황순원문학상 수상작품집』, 랜덤하우스코리아, 2006, 15쪽.

38) 류진, <칼>(2007년 조선일보 신춘문예 단편소설 부문 당선작)

39) 샘 멘데스 감독, <American Beauty>, 1999.

40) 오르한 파묵, 이난아 옮김, ≪내 이름은 빨강≫ 1, 민음사, 2004, 15쪽.

41) 찰리 맥두걸 감독, <위기의 주부들> 시즌1, 브에나비스타, 2005. 에피소드1 중에서.

42) 김기주, 「삶, 그 흔들림의 형이상학」, 『내러티브』 3호, 한국서사학회, 2001, 125~126쪽.

43) 리몬 케넌, 최상규 역, 『소설의 현대 시학』, 예림기획, 1999, 139~146쪽 참조.

44) 박동숙·전경란, 『디지털/미디어/문화』, 한나래, 2005, 169~170쪽.

문학텍스트의 연구와 활용, 디지털로 확장하다

기본논의 ● 소설 지명정보 데이터베이스 구축과 활용
예시논의 ● 개화기소설의 지명정보에 새겨진 의미

소설 지명정보 데이터베이스 구축과 활용

1. 문학지리 연구의 문제점

장소에 대한 지각과 인지는 일차적으로 지명(地名, a geographical desig nation)을 통해 이루어진다. 지명은 땅이름이면서 동시에 지방이나 지역의 이름이다. 다른 말로 장소의 이름이다. 우리는 지명을 통해 구체적인 특정 장소를 인식한다. 지명이란 단순히 땅이름을 넘어서 그 장소를 인식하는 수단이자 방법이다. 지명이 없는 장소는 사람에게 인식되기 힘들어서, 마치 존재하지 않은 것과 같다. 사람들이 새로운 장소를 발견하게 되면 가장 먼저 지명을 붙이는 이유이다. 또한 같은 장소를 여러 지명[1])으로 부르는 것도 그 장소를 다양한 방법으로 이해하고 인식할 필요가 있기 때문이다. 지명은 장소 인식을 위한 필요불가결한 거점 역할을 한다.

지명은 또한 특정 장소를 표상하는 장치가 된다. 특정 장소가 갖고 있는 다양한 의미와 상징들, 이미지들은 지명 속에 저장되고 갈무리된다. 지명은 장소에 대한 자연지리적 · 문화적 · 역사적 · 정치경제적 해석과 평가가 가해져 다듬어진 의미의 층을 내포하고 있다. 지명은 단순한 장소명을 넘어서 켜켜이 쌓인 의미와 함께 공존한다. 이를 통해 지명은 장소를 표상하는 장치가 된다. 장소를 표상하는 지명에는 다양한 의미들이 포개져 공존한다.

지명을 통해 인식되고 표상되는 낱낱의 장소들에 대한 정보는 우리 사회가 그동안 축적해 온 다양한 형태의 문학작품 속에 풍부하게 저장되어 있다. 문학 작품 속에 저장된 자료와 정보를 활용하여 낱낱의 장소들이 지니는 환경과 경관, 정신과 특성을 밝혀내고자 하는 것이 '**문학지리 연구**' 분야이다. 문학지리 연구는 아직 학적 체계와 방법론이 확립되지 않은 상태이다. 따라서 문학지리 연구에는 다양한 문제들이 따를 수 있다.

그중에서 연구자들이 연구 시작 초기에 부딪치게 되는 연구 대상 작품의 선정 문제는 어렵고도 중요한 과정이다. 어떤 작품을 선정하여 분석하고 연구하느냐에 따라 특정 장소가 지니는 장소성이 달라질 개연성이 크기 때문이다. 즉 연구자의 사전지식이나 취향에 따라 연구의 폭과 결과가 적지 않게 영향을 받을 수 있다. 따라서 작품 선정 과정에서 작동하는 연구자의 임의성을 제거하거나, 적어도 최소화할 수 있는 방안을 모색할 필요가 생긴다.

문학지리 연구에서 나타나는 임의성은 두 가지 측면에서 살필 수 있다. 김태준 편저의 『문학지리·한국인의 심상공간』2)에는 문학지리에 관한 여러 필자의 글이 수록되어 있다. 이 책 상권에 수록된 22편의 글을 대상으로, 각 필자들이 참고하고 있는 문학작품이 어떤 것인지 살펴보았

> 문학지리 연구
>
> 이와 관련하여 '문학지리학'이라는 용어가 따로 있다. 지리학 중심의 문학지리학과는 달리, 문학에서 접근하는 문학지리학은 아직 학적 체계와 방법론이 확립되지 않은 것으로 판단된다. 물론 문학 연구 분야에서 문학지리학의 체계화에 대한 시도가 없었던 것은 아니다. 조동일은 문학지리학을 지방화 추세에 따라 특정 지방에 대한 문학지리를 설명하려는 학문으로 자리매김하면서, 그것의 영역을 지방문학과 여행문학으로 대별했다(조동일, 「문학지리학을 위한 출발선상의 토론」, 동국대 한국문학연구소, 『한국문학연구』 제27권, 2004. 12.). 그는 공간적 인식을 중심으로 하는 문학지리학을 시간적 인식을 중심으로 하는 문학역사학(문학사)과 대응되는 개념으로 내세운다. 하지만 조동일의 연구는 문학지리학을 갈래론적 방법론에 입각하여 그 대상 범위를 토론해 본 데서 멀리 나가지 못한 것으로 보인다. 따라서 이 글에서는 문학지리학이라는 용어 대신, '문학지리 연구'라는 용어를 사용한다.

다. 어떤 필자는 시작품을 주로 하고 소설을 소외시키며, 어떤 필자는 고전작품을 주로 하고 근대 이후의 작품을 소외시킨다. 전자를 장르적 임의성이라 하고, 후자를 시대적 임의성이라 할 수 있다.

우선 시대적 임의성을 따져보았다. 독립된 문단의 형태로 직접 인용되고 있는 작품 수가 고전문학 작품은 총86회, 근대문학은 총43회로 확인되었다. 고전문학에 대한 참조가 근대문학의 두 배에 이르렀다. 이는 문학지리학적 글쓰기가 장소의 역사성을 밝히는 작업에 깊이 관련되어 있기 때문이기도 하지만, 고전작품은 근현대작품보다 그 수가 많지 않고 한정되어 있기 때문이기도 할 것이다. 그리고 무엇보다도 특정 장소와 관련성이 있다는 오래된 평판이나 암묵적 합의가 이루어진 작품들이 많은 것도 그 이유에 해당한다. 하지만 근대 이후 현대로 올수록 사정은 달라진다. 작품수가 방대해지고 지금도 계속 생산되고 있으며, 더 나아가 장소와 작품의 연관성이 아직 노출되지 않은 경우가 많아진다. 근현대문학을 문학지리 연구의 대상 자료로 삼기 위해서는 연구자들 스스로 많은 작품을 읽고 거기서 장소성을 뽑아내는 힘들고 어려운 작업을 거쳐야 한다.

이번에는 장르적 임의성을 살펴보았다. 장르적 임의성은 분량이 긴 산문보다 짧은 시를 선호하는 경향을 말한다. 소설처럼 긴 분량의 작품을 읽고 장소와 관련되는 부분을 찾아내는 작업은 짧은 시에서 장소 연관성을 캐내는 것보다 몇 배 어렵다. 또 시의 경우는 장소와 작품의 관련 양상이 단순하다. 즉 한편의 시는 하나의 장소와 관련되는 경우가 대부분이다. 하지만 소설은 다르다. 한 편의 소설 속에는 수많은 장소가 등장할 수 있고, 따라서 여러 장소들이 다양한 장소성을 띨 수도 있어 그것을 정리하기 쉽지 않다. 역시 김태준 편저의 책에 수록된 22편 글이 참고하고 있는 문학작품을 장르별로 헤아려 보았다. 한시, 민요, 노랫말

등의 운문은 총81회, 소설, 수필, 희곡 등의 산문은 총48회, 문단 형태의 직접인용이 이루어지고 있어, 장르적 임의성이 크게 나타나고 있는 것을 알 수 있다.

작품 선정 과정에 작동하는 시대적·장르적 임의성을 종합해 볼 때, 결국은 문학지리 연구에서 근현대소설이 가장 소극적으로 활용되고 있음을 알 수 있다. 앞의 김태준 편저의 책에서 근현대소설 작품의 직접인용은 총8회에 불과하다. 소설은 여타의 장르들 보다도 문학지리에 대한 가장 풍부한 정보와 자료를 담고 있을 것으로 추측된다. 하지만 정작 문학지리에 대한 글쓰기와 연구에서 현대소설은 가장 주목받지 못하는 형편이다. 이는 근본적으로는 현대소설의 양적 팽창에 따른 부담 때문이기도 하지만, 연구자료로서 현대소설의 활용가능성을 높이려는 연구 노력이 미진한 데도 원인이 있다.

현대소설을 대상으로 하는 문학지리 연구는 대부분 개별 작품 중심으로 이루어진다. 한 작품 속에 어떤 특정 장소의 장소성이 어떻게 나타나는가를 밝히고자 하는 방법론이 우세한 것이다. 예를 들어 박태원 ≪천변풍경≫을 대상으로 30년대 청계천 주변의 장소성을 밝힌다거나, 양귀자의 ≪원미동 사람들≫을 통해 부천시 원미동이라는 서울 주변 지역의 장소성을 밝히는 방식이다. 반대로 특정 장소나 지역을 먼저 선정하고, 그곳의 문학지리를 연구하는 경우는, 일일이 소설작품을 뒤져 해당 장소와 지역을 다루는 소설작품을 찾아내야 한다. 연구자로서는 그 힘들고 지루한 작업을 회피하고자 하는 것이 당연하다 하겠다. 그러니 평소부터 알고 있는 이미 많이 알려진 작품을 대상으로 연구를 진행하는 경우가 많을 수밖에 없다.

이런 문제는 문학 작품 속에 등장하는 낱낱의 장소에 대한 포괄적이고 망라적인 자료가 정리되어 있지 않기 때문에 발생하는 문제이다. 힘들고 지루한 연구 작업의 부담을 덜어줄 수 있도록 근현대소설을 활용 가능성에 초점을 맞추어 다양한 형태로 가공할 필요가 여기에 있다. 한 번 정밀하게 가공된 문학 텍스트는 연구자료적 측면에서뿐만 아니라 문화콘텐츠 소스로서도 훌륭한 쓰임을 가질 수 있다. 본고는 이런 문제 인식에서 출발한다. 선택과 배제의 임의성을 최소화하기 위해서는 문학작품에 등장하는 문학지리 즉 지명에 대한 대규모 데이터베이스를 구축하는 것이 필요하다.

소설 속의 지명과 관련된 다양한 정보를 어떤 형태로 담아낼 것인가? 데이터베이스를 구축하는 입장이나 활용하는 입장 모두에게 가장 무난하고 효율적인 데이터베이스 구조를 찾는 작업이 우선적으로 필요하다. 하지만 데이터베이스의 물리적 구조를 설계하는 데까지 나갈 수 없고, 다만 개념적 구조를 보여주는 데서 만족하고자 한다. 그리고 개념적 구조에 따른 데이터 기술원칙3)도 함께 언급할 것이다.

필자는 이 데이터베이스를 "소설 지명정보 데이터베이스"(The Database of Geographical Designation in Korea Novel. 이하 DGDN로 약함)라고 명명하고자 한다. 문학지리에 대한 연구가, 장소 중심의, 작품 중심의, 작가 중심의, 어떤 방법론을 취하더라도 그에 상응하는 지명 관련 연구 자료의 즉각적인 제공이 가능한 데이터베이스 시스템 구축이 최종 목표라고 할 수 있다.

2. 지명정보의 정의와 구분

소설 지명정보 데이터베이스는 소설 속에 등장하는 다양한 형태의 지명정보를 대상으로 한다. 여기서 지명정보라 함은 지명 자체뿐만 아니라, 그에 따르는 관련 서술정보를 함께 이른다. 예컨대 화개장터, 구례, 하동, 지리산, 경상도, 쌍계사, 세이암, 화개협 등은 소설 속에 등장하는 지명(혹은 장소명) 자체이다. 그리고 지명에 덧붙여지는 여러 가지 형태의 설명이나 묘사 등은 지명 관련 서술정보(이하 '서술정보'라고 함)이다. DGDN은 소설작품 속에 나타나는 지명과 그에 덧붙여진 서술정보를 핵심적인 정보요소로 삼는다.

그런데 소설작품 속에 등장하는 지명이 생각만큼 단순하지는 않다. 즉 지명이라고 해서 한국전도와 같은 지도에 표기된 지명들만을 생각하면 안 된다. 왜냐하면 지명은 실생활에서도 그렇듯이 소설세계에서도 아주 다양한 형태로 사용될 수 있기 때문이다. 지명은 한 지점과 관련된 이름일 수도 있고, 넓은 영역을 아우르는 이름일 수도 있다. 지명은 자연물에 부여된 이름일 수도 있고, 인공물에 부여된 이름일 수도 있다. 지명의 대상이 현실세계에 존재할 수도 있고, 그렇지 않을 수도 있다. 개개의 지명이 갖는 속성을 일일이 열거하고 완벽하게 분류하기란 참으로 어렵다. 따라서 지명 속성의 다양성을 최대한 반영하면서도 데이터베이스 구축과 활용에 있어서 가장 효율적인 선을 찾아야 할 필요가 있다.

이런 점을 고려하여, DGDN에서는 지명의 속성을 일단 행정지명(지역명), 자연지명, 시설명, 유적명, 외국지명, 기타지명 등 6개의 속성을 구분한다.4) 이러한 속성 구분은 '한국향토문화전자대전' 사업에서 마련한 고유명사로서의 지명요소 처리 방안을 참고하여 일부 변형하였다. '한국향토문화전자대전' 사업에는 지명의 유형속성을 국명, 주소, 자연지명, 시설, 도로, 외국지명 등으로 나눈 바 있다.5) 하지만 소설 속에서는 국명의 출현빈도가 매우 낮을 것을 예측하여 제외하였고, 외국의 국가명은 외국지명 속성에 포함시키기로 하였다. 도로는 시설명에 포함시키고, 유적명을 독립된 속성으로 분리해 냈다. 그리고 기타지명을 통해 그밖에 구분이 용이치 않은 것들을 포괄하고자 했다. 기타지명에는 다른 속성 분류에 포함될 수 없는 지명들이 다양하게 포함될 것이다.

[표 2] 지명 속성 분류표

속성 분류	설명	예시
행정지명	현재나 과거에 사용되었던 행정지명	경상도, 구례, 하동, 등등
자연지명	강, 산, 호수, 고개, 늪 등의 자연물과 자연부락의 이름	지리산, 섬진강, 화개협, 용늪, 우이동, 펀치볼 등등
시설명	시장, 공원, 도로 등 지리정보로서 의미있는 인공적인 시설물	화개장터, 봉평장, 구렛길, 경부고속도로, 제4땅굴, 박수근미술관 등등
유적명	문화적 의미를 가지면서 지리정보로서 의미있는 인공적인 시설물	쌍계사, 세이암, 창랑정, 등등
외국지명	외국에 위치한 지명 장소명, 외국의 국가이름 포함	북경, 황하, 합이빈, 일본, 등등
기타지명	상상이나 가공 혹은 위치를 알 수 없는 지명들과 위의 속성들에 포함되지 않지만 지리정보로서 의미있는 것	무진, 성동리, 보광리, 등등[6]

예컨대 구례, 하동 혹은 경상도 같은 지명은 행정지명으로, 지리산, 섬진강, 화개협, 용늪,[7] 우이동,[8] 펀치볼[9] 같은 지명은 자연지명으로, 화개장터, 봉평장, 구렛길, 경부고속도로, 제4땅굴, 박수근미술관 등은 시설명으로, 쌍계사, 세이암, 창랑정 같은 지명은 유적명으로, 북경, 황하, 합이빈, 일본 등은 외국지명으로 각각의 속성을 부여할 수 있다. 실제로 소설 속에 등장하는 다양한 지명 중에는 이러한 속성 분류가 쉽지 않은 것도 있을 것으로 예상된다. 앞에서 예로 든 화개장터와 봉평장 같은 경우를 보더라도 분류에 약간의 논란이 예상된다. 즉 장소 자체에 주목하여 그것을 자연지명으로 분류해야 한다는 의견도 가능하다. 하지만 사람들의 상거래 행위가 결부되지 않는다면, 화개장터나 봉평장은 자신의 정

체를 상실한다고 볼 수 있다. 따라서 이들은 순수한 자연지물과는 다르다고 판단해야 한다. 물론 이런 경우보다 더 판단하기 어려운 지명들도 있을 텐데, 이를 대비해서 '기타지명'이라는 속성을 따로 설정했다. 이상을 정리하면 [표 2]와 같다.

지명과 함께 DGDN의 핵심적인 정보요소의 하나는 지명 관련 서술정보이다. 무엇을 지명과 관련된 서술정보로 볼 것인가는 아직 확정할 수 없다. 왜냐하면 지명을 설명하거나 묘사하기 위해 동원할 수 있는 서술의 방법과 양태는 아주 다양할 수 있기 때문이다. 다른 말로 하면, 지명과 그에 따른 서술정보의 관계는 아주 다양하며, 이를 정식화하는 것은 쉽지 않다. 지명과 서술정보의 관계는 후속 연구를 통해 좀 더 규명해 보아야 하겠지만, 여기서 간단히 예상해 볼 수는 있다.

우선, 지명은 나타나지만 서술정보가 전혀 나타나지 않는 경우를 생각할 수 있다. 그야말로 지명의 단순 언급에 지나지 않는 경우이다. 좀 더 일반적인 경우는 지명과 그에 따른 서술정보가 함께 나오는 경우일 것으로 예상된다. 이를 좀 더 세분해 보면, 우선 서술정보의 구체성에 따라 직접적인 설명이나 묘사를 추구하는 서술정보와 간접적인 설명이나 묘사에 그치는 서술정보로 나눌 수 있다. 또한 서술정보의 길이도 크게 다를 수 있다. 짧은 어구에서부터 문장, 문장들의 연속, 문단, 문단들의 연속에 이르기까지 다양한 길이를 가정할 수 있다. 마지막으로 지명에 대한 언급도 없이 서술정보만 나타나는 경우를 예상해 볼 수 있다. 이는 아마도 앞쪽에서 언급된 지명을 다시 거론하지 않거나 혹은 지시대명사로 대신하고 거기에 서술정보를 추가하는 형태로 나타날 것이다.

지명 자체에 대한 속성 분류가 필요한 것처럼, 서술정보를 형태와 내용 측면에서 보다 정밀하게 분류하고 이를 데이터베이스 구축에 반영하는 작업이 뒤따라야 한다. 그래야만 DGDN이 소설 속 지명정보에 대한 의미있는 분석자료로서 기능할 수 있게 될 것이다. 하지만 이 작업은 소설 속의 실제 지명정보 데이터를 바탕으로 해야 하기 때문에, 데이터베이스 구축작업과 상호 보완적으로 진행될 필요가 있다. 따라서 후속 작업으로 남겨둔다.

3. DGDN의 개념적 설계

DGDN은 지명정보 즉 지명과 그에 따르는 서술정보를 가장 중요한 정보요소로 삼는다. 하지만 이것만으로 충분하지 않다. 다른 정보요소들이 더 필요하다. 필요한 정보요소들을 종합하여 DGDN의 전체 윤곽에 해당하는 구조를 개념적으로 설계해 보자. 구조 설계는 **선택과 배열**을 포함한다. 지명과 관련하여 어떤 정보요소를 선택하고, 그것을 어떤 틀 속에 배열할 것인지가 문제이다.

DGDN은 지명, 서술정보, 작품명, 작가명 등등의 수많은 정보요소들을 선택하고, 이것들을 다시 세 개의 큰 틀 속에 배열한다. 이는 DGDN이 크게 세 개의 **테이블**로 구성된 **관계형 데이터베이스** 형태로 구축된다는 의미이다. 핵심정보 요소인 지명과 서술정보는 지명 테이블에 담긴다. 지명 테이블은 두개의 다른 테이블을 참조하게 된다. 소설작품에 대한 정보를 담는 작품 테이블과, 작가에 대한 정보를 담는 작가 테이블이 그것이다. 지

선택과 배열

선택과 배열의 과정은 최종산출물에 대한 예측과 상호 연동되어 진행되며, 예측의 정확성과 정밀성은 구조 설계자의 기존 경험에 의존하는 경우가 많다. 지명정보 데이터베이스를 세 개의 테이블로 만들어야겠다는 구상 역시 필자의 경험적 판단에 따른다.

테이블

관계형 데이터베이스에서 '테이블'이란 여러 개의 '레코드'를 담고 있는 논리적인 구조로서 행(레코드라고도 함)과 열(필드 혹은 컬럼이라고도 함)로 구성된 데이터의 모임을 말한다.

관계형 데이터베이스

관계형 데이터베이스는 일련의 정형화된 데이터 항목들의 집합체로서, 그 데이터들은 데이터베이스 테이블을 재구성하지 않더라도 다양한 방법으로 접근하거나 조합하여 데이터들 간에 새로운 의미를 찾아낼 수 있다.

명 테이블이 지명을 중심으로 관련 정보들을 정해진 기준과 규칙에 따라 체계화하듯이, 작품 테이블은 개별 작품 중심으로, 작가 테이블은 개별 작가 중심으로 정보를 체계화한다. 세 테이블은 모두 기본정보, 핵심정보, 부가정보를 갖으며, 각각은 다시 몇 개의 정보 요소들을 포함하게 된다.

3.1. 지명 테이블의 구조와 기술원칙

지명 테이블은 지명, 속성, 위치 등의 정보 요소를 포함하는 기본정보, 지명에 관련되는 설명과 묘사로 이루어지는 서술정보 요소를 포함하는 핵심정보, 그리고 사진 요소와 동영상 요소를 포함하는 부가정보로 구성된다.

기본정보에 포함되는 지명 요소는 지명 자체를 말하며 속성 요소는 지명의 속성 분류를 말한다. 이에 대해서는 앞에서 이미 논의했다. 위치 요소는 지명의 분명하고 정확한 위치를 표시해 주는 요소이다. 향후 GIS 시스템과 연계하여 실시간 위치정보 표시 서비스를 가능하게 하기 위한 요소이다. 위치요소의 기술방안은 크게 두 가지로 나눌 수 있다. 우선 속성이 행정지명으로 분류되는 지명들을 보다 구체적으로 확정해 주는 기술이 있다. 이는 예컨대 "왕십리"라는 지명 요소에 "서울시 성동구 왕십리동"이라는 위치요소를 추가해 주는 방식이다. 다른 하나는 특정 지명의 정확한 위치를 경도와 위도로 표시하는 방식이다. GPS를 통해 전송받은 정확한 경위도 표시는 향후 GIS와 연계되어 훌륭한 문화정보 위치시스템으로 기능할 수 있다.

지명 테이블의 핵심정보를 구성하는 서술정보는 지명에 대한 구체적인 설명이나 묘사를 가리키며, 서술정보 요소는 서술정보와 서술정보의 출전을 함께 기술한다. 앞에서 언급했듯이, 서술정보는 짧은 어구에서부터 여러 문단에 이를 만큼 길어지는 경우까지 다양하며, 이것이 데이터베이스의 구성요소로서 정보적 가치를 갖기 위해서는 나름대로의 기술원칙이 필요하다. 세부적인 기술원칙은 DGDN의 실제 구축과 상호 보완적으로 다듬어져야 하지만, 몇 가지 대원칙은 지금 단계에서 규정할 수 있다.

우선 서술정보는 문장 이상 문단 이하의 단위로 기술한다. 즉 서술정보가 어구 수준의 짧은 경우라도 해당 어구가 포함된 문장 전체를 서술정보 요소로 기술한다. 반대로 아무리 긴 서술정보라도 문단의 범위를 넘어 문단보다 커질 수는 없다. 문단보다 커진 서술정보는 문단을 기준으로 하여 독립된 요소로 분리하여 기술한다. 한편 지명만 등장하고 서술정보가 없는 경우, 즉 서술정보의 정보값이 존재하지 않는 경우는, 서술정보의 출전만 밝힌다.

그런데 서술정보 요소의 기술에서 보다 근본적인 문제가 남아있다. 어떤 문장을 A라는 사람은 서술정보라고 판단하고, B라는 사람은 서술정보가 아니라고 판단하는 경우가 발생할 수 있다는 점이다. 그리고 어떤 지명에 대한 서술정보가 어디서 시작되어 어디서 끝나는지 선명하게 판가름할 수 없는 경우도 발생할 수 있다. 이에 대해서는 원칙적인 수준의 판단 기준을 제시해 두기로 한다. 다음은 기술해야 하는 서술정보의 유형이다.

첫째, 어떤 지명이 문장의 주어로 사용되어 서술적 표현들을 거느리고 있는 경우
둘째, 어떤 지명에 구체적인 수식구가 덧붙여진 경우
셋째, 어떤 지명이 문장이나 문단에서 의미상 중심적인 서술의 대상이 되는 경우

서술정보의 기술원칙을 김동리 소설 <역마>의 한 부분을 통해 좀 더 확인해 보자.

> (1)화개장터엔 장날이 아니라도 언제나 흥성거리는 날이 많았다. (2)지리산 들어가는 길이 고래로 허다하지만, (3)쌍계사 (4)세이암의, (5)화개협 시오 리를 끼고 앉은 (6)화개장터의 이름이 높았다. (7)경상 · (8)전라 양도 접경이 한두 군데일 리 없지만 또한 이 (9)화개장터를 두고 일렀다.[10)]

위 인용문에는 9번에 거쳐 지명이 등장한다. 이 중에서 '화개장터'는 3번 언급되고 있다. 이것만으로도 '화개장터'가 의미구조상 중심적인 역할을 수행하고 있음을 알 수 있다. 그러나 좀더 자세히 살펴보면, 우선 (1)의 '화개장터'는 문장의 주어에 해당한다. '화개장터는 ~한 날이 많았다'는 이중주어 형태의 문장 구조인 것이다. (6)의 '화개장터'는 '쌍계사 세이암의, 화개협 시오 리를 끼고 앉은'이라는 구체적인 수식구를 거느리고 있다. 뿐만 아니라 문장의 주어부에서 '화개장터'는 중심 단어에 속한다. (9)의 경우에도 '화개장터'는 서술의 중심 대상이 되고 있다. 이와 같은 판단에 근거하여 위의 인용문은 화개장터에 대한 서술정보라고 볼 수 있다. 또한 하나의 문단으로 처리되어 있는 세 문장을 하나의 칼럼으로 처리할 수 있다. 반면에 지리산, 쌍계사, 세이암, 화개협, 경상, 전라 등의 지명은 지나가면서 부수적으로 언급된 지명이다. 따라서 이들은 독립적인 ID를 부여받는 지명 요소로 선정은 하되, 이들 서술정보 필드는, [표 3]의 서술정보3에서와 같이, 작가와 작품명만으로 처리되게 된다.

[표 3]은 '화개장터'를 예로 지명 테이블의 한 레코드를 완성해 본 것이다.

[표 3] 지명 테이블의 레코드 예시

기본정보	ID	(일괄 부여)
	지명 장소명	화개장터
	속성	시설명
	위치	경상남도 하동군 화개면
핵심정보	서술정보 1	(김동리/역마) 화개장터의 냇물은 길과 함께 세 갈래로 나 있었다.(126)
	서술정보 2	(김동리/역마) 화개장터엔 장날이 아니라도 언제나 흥성거리는 날이 많았다. 지리산 들어가는 길이 고래로 허다하지만, 쌍계사 세이암의, 화개협 시오 리를 끼고 앉은 화개장터의 이름이 높았다. 경상·전라 양 도 접경이 한두 군데일 리 없지만 또한 이 화개장터를 두고 일렀다.(126)
	서술정보 3	(김재영/십오만 원 프로젝트)
	……	
부가정보	사진	사진파일명
	동영상	동영상파일명

[표 3]을 통해 핵심정보에 대한 기술원칙을 좀 더 설명해 보자. [표 3]에는 화개장터에 대한 3개의 각기 다른 서술정보가 들어있다. 이는 본 데이터베이스 수록 대상 전체 소설에 '화개장터'라는 지명이 3번 나온다는 의미가 된다. 물론 모든 개별 지명에 대해서 서술정보는 한번 나오는 경우에서부터 n번 나오는 경우까지 다양하다. 각각의 서술정보 요소란은 작가, 작품명, 서술정보, 인용원전 쪽정보 등으로 구성된다. 작가와 작품명은 해당 지명이 나타나는 작품을 지시한다. 이들 작가와 작품명은 각각 작가 테이블과 작품 테이블로 연결되어 확장 정보를 볼 수 있도록 설계한다. 작가 테이블에서는 해당 작가의 전체 작품에서 나타나는 다른 지명을 확인할 수 있고, 작품 테이블에서는 본 데이터베이스 구축시 사용한 작품의 판본 등 보다 상세한 작품정보를 확인할 수 있다.

서술정보1과 2는 김동리의 <역마>에서, 3은 김재영의 <십오만 원 프로젝트>에서 뽑은 것이다. <역마>에 나오는 '화개장터'를 서술정보1과 2로 분리하여 기술하였는데, 이는 하나의 서술정보가 문단 단위를 넘을 수 없다는 원칙에 따른 것이다. 또한 서술정보2에서 3번 반복되는 화개장터를 하나로 취급한 것도 문단 단위 기술원칙에 따른 것이다. 서술정보3에는 '김재영/십오만 원 프로젝트'라고 작가와 작품명만 기술되어 있을 뿐이고 지명을 구체적으로 설명하거나 묘사하는 서술정보가 기술되어 있지 않다. 이는 해당 작품에서 '화개장터'가 지나가는 말로 언급되고 있기 때문이다. 해당부분을 직접 인용해 보면 다음과 같다.

> 제주 유채꽃이 노랗게 피어나더니 이어 오동도 동백꽃, 광양의 매화, 구례 산수유가 시샘하듯 피어났다. 꽃소식이 화개장터를 지나 영취산 진달래 계곡, 벚꽃 흐드러진 진해를 넘어설 무렵엔 장인영감도 더는 참을 수가 없었던가 보다.[11]

인용문에서 확인할 수 있는 것처럼, '화개장터'는 지나가는 말로 언급되었으며, 화개장터 자체에 대한 구체적인 서술은 보이지 않는다.

한편, 지명 테이블의 부가정보는 시각자료로 구성된다. 사진자료를 기본으로 가능할 경우 동영상 정보도 포함할 수 있도록 설계한다. 다만 실제 사진이나 동영상 파일은 별도의 공간에 저장하고 여기에는 연결정보로서 파일명을 기술해 둔다.

3.2. 작품 테이블의 구조와 기술원칙

작품 테이블 역시 기본정보, 핵심정보, 부가정보로 구분된다. 기본정보는 ID, 작품명, 작가, 발표연도, 발표매체, 인용원전 등의 정보요소를 포함한다. 핵심정보는 한편의 소설 작품 속에 등장하는 지명들의 총목록으로 구성된다. 부가정보는 작품을 이해하는 데 필요한 작품개요, 주요 인물, 공간성, 시간성 등에 대한 기존 연구결과를 요약하여 제시한다. 하지만 이들 부가정보는 필수요소는 아니다.

기본정보 중에서 중심이 되는 것은 작품명 요소이다. 작품명은 한글명과 한자명을 나란히 기입한다. 예컨대, '역마/驛馬,' '레디메이드 인생/레디메이드 人生', '운수 좋은 날/運數 좋은 날' 등의 형태로 기입하며, 굳이 한자명을 필요로 하지 않은 경우는 한자명을 공란으로 비워둔다. 작가 요소는 한글로 기입하고, 작가 테이블로 연계시켜 정보가 연동되도록 한다. 발표연도 요소는 작품 발표 연월을 여섯 자리 숫자 예컨대 '194801'로 표기하는 것을 원칙으로 하되 고전소설과 같이 정확한 발표연도를 알 수 없는 경우를 대비하여 일반문자열의 입력도 가능하게 만든다. 발표매체 요소는 작품의 최초 발표매체를 말한다. 잡지 수록의 경우와 단행본 출판의 경우, 그리고 온라인 배포의 경우를 생각해 볼 수 있다. 잡지에 수록된 경우는 백민 12호, 혹은 실천문학 2006년 여름호, 등의 문자열로 기술하고, 단행본 출판의 경우는 책제목, 출판사, 출판연도를 나란히 문자열로 기술한다. 현재까지는 드문 경우이겠지만, 온라인 배포의 경우는 배포기관과 웹사이트 주소를 나란히 적는다. 마지막으로 인용원전은 본 데이터베이스 구축시 사용한 저본을 말한다. 최초 발표매체의 기술 원칙에 따른다.

작품 테이블의 핵심정보는 작품 속에 등장하는 지명 총목록이다. 이 목록은 지명, 빈도, 쪽정보 등으로 구성된다. 여기서 빈도는 어떤 지명이 동일 작품에 등장하는 총회수를 말하고, 쪽정보는 지명이 인용원전의 어느 쪽에 나오는지를 알려주는 정보이다. 빈도는 이 목록에 등장하는 모든 지명에 대해 동일하게 표기한다. 하지만 쪽정보는 지명 테이블에서 서술정보의 정보값이 있을 경우에 한해서 쪽정보를 기입한다.

작품 테이블의 부가정보는 작품의 줄거리, 작품의 시간성과 공간성, 주요인물 등으로 구성되며, 이는 선택적 기술이 가능하다. 특히 작품의 공간성은 지명을 통해 소설 속에 표상화된 공간적 성격을 밝히는 작업이다. 이는 기존의 문학 연구에서 공간성에 대한 연구를 통해 지속적으로 발전되어 왔으며, 특히 최근에는 문학 속에 등장하는 각 지역의 공간성에 대한 종합적인 분석 작업도 이루어지고 있다.[12]

[표 4] 작품 테이블의 완성된 레코드 예시

기본정보	ID	(일괄 부여)
	작품명	십오만 원 프로젝트
	작가	김재영
	최초발표연도	2006년
	최초발표매체	실천문학 2006년 여름(통권82호)
	인용원전	실천문학 2006년 여름(통권82호)
핵심정보	소설 속 지명 목록	속리산 (1) 다보탑 (1) 남이섬 (1) 제주 (1) 오동도 (1) 광양 (1) 구례 (1) 화개장터 (1) 영취산 (1) 진해 (1) 서울 (1) 앙코르와트 (8) ; 428 인천 (1) 월미도 (1)

핵심정보	소설 속 지명 목록	서울대공원 (1) 소백산 (1) 원주 (1) 통일로 (3) 법원읍 (1) 자운서원 (1) ; 431 파주 (1) 강릉 (1) 자운산 (1) ; 432 통일전망대 (1) 임진강 (2) 일본 (1)
부가정보	공간성	(요약 기술)
	시간성	(요약 기술)
	줄거리	(요약 기술)
	주요인물	(요약 기술)

위의 [표 4]는 김재영의 <십오만 원 프로젝트>를 대상으로 작품 테이블의 한 레코드를 완성해 본 예시이다. [표 4]에서 보면 <십오만 원 프로젝트>라는 작품 속에는 총 26개의 지명이 등장한다. 이것은 띄어쓰기를 기준으로 확정된 지명들이다. 예컨대, '인천'과 '월미도'는 소설 속에서 '인천 월미도'로 나타난다. 이는 인천과 월미도를 따로 지칭하는 것이 아니라, 인천의 월미도라는 의미로 읽히게 됨을 의미한다. 하지만 이를 하나의 지명으로 취급하지 않고 두 개의 지명으로 취급하였다. 이는 띄어쓰기를 기준으로 지명 요소를 확정한다는 원칙에 따른 것으로, 작업 상에서 발생할 수 있는 번거롭고 혼란스러운 판단 오류를 없애려는 의도이다.[13)]

이 지명들은 작품 속에 등장하는 순서를 따라 배열되어 있다. 지명의 순차적 배열을 통해 작품의 공간 이동이 어떻게 전개되는지 한눈에 확인할 수 있다. 또한 괄호 속에 표기된 지명의 출현 빈도를 통해 작품의 의미와 연결되는 지명이나 그 공간성이 무엇인지 추측하고 추론할 수 있다. [표 4]에서는 대부분의 지명이 1회 나타나고, 앙코르와트, 통일로, 임진강 등만 2회 이상 나오는 것을 볼 수 있다. 실제로 2회 이상 등장하는 지명들은 작품의 의미구조에서도 중요한 역할을 한다.[14] 즉 아무 일도 일어나지 않는 변화 없는 삶과 그 삶의 사소한 일상성에서 오는 무기력과 짜증으로부터 작은 탈주를 꿈꾸게 하는 공간들로 등장한다.

[표 4]의 지명들은 지명 테이블에서 사용하는 속성 요소에 따라 재분류·재정렬될 수 있다. 이들을 분류해 보면, 제주, 광양, 구례, 진해, 서울, 인천, 원주, 법원읍, 파주, 강릉 등은 행정지명(지역명)의 속성으로 분류되고, 속리산, 남이섬, 오동도, 영취산, 월미도, 소백산, 자운산, 임진강 등은 자연지명으로, 화개장터와 서울대공원, 통일로, 통일전망대는 시설명으로, 다보탑과 자운서원은 유적명으로, 앙코르와트와 일본은 외국지명으로 분류할 수 있다. 그리고 기타지명은 나타나지 않는다. 이러한 분류를 적용하여 이 작품에 나타나는 지명들을 실시간으로 재정렬시키면, 다양한 지명 속성을 두루 사용하고 있음을 확인할 수 있다. 이러한 결과를 다른 작품의 경우와 비교하면 작가가 이 작품을 통해 표현하고자 했던 장소의 의미를 밝히는데 도움이 될 것이다.

한편 앙코르와트, 자운서원, 자운산 등에는 쪽정보가 병기되어 있는데, 이는 해당 지명에 대한 구체적인 서술정보가 나타난다는 의미이다. 예컨대 자운서원의 경우는 다음과 같은 서술정보가 나타난다.

우리 일행은 통일로를 지나 법원읍 근처 자운서원으로 향했다. 날은 화창했고 바람에선 들꽃 향내가 났다. 율곡 이이 선생을 봉안한 서원 경내는 오래된 신갈나무와 소나무 숲으로 둘러싸여 눈부시게 푸르렀다. 사괴석 담장을 따라가다 내삼문 앞 묘정비를 배경으로 사진 한 번 찍고, 주강당과 율곡 선생 묘지를 둘러본 뒤, 생모 신사임당이 남편 이공과 합장한 무덤 앞에서 잠시 숨을 돌렸다.[15]

물론 이것은 앞에서 설명했던 지명 테이블의 '자운서원' 레코드에 그대로 담기게 되며, 이들은 상호 연동되게 된다.

한 가지 부언해 두고 싶은 것은, 대하소설과 장편소설의 경우 출현하는 지명의 종류나 빈도가 너무 많아 그것을 시각자료로 실시간 재구성하여 활용하고자 할 때 예상치 못하는 어려움에 부딪힐 수도 있다는 점이다. 따라서 대하소설과 장편소설의 경우는 권별로, 혹은 장이나 소제목 별로 지명 빈도 통계를 따로 작성할 필요가 발생할 수도 있다.

작품 테이블은 실제 구축작업 시에 가장 먼저 작업해야 하는 대상이다. 이 작업을 통해 작품별 지명 총목록이 확보되면, 이 목록을 통해 지명 테이블의 지명별 레코드를 자동 생성하는 과정이 이어진다. 물론 서로 다른 작품에서 등장한 동일 지명은 지명 테이블의 동일 레코드 속에 배치처리 되게 된다. 우리는 이렇게 배치처리된 예를 [표 3]에서 이미 보았다. 김동리의 작품과 김재영의 작품에서 나오는 '화개장터'가 [표 3]의 동일 레코드에 배치되어 있다.

3.3. 작가 테이블의 구조와 기술원칙

소설 지명정보 데이터베이스를 구성하는 마지막 하나는 작가 테이블이다. 이 테이블 역시 기본정보, 핵심정보, 부가정보로 구성된다. 기본정보와 부가정보는 기존의 문인대사전 류와 비슷한 기능을 수행한다. 하지만 지속적으로 자료의 추가 입력이 가능한 상태로 설계된다는 점에서 그것과 근본적으로 다른 자료적 가치를 갖게 될 것이다.

핵심정보는 개별 작가의 전체 작품 속에 등장하는 지명정보를 다양한 형태로 보여준다. 다양한 형태의 지명정보는 되도록 패턴화된 시각정보로 실시간 처리되도록 설계되어야 한다. 예컨대 전체 지명 리스트를 시군 지도에 배치한 형태로 보여준다거나, 지명 속성에 따라 분류한 값을 그래프로 보여주는 등 요청할 수 있는 시각정보의 형태는 다양할 것이다. 이 점이 DGDN이 기존 오프라인 형태의 문인대사전 류나 온라인 형태의 산발적인 문인 정보들과 차별화되는 지점이다. 이를 통해 디지털 정보로서의 장점을 충분히 갖추도록 해야 한다.

작가 테이블의 기본정보는 개별 작가의 개개인의 인적사항을 기술하는 부분으로, 네 가지 정보요소로 이루어진다. 우선 이름 요소는 작가의 이름을 말하며, 본명과 필명 등을 다양하게 적을 수 있도록 한다. 생몰년 요소에는 서기 연도로 적고 가능하면 월일까지 표기한다. 출생지 및 거주지 요소에는 출생지(고향)를 적고, 이후 거주지나 주요 활동지의 변천을 볼 수 있도록 한다. 이 출생지 및 거주지 정보요소는 실제 작품 속에 사용한 지명정보와 비교를 통해 작가의 실제 삶과 작품이 어떻게 연관되는지를 분석하는 데 좋은 자료를 제공할 것이다. 등단작 요소에는 등단작품을 작품제목, 발표지, 발표년월 순으로 기술한다.

핵심정보는 개별 작가의 전체 작품 속에 등장하는 지명을 몇 가지 패턴으로 재구성해 볼 수 있도록 설계되어야 한다. DGDN 시스템이 자체적으로 제공하는 기본패턴은 물론이고 이용자도 자신의 쿼리를 따라 자유롭게 패턴들을 생성할 수 있어야 한다. 기본패턴의 양상들을 몇 가지 예상해 보자. 우선 전체작품에 등장하는 지명을 최다빈도 순으로 정렬해 보여주는 패턴을 생각할 수 있다. 즉 어떤 지명이 전체 작품에는 몇 회, 그리고 각각의 개별 작품들에는 각각 몇 회 나타나는지 실시간으로 재구성되고 빈도 순으로 정렬되어야 한다. 최다빈도 순 지명 정렬은 개별 작가의 전체 작품을 대상으로도 가능하지만, 이를 시기별로 나누어 살펴볼 수도 있다. 이를 통해 시기별 변화 패턴을 추적할 수도 있어야 한다. 물론 이런 패턴은 시각적인 지도 패턴으로도 실시간 재구성되어야 한다.

부가정보로는 개별 작가의 작품목록과 작품경향을 요약한 정보 등으로 구성된다. 작품 목록은 작품명, 발표지, 발표년월 등을 보여주며, 각각을 기준으로 소트 정렬이 가능해야 된다. 작품경향 요소란은 해당 작가의 전체적인 작품경향에 대한 요약설명으로 이루어진다.

작가 테이블의 완성된 레코드는 다음과 같이 구성된다.

[표 5] 작가 테이블의 완성된 레코드 예시

	ID	(일괄 부여)
	이름	김동리/金東里
기본정보	생몰년	1913/1995. 6. 17
	출생지 및 거주지	경북 경주/서울 ○○구/○○ ○○/○○ ○○
	등단작	작품명, 발표지, 발표년월
	패턴 1	(실시간 구성)
핵심정보	패턴 2	(실시간 구성)
	……	
부가정보	작품목록	작품명, 발표지, 발표년월
	작품경향	(작품경향 요약)

작가 테이블은 앞의 두 테이블과는 달리 데이터 구축 작업에 많은 시간과 인력을 투입하지 않아도 된다. 즉 기존의 문인대사전류와 비슷한 기본정보와 부가정보 부분은 다양한 온라인 정보를 수집 변형하여 만들어낼 수 있다. 더욱이 핵심정보는 지명 테이블과 작품 테이블의 정보를 실시간으로 변형하여 재구성해내야 할 부분이다. 따라서 별도의 자료입

력이나 가공 작업을 요하지 않는다. 때문에 작가 테이블은 가장 나중에 작업하는 것이 좋다. 구축 작업의 순서로 본다면 작품 테이블이 우선 구축되고, 뒤를 이어 지명 테이블이 만들어지게 된다. 일단 작품 테이블 구축 작업을 통해, 개별 작품마다 지명을 확인하고, 나아가 서술정보 유무 확인, 지명의 속성 파악, 출현빈도 및 출현 쪽정보 확인 등을 수행하고, 이를 정해진 테이블 구성에 맞게 입력하게 된다. 그리고 완성된 작품 테이블에 등장하는 개별 지명은 지명 테이블의 개별 레코드를 구성한다. 따라서 지명 테이블은 작품 테이블 이후에 작업에 들어가게 된다.

4. 남은 문제들

소설 지명정보 데이터베이스는 문학뿐만 아니라 문화콘텐츠학, 문학지리학, 지역학 등에서 그 쓰임이 다양할 것으로 예상된다. 처음에 이 글은 DGDN의 쓰임 즉 활용방안 문제를 포함하는 것으로 계획되었다. 그래서 DGDN을 활용하는 몇 가지 연구주제와 그에 따른 연구방법론을 예시하는 데까지 다루려 하였다. 하지만 DGDN의 활용에 대한 문제는 이 글에서 손을 대지 못했다. 이에 대한 보완책으로 예시 논의를 다음에 덧붙인다.

본고에서 다룬 내용 중에도, 상세하고 구체적인 설명이 추가되어야 하는 부분이 많다. 하지만 어떤 경우 개념적 설계 단계에서는 결과나 해결책을 예측하고 예상하기 어렵기 때문에 남겨둔 문제도 있다. 이들은 지명자료를 직접 핸들링해 보고 지명정보의 실상을 파악한 연후에야 정확한 해결책이 보이기 시작하는 문제이다.

예컨대 작품 테이블에서 각 작품별로 지명목록을 추출할 때 등장인물의 대사 속에 등장하는 지명을 일반 서술문장에 등장하는 지명과 구분하는 표지를 해야 하는지 말아야 하는지, 지명 테이블에서 제시한 6개의 지명 속성 중에서 실재하지 않는 상상이나 가공의 지명을 독립된 속성으로 분리하는 것이 좋은지 그렇지 않은지 등등. 이것을 포함한 여러 문제들에 대한 대처는 본격적인 구축 작업 과정에서 드러나는 자료의 실상에 따라 용의주도하게 처리되어야 한다. 자료의 실상에 맞도록 이미 제시된 기술원칙들이 수정될 수도 있을 것이고 새로운 원칙을 추가할 수도 있을 것이다.

이처럼 여러 가지 문제들이 남겨져 있지만, 지명 테이블에 기술할 지명 관련 서술정보의 기술원칙 및 방법을 정밀하게 고안해 내는 작업은 가장 급선무이다. 이 작업은 몇 단계, 즉 소설 속의 지명 자료 샘플 데이터 추출, 정밀 분석 후 서술 형태와 내용에 따른 유형 구분, 각 유형별 기술원칙 및 방법의 수립, 시범 구축을 통한 기술원칙과 방법의 반복적 수정 등의 단계를 거쳐야 한다. 서술정보를 어떤 원칙과 방법에 따라 기술했느냐에 따라, 향후 DGDN의 활용성은 확연히 달라질 수 있다. 따라서 DGDN의 구축완료된 자료의 활용도를 최대로 끌어올릴 수 있는 기술원칙과 방법을 찾아내야 한다. 물론 여기서 한가지 주의할 점은 구축된 자료의 활용성을 극대화한다고 하여 구축 작업의 용이성을 도외시할 수도 없다. 결국, 자료의 실상을 최대한 수용할 뿐만 아니라 구축 작업의 용이성과 구축된 자료의 활용성 극대화라는 기본 원칙에 어긋나지 말아야 한다.

개화기소설의 지명정보에 새겨진 의미

1. 소설의 배경과 외국지명

애국계몽기부터 본격 등장하기 시작했던 신소설이 전대의 소설과 확연히 다른 특징 중 하나는 배경 혹은 공간의 문제이다. 전대 소설의 배경은 대개 국내나 중국으로 국한되었으며, 많은 경우 꿈이라는 서술적 장치를 통해 초월세계의 공간과 연결되어 있었다. 이에 비해 신소설의 배경은 국내와 중국을 넘어 일본, 미국, 영국, 이탈리아, 멕시코 등의 전 세계로 확장되며, 그 세계들은 증기선이나 기차 등의 근대적 교통수단을 이용해 도달할 수 있는 현실세계라는 특성이 있다. 신소설에 세계 각지의 외국지명들이 많이 등장하는 것은 이 때문이다.

그런데 그동안 연구자들은 신소설에 나오는 외국지명에 거의 주목하지 않았다. 소설의 배경이나 공간을 지시하는 외국지명에 대한 연구는 당대인들이 외부세계를 어떻게 인식하고 전유했는지에 대한 실마리를 제공할 수 있다. 뿐만 아니라 신소설 장르의 전반적인 성격 규명에도 영향을 미칠 수 있다. 그런데도 불구하고 이에 대한 연구가 별반 진행된 것이 없다는 사실은 의외가 아닐 수 없다. 본고는 신소설에 등장하는 외국지명의 분석을 통해 이런 문제에 접근하는 단초를 마련해 보고자 한다.

필자는 이를 위해 총 56편의 신소설을 대상으로 외국지명을 조사했다. 이들 56편의 작품은 한국학중앙연구원에서 2009~2011년에 진행한 '신소설 어휘사전 편찬 연구' 과제에서 선정했던 작품들이다.[16] 56편 중에서 22편은 1900년대 후반의 '애국계몽기 작품군'에 속하고, 나머지 34편은 본격적인 식민통치가 시작된 1910년대의 '일제강점 후 작품군'에 속한다. 지금까지 확인된 신소설 작품 수를 대략 130~180여 편[17] 정도로 볼 때, 전체의 1/3에 달하는 분량이다.

● **애국계몽기 작품군**
1. 계명성, 광학서포, 1908
2. 고목화(상)(1907. 6~10 제국신문 연재), 동양서원, 1912
3. 고목화(하)(1907. 6~10 제국신문 연재), 동양서원, 1912
4. 구마검(1908. 4~7 제국신문 연재), 이문당, 1917
5. 귀의성(상)(1906. 10~1907. 5 만세보 연재), 광학서포, 1907
6. 귀의성(하), 중앙서관, 1908
7. 금수회의록, 황성서적업조합, 1908
8. 모란병(1909. 2~? 제국신문 연재), 박문서관, 1916
9. 빈상설(1907. 10~1908. 2 제국신문 연재), 광학서포, 1908
10. 산천초목(1910. 3~5 대한민보 연재), 유일서관, 1912
11. 설중매, 회동서관, 1908
12. 송뢰금, 박문서관, 1908
13. 쌍옥적(1908. 12~1909. 2 제국신문 연재), 보급서관, 1911
14. 원앙도(1908. 2~4 제국신문 연재), 보급서관, 1911
15. 은세계(상), 동문사, 1908
16. 자유종, 광학서포, 1910
17. 추풍감수록(필사본 1909), 동양서원, 1912

18. 치악산(상), 유일서관, 1908

19. 황금탑(필사본 1909. 10), 보급서관, 1912

20. 혈의누(1906. 7~1906. 10 만세보 연재), 광학서원, 1908

21. 홍도화(상)(1908. 7~9 제국신문 연재), 동양서원, 1912

22. 홍도화(하)(초판본 1910. 5), 동양서원, 1911

● **일제강점 후 작품군**

 1. 강상루, 대창서원, 1919

 2. 강상촌, 박학서원, 1912

 3. 공진회, 안국선자택, 1915

 4. 구의산(상)(1911. 6~9 매일신보 연재), 신구서림, 1912

 5. 구의산(하)(1911. 6~9 매일신보 연재), 신구서림, 1912

 6. 금강문, 동미서시, 1915

 7. 금국화(상), 보급서관, 1913

 8. 금국화(하), 보급서관, 1914

 9. 금의쟁성, 유일서관 1913

10. 두견성(상), 보급서관, 1912

11. 두견성(하), 보급서관, 1912

12. 마상루, 동양서원, 1912

13. 명월정(상하), 유일서관, 1912

14. 목단화, 광학서포, 1911

15. 비파성, 신구서림, 1913

16. 설중매화, 창문사, 1913

17. 세검정, 신구서림, 1913

18. 안의성, 박문서관, 1914

19. 연광정, 신구익지서관, 1913

20. 옥호기연, 보급서관, 1912

21. 완월루, 유일서관, 1912

22. 요지경, 수문서관, 1913

23. 우중행인, 신구서림, 1913
24. 월하가인(1911. 1~4 매일신보 연재), 박문서관, 1911
25. 재봉춘, 동양서원, 1912
26. 죽서루, 현공렴, 1911
27. 추월색, 회동서관, 1912
28. 추천명월, 신구서림, 1914
29. 치악산(하), 동양서원, 1911
30. 행락도, 동양서원, 1912
31. 현미경, 동양서원, 1912
32. 화세계(1910. 10~1911. 1 매일신보), 동양서원, 1911
33. 화의혈(1911. 4~6 매일신보), 오거서창, 1918
34. 화중화, 광동서국, 1912

본 연구는 개별 작품의 미적 특질이나 개별 작가들의 창작 의식을 밝히는 데 목적이 있지 않다. 개화기 서사문학에 대한 선행 연구들이 대부분 개별 작품을 대상으로 연구를 진행함으로써, 문학 작품의 미적 개별성을 승인하는 관점을 주로 취했던 것과는 다른 입장이다. 이런 방식으로는 당대인의 외국에 대한 인식과 표상을 전체적으로 파악하기 어렵다는 생각이다. 그래서 가능한 많은 작품을 분석대상에 올리고자 했다.

분석대상 텍스트는 우선 컴퓨터에 입력하고, KWIC 형식의 어휘별 용례색인을 만들었다. 여기까지는 '신소설 어휘사전 편찬 연구' 사업에서 이루어진 결과물을 대체로 활용하였다. 이후 어휘별 용례색인에서 외국과 관련된 지명 어휘(이하 외국지명)를 분리해 냈는데, 이때 세심한 주의가 필요했다. 같은 지명이면서도 달리 불리거나 표기가 통일되지 않은 것들을 동일 지명으로 분류할 필요가 있었기 때문이다. 예컨대, 아라사, 아라스, 노국, 로국,

KWIC와 KWOC

KWIC는 'Key Word In Context'의 약자로, 표제어가 문맥에 포함된 채 배열된 어휘 용례색인의 한 방식이다. 반면 KWOC는 'Key Word Out of Context'의 약자로, 표제어가 문맥의 앞에 나온 상태로 배열된 색인 방식이다.

로서아, 로세아 등은 모두 러시아의 다른 이름이거나 다른 표기 형태들이다. 또 음차로 표기된 외국지명들이 실제 어떤 지명인지를 확인하는 데도 품이 많이 들었다. 이렇게 완성된 외국지명은 유형별 분류를 거쳐 (분류 방법은 본문에서 구체적으로 설명함), 다양한 기준에 따른 분포와 빈도, 서사적 문맥 등을 조사하였다.

신소설로부터 지명 관련 정보를 분리해내고, 이를 다양한 형태로 처리 분석하는 과정은, 앞글에서 논의한 바 있는 소설 지명정보 데이터베이스 (DGDN)의 기본 구상에 충실하게 진행하였다. 즉 실제로 데이터베이스를 구축해 보지는 못했지만, 지명정보의 획득과 자료의 처리는 DGDN이 실제 구동되는 것을 가정하고 이루어졌다. 따라서 이 글은 신소설 DGDN을 가상적으로 활용하여 이루어진 연구라고 할 수 있다.

1910년 한일합병은 신소설의 계몽성이 통속성(혹은 대중성)으로 전환되는 계기가 되었다고 자주 언급되어 왔다. 그렇다면 외국 인식에 있어서도 1910년의 국권 상실은 어떤 변화의 계기로 작용했을 것이라는 추론이 가능하다. 앞에서 대상작품을 애국계몽기 작품군과 일제강점 후 작품군으로 나눈 이유가 여기에 있다. DGDN의 가상적 활용을 통해, 외국 세력들이 물밀 듯 몰려왔던 당시 상황에서 외국, 혹은 타국이 어떻게 인식되었으며 그것이 국권 상실을 전후하여 어떤 변화를 겪는지 알아보았다. 더 나아가 서구 국가들에 대한 당의적 인식의 편차를 확인해 보았다. 지금까지 연구에서는 주로 근대적 문명세계의 대표주자로서 미국 인식의 문제[18]가 주로 다루어졌고, 이때 미국은 서구 전체와 동일시되는 경향도 있었다. 하지만 세계 인식이 주름 없는 하나의 평면일 수 없다는 생각을 갖고 서구 국가들이 신소설에서 각기 어떤 모습으로 포착되었는지 살펴보았다.

2. 외국 혹은 타국, 그리고 인식의 지형도

신소설의 배경과 공간은 외부세계, 즉 외국으로 크게 확장된다. 신소설의 어떤 인물들은, "타국을 이웃집 단이듯"(송뢰금, 13)[19] 하거나, "니외국을 메쥬 밥듯"(우중행인, 152) 다닌다고 서술될 정도이다. 실제로 신소설에는 '외국' 혹은 '타국'이라는 어휘가 많이 등장하며, 더불어 구체적인 외국지명들도 자주 언급된다. 본고가 분석대상으로 삼고 있는 신소설 56편을 놓고 볼 때, '외국'과 '타국'이라는 어휘는 총 205회 등장하며, 구체적인 외국 지명들도 1,151회나 나온다. 작품당 평균 24회 이상 외국에 대한 언급이 이루어진 셈이다. 신소설 이후에 전개되는 근대소설보다도 외국에 대한 직접적 관심이 크게 증폭되어 있음을 알 수 있다.

신소설에 나오는 **외국지명**은 포괄 범위에 따라 세 층위, 상위지명—국가명—하위지명의 체계로 분류할 수 있다. 근대계몽기 세계 인식의 기본 단위로 파악

> **외국지명**
> DGDN에서는 지명 속성 분류가 '외국지명'으로 단일화되어 있었는데, 신소설의 외국지명을 실제 분석하는 과정에서 세 층위의 하위분류를 새로 추가할 필요를 느꼈다.

되는 국가명을 중심에 놓고, 국가보다 포괄 범위가 넓은 상위지명과 국가 내에 포함되는 하위지명을 구분하였다. 상위지명에는 아시아, 유럽 등의 대륙 지명과 태평양, 인도양, 지중해 등의 대양 지명, 그리고 북극, 남양군도, 동양, 서양 같은 지명 어휘가 속한다. 하위지명에는 도쿄, 런던 같은 도시명을 비롯하여 광동, 광서와 같은 지역명, 그리고 한 도시 내의 세부지명 등이 속한다.

상위지명 층위에 속하는 지명 어휘들 중에서 외국, 서양, 동양의 출현 빈도를 애국계몽기 작품군과 일제강점 후 작품군으로 나누어 조사한 표 6을 보자. 괄호 속은 해당 어휘의 작품당 출현 빈도 평균값을 나타낸다.

[표 6] 신소설의 주요 지명어휘 출현빈도 조사표

지명 어휘	출현 빈도		합계 (56편)
	애국계몽기 작품군	일제강점 후 작품군	
외국, 타국	144 (6.5)	61 (1.7)	205 (3.6)
태셔, 틔셔, 셔양, 서양	72 (3.3)	61 (1.8)	134 (2.4)
동양	37 (1.7)	34 (1.0)	71 (1.3)

[표 6]에 따르면, 애국계몽기까지는 신소설에서 외국에 대한 언급이 상당히 활발한 것을 알 수 있다. 그러나 합병 이후에는 '외국'과 '타국'이라는 어휘의 출현빈도가 급감하는 사실이 확인된다. 특히 조사대상 작품 56편 중에서 일제강점 후 작품군이 34편으로 훨씬 많은 데도 불구하고 이런 결과가 나왔다는 사실이 흥미롭다. 즉 애국계몽기 작품군에서 '외국'과 '타국'이라는 어휘가 작품당 평균 6.5회 출현하는 데 반해, 일제강점 후에는 평균 1.7회 출현할 뿐이다. '서양'과 '동양' 역시 일제강점 후 작품군에서 작품당 출현 빈도 평균값이 현저히 떨어진다. 전체 작품군의 작품당 출현 빈도 평균값보다 애국계몽기의 평균값은 높고 일제강점 후의 평균값은 낮게 나타난다. 실제 구축 완료된 DGDN을 이용할 수 있다면 여기까지의 작업 결과는 손쉽게 얻을 수 있게 된다. 남는 것은 이런 통계 값을 설명하거나 해석하는 일이다.

이런 결과가 나타나는 이유는 어떻게 설명할 수 있을까? 일제는 한일합병 이후 식민지 백성들이 외국에 대한 새로운 정보나 감각을 자유롭게 수용함으로써 국가 의식을 키워가도록 내버려 두지 않았다. 이는 일제가 조선교육령을 통해 고등보통학교의 지리교육을 일본지리가 강화된 본방지리(本邦地理) 중심, 자연지리 중심으로 실시[20]한 데서도 확인할 수 있다. 애국계몽기에 외부세계에 대한 대타의식을 기반으로 구성되었던 민족담론이 합병 이후 완전한 검열 상태에 빠졌던 것이다. 이런 상황 변화를 좀 더 극적으로 증명해주는 사례로, 신소설에서 '우리나라'라는 어휘의 사용이 어떤 변화를 겪었는지 살펴보자.

1912년에 <혈의 누>를 개작하여 다시 출판한 <모란봉>에서는, 대한제국이 존속하던 애국계몽기에 발표된 <혈의 누>와 달리, 국체(國體)를 지칭하는 '우리나라'라는 어휘가 일본의 식민지를 의미하는 어휘인 '조선'으로 모두 수정되었다. <황금탑>과 <추풍감수록>의 경우도 융희 연간의 필사본과는 달리 합병 이후 간행본에서는 '우리나라'라는 표기가 모두 '조선'으로 대체되었다.[21] 실제로 '우리나라'라는 어휘는 본고가 대상으로 하는 22편의 애국계몽기 작품군에서 총156번 사용된 것으로 조사되지만, 34편의 일제강점 후 작품군에서는 단 10번 나오는 데 그친다. 그것도 중국인이나 일본인이 자기 나라를 가리켜 '우리나라'라고 지칭하는 경우가 대부분인 것으로 파악된다. 한마디로 '우리나라'는 금기어였던 셈이다. 이런 어휘 통계는 총독부의 검열이나 압력에 의한 문학적 굴절 현상이 심각한 상태였음을 증명한다.

이런 검열 상황을 고려할 때, 국가의식이나 민족담론을 부추길 수 있는 것은 모두가 검열의 대상이 되었을 것이라는 추론이 어렵지 않다. 그런 의미에서 외국에 대한 문명담론은 가장 중요한 검열과 억압의 대상 중 하나였을 것으로 보인다. 이에 따라 앞의 표에서 확인한 것처럼 '외국', '타국' 및 '서양' 등의 지명 어휘가 급감하는 현상이 초래되었던 것으로 판단된다. 신소설 텍스트는 일제의 검열과 통제가 얼마나 철저했는지, 그리고 그로 인해 신소설 작가들의 자기 검열이 어떠했는지를 한 눈에 보여주는 텍스트인 셈이다.

이번에는 두 번째 층위에 속하는 **국가**

국가명 이표기

각 국가명들은 당시 여러 형태로 표기되었다. 분석대상 신소설에 나타나는 국가명 이표기 형태는 다음과 같다. 네덜란드(화란), 덴마크(정말), 독일(독일, 덕국, 일이만), 러시아(아라사, 아라수, 노국, 로셔아, 로셰아, 로국), 멕시코(묵서가, 묵셔가, 묵셔フ), 몽골(몽고), 미국(미국), 스위스(셔셔), 에스파냐(셔반아), 영국(영국), 오스트리아(오국), 오스트레일리아(호쥬), 이집트(애굽), 이탈리아(의틔국, 의틔리, 이태리, 이틔리), 일본(일본, 잇쏭), 중국(지나, 즁국, 청국, 쳥국), 폴란드(파란), 프랑스(불난셔, 불란셔, 법국).

명을 중심으로 살펴보자. 본 논문의 분석대상 신소설 56편에 등장하는 국가명은 네덜란드, 덴마크, 독일, 러시아, 멕시코, 몽골, 미국, 스위스, 스페인, 영국, 오스트레일리아, 오스트리아, 이집트, 이탈리아, 인도, 일본, 중국, 폴란드, 프랑스 등 19개국이다. 이중에서 가장 많이 등장하는 나라는 예상 가능한대로 일본이다. '일본'이라는 지명어휘는 28작품에서 총184회 등장하며, <혈의 누>, <치악산(상)>, <송뢰금>, <두견성(상)>, <추월색> 등에 집중 분포한다. 다음으로 중국이 127회, 미국이 81회, 러시아 36회, 멕시코 30회, 영국 25회, 프랑스 12회, 독일 9회, 이탈리아 8회 순의 빈도를 보인다. 나머지 국가들은 1~2회 정도의 출현빈도를 나타낸다. 표7은 고빈도를 보이는 6개국을 정리한 것이다. 참고로 괄호 속 숫자는 해당 국가명의 작품당 출현빈도 평균값을 나타낸다. 이런 통계 값 또한 DGDN을 활용하면 손쉽게 얻을 수 있다.

[표 7] 신소설의 국가명 출현빈도

국가명 어휘	출현 빈도		합계
	애국계몽기 작품군	일제강점 후 작품군	
일본	102 (4.6)	90 (2.6)	192
중국	42 (1.9)	85 (2.5)	127
미국	66 (3.0)	15 (0.4)	81
러시아	9 (0.4)	27 (0.8)	36[22]
멕시코	7 (0.3)	23 (0.7)	30[23]
영국	4 (0.2)	21 (0.6)	25

[표 7]에서 우선 눈에 띄는 점은, 신소설에서 가장 자주 언급된 6개국 중에 서구 국가는 미국과 영국, 여기에 러시아를 포함한다 해도 3개국 정도이다. 3장에서 살펴보겠지만, 신소설에서 러시아는 전혀 문명개화의

나라로 그려지지 않는다. 게다가 고빈도 1,2위는 비서구권인 일본과 중국이다. 신소설하면 서구적 문명개화를 주제로 하는 소설이라는 생각이 널리 유포되어 있지만, 실제로는 신소설에서 문명개화의 서구 국가들을 호출하는 비중이 별로 높지 않은 것이다. 신소설을 가족주의 서사의 전통에서 재해석하려는 최근의 논문들, 예컨대 이인직의 <혈의 누>가 창작의도에서는 근대계몽 담론을 지향하지만 실제 텍스트는 가족주의 서사로 변질되었다는 연구[24] 등은 이런 사실과 관련된다. 그동안 주목하지 않았던 작품들로 범위를 넓혀가면서 신소설의 주제나 내용을 새롭게 연구할 필요가 제기된다.

둘째, 같은 서구권이면서 문명개화의 대표국가인 미국과 영국의 출현 빈도가 서로 반대 방향으로 움직인다는 사실도 주목된다. 즉 미국이라는 국가명은 일제강점 후 작품군에서 출현빈도가 감소하는 반면, 영국은 오히려 증가한다는 사실이다. 괄호 안의 작품당 빈도 평균값을 비교해 보면 미국의 감소 현상이 보다 확연하게 드러난다. 우선 일본도 미국처럼 일제강점 후 작품군에서 국가명 빈도가 많이 줄어든 것을 확인할 수 있는데, 일본과 미국이 어떤 동일한 원인에 때문에 빈도의 감소를 보이는 것일까? 그런 것 같지는 않다.

일본의 경우는 국가명 빈도는 감소하지만 동경, 마관, 횡빈 등의 하위 지명 빈도는 증가하는 현상을 보이는데, 이는 일제강점 후 일본이 타국으로서가 아니라 같은 테두리 내의 지역, 즉 일본을 내지(內地)나 본방(本邦)으로 생각하는 식민정책의 영향 때문으로 볼 수 있다.[25] 즉 국가명이 일반적으로 타자로서 외국을 호출하기 위한 이름이라고 볼 때, 일본은 더 이상 타자로 호출되어서는 안 되는 존재가 되었던 것이다. 이와는 달리 미국의 경우는 국가명 빈도와 함께 도시명 빈도도 크게 감소하는 현상을 보인다. 이는 문명국의 표상으로서 미국에 대한 거부현상의 일종일 수 있다. 왜 그런 거부현상이 나타났는지, 영국의 출현빈도가 증가하는 것과는 무슨 관계가 있는지에 대해서는 3장에서 다시 다루기로 하겠다.

셋째, 중국과 관련하여 흥미로운 사실 하나는, 신소설에서 중국은 국가보다는 중국인에 대한 관심이 훨씬 높게 표명되고 있다는 점이다. 즉 중국의 경우는 국가를 직접 언급하지 않고 '청인(淸人)'[26]이라고 하여 중국 사람이 언급되는 경우가 많다. 일제강점 후 작품군에 중국의 국가명은 총85회 등장하는데 그중에서 54회가 '청인(淸人)'의 형태로 언급되고 있다. 이는 애국계몽기 작품군에서도 비슷한 현상을 보였다. 총 42회 중 21회가 '청인(淸人)'의 형태로 나타난다. 이는 당시 중국 즉 청(靑)이라는 국가의 정체성이 혼란스럽게 인식되었던 것과 관련이 있는 것으로 보인다. 청은 이미 1800년대 말쯤에는 야만적인 구습에서 벗어나지 못하는 동양의 한 부분에 지나지 않은 것으로 인식되기 시작했다.[27] 즉 세계의 중심으로 인식했던 중국이 서구 앞에서 맥없이 무너지는 현실 앞에서 중국에 대한 믿음이 현저히 떨어지게 되었다고 볼 수 있다. 그럼에도 불구하고 당시 조선의 입장에서는 전통적인 강국으로서 중국의 이미지를 쉽게 지워버릴 수 없었을 것이고, 그것이 중국인에 대한 개인적 믿음과 신뢰의 형태로 잔존한 것이라고 볼 수 있다. <혈의 누>에서 옥련 일행에게 친절한 도움을 베푸는 '마차 탄 청인'이나 <월하가인>에서 심진사가 멕시코를 탈출하여 미국으로 건너가도록 도움을 주는 '왕대춘'이라는 청인이 그런 사례라고 할 수 있다.

넷째, 신소설의 외국 인식에서 아프리카나 남아메리카에 속하는 국가는 거의 나타나지 않는다는 사실이다. 이집트(애굽)가 유일하게 나오는 국가명으로 확인된다. 국가명 층위뿐만 아니라 하위지명 층위에서도 이곳의 지명은 전혀 등장하지 않는다. 대신 '사하라', '희망봉', '딘보라소' 등의 자연지명이 한두 차례 등장한다. 그런데 이 지명들은 모두 서양인에 의해 발견되어 의미가 부여된 자연지명이라는 공통점이 있다. 예컨대, 안데스산맥의 화산지대인 딘보라소(침보라소)는 서양인 훔볼트가 탐험을 통해 그곳에 대한 과학적 관찰 기록을 완성함으로써 유럽적 세계관 속으로 포섭되었던 지역이다. 하지만 신소설의 세계인식 지형도가 그런 지역에까지 넓혀지지는 않는다. 그런 지역은 "남아미리가주 딘보라소 활화산 화렴 치밀듯 흐야"(추월색, 9)와 같은 비유적 표현 속에서 단편적으로 언급될 뿐이다.

이번에는 하위지명 층위를 살펴볼 차례이다. 하위지명으로는 각 나라의 도시명과, 만주, 하와이, 시베리아, 북해도 등의 지역명이 주로 나타난다. 그밖에 도시 내의 세부지명들이 간혹 나타난다. 도시명으로서 가장 출현빈도가 높은 것은 일본의 도쿄(105회)이다. 그리고 뤼순(44회), 오사카(40회), 워싱턴(23회), 상하이(14회), 시모노세키(14회), 요코하마(13회), 로마(12회), 런던(12회), 베이징(11회), 순의 빈도를 보인다. 일본과 중국의 도시들이 많이 등장하고, 서구 국가의 도시로는 워싱턴, 런던, 로마 등이 그나마 10회 이상의 빈도수를 보이는 도시들이다.

일본과 중국의 도시에 비해 서구 도시의 비중이 높지 않다는 사실이 우선 확인된다. 뿐만 아니라 서구의 도시명들은 한정된 작품에만 분포한다. 즉 미국의 도시명들(워싱톤, 시카고, 상항, 보스톤)은 총 29회 나오지만, <혈의 누>, <은세계>, <월하가인>에 집중 분포하고, 12번 나오는 런던도 <월하가인>에서만 여러 차례 등장할 뿐이다. 이 작품들은 모두 기존 연구자들이 주목했던 신소설의 핵심 작품들이다. 결국 하위지명에 대한 분석에서도, 국가명 분석에서와 동일하게, 신소설이 근대문명의 표상으로서 서구에 대한 깊은 동경을 갖고 있었다고 하는 판단이 편파적인 작품 분석에 따른 결론이 아닐까 하는 의구심이 든다. 도시 내의 세부지명을 확인하다 보면, 이런 의구심은 더욱 강해진다. 신소설에는 '국정구', '하곡구', '기판정' 등의 도시 내의 행정지명이나, '상야공원', '천초공원' 등의 공원지명, 그리고 '찬목정거쟝' 같은 세부지명들이 등장하는데, 이들은 모두 일본 도시들의 세부지명들이다. 서구 도시 내의 세부지명들은 신소설에 전혀 등장하지 않는다. 세부지명의 분포로 볼 때, 일본에 대한 서술이 어느 정도까지는 실제적 체험에 기반하는 데 반해, 서구 국가들에 대한 서술은 경험적 구체성이 전혀 확보되지 않은, 상상적 인식의 범주에서 이루어졌던 것이다. 한마디로 당대 신소설 작가들에게 서구는 아직 경험되지 않는 세계였다.

3. 서구 국가들에 대한 인식의 편차

신소설 <계명성>에는 동양이 서양을 능가하는 우월성을 지녔다고 주장하는 다음과 같은 대목이 나온다. 신부인과 논쟁하는 과정에서 구부인이 하는 말이다.

> 닉 소견에는 동양은 이왕 기명ᄒ얏고 서양은 방장 기명ᄒ야 동양은 로성ᄒ 사름 갓고 서양은 년소ᄒ 사름 갓ᄒ니 로성ᄒ 사름이 년소ᄒ 사름의 근력을 당치 못홀 듯ᄒ나 필경 능ᄒ 지혜와 깁흔 싱각은 로성ᄒ 사름이 년소ᄒ 사름보다 나흘 터이오

> — 계명성, 26~27

일반적으로 쓰이던 '개화'라는 용어 대신 '개명'이라는 용어를 끌어들여 관점을 달리해 볼 필요가 있음을 전제한 뒤, 동양은 서양보다 '능ᄒ 지혜와 깁흔 싱각'이라는 측면에서 우월하다고 주장한다. 한마디로 정신적인 측면만큼은 여전히 동양이 우월하다는 주장이다. 하지만 근대문명

을 앞세운 서양 바람은 그러한 수사로 잠재울 수 있는 것이 아니었다.

당시의 신문 매체에서 서구는 문명과 개화, 부요와 부강, 제국주의 패권국가28)로 소개되고 있었다. 그들은 동양과 비교하여 훨씬 우월한 문명 세계로 표현되었다. 서구에 대한 이런 긍정적인 담론들은 신소설에서도 그대로 재현된다는 것이 지금까지의 일반적인 생각이었다. 하지만 실제로 신소설 분석에서 드러난 서구 국가들에 대한 인식은 상상적 인식의 범주에 머물러 있었고, 또한 신소설 전반에서 서구 세계가 두루 등장하는 것도 아니다. 서구 국가가 모두 근대적 문명국의 표상으로 등장하지도 않았다. 신소설의 서구 인식에는 국가별 편차가 드러났으며, 같은 국가도 시기에 따라 다르게 인식되는 것이 확인된다.

우선, 미국은 신소설에 가장 많이 등장하는 서양 국가로, 미국에 대한 인식과 태도는 대체로 호의적이다. 하지만 일부 작품에서는 부정적 인식을 드러내기도 한다. 그리고 무엇보다도 미국은 애국계몽기 작품군에 비해 일제강점 후의 작품군에서 언급되는 횟수가 현저하게 줄어들고 있다. 이는 2장에서 이미 밝혔다.

미국 선박이 조선 해안에 처음 나타나기 시작한 것은 1800년대 후반이었다. 그 무렵 조선의 위정자 혹은 지식인들은 중국으로부터 유입된 『해국도지』, 『영환지략』 등 세계 인문지리서를 구해 볼 수 있는 상황이었다. 특히 최한기는 이런 도서들을 참작하여 1857년에 『지구전요』를 편찬했는데, '북아묵리가 미리견합중국'의 자연 경제 지리 정치 역사에 대해 자세히 기록했으며, 정교한 지도도 실었다. 그런데 『지구전요』나 『해국도지』 등은 미국이 부강하면서도 공평한 나라라는 호의적인 미국관이 깔려 있었다. 일부 위정자와 지식인들 사이에는 은연중에 미국에 대한 우호적인 감정이 유포되어 있으리라 짐작할 수 있는 대목이다.29)

그후 신미양요로 인해 한미 양국 간에는 한때 상호 불신과 대립이 심화되기도 했지만, 1882년 한미수호조약 체결 무렵 고종을 비롯하여 정계 내에서는 다시 호의적인 미국관이 형성되었고, 한국과 국교를 체결한 최초의 서방국가가 된 미국에 대해서 조선은 커다란 기대를 걸었다. "한국은 자신의 독립이 유린될 때에는 이를 막아줄 수 있는 국가로 다른 어느 나라보다도 미국에게 구원을 요청할 권리를 갖는다는 말을, 한국에 거주하는 미국의 외교관들과 민간인들은 수없이 되풀이했다. 대한제국 말기의 지배 계급 중에는 미국을 '큰 형님(big brother)' 정도로 생각한 사람들이 적지 않았다."30) 당시 『한성순보』나 『독립신문』 등의 매체에서도 미국을 '믿고 의지할 만한 신의 나라'로 표현하는 등 호의적인 논조의 기사를 실었다.

애국계몽기의 신소설 작품군에서 볼 수 있는 호의적인 미국관은 이런 인식의 연장선에 있었다고 볼 수 있다. 신소설에 등장하는 미국은 농장 살림이 풍족하고 도시 재정이 풍부하며 제도가 잘 정비된 나라였다. 심지어 <혈의 누>의 여주인공 옥련의 꿈에 등장하는 미국산 사과는 보통 사과보다 크기가 훨씬 큰 것으로 그려진다. 이는 미국의 물산이 풍족하다는 상징처럼 읽힐 수 있다. 무엇보다도 신소설 속의 미국은 정신적 측면에서도 우월한 나라이다. <은세계>에서 오갈 데 없는 옥순 남매를 거두어 가르치고 그들이 귀국할 때 여비를 기꺼이 내어주는 '씨엑기 아니쓰' 같은 고귀한 정신의 소유자가 사는 나라가 미국이다. <고목화>에서는 미국이 '야박ᄒ고 경솔ᄒ기로 픠호하얏던 ᄉ룸'까지도 '힝실을 낫낫치 회기하고 도덕군ᄌ'(고목화, 115)를 만드는 나라로 서술된다. 기독교 교리의 독실한 실천국이라는 데서 그런 힘이 나온다는 것이다.

미국이 물질적으로 뿐만 아니라 정신적으로도 우월한 나라라는 인식이 바탕에 있었기 때문에, 애국계몽기 신소설 작품군에서 미국은 신소설의 인물들이 선택하는 제일의 유학 대상국이 되었다. 이인직의 <혈의

누>에서 옥련과 구완서, 그리고 옥련의 아버지 김관일이 유학을 갔던 나라는 미국이었다. 세대를 막론하고 미국이 배움의 대상국으로 등장하였다. 이해조의 <모란병>에서 미국은 수복이 내외가 유학을 위해 어머니까지 대동하여 반이하는 나라였다. 신소설 주인공들은 주로 미국에서 의학과 상업 등을 공부한다. 예컨대 <고목화>의 조박사는 워싱톤에서 의학을 공부했고, <두견성>의 강과천의 아들은 보스톤 상업학교에 유학했다. 미국은 실용 학문이 발달한 나라도 그려짐으로써, 지식 수용이 학문적 태도보다는 실용적 태도에서 고려되었음을 알 수 있다.

하지만 미국이 신소설에서 항상 긍정적 이미지로 그려졌던 것은 아니다. 애국계몽기 작품군에 속하는 <송뢰금>에서 미국은 농장의 노동자를 충원하기 위해 백성들을 속여 사가는 나라로 서술되고 있다.

[우] 농업이야 아맛 영성홀 터이지 롱민이 미국으로 가는 것을 보면
[군] 무식혼 빅성이 모로고 가지요 져희가 엇지 속니를 알고
[근] 무슨 속니가 잇슴닛가
[군] 미국 놈이 사 가는 것이지
[근] 진실로 그러면 왜 금치 안이심닛꼬
[군] 내가 권리가 잇소
[근] 외부에 보고를 ᄒ시지요
[군] 내가 원 노릇을 멧칠이나 ᄒ려고 그려겟소 (송뢰금, 45)

인용문은 근암과 우초가 고을을 다스리는 군수의 술자리에 원치 않게 불려간 상황이다. 농민들이 미국으로 자꾸 가는 일이 화제에 오르자, 군수는 미국 놈들이 속여 사가는 것인데 백성들은 무식해서 그런 줄도 모른다고 말한다. 하지만 군수는 자리보전을 위해 이에 대해 아무런 조치를 취할 수 없다고 한다. 어쨌든 군수의 입을 통해 전달되는 미국의 부

정적인 이미지는 한층 무게감 있게 다가오는 것이 사실이다. 하지만 <송뢰금>에서 군수가 보여주는 부정적 미국 인식은 신소설 텍스트에서 예외적 사례에 속한다.

미국은 1905년 태프트-카츠라 밀약을 통해 조선을 일본에게 내맡기는 결정을 했다. 하지만 고종은 이후에도 이런 사정을 모른 채, 을사늑약의 부당성을 알리며 미국에 도움을 호소하는 등의 외교적 노력을 멈추지 않았다. 한마디로 애국계몽기 한국의 미국 인식은 국제정치적 현실이 제대로 반영되지 않은 기형적인 것이었다. 그리고 애국계몽기 신소설은 현실에서의 기형적인 대미 인식과 궤를 같이 하며 여전히 미국을 부강하고 공평하며 배워야 하는 나라로 그려냈다.

그러나 1910년의 국권 상실의 경험은 미국에 대한 의존을 허망하게 만들었다. 우리의 독립이 유린될 때 구원을 요청할 수 있는 나라라는 미국에 대한 기대는 한갓 헛된 것이 되었다. 기대하는 마음이 컸던 만큼 실망감도 컸을 것이다. 일제강점 후 신소설 작품군에서 미국이라는 기호의 출현이 급감했던 것은 미국에 대한 실망이 신소설에 반영된 결과라고 볼 수 있다. 미국은 옥순 남매를 도와주던 은인의 나라가 더 이상 아니었고, 오히려 '노동자를 때리고 착취하는 나라'(요지경, 30) 즉 제국주의적 이미지로 그려졌다. <송뢰금>의 군수가 파악하고 있었던 미국이 세상에 실체를 드러낸 것이다. 일제강점 후의 신소설에서 미국은 더 이상 부강하고 고결한 문명개화의 표상일 수 없게 되었다.

문명개화국의 표상으로서 미국에 대한 기대가 실망감으로 스러지자, 새로운 문명의 표상이 필요해졌다. 비록 국가가 식민지 상태로 전락했지만 새로운 국가 건설의 꿈을 포기할 수는 없었기 때문이다. 그렇다면 미국을 대신하여 근대국가의 새로운 표상 역할을 해 줄 대상이 필요해진다. 신소설 분석 결과를 해석하다 보면, 그 자리가 영국으로 넘어간 것이 아닐까 하는 생각에 이르게 된다. 합병 이후의 작품에서 영국이라는 국가명 기호의 출현이 크게 증가하였기 때문이다. [표 8]을 보면, 영국에 대한 언급은 애국계몽기 4회에서 일제강점 후 21회로 크게 증가하고, 영국을 언급하는 작품 수도 10작품으로 크게 증가하였다는 것을 확인할 수 있다.

[표 8] 미국·영국 관련 지명이 등장하는 신소설

	미국	영국
애국계몽기 작품군	9작품(고목화, 모란병, 빈상설, 송뢰금, 은세계, 계명성, 귀의성(상), 금수회의록, 혈의누) 66회	4작품(모란병, 송뢰금, 계명성, 금수회의록) 4회
일제강점 후 작품군	4작품(두견성(상), 요지경, 월하가인, 강상촌) 15회	10작품(구의산(하), 두견성(상), 두견성(하), 옥호기연, 안의성, 요지경, 월하가인, 추월색, 공진회, 금강문) 21회

하지만 당시 한국에게 영국이 미국보다 특별히 나을 것은 없었다. 미국이 그랬던 것처럼, 영국은 2차 영일동맹(1905. 8)을 체결하여 인도 지배를 보장받는 대신 일본의 한국 지배를 인정해 주었다. 한국을 놓고 미국과 영국은 일본과 동일한 거래를 하였던 것이다. 그럼에도 불구하고 신소설에 반영되기는 미국에 대한 실망감이 훨씬 컸다. 19세기 후반부터 가져왔던 미국에 대한 신뢰와 기대가 컸던 때문이 아닐까 생각된다. 하지만 이것이 일제강점 후의 작품군에서 영국명 출현빈도 증가에 대한 설명이 되기는 부족하다.

영국은 메이지 일본이 최상의 문명국으로 간주하던 나라였다. 영일동맹을 체결했을 때 일본은 "세계 제일의 제국인 영국과 대등한 조약을 체결했다는 자부심을 느끼기"[31]도 했다. 1900년에 나쓰메 소세키가 최초로 영국 국비 유학 길에 올랐던 것도 이런 맥락 속에서 가능했다. 영국에 대한 일본 내의 이런 분위기가 합병이 되자 좀더 쉽게 국내로 유입될 수 있었고, 신소설에 영국명 출현빈도의 증가로 이어졌을 가능성도 없지 않다. 어쨌든 일제강점 후의 신소설 작품군에서 영국은 미국보다 더 자주 근대문명국의 표상으로 등장하였다. 그렇다면 영국은 신소설에서 어떤 나라로 표상되었을까?

영국의 표상은 미국과 별반 차이가 없다. 영국은 상업과 도시의 문명이 발달한 근대 문명국가로 그려진다. "쌍에는 철로가 빈틈업시 노이고 흐늘에는 전선이 거미줄갓치 얼켯스며 넓고 넓은 길에 마츠 자동츠 자전거는 여긔셔도 쓰르를 져긔셔도 쑬쑬ㅎ고 십여 층 벽돌집은 좌우에 정영ㅎ며 각식 공장의 연긔 굴둑은 밀집 드러셔듯 총총ㅎ야 그 굉장훈 풍물이 영창의 눈을 놀러니 그곳은 영국 셔울 「론돈」이오"(추월색, 61) 이처럼 런던 시가에서 마주치는 근대문물은 그대로 영국의 표상이 된다. 뿐만 아니라 영연방 국가인 호주를 "세계에 제일 화려ㅎ다는 시가와 셰계에 제일 풍부ㅎ다는 물산"(안의성, 139)을 가진 나라로 서술하여 영국의 연장선에서 인식한 것을 확인할 수 있다.

또한 영국은 미국처럼 학문이 발달한 유학의 대상 국가로도 많이 등장한다. 영국은 <두견성>의 춘자와 혜경의 계모가 유학했던 나라이고, <추월색>의 김영창이 유학했던 나라이다. 그리고 <금강문>의 이정진이 유학하고자 했던 나라도 영국이다. 그런데 여기서 한 가지 흥미로운 사실은, 미국이 주로 의학과 상업에 관한 학문을 배우는 유학국으로 인식되었다면, 영국은 인문학이 발달한 나라로 그려진다는 점에서 특이하다. 즉 <금수회의록>에서는 영국 문학박사의 말이 인용되고, <추월색>에서 김영창은 영국의 문과대학을 졸업한 것으로 등장한다. 이는 나라를 잃어버린 상황에서 의학과 상업 같은 부국강병을 위한 실용학문이 더 이상 불필요해졌다는 인식과 관련이 있는 것으로 볼 수 있다. 더불어 1910년대 유학생들이 전체적으로 소설과 철학에 취미를 가진 이들이 많아 문약(文弱)에 흐르는 폐단이 생겼다는 당대적 논의[32]와도 통한다.

미국과 영국은 문명개화의 대표적 표상으로 우리가 모방해야 하는 우월한 타자로 제시되었다. 이에 비해 다른 유럽 국가들은 어떤가? 한마디로 다른 유럽 국가들에 대한 인식은 제각각일 뿐더러 부정적인 요소도 무시할 수 없다. 우선 러시아는 전쟁(군사)이나 전제정치와 연결되어 있다.

> 함진희 마누라의 무당 죠화혼드는 소문을 듯고 엇더케 호면 혼번 어울녀 들어 그 집 세간을 홀죽호도록 쌀아먹을쏘 호고 아라사 피득황뎨가 동양졔국을 경영호듯 호던 츳에 함진희 집에셔 불은드는 말을 듯고
>
> — 구마검, 13~14

금방울이 무당을 좋아하는 함진해 마누라를 속여 그 집 세간을 다 들어먹으려고 궁리하는 것을 러시아의 피득황제가 동양 제국 경영하는 것에 비유하고 있는 장면이다. 그만큼 러시아에 대한 부정적 인식을 반영하고 있다. 뿐만 아니라 러시아는 영국, 미국과는 달리 전제정치를 행하여 인민의 권리가 조금도 진보되지 않은 나라(설중매, 8)로 서술되거나 그것도 아니면 '아라사 군인'(두견성 하), '아라사 파라적 함대'(송뢰금), '아라사에 대하여 선전을 포고하고'(공진회) 등에서 볼 수 있는 것처럼 군사와 전쟁에 관련된 기술이 대부분이다. 심지어 <은세계>에서는 우리나라의 입장에서 러시아 세력이 뻗어나오는 것을 틀어막아야 한다고 말하기도 했다. 한마디로 신소설에 등장하는 러시아는 문명개화의 이미지와는 관계가 멀고, 부정적인 인식이 지배적이다. 러시아와 비슷하게 독일

도 전제정치를 행하는 나라(설중매), 전쟁을 일으킨 나라(공진회) 등의 부
정적 인식이 먼저 눈에 띈다.

> 구라파에셔도 영미졔국은 동등권리의 쥬의를 힝ᄒ고 호올로 압제를
> 쥬장ᄒᄂᆫ 덕국과 아라스 등 국에ᄂᆫ 전제졍치를 힝ᄒ야 힝법상에ᄂᆫ 편리
> ᄒ나 인민의 권리ᄂᆫ 조곰도 진보되지 못ᄒ얏스니 여러분은 우리나라 졍
> 치 기량을 영미졔국을 본밧을지오 덕국과 아라스 갓치 젼제졍치를 힝치
> 말지어다
>
> — 설중매, 8~9

인용문에서는 독일을 러시아와 함께 묶어 영국, 미국과는 달리 전제정
치로 인민의 권리가 진보되지 못한 나라로 설명하고 있다. 근대 문명국
이라는 우월한 타자의 이미지를 독일, 러시아에서는 찾기 힘들다. <혈의
누>에서는 우리나라가 문명 강국이 되기 위해서는 독일국처럼 연방국
이 되어야 한다고 하여, 독일에 대한 긍정적 인식을 보인 경우는 조금
예외적인 경우로 볼 수 있다.

프랑스는 국가에 대한 표상보다는 프랑스 물건이나 사람 혹은 프랑스
어 등에 대한 단편적 언급이 주로 나타난다. 프랑스에서 만들어진 살죽
경(샐쭉경)은 개화인의 상징처럼 받아들여졌고, 프랑스 사람들은 자립심
이 강하고 개명한 사람들로 설명되고 있다.

이탈리아에 대한 서술에서는 조선과 같이 반도국가라는 지리학적 지
식이 동원되기도 하였다. 당시 반도는 "海洋的 感化 陸地的 變化의 集合
所가 되ᄂᆫ 故로 文明의 發達과 人類의 變化가 極히 便利ᄒ니 要컨딘 半島
ᄂᆫ 文明의 發生地오 文明의 橋梁"33)이라고 설명되었다. 이런 점에서
<옥호기연>의 막동이가 탈옥하여 몸을 피한 나라가 반도국가인 이탈리
아라는 점은 의미심장하다. 그는 "이퇴리라 ᄒᄂᆫ 나라가 반도국(半島國)으

로 조선과 흡사ᄒ다"(25쪽)는 점을 들어 이탈리아로 향한다. 막동이는 그곳에서 초라한 현재의 이탈리아와 웅장하고 화려했던 로마 시절의 이탈리아를 목격한다. 그런 대비를 통해 막동이는 법률제도가 마련되고 민권이 확립된 이탈리아의 역사를 상고하면서 자신의 잘못을 회개하는 계기로 삼는다. 당시의 담론 상에서 문명의 발상지이자 요충지로 호출되던 반도국가 이탈리아34)에서 자신의 잘못을 회개하고 다시 태어나는 막동이를 통해 같은 반도국가인 조선의 화려한 문명 갱생을 바라고 있는 듯하다. 이탈리아는 <옥호기연>에서 근대문명국이라기 보다는 오래된 문명국이며, 완전한 타자의 모습으로 상상되는 다른 서구 국가와는 달리 자아를 반추하는 특이한 성격의 나라로 상상된다.

그밖에 스위스, 네덜란드, 덴마크, 스페인 등의 다른 서구 국가들은 근대문물과는 상관없이 자연경관이나 풍물을 구경하는 여행지로만 거론되며, 언급되는 회수도 극히 제한적이다.

> 파리 빅림 피득보 등의 장결혼 시가를 열역ᄒ고 셔셔의 세계 명승디라 칭ᄒ는 빙ᄒ공원의 긔관이며 기타의 화란 졍말 셔반아 이티리 등의 풍물을 곳곳이 구경ᄒ고 영국 슈부 론돈의 장관을 유람ᄒ 후 쏘ᄒ 아불리가로 항힝ᄒ야 사하라 스막(沙漠) 희망몽 산믹을 바라보고 연초산지 익급과 열강의 점영 지졔 부락을 낫낫치 구경ᄒ고
>
> ― 안의성, 139

인용문에서 볼 수 있는 것처럼 프랑스의 파리, 독일의 베를린, 러시아의 페테르부르크, 영국의 런던 등에서는 시가 모습의 장관을 구경하지만, 네덜란드, 덴마크, 스페인, 이탈리아에서는 단순히 그곳의 풍물을 구경한다고 하여, 이들을 구분 짓고 있다.

한편 신소설에 나타난 약소국에 대한 인식은 네덜란드, 덴마크, 스페

인 같은 서구 국가들에 대한 인식과 비슷한 양상을 보인다. 이들 약소국은 여행 중 잠시 들러 열대의 동식물이나 빙하공원과 같은 자연경관 위주로 구경하는 대상이 되거나, 혹은 지역 특산물과 연결된 언급이 전부이다. 예컨대 "익급 권연을 손 삿혜다 비스듬이 찌고"(빈상설, 80), "연초산지 익급"(안의성, 139), "아리목 몽고요 우에 안진 부인"(치악산 상, 168) 등은 특산물과 국가를 연결한 표현의 사례들이다. 약소국들의 쇠망에 관한 불행한 역사에 공감하고 이를 통해 한국 현실을 반성하고 경종을 울리려고 했던 애국계몽기의 신문매체나 단행본 책자에 나타나는 약소국 인식35)과는 많은 차이를 보이는 부분이다.

4. DGDN 구축의 필요

본고는 신소설에서 외부세계 즉 외국이 어떻게 인식되었는지 점검해 보려 했다. 이를 위해 소설 지명정보 데이터베이스(DGDN)을 가상으로 활영하여, 신소설 56편에 등장하는 외국지명들을 애국계몽기 작품군과 일제강점 후 작품군으로 나누어 조사한 후, 여러 측면을 분석하였다. 그 결과 연구 설계 초기에는 예상하지 못했던 흥미로운 결과들을 적지 않게 얻을 수 있었다.

예컨대, 애국계몽기에서 1910년대로 넘어가면서 신소설의 외국 관련 지명어휘가 현저히 감소한다는 사실, 신소설 전체로 볼 때 미국을 포함하여 문명개화를 상징하는 서구 국가 관련 지명의 비중이 생각만큼 높지 않다는 점, 미국 관련 지명의 출현빈도는 일제강점 후 작품군에서 현저히 줄어드는 반면 영국 관련 지명은 오히려 증가하는 현상, 하위지명 층위의 세부 지명들은 오직 일본 관련 지명만 등장하고, 중국의 경우는 국가보다 개인 즉 청인(清人)의 형태로 언급되는 비중이 훨씬 높다는 사실 등은 지금까지 신소설 연구에서 한 번도 밝혀지거나 거론되지 않은 사실들이다. 본고는 도출된 결과에 대한 해석도 시도했다. 신소설의 외국지명 통계 분석이 왜 그런 결과들을 보여주는지 당대의 사회문화적 상황 속에서 의미를 읽어내려 했다. 이를 통해 실제현실의 변화상을 설명하는 데 있어서 신소설이 의미 있는 텍스트가 될 수 있음을 알게 되었다.

본고의 시도는 이후 일부 보완되거나 추가 연구가 필요한 부분이 있다. 우선 분석대상 작품 수를 늘려 볼 필요가 있다. 본고는 전체 신소설의 1/3 정도에 해당하는 56편을 분석대상으로 삼았는데, 최소 100~120여 편까지 분석대상을 늘려 잡음으로써 보다 정확하고 객관적인 분석 데이터를 확보할 필요가 있다. 이를 위해서는 '소설 지명정보 데이터베이스(DGDN)'의 구축이 선행되어야 할 것이다.

도출된 분석 결과를 해석하는 일도 보다 정밀하게 진행해야 한다. 본고에서는 분석 결과의 해석을 추론의 수준에서 더 이상 밀어붙이지 못한 경우도 있었다. 예컨대 일제강점 후 작품군에서 영국 관련 지명의 증가 현상에 대해서는 그렇게 된 이유를 근거와 함께 제시하지 못했다. 그리고 신소설에서 가장 많은 지명이 등장하는 일본과 중국에 대해서는 정작 본격적으로 다루지 못했다. 이런 문제들은 다른 지면을 통해 보완하거나 다른 연구자들의 추가 연구를 기대해야 하는 부분이다.

제3부　미주

1) 지구상의 모든 장소는 여러 이름으로 불린다. 즉 모든 장소는 포괄 범위가 다른 다양한 행정지명을 갖는다. 필자가 현재 있는 곳은 경기도이면서 성남시이면서 분당이고, 또한 운중동이다. 뿐만 아니라 역사적으로 볼 때 한때는 한산주로, 한때는 광주군으로 불렸다. 또한 아주 구체적으로는 한국학중앙연구원, 혹은 연구원이라고도 불린다.

2) 김태준 편저, 『문학지리·한국인의 심상공간』 상·중·하, 논형, 2006.

3) 이 글에서 사용하는 '기술'이라는 말은 모두 description을 의미한다.

4) 본고에서 논하는 모든 데이터의 기술 원칙이 그렇겠지만, 지명 속성 역시 실제적인 초기 구축 과정의 결과를 통해 일부 변경될 수 있다.

5) 김현·임준근, 「향토문화 하이퍼텍스트 구현을 위한 XML 요소처리 방안」, 『문화콘텐츠와 지역문화』, 한국향토문화전자대전 편찬사업을 위한 2006년도 하반기 심포지엄 자료집, 2006. 11. 18, 200쪽.

6) 김승옥의 <무진기행>의 '무진'은 실제하지 않는 상상의 지명이고, 김정한의 <사하촌>에 등장하는 '성동리', '보광리' 등은 우리나라 여러 곳에 실제하는 지명이지만 특별히 어떤 곳이라고 확정할 수 없는 지명이다.

7) 김하기의 <복사꽃 그 자리>에 등장하는 '용늪'에 대한 서술정보를 보이면 다음과 같다. "용늪은 수천년 동안 쌓인 식물부식층 위를 물이끼와 산사초가 그물처럼 감싸는 구조로 되어 있다. 용늪 위로 뛰면 마치 텀블링처럼 용늪 전체가 출렁거리면 탄력을 얻는다. 이 용은 폭우와 거센 바람에도 배를 뒤치며 출렁거린다." "해준 일행은 대암산 용늪에서 돌산령을 넘어 신무홍이 사는 해안마을로 넘어갔다"

8) 북한산 아래에 있는, 소의 귀처럼 생긴 봉우리 아래 동네라는 의미의 '우이동'은 행정구역상 수유4동에 포함되어 있다. 얼핏 행정지명으로 착각하기 쉽다.

9) 김하기의 <복사꽃 그 자리>에 등장하는 '펀치볼'에 대한 서술정보를 보이면 다음과 같다. "철책선 바로 밑에 있는 저 해안마을은 반조직으로 이루어진 전략촌으로 일명 펀치볼이라고 합니다."

10) 김동리, <역마>, 『20세기 한국소설』 10, 창비, 2006, 126쪽.

11) 김재영, <십오만 원 프로젝트>, 『실천문학』 82호, 2006년 여름호, 426쪽.

12) 이와 관련하여 단국대 한국문화기술연구소에서 진행하고 있는 "한국 현대문학 지형의 데이터베이스 구축 및 실용화 방안 연구" 프로젝트는 주목해 볼 만하다. 이는 문학작품의 내재적·외재적 공간성에 주목하고 작품 창작 현장을 직접 답사하여 문학의 현장자료를 수집하고 체계화한다는 목표로 진행되고 있다.

13) 오정희의 <중국인 거리>에 등장하는 "중국인 거리"는 띄어쓰기를 기준으로 하면 하나의 지명 요소라고 볼 수 없지만, 의미상 판단을 통해 '중국인거리'로 보고 하나의 지명 요소가 취급해야 하는 경우이다.

14) 물론, 지명의 출현빈도가 의미구조 상의 중요성과 언제나 일치한다고 볼 수는 없다. 하지만 출현빈도가 많은 지명은 작품의 의미구조에서도 중요한 역할을 한다고 보는 것이 필자의 가설이다. '소설 속 지명정보 데이터베이스'는 이 가설을 증명해 내고, 나아가 소설의 공간적 의미구조를 밝히는 데 다양한 효용성을 갖게 될 것이다.

15) 김재영, <십오만 원 프로젝트>, 『실천문학』 82호, 2006년 여름호, 431쪽.

16) '신소설 어휘사전 편찬 연구' 과제의 작품 선정 원칙을 간단히 정리하면, 첫째 1900년대부터 1910년대 말까지 단행본으로 출간된 적이 있는 작품, 둘째 한문소설 및 국한문소설은 제외하고 한글로 된 작품, 셋째, 번역 및 번안소설은 원칙적으로 제외하되 거듭 출판된 작품은 일부 예외를 둠. 이에 대한 자세한 내용은 다음 자료를 참고하기 바람(김병선, 「신소설 어휘사전 3차년도 연구 수행 내용」, 『신소설 어휘사전 편찬(Ⅲ) 연구결과 발표 자료집』, 2011. 11. 26.). 참고로, '신소설 어휘사전 편찬 연구' 과제에서는 총 59편의 작품이 선정되어 이를 대상으로 어휘사전 편찬 작업이 이루어졌다. 하지만 본 연구에서는 그중에서 <애국부인전>, <비행선>, <철세계> 등 3작품을 연구대상에서 제외하였는데, 이 작품들은 번역소설로서 특정한 외국 관련 지명들이 다량 포함되어 지명 분포 통계를 왜곡할 우려가 있다고 판단했기 때문이다. 반면 <계명성>, <금수회의록>, <설중매>, <두견성>, <재봉춘>, <현미경> 등을 비롯한 번안소설류는 분석대상에서 제외하지 않았다. 중심적 배경과 인물 설정이 한국식으로 번안된 작품은 번역 작품과는 달리 외국지명이 외국 인식의 문제와 직접 관련된다고 파악했기 때문이다.

17) 한기형은 1907년에서 1919년 사이에 출간된 신소설 작품을 130여 편으로 보았고, 오윤선은 총 180작품 303항목의 신소설 작품 데이터베이스를 만든 바 있다. 오윤선, 「신소설 서지 데이터베이스의 분석과 그 의미」, 『우리어문연구』 25집, 2005.

18) 임선애, 「이인직 소설과 미국의 재현양상」, 『한국사상과 문화』 33집, 2006 ; 임선애, 「신소설에 나타난 미국에 대한 인식 연구 : 이인직과 이해조의 소설을 중심으로」, 『한국사상과 문화』 35집, 2006 ; 존 프랭클, 『한국문학에 나타난 외국의 의미』, 소명출판, 2008, 241~264쪽.

19) (송뢰금, 13)은 <송뢰금>이라는 작품의 13쪽을 의미하며, 이하 작품 인용표기는 이런 형식으로 통일함.

20) 남상준, 「일제의 대한 식민지 교육정책과 지리교육」, 『지리교육논집』 17권 1호, 1986, 9쪽.

21) 강현조, 「필사본 신소설 연구 : 새 자료 필사본 '황금탑' '추풍감수록'을 중심으로」, 『현대문학의 연구』 42, 2010, 248~249쪽 참조.

22) 러시아 국가명 출현빈도는 일제강점 후 작품군에서 크게 증가하지만, 이는 <두견성>과 <우중행인>에서만 집중적으로 나타나서 통계적 의미를 부여하기 어렵다.

23) 멕시코는 국가명 출현빈도가 총30회로 비교적 높은 편에 속하지만, <모란병>(7회)과 <월하가인>(23회)에서만 나온다. 따라서 멕시코의 출현빈도 수치는 통계적으로 의미를 부여하기 힘들다.

24) 장노현, 「신소설 '혈의 누'의 서사전략과 텍스트의 균열」, 『어문연구』 71, 2012. 그밖에 가족서사의 관점에서 신소설을 분석하는 논문에는 다음과 같은 것이 있다. 이만영, 「이인직 신소설 연구 : 이인직 소설에 나타난 '가족 서사'를 중심으로」, 고려대학교 석사학위논문, 2011.

25) 신소설의 일본 인식의 문제를 종합적으로 연구한 사례는 의외로 아직 없다. 그렇기 때문에 합병 이후 일본이라는 국가명의 출현이 오히려 줄어드는 보다 구체적 이유나 해명은 다른 논문을 통해 밝혀야 할 것 같다.

26) '청인'이라는 어휘가 중국의 국가명 통계에 들어간 이유를 설명할 필요가 있겠다. 이는 '일본 사람', '미국 사람'이라는 표현에 들어있는 '일본'이나 '미국'이라는 어휘가 국가명 통계에 포함된 것과 같은 이치이다. 즉 청국 사람을 뜻하는 '청인'의 '청(靑)'을 국가명으로 보고 빈도에 포함시킨 것이다. 같은 이유에서 '일인(日人)'도 국가명 빈도에 포함되었지만 그런 경우는 사용빈도가 많지 않았다.

27) 피 제손, 「동양론」, 『대조선독립협회회보』 6호, 1897. 2. 15 참조.

28) 최기숙, 「교육 주체로서의 여성과 서구 유학의 문제」, 『여성문학연구』 12, 2004, 109쪽.

29) 한철로, 「멀고도 가까운 나라, 며리계·미리견합중국·미국─개화기 한민관계와 대미인식」, 『내일을 여는 역사』 12호, 2003, 18~20쪽 참고.

30) 신복룡, 「서세동점기의 서구인과 한국인의 상호 인식」, 『한국문학연구』 27, 2004, 89쪽.

31) 박지향, 「근대에서 반(反)근대로 : 일본의 대영(對英) 인식의 변화」, 『영국연구』 9호, 2003, 145쪽.

32) 필자 미상, 「일본유학생사」, 『학지광』 6호, 1915. 7, 15~16쪽.

33) 岳裔, 「지리와 인문의 관계」, 『대한흥학보』 10호, 1910. 2. 20, 29쪽.

34) 채상우, 「지리학적 상상력과 위생학의 문법 그리고 전구경쟁의 내면화」, 『한국문학연구』 24집, 2001.

35) 이민희, 「1900년 전후 개화기 신문에 나타난 약소국가 인식태도 연구」, 『대동문화연구』 46집, 2004. 참고 바람.

공동체 스토리텔링의 가능성을 찾다

생애사 스토리텔링과 지역문화공동체의 활성화 방안

1. 들어가는 말

최근 들어 지역문화공동체[1]에 대한 관심이 커지고 있다. 이를 활성화하려는 노력과 시도가 이어지고 있다. 문화체육관광부는 '**생활문화공동체 만들기 시범사업**'이라는 이름으로, 임대아파트 단지, 단독주택 밀집 지역, 농산어촌 등의 문화 소외 지역에서 지역문화공동체를 새로 구축하거나 강화하려는 프로젝트를 진행하고 있다. 마을공동체

> **생활문화공동체 만들기 시범사업**
>
> 문화체육관광부와 한국문화예술교육진흥원이 복권기금으로 추진하는 "2009 생활문화공동체 만들기 시범사업"은, 생활문화공동체 유형 확산을 위한 모델화 가능 사업과 기 형성된 공동체를 문화예술로 더욱 활성화시키는 프로그램을 지원하는 사업임.

에 희망을 걸고 이를 되살리고자 한다는 사단법인 '예술과 마을 네트워크'[2]의 활동도 지역문화공동체 활성화 노력의 일환에 해당한다. 이밖에도 많은 기관 단체들이 지역문화공동체 활성화에 관심을 갖고 여러 가지 실천적 노력을 하기 시작했다.

이런 노력들은 두 가지 측면에서 공통점을 지닌다. 하나는 관심의 대상이 작은 규모의 지역공동체라는 점이다. 대개 마을이나 자연부락처럼 생활 기반을 같이 하는 공동체가 여기에 해당하며, 도시지역에서는 조그

만 아파트 단지나 시장골목 등이 여기에 속한다. 다른 하나는 이런 노력들이 문화와 예술을 매개로 공동체를 만들어 나가려 한다는 점이다. 공동체 구성원들에게 문화와 예술에 대한 체험과 향유의 기회를 제공할 뿐만 아니라 직접 문화예술의 창작 활동에 참여할 수 있게 한다.

현재 진행되는 지역문화공동체 프로젝트는 대부분 연극, 음악, 미술 등의 다양한 문화예술 프로그램으로 구성된다. 그중에는 시극이나, 악극, 인형극, 뮤지컬 등과 같이 스토리텔링을 기반으로 하는 프로그램도 일부 포함되어 있다. 예컨대, 통영 섬마을 생활문화공동체 만들기 사업의 '시 창작을 통한 시 낭송과 시극 발표', 대전 중구 중촌동 생활문화공동체 만들기 사업의 '동네의 미담사례를 작품소재로 한 악극', '테마교육인형극', '청소년뮤지컬을 통해 동네방네 찾아가는 골목축제' 등의 프로그램 사례가 있다.

하지만 이런 공공적 프로젝트에서 스토리텔링의 활용이 본격화된 단계라고 보기는 어렵다. 스토리텔링은 소통의 문제와 직결되는, 소통을 위한 매개적 활동이다. 소통 없이 공동체는 존재할 수 없다. 소통은 공통의 관심사와 가치관 등을 확인하는 방법이고 공동의 문제의식에 접근하는 길이다. 주민들이 공통의 관심사와 가치관을 확인하고 공동의 문제의식에 접근했을 때 비로소 공동체가 형성될 수 있고, 공동체로서 생동하게 된다. 따라서 스토리텔링은 지역문화공동체 만들기에 필요한 가장 핵심적이며 기초적인 기술이 된다.

이 글은, 이런 인식을 바탕으로, 지역문화공동체의 구축과 강화 작업에서 스토리텔링을 어떻게 활용할 것인지를 질문하고, 그 방안을 모색해 보려는 시도로서 구상되었다. 이를 위해 우선 '공동체 스토리텔링'의 개념을 제안하였다. 공동체 스토리텔링을 활성화를 위해서는 다양하고 흥미로운 이야기 자원의 확보가 가장 시급한 과제인데 지역 주민의 개인생애사 자료의 확보를 통해 그 문제를 해결할 수 있음을 논의했다. 그리고 나서 실제 지역문화공동체 만들기 작업에서 지역 주민의 개인생애사 자료를 활용했던 성남문화재단의 '이야기북' 프로젝트의 진행과정을 소개하였다. 다음으로 '이야기북' 프로젝트의 성과를 간단히 짚어보고, 공동체 스토리텔링의 확산을 위한 과제로서 스토리 커뮤니티 구축의 필요성과 활용 방안을 논의하였다. 그리고 마무리 부분에서는 이러한 일련의 시도들이 문학의 확장을 위한 작지만 새로운 시도로서 의미를 가짐을 간단히 밝혔다.

2. 공동체 스토리텔링과 개인생애사

최근 들어 스토리텔링이 삶의 여러 영역에서 쓸모가 커지고 있다. 순수하고 자율적인 미적 가치의 구현에 집중했던 **소설이라는 근대적 스토리텔링 양식에서** 벗어나, 구체적인 삶의 현장과 직접 관련을 맺는 방향으로 스토리텔링이 변하고 있는 것이다. 현재진행형의 의미가 강한 스토리텔링이라는 용어가 기존의 서사라는 용어보다 광범위하게 사용되기 시작한 것은 이런 상황 변화를 반영한다.

> 소설이라는 근대적 스토리텔링 양식
>
> "근대 사회에서 소설을 포함한 예술은 근대성의 지배를 받으면서도 상대적으로 자율적인 제도적 가치 영역에 속한다. 근대 이전의 사회에서 예술은 지배계층의 생활 속에 융화되거나 속박되어 있었으나 근대로 접어들면서 실제 생활상의 목적에서 떨어져 나와 자율적이면서도 자기비판적인 양식이 된다. 미적 자율성이 근대예술의 기능 방식이 된 것이다." 김민수, 『이야기 가장 인간적인 소통의 형식』, 거름, 2002, 88쪽 참조.

예컨대, 비즈니스 영역에서는 소비자의 마음을 사로잡는 기술로 스토리텔링의 중요성을 한층 강조하고 있다. 이는 기업의 전략적 브랜딩 활동이나 경영 커뮤니케이션 활동 등에서 스토리텔링이 적극 활용되는 사례가 급속히 늘어나는 것으로 증명된다.[3] 이 밖에도 박물관, 미술관 등의 각종 전시 기획이나 스포츠 이벤트 기획, 에듀테인먼트 콘텐츠 영역 등에서도 스토리텔링의 적극적 활용이 모색되고 있다. 이처럼 스토리텔링의 쓰임새가 삶의 여러 구체적인 영역에서 새롭게 확인되고 있다.

하지만 스토리텔링의 중요성과 쓰임새가 이런 정도에서 그치는 것은 아니다. 스토리텔링은 이제 지역문화공동체를 만들기 위한 여러 기획 사업에서도 주목받고 있다. 이런 데서 활용되는 스토리텔링을 '공동체 스토리텔링'이라 부른다고 할 때, 공동체 스토리텔링이란 한마디로 지역공동체의 구축과 강화를 목적으로 행해지는 스토리텔링을 말한다.

> **공동체 스토리텔링**
>
> 게임 스토리텔링, 에듀테인먼트 스토리텔링, 광고 스토리텔링, 박물관 스토리텔링, 테마파크 스토리텔링 등 스토리텔링에 대한 다양한 개념이 난무하는 가운데 또 하나의 생경한 개념을 추가하게 된다는 염려를 무릅쓰고 "공동체 스토리텔링"이라는 용어를 제안하는 것은 이 용어가 여러 기관 단체들에서 이루어지고 있는 관련 사업들의 학문적 논의와 담론화에 필요하다고 생각하기 때문이다.

전통사회에서 가장 작은 모듬살이의 단위였던 마을 공동체는 당신화와 입향시조신화, 신앙전설과 선조의 인물전설 등의 설화를 구비전승하는 과정을 통해 공동체의식을 다지면서 유지 계승될 수 있었다.[4] 전통사회에서는 설화의 구비전승이 일종의 공동체 스토리텔링의 한 방식으로 작동하고 있었던 셈이다. 하지만 오늘날은 그런 전통이 대부분 사라지거나 붕괴된 상태이다. 지역문화공동체 프로젝트에서 공동체 스토리텔링이 다시 시도되고 있지만, 아직은 일부 문화기획자나 활동가들의 개인적 관심이나 시범적 시도 차원을 크게 벗어나지 못하고 있다.

오늘날의 문화 현장에서 스토리텔링은 대부분 소설가나 시나리오 작가와 같은 전문가들의 영역에 속한다. 그런데 생활 속의 이야기 현장을 분석한 신동흔은, 현장 이야기문화가 위축되고 소멸되어 가는 상황이 이야기꾼의 부재보다는 이야기 즉 레퍼토리와 이야기판의 부재에서 온다고 진단한 바 있다.[5] 이야기꾼의 자질과 능력을 갖춘 사람은 생활 주변에서 많이 찾아볼 있지만, 공동체 구성원의 관심과 흥미를 잡아챌 이야기 자원이 절대적으로 부족하며, 그렇기 때문에 흥성한 이야기판도 만들어지지 않는다는 지적으로 이해된다. 즉 이야기 자원의 확보와, 생활 속 이야기판의 복원을 위한 노력이 필요하다는 진단을 내놓은 것이다. 이야기 자원과 이야기판의 중요성은 한국콘텐츠진흥원의 '지역스토리텔러 양성 지원사업'6)을 통해서도 엿볼 수 있다. 이 지원사업의 세부 수행 내용은 지역 원천스토리 발굴과 지역 스토리텔링클럽 발굴 등으로 구성되어 있는데, 이는 각각 이야기 자원과 이야기판(스토리텔링클럽은 스토리텔러들을 위한 이야기판의 구실을 함)에 대응되는 항목들이다.

이런 진단에 따른다면, 공동체 스토리텔링의 활성화를 위해서는 다양하고 흥미로운 스토리 자원의 발굴이 급선무가 된다. 기업들이 강력한 브랜드 구축을 위해 스토리텔링을 활용하고자 할 때도 가장 먼저 수행하는 작업은 기업 내·외부의 스토리 데이터를 수집하는 일이다. 조직 내·외부에 퍼져있는 일상적인 스토리는 기업 브랜드 스토리텔링에 필요한 다양한 소재를 제공해 줄 수 있기 때문이다.7) 지역문화공동체를 위한 스토리텔링의 경우도 마찬가지이다. 우선 지역의 스토리 자원들을 수집해야 한다. 즉 지역 원천스토리 발굴이 중요한 것이다.

그렇다면, 지역문화공동체를 위한 스토리텔링에서 활용할 스토리 자원은 어떤 자질을 필요로 할까? 우선은 지역성을 반영하는 것이어야 한다. 지역문화와 지역민의 삶의 방식을 이해하는 데 도움이 되는 것이어야 한다. 둘째는 공동체 구성원들이 쉽게 이해하고 받아들일 수 있으며, 주변에서 손쉽게 수집·발굴이 가능해야 한다. 마지막으로 서사적인 흥미와 재미를 갖추고 있어야 한다. 그러면 이런 조건에 부합하는 지역 이야기 자원으로는 어떤 것이 있을까?

우선, 해당 지역의 변천과 지역민의 삶의 내력을 알려주는 지역사 혹은 문화 관련 정보가 있을 수 있다. 이런 류의 스토리 자원은 각 시군에서 편찬하는 시군지들에서 손쉽게 찾아볼 수 있다. 우리나라 시군지는 대부분 자연 및 인문환경, 역사, 문화유산, 민속, 현대산업·사회·문화 등의 대목차를 따라 편찬된다. 시군지에서 역사나 문화유산 항목이 독립된 항목으로 설정되고 있는 데서 알 수 있듯이, 지역의 역사와 문화 정보들은 지역의 정체성과 깊이 관련된다고 하여 언제나 중요하게 다루어져 왔다. 그러므로 이런 것들을 이야기 자원 삼아 공동체 스토리텔링에 활용하고자 한다면 각 시군의 시지나 군지들을 쉽게 참고할 수 있다. 특히 최근에는 '한국향토문화전자대전'을 통해 여러 시군의 디지털 향토지가 온라인 서비스되고 있기 때문에 풍부한 관련 자료를 보다 손쉽게 얻어서 활용할 수 있다.

하지만 시군지나 디지털 향토지에 나오는 이러한 이야기 자원들은 스토리텔링의 관점에서 본다면 한두 가지 취약점을 갖고 있다. 일반적으로 시군지는 객관적 시각에서의 서술을 유지하고자 한다. 이를 위해 대부분 '설명 방식'으로 정보를 서술하게 된다. 설명 방식을 따르는 지식 구성은 내러티브 즉 서사적 방식과 다르다.[8] 설명 방식은 스토리텔링이 필요로 하는 네 가지 요소,[9] 즉 메시지, 갈등, 인물, 플롯 중에서 메시지만 우세하고 갈등이나 인물, 플롯 등의 요소가 잘 드러나지 않는다. 다시 말하면 정보적 요소는 강하지만 스토리적 요소는 약해지게 된다. 때문에 독자의 흥미를 끌거나 그들의 감성에 호소하기 쉽지 않다.

역사적 인물에 대한 서술을 예로 들어 보면, 인물의 삶 자체는 서사적 구성에 보다 적합하지만 시군지에서는 인물을 대개 설명적 방식으로 서술한다. 역사적 인물이 살아간 역동적 삶의 과정을 서술하지 못하고, 대신 추앙할 만한 삶의 결과들을 드러내는 데 집중하는 것이다. 결국 어떤 인물이 무엇을 했고 무엇을 이뤘으며 그래서 어떤 벼슬에까지 올랐다고 기술함으로써 서사성을 크게 잠식해 버린다. 또한 시군지들은 부정적 인물을 배제하는 경우가 일반적인데 이 또한 생동감 있는 스토리 자원이라는 면에서 한계로 지적될 수 있다. 스토리의 재미는 다양한 갈등 요소로부터 나오는데, 일반적으로 자랑스런 지역사와 지역문화를 보여주고자 하는 시군지에서는 갈등의 양상이나 요소를 드러낸다는 것 자체가 쉽지 않다.

지역민들 사이에서 구비 전승되던 설화나 전설도 지역문화공동체 스토리텔링을 위한 중요한 스토리 자원이 될 수 있다. 설화나 전설은 각 편들이 서사적으로 구성되어 있기 때문에 앞서 논의한 지역사나 문화 관련 정보들과는 달리, 스토리텔링에 활용하기 한결 용이하다. 그리고 『한국구비문학대계』뿐만 아니라 개별 연구자들의 조사 성과도 많이 축적되어 있기 때문에, 공동체 스토리텔링을 위한 스토리 자원으로 활용하는 데 큰 어려움은 없다.

하지만 문제는, 구비설화 중에서 특정 지역사회와 의미있는 연관성을 갖고 있는 것이 얼마나 되겠느냐 하는 것이다. 오늘날 설화는 지역성이 희석되어 버린 경우가 대부분이고, 심지어는 무지역성을 띠는 경우도 많다. 특히 이 논문이 다루는, 마을 단위의 소규모 지역공동체와 직접 연결되는 설화란 사실상 거의 찾기 어렵다. 아마도 지명 유래 설화 정도가 지역성을 담지한 설화의 대부분을 차지할 것으로 보인다. 뿐만 아니라 구비설화는 오늘날의 삶의 형식과 내용을 반영하는 이야기가 아니기 때문이며 현대인들의 관심 밖으로 밀려나고 있는 상태이다. "70대 이하의 연령층은 이미 설화의 세대가 아니다. 그들 대다수가 말하기를, 전설이나 민담은 허황하고 무가치한 것이라 생각하여 따로 관심조차 두지 않았다고 했다. 일상 생활문화에서, 특히 성인의 생활문화

『한국구비문학대계』

한국정신문화연구원에서 간행한 전국 구비문학 조사 보고서이다. 1979년부터 1985년에 걸쳐 조사 작업이 이루어졌고, 간행은 1980~1992년에 이루어졌다. 2008년 11월부터 한국구비문학대계 개정·증보사업이 10년 계획으로 진행되고 있다. 이번 조사자료는 웹과 모바일로 서비스되고 있으며, 2013년부터는 『증편 한국구비문학대계』 출판 작업도 이루어지고 있다.

에서 설화가 설 자리를 잃어버린 상황은 시대 및 세대 변화와 함께 자연스럽게 확산되고 고착의 단계로 나아가고 있다."[10] 따라서 지역문화공동체의 구축과 강화를 위한 스토리텔링 자원으로 활용하고자 할 경우, 지역 설화나 전설 등은 분명 한계를 가진 이야기 형식일 수밖에 없다.

이런 상황을 고려할 때, 지역문화와 지역민의 삶을 직간접적으로 반영하는 지역성과 흥미로운 이야기성[11]을 두루 갖추면서, 동시에 주변에서 손쉽게 수집할 수 있는 새로운 이야기 자원을 찾아야 할 필요성이 대두되는데, 개인생애사는 그 대안이 될 수 있다. 그동안 개인생애사는 역사적 증언 가치나 사회·인류학적 분석 대상으로 주목을 받아왔지만, 공동체 스토리텔링이라는 새로운 분야에서도 충분한 활용가치가 있는 것으로 보인다. **서사적 형식으로 구술된 개인생애사**는 지역주민들의 삶과 생애에 대한 '실제 이야기'(real story)로서, 지역민의 삶과 생활이 녹아있기 때문에 지역성을 반영하고 있을 뿐만 아니라 이야기로서의 흥미 요소도 함께 지니고 있다. 또한 생활 주변에서 손쉽게 발굴이 가능하다는 장점도 있다.

> **서사적 형식으로 구술된 개인생애사**
>
> 개인생애사는 서사인터뷰라는 구술 방법론을 적용하여 채록한 자기 서사로, 구술이라는 점을 강조하 '구술생애사'라고 불러도 무방하다. 인류학이나 민속학 분야에서 수집되는 개인생애사와 서사인터뷰를 통해 수집되는 개인생애사는 여러 공통점을 갖기도 하지만, 전자가 객관적 사실 위주의 자료 수집에 집중하는 데 반해 후자가 주관적 가치 판단과 설명이 포함된 이야기라는 점에서 큰 차이점이 있다.

실제로, 사람들이 일상생활 속에서 가장 즐기는 이야기 종목은 사람들의 살아가는 '실제 이야기'이며, 이는 다음과 같은 언급을 통해 확인된다. "오늘날 사람들이 모인 자리에서 오가는 이야기들을 살펴보자면, 정보나 주장이 아닌 정서적 교감 차원의 이야기에 있어 핵심을 이루고 있는 것은 경험담으로 여겨진다."[12] 방송매체들도 개인의 '실제 이야기'들을 휴먼다큐를 비롯한 다양한 형식으로 포장하여 공적인 영역으로 끊임없이 실어 나른다. 심지어는 리얼 휴먼다큐를 흉내낸 페이크 다큐멘터리(fake documentary)가 케이블 방송에서 높은 시청률을 기록하기도 했다.[13]

그만큼 개인들의 사적인 '실제 이야기'는 사람들의 흥미와 관심을 끌기 좋은 이야기 종목이다.

더구나 최근 들어 사람들은 자신들의 사적 이야기를, 그것의 시시콜콜하고 내밀한 정도에 상관하지 않고, 미니홈피와 블로그와 트위터 등의 온라인 디지털 매체를 통해 공개하기를 꺼리지 않는다. 그러한 공개를 통해 타인과 구별되는 자신만의 이미지와 취향을 만들어 낼 수 있다고 생각하기도 한다. 다나 애취레이는 1993년에 이미 자신의 삶에 관한 이야기를 만들기 위해 디지털 매체를 활용한 바 있었다. 디지털 스토리텔링의 대부로 알려진 그는 오래된 영화, 인터뷰, 음악, 그림, 편지, 가족사진 등 엄청난 양의 이야기 자원을 모은 다음 자신의 컴퓨터에서 이것들을 편집하여, 다큐멘터리 형식으로 된 생애 이야기를 제작하였다. 이후 많은 사람들이 디지털 매체를 활용하여 다양한 형식으로 자신이나 타인의 실제 삶을 이야기화하는 작업에 관심을 갖기 시작했다.

개인생애사는 개인의 삶에 대한 이야기로, 일종의 개인의 경험담[14]이다. 하지만 경험담이 낯설고 특이한 경험을 중심으로 하는 단편적인 이야기인데 반해, 개인생애사는 구술자의 생애 전반을 대상으로 하는 장편 이야기에 해당한다. 개인생애사는 구술자가 살아오면서 겪었던 일상적인 경험과 기억, 그리고 그것에 대한 나름의 해석들로 이루어진다. 이는 물론 개인의 낯설고 특이한 경험까지를 전부 포괄한다. 즉 개인생애사는 경험담을 포괄하는 개념으로 볼 수 있다. 삶에 관한 이야기는 언제 어디서나 풍부하게 획득할 수 있는 이야기 자원이며, 사람들이 쉽게 이해할 수 있는 친근한 소재를 다룬다는 장점이 있다.

개인생애사는 구술자 개인의 한평생 살아온 이야기이다. 하지만 그 이야기는 개인의 이야기에 국한되지 않는다. 일례로 서울 북아현동 주민들의 구술생애사를 살펴보면, "한국전쟁과 산업화·도시화 과정 같은 한

국 사회 전체적인 구조와 하천의 복개와 재래시장의 형성과 같은 지역
단위 수준의 변화, 사업의 실패와 성공, 결혼과 출산, 동네 모임의 조직
과 참가 등 개인의 생업과 일생의례, 사회활동 등이 복잡하게 얽힌 형태
로 드러나고 있다."15) 그렇게 때문에 자연스럽게 개인적 삶의 기반인 지
역성이 이야기에 내포될 수밖에 없다. 다음 장에서는 공동체 스토리텔링
을 활성화할 목적으로 이루어진 한 지역의 스토리 자원의 발굴 사례를
설명하도록 하겠다.

3. 공동체 스토리텔링의 사례 : 이야기북 프로젝트

성남문화재단에서는 2006년부터 2020년까지의 중장기 계획을 갖고
"우리동네 문화공동체 만들기" 사업을 추진해 왔다. 1단계 3개년(2006~
2008) 동안에는 성남 전체를 5개 유형, 즉 골목길, 아파트, 공단, 시장,
상가 등으로 나누고, 각 유형을 대표하는 몇 개 지역을 선정하여 각종
문화예술 프로젝트를 수행했으며, 현재는 2단계 5개년(2009~2013) 사업
이 동네만들기 지원센터를 중심으로 활발하게 진행 중에 있다. 이 사업
은 문화체육관광부의 생활문화공동체 사업의 기본 모델로 채택되면서
사업의 기획의도와 성과 면에서 대외적 인정을 받고 있는데, 여기서 소
개할 '이야기북' 프로젝트는 이 사업의 한 부분으로 공동체 스토리텔링
의 한 사례에 해당한다. 필자는 성남문화재단의 의뢰를 받아 이야기북
프로젝트의 성격과 범위 그리고 서술체계 등을 기획하고 3년째 프로젝
트를 직접 수행하고 있다.

이야기북 프로젝트는 지역 주민의 사적이고 내밀한 삶과 생활 이야기
를 서사인터뷰 방식으로 수집하여 지역민이 공감할 수 있는 흥미로운

생애사 이야기로 재구성하는 작업이다. 이러한 작업은 해당 지역의 이야기 자원을 확보하는 동시에 개개인의 기억과 이야기를 바탕으로 하는 스토리텔링 클럽이나 스토리 커뮤니티의 형성을 위한 밑바탕을 만들어갈 목적으로 기획되었다. 그리고 궁극적으로는 스토리텔링이 중심이 되는 지역문화공동체로 이어져 지역민의 상호 소통에 기여하고자 하는 목적도 함께 갖는다.

이야기북 프로젝트는 크게 2단계 과정을 거쳐 진행되는데, 1단계는 스토리 자원의 탐색과 수집 과정이며, 2단계는 씨앗스토리 만들기 과정이다. 제1단계는 개인생애사를 들려줄 구술자를 찾고, 구술자로부터 생애사를 채록한 후 전사 텍스트를 만드는 과정이며, 제2단계는 전사된 텍스트를 재구성하여 읽기 편한 생애사 스토리를 만들어내고 이를 책으로 출간하는 과정에 해당한다. 하지만 이야기북 프로젝트가 '이야기북' 출간에서 멈추고 만다면, 공동체 스토리텔링의 활성화 단계에까지 이르렀다고 할 수 없다. 그래서 마지막 제3단계가 필요해진다. 3단계는 앞 단계의 작업 과정과 성과를 활용하여 스토리 커뮤니티를 만들고 활성화시키는 과정에 해당한다.

성남시의 각 동을 기본단위로 추진되는 이야기북 프로젝트의 제1단계 작업은 구술자를 찾아 생애사 구술에 참여하도록 요청하고 설득하는 일부터 시작된다. 구술자를 물색하기 위해서는 여러 경로를 통해 구술자를 추천받을 필요가 있다. 실제로 이야기북 프로젝트의 구술자들은 우리동네 문화공동체 만들기 사업에 참여하는 다양한 인적 네트워크를 통해 추천받은 사람들이다. 이들 중에서 최종 구술자를 선정했는데, 대개 해당 지역 거주 기간이 15년 이상인 사람으로서, 해당 지역민의 가장 평범한 일상을 들려줄 수 있는 사람을 선정하였다. 그리고 가능하면 연령과 성별, 직업과 관심사항 등에서 다양한 분포를 가지도록 고려하였다.

구술자 선정 후에 사전 접촉을 통해 간단한 생애사 정보를 확인하였고, 곧바로 구술자 별로 본격적인 개인생애사 구술 작업을 진행하였다. 구술 작업은 생애사 조사에서 일반적으로 많이 활용하는 심층면접 방식을 따르지 않고, 서사인터뷰 방식을 활용했다. 서사인터뷰는 조사자의 개입을 최대한 줄이고 구술자가 자신의 삶 전체를 이야기 형식으로 구술하는 방식이다. 이를 통해 구술자들이 자연스러운 분위기 속에서 생애 경험의 구성요소들을 스스로 취사선택하여 자신이 원하는 방식대로 이야기하게 했다. 조사자는 구술자가 어느 정도 자신의 이야기를 끝냈다고 생각되는 시점에 등장하여 궁금한 사항 등을 보충 질문함으로써 서사의 디테일을 확인·보완할 수 있다. 물론 구술자가 혼자서 구술을 끌고 나가지 못하고 망설이는 지점에서는 조사자가 좀 더 적극적인 역할을 수행할 수도 있다. 이때 조사자는 사전 파악한 구술자의 정보를 활용하여 특정 경험에 대한 구술을 유도하게 된다.

80분 내외로 진행되는 구술의 전체 과정은 디지털 녹음기로 녹음했으며, 이를 텍스트 형식으로 옮기는 전사(transcription) 작업을 수행했다. 전사 작업에서는 구술자료의 원형을 있는 그대로 살리기 위해 요약이 아닌 전문을 전사하는 방식을 택했다. 일반적으로 구술자료의 전사는 복잡한 약호를 사용하여 구술 자체를 완벽하게 텍스트화하는 것을 목표로 한다. 그래서 음성자료를 참조하지 않고 전사자료만으로 구술 내용과 상황을 완벽하게 이해할 수 있도록 만든다. 하지만 이번 작업에서는 전사 약호를 거의 사용하지 않았고, 조사자와 구술자만을 구분하여 표시하는 가장 단순한 형태를 취했다. 이는 전사된 텍스트 자료를 보다가 의문이 나는 부분이 있으면 언제든지 디지털 음성 자료의 해당부분을 손쉽게 확인할 수 있을 만큼 디지털 매체가 발달하였기에 가능한 선택이었다. 물론 이를 위해서 전사 텍스트를 해당 음성 파일과 시간 동기화시킴으로써 향후 자료 이용의 효율성에 대비하는 것도 좋을 것이다. 이상 1단계 작업을 통해, MP3 형태로 녹음된 구술 음성파일, 그리고 이를 텍스트로 옮겨낸 전사파일 등 2종류의 가장 원초적인 스토리 자원이 확보되게 된다.

제2단계 작업은 전사파일을 세심하게 다듬고 가공해서 활용하기 좋은 형태로 만드는 과정이다. 이 작업을 통해 만들어진 것이 씨앗스토리이다. 씨앗스토리는 공동체 스토리텔링 과정에서 활용될 원천 소스, 즉 본격적인 이야기 자원이라는 의미를 가진다. 먼저, 씨앗스토리를 만들기 위해 전사 자료를 스토리의 최소단위로 분절하는 작업을 수행했다. 분절 작업은 구술의 대상과 내용, 방향과 전략 등이 달라지는 부분에서 텍스트를 쪼개는 작업으로, 텍스트 자체가 가진 다양한 분절 원리와 분절 표지를 찾아 가며 수행해야 할 세심한 작업에 해당한다. 분절의 원리와 표지들에 대해서는 다음 글에서 상세하게 다루게 될 것이다. 여기서는 분절 작업의 결과가 어떻게 정리되는지 간단한 예시만 보인다.

● 안일준, "신혼살림 하던 집들"
  1. 그 다음에는 이사를 가가지고
  2. 이사를 갔는데 바로 옛날 성남서고 바로 뒤에 뒤에
  3. 햇빛이 쫙 나는 날 아침에 인제
  4. 그 집이 굉장히 어두운 집이었는데
  5. 햇빛이 쫙 문을 여니까 방이 환히 빛이 비치니까
  6. 어둡다는 생각을 전혀 못하고 갔는데.
  7. 그게 이제 서고 바로
  8. 옛날 성남서고등학교 바로 뒤라
  9. 지형이 좀 꺼져있고
10. 고 다음에 그 밑에다 마당도 내려가 있는 덴데
11. 그 다음에 뭐 성남의 집이 따닥따닥 붙어있으니까

12. 집에 딱 들어가니까
13. 이사를 다 하고 들어가 보니까
14. 집이 깜깜하더라구요. 근데 그 집에서도
15. 뭐 할 수 없이 한 2년 살았었어.
16. 2년 살고 고 다음에 인제

그런데 보다 중요한 것은, 이렇게 분절된 씨앗스토리들이 서로 재결합되는 과정이다. 즉 씨앗스토리들은 개별적으로 존재하고 기능할 뿐 아니라, 두 개 이상을 합칠 수도 있다. 즉 상위체험의 관점(이에 대해서도 다음 글을 참조하기 바람)에서 스토리의 최소단위들을 몇 개씩 합쳐 결합시킬 수 있고, 그렇게 되면 보다 큰 씨앗스토리가 새롭게 만들어진다. 한마디로 작은 씨앗스토리는 서로 결합되면서 좀 더 큰 씨앗스토리로 확대재생산 되는 셈이다.

이러한 확대재생산은 다양한 형태로 끊임없이 이루어질 수 있는데, 사실 이 과정부터가 본격적인 스토리텔링에 해당한다. 다시 말하면 이 지점에서 본격적인 '스토리 만들기(story shaping)'가 시작된다. 즉 이야기꾼(스토리텔러)는 다양한 내용과 크기를 가진 씨앗스토리들을 재결합하거나 혹은 자신만의 이야기를 추가하면서 지역민들이 보다 쉽게 공감할 수 있는 새로운 이야기를 재구성해 내게 되는데, 이 재구성 행위가 바로 공동체 스토리텔링의 핵심 부분이 된다.

물론 재구성되는 이야기는 스토리텔링의 상황이나 매체에 따라서 다양하게 변주될 수 있다. 실제로 이야기북 프로젝트를 발주한 성남문화재단은 이 프로젝트를 통해 수집된 지역민의 생애사 이야기 자원을 다큐멘터리, 연극, 뮤지컬, 전시, 퍼포먼스, 공공예술 등의 각종 공동체 프로그램들과 연계되는 다양한 콘텐츠16)로 변주해 내고자 하는 구상을 했다.

그리고 '이야기북'은 그런 다양한 변주 중에서 가장 전통적·보편적 매체인 책의 형태로 변주된, 최종 단계의 콘텐츠에 해당한다. 그렇지만 다른 형식의 콘텐츠와 달리, 이야기북은 최종 콘텐츠이면서 다시 재구성되고 변주되기를 기다리는 씨앗스토리의 역할도 동시에 겸한다. 다시 말하면 이야기북으로 재구성된 생애사 이야기들은 공동체 스토리텔링의 중요한 이야기 자원으로 활용하기 쉽도록 기획되었다. 이런 활용 과정을 통해 이야기북 소재의 이야기 자원들은 지역문화공동체의 핵심 이야기(core story)가 되어 갈 것이다.

이러한 기획의도를 달성하기 위해, 이야기북은 분절의 원리에 기초해서 서사를 재구성했다. 즉 앞서 분절 작업을 통해 만들어낸 씨앗스토리를 대개 18개 안팎의 **상위체험 이야기**로 재배치·재구성하는 최소한의 글쓰기를 시도했다. 18개 안팎의 상위체험 이야기 각각을 '생애담'이라고 명명한다면, 생애담들은 하이퍼텍스트 서사의 단위텍스트(렉시아)가 그렇듯이, 서사적 자립성이 강하다. 그렇기 때문에 생애담은 하나의 완결된 이야기가 되기도 하고, 다른 생애담과 연결되어 재배치되기도 쉽다. 개인생애사 전체와 생애담의 관계는 판소리 사설의 전체와 부분의 관계에 견주어 이해할 수 있다. 처음부터 끝까지 하나로 꽉 짜인 긴밀한 서사구조를 유지함으로써 어느 요소 하나라도 함부로 추가하거나 빼거나 순서를 바꾸기 어려운 소설 중심의 근대서사와는 근본적으로 다른, 새로운 서사형식인 셈이다. 덕분에 이야기북은 공동체 스토리텔링에 쉽게 활용될 수 있다.

> **상위체험 이야기**
> 18개 안팎의 상위체험 이야기는 1시간 20분 내외의 서사인터뷰를 재구성한 결과 자연스럽게 도출된 것이다. 한 사람의 생애사가 왜 하필 18개로 나누어지는지, 그리고 각 단위들이 어떤 성격의 이야기들인지 조사해 볼 필요가 있다.

4. 이야기북 프로젝트의 성과와 과제

이야기북 프로젝트는 2008년 상대원동에서 시작되었다. 그리고 2009년 태평동과 은행동, 2010년에 수진동과 도촌동에서 계속되었고, 그 결과물은 『상대원 사람들 이야기』(2009), 『태평동 사람들 이야기』(2010), 『은행동 사람들 이야기』(2010), 『수진동 사람들 이야기』(2011), 『섬말 사람들 이야기』(2011) 등으로 출간되었다. 각 이야기북에는 전사한 구술자료를 재구성하여 만든 6~9개의 개인생애사 이야기가 담겼고, 전사자료의 원문 일부가 부록으로 수록되었다. 그렇게 해서 현재 5권의 이야기북에 총 37건의 개인생애사 이야기 자원이 확보되었다.

이야기북 프로젝트가 진행되는 동안, 거기에 직간접으로 관여했던 지역민들은 자기와 공동체의 관계를 돌아보면서 상호 소통의 영역을 넓힐 수 있는 기회를 갖게 되었다는 평을 내놓았다. 즉 생애사 스토리텔링을 통해 자신이 살아온 과정을 돌아보면서, 지역사회 내에서 현재 자신의 관계적 위치를 가늠할 수 있었다는 것이다. 뿐만 아니라 구술자들은 자기가 살아온 이야기를 누군가 들어주고 한 걸음 더 나가 많은 사람이 읽게 된다는 사실을 통해 자기 삶에 대한 자긍심을 갖게 되었다는 평을 하기도 했다.[17] 실제로 일부 구술자들은 구술 중에 진한 눈물을 흘렸고, 하찮다고 생각했던 자신의 인생 이야기에 귀 기울여 주는 사람이 있다는 사실이 놀랍다는 반응을 보였다. 그리고 어떤 사람들은 그것을 계기로 앞으로는 더 바르고 의미 있는 삶을 위해 노력해야 하겠다고 말하면서, 기회가 되면 10년이나 20년 후에 한 번 더 개인생애사 이야기북 작업에 참여하고 싶다고까지 말했다.

이야기북은, 성남문화재단의 "우리동네 문화공동체 만들기" 사업의 다른 프로그램과 연계를 맺으면서 조금씩 활용되기 시작했다. 예컨대 상대원 이야기북은 상대원시장을 대상으로 하는 지역 라디오 방송 드라마로 일부 각색되어 활용되었고, 도촌동 이야기북에 실린 한 구술자의 개인생애사는 영상콘텐츠로 재탄생되었다. 한마디로, 이야기북은 지역문화활동가들에게 지역민의 삶에 대한 가장 기초적인 이야기 자원으로서의 가치를 갖기 시작한 것으로 평가될 수 있다.

그런데 이런 성과에도 불구하고, 이야기북 프로젝트의 문제점이나 한계를 생각해 보지 않을 수 없다. 생애사 스토리텔링은 개인적 구술이 가지는 지나친 주관성 때문에 자칫 지역문화의 심각한 왜곡이나 공동체 구성원 간의 갈등을 초래할 수도 있다. 만약 이렇게 된다면, 공동체 활성화를 목표로 하는 이런 프로젝트가 도리어 공동체의 약화나 붕괴를 가져오게 될 것이다. 하지만 실제 구술 작업을 하다 보면 이런 우려가 그렇게 심각하지 않다는 것을 알 수 있다. 왜냐하면 구술자 스스로가 이런 문제에 대해 많은 주의와 조심을 기울이기 때문이다. 대부분의 구술자들은 문제의 소지가 있다고 생각하는 스토리에 대해서는 비공개를 적극적으로 요청했다. 비록 구술자의 요청이 없어도 여러 정황상 문제가 있는 스토리에 대해서는 스토리 수집자의 판단에 따라 비공개 처리를 할 수도 있을 것이다.

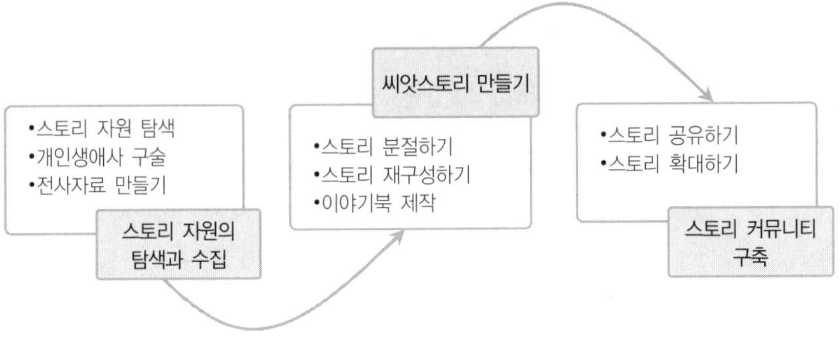

[도표 3] 이야기북 프로젝트의 진행 단계

한편, 이야기북의 성과를 지속적으로 활용하고 이를 체계적으로 확장해 가기 위해서는 무엇보다도 스토리 커뮤니티가 필요하다. 따라서 아래 도표에서처럼 스토리 커뮤니티 구축을 이야기북 프로젝트의 세 번째 단계로 설정할 필요가 생긴다. 스토리 커뮤니티는 스토리에 흥미를 느끼고 생활 속에서 이를 공유·확대해 가려는 사람들의 모임이나 조직을 의미한다.

오늘날 스토리를 공유하고 확산시키는 매체, 즉 스토리텔링 매체는 아주 다양해졌다. 다양한 스토리텔링 매체들을 최대한 활용하여 다양한 형태의 스토리 커뮤니티를 구축하고, 이를 통해 스토리를 상시적으로 활용하는 것이 공동체 스토리텔링의 최종 국면에 해당한다. 이 최종 국면에서는 공동체 구성원들이 스토리텔링이라는 서사 행위를 자연스러운 삶의 과정으로 이해하고 여기에 자발적이고 능동적으로 참여하는 것이 중요하다. 진정한 지역문화공동체의 강화라는 목표는 이런 적극적 활동을 통해서 가능해질 것이다.

스토리 커뮤니티는 대면 커뮤니티와 온라인 커뮤니티로 나누어질 수 있다. 대면 스토리 커뮤니티는 지속적인 참여 의사를 가진 특정한 사람들이 주기적인 스토리텔링 모임을 통해 상호 연계와 의존을 지향하는 실체적 조직 형태로 만들어질 수 있다. 반면, 온라인 스토리 커뮤니티는 어떤 특정한 조직 형태가 아니라, 온라인 매체를 활용하는 사람들이 스토리를 중심으로 연계와 상호 의존을 지향하는 개념적 조직 형태로 간주할 수 있다.

대면 스토리 커뮤니티는 클럽 형식의 상시적 커뮤니티나, 문화배움터 같은 비상시적 커뮤니티 등의 다양한 형태로 운영될 수 있다. 예컨대, 노년층을 대상으로 하는 문화배움터에서 멀티미디어 활용법을 교육하면서 자신들의 삶이나 마을의 내력을 스토리텔링하게 만들 수 있다. 이때

매체의 활용은 스토리텔링에 대한 흥미를 유지·지속하는 데에 큰 도움이 된다. 또는, 다른 목적으로 조직된 기존 커뮤니티들로 하여금 스토리텔링을 보조적 혹은 추가적인 활동 영역으로 받아들이도록 그 활동을 지원하는 방식도 가능하다. 예컨대 영정사진을 찍어주는 커뮤니티가 영정의 주인공이 되는 사람들의 생애사 이야기 자원을 함께 수집하도록 정책적으로 보조해 주는 방식을 고려해 볼 수 있다.

그런데 대면 커뮤니티의 활동 초기에 중요한 것은, 지역주민들의 스토리텔링에 대한 거부감을 없애 주는 일이다. 나아가 스토리 자원을 탐색하고 정리하는 작업이 재미있을 뿐만 아니라, 개인적으로나 사회적으로 의미있는 작업이 될 수 있음을 일깨워주는 것이 중요하다. 지역문화공동체 사업에 관심을 갖는 기관 단체들은 이런 점을 정책적으로 배려해야 한다. 그리고 커뮤니티의 지속을 위한 활동비 보조나 활동 공간 제공 등에도 세심한 배려가 뒤따라야 한다.

한편, 온라인 스토리 커뮤니티는 대면 커뮤니티에 비해 사람들의 참여도를 높이는 데 유리한, 일종의 디지털 스토리텔링이라 할 수 있다. 디지털 스토리텔링은 오래된 이야기 기술을 새로운 미디어에 끌어들여 변화하고 있는 현재의 삶에 맞게 가치 있는 이야기들로 풀어내려는 노력의 산물이다. 디지털 스토리텔링은 복합적인 플롯을 만들고 동일한 사건의 다양한 버전을 보여줄 수 있다는 점에서 유연하고 탄력적(plasticity and flexibility)이며, 많은 사람들이 다양한 미디어로 스토리텔링을 즐길 수 있다는 점에서 보편적이며, 모두가 이야기 구성 과정의 참여자가 될 수 있다는 점에서 상호교환적이며, 사람들에게 삶의 내용을 기억시켜 줄 수 있다는 점에서 공동체 형성적인 힘을 가지고 있다.[18]

스토리텔링을 중심으로 활동하는 온라인 커뮤니티의 대표적인 사례는 프레이(fray)[19] 사이트를 들 수 있다. 데렉 포와젝(Derek Powazek)이 시작한 프레이는 30명의 스토리텔러들이 다양한 주제로 개인적인 이야기를 올리고, 그 글에 영향을 받은 독자들이 자신들의 이야기를 올리는 방식으로 운영된다. 포와젝이 자신의 경험담과 사진을 방문자들이 의견을 남길 수 있는 간단한 방명록과 함께 웹사이트에 만들어 올리면서 프레이의 첫 번째 이야기는 시작되었다. 한 스토리텔러가 이야기를 올리고, 다른 사람이 그 이야기에 개인적인 글을 달면서 새로운 이야기가 탄생하는 과정을 중시했던 포와젝은 독자들을 새로운 스토리텔러로 만들어 계속적인 이야기 고리를 만드는 것에 목표를 두었다.

프레이 사이트는 허구가 아닌 직접 겪은 일을 1인칭을 사용해서 1000 단어 이하의 이야기로 만들어야 하는 규칙을 가지고 있다. 이런 점에서 프레이 커뮤니티는 '이야기북' 프로젝트와 기본적으로 유사한 측면이 많다. 허구가 아닌 '실제 이야기'를 다루고, 기본 바탕이 되는 스토리 자원을 확보하고 여기에 독자들이 지속적으로 새로운 이야기를 붙여나간다는 가정이 그렇다. 다만 그것과 다른 점이라면 '이야기북' 프로젝트가 실제 하는 지역사회를 기반으로 하며, 그 지역사회의 공동체의식을 강화하는 데에 궁극적인 목적이 있다는 점, 그리고 그런 목적을 위해 공동의 관심사와 공통의 가치를 발견해 내고자 하는 것이 다른 점이다.

온라인 스토리 커뮤니티는 '이야기북'의 이야기 자원을 흥미롭게 가공하여 지역주민에게 제공, 그들의 흥미를 끌어당기는 데서 시작될 수 있다. 물론 온라인 스토리 커뮤니티가 텍스트 위주로 운영될 필요는 없다. 데렉 포와젝이 그랬던 것처럼, 사진이나 동영상 등의 멀티미디어 자료 등을 활용하는 스토리텔링이 중심이 될 수도 있다. "이야기북" 프로젝트의 구술 원자료 같은 음성 자료를 활용하는 것도 가능하다. 주민들은 이런 다양한 형태로 가공된, 이웃의 다양한 생애사 이야기를 접하면서 스토리텔링의 충동을 느끼고 자신의 이야기를 풀어내면 된다.

예컨대, 온라인 스토리 커뮤니티를 지역의 학생과 학교에서 활용하는 사례를 가정해 보기로 하자. 학생들은 온라인 커뮤니티를 통해 자신이 살고 있는 지역에서 오랫동안 살아온 다양한 사람들의 삶의 이야기를 접한다. 때로는 자신의 어머니나 아버지, 삼촌의 이야기와 아주 유사한 이야기를 발견하기도 하고, 또는 전혀 들어본 적 없는 아주 오래된 지역의 이야기를 발견하기도 한다. 그리고 어떤 이야기에는 자신이 알고 있는 이야기를 덧붙여 이야기 자원을 확장시킬 수도 있다. 그런 과정을 통해 아이들은 자신이 살고 있는 지역문화공동체에 대한 이해를 넓혀갈 수 있게 된다. 물론 이런 과정을 학교의 말하기 교육이나 글쓰기 교육, 지역사회에 대한 교과과정 등에 체계적으로 연계하여 활용한다면 전혀 다른 차원의 교육적 효과도 거둘 수 있게 될 것이다.

5. 문학의 확장을 위한 시도

가라타니 고진은 자신의 책에서 소설이 공감의 공동체 즉 상상의 공동체인 네이션의 기반이 되었다고 말했다.[20] 즉 소설이 지식인과 대중 또는 다양한 사회적 계층을 공감을 통해 하나로 만들어 네이션을 형성하게 되었고, 이로서 소설의 지위는 상승하게 되었다고 했다. 그리고 문학이 그런 기능으로부터 멀어졌을 때, 즉 사회적 계층을 공감을 통해 통합하는 기능을 상실해 가면서 문학은 단순한 오락이 되었다고 했다.

고진의 이런 언급을 그대로 받아들인다면, 오늘날 위협받고 있는 문학의 지위를 다시 회복하는 방법은 분명해 보인다. 문학이 여러 사회적 계층 간의 공감 영역을 창출해 냄으로써 사회 통합 기능을 회복하면 된다. 이를 스토리텔링에 한정하여 본다면, 스토리텔링을 단순히 재미나 오락거리로 치부하거나 혹은 이윤 창출에 한 몫 하는 어떤 것으로만 인식하게 된다면 스토리텔링의 지위는 지속적으로 추락할 지도 모른다. 다른 어느 시대보다 스토리텔링이 주목받고 흥행하면서도 오히려 스토리텔링의 지위가 낮아지는 아이러니한 상황이 발생하게 될 수도 있다.

그런 측면에서, 공동체 스토리텔링에 대해 논의하는 이 글은 스토리텔링의 쓰임을 근대소설처럼 순수 미학적 차원이 아닌, 그리고 오락거리나 이윤 창출의 차원도 아닌, 전혀 다른 차원에서 다루고자 하였다. 원래 스토리텔링의 가장 기본적이며 중요한 기능은 공동체 형성 및 강화(통합)의 기능에 있었는지 모른다. 부족집단을 중심으로 삶을 영위하던 인류사의 초기에, 연장자들이 들려주었을 신과 조상에 대한 각종 신화와 전설 등의 스토리텔링은 부족이 중시하는 특정한 가치와 삶의 지혜를 후속세대에 전달하면서 부족의 정체성을 형성하고 부족 공동체의 통합을 이루는 기능을 하였을 것이다. 우리는 단군신화가 민족의 통합과 단합이 필요한 시기마다 민족통합의 역할을 수행하기 위해 새롭게 등장했던 역사도 잘 알고 있다.

이처럼 스토리텔링의 가장 중요하고 본질적인 기능이 다른 무엇보다도 공동체 형성의 촉매 기능이었다면, 이 글에서처럼 스토리텔링을 공동체의 형성과 강화라는 목적에 활용하려는 생각은 스토리텔링에 대한 기능주의적 접근이라기보다는 스토리텔링의 근본으로 돌아가고자 하는 발로라고 이해할 수 있다. 그러면서 이는 미적·자율적인 가치에 붙잡혀있던 근대서사 장르를 벗어나 스토리텔링을 실제 생활 영역으로 끌어들이는 노력이라 할 수 있다. 이를 통해 근대적 문학의 영역은 조금씩 확장되거나 변화해 갈 수 있을 것이다.

한편, 성남문화재단의 '이야기북' 프로젝트를 공동체 스토리텔링의 한 사례로 소개하면서, 개인생애사 자료의 수집 및 정리를 통해 지역민의 지나간 삶들을 기록하고 재구성·복원하는 스토리텔링 작업이 지역 공통의 관심사와 가치를 발견해 나가는 데에 중요한 역할을 할 수 있음을 말하고자 하였다. 그리고 한 걸음 나아가 스토리 커뮤니티를 통해 체계적인 공동체 스토리텔링이 가능하도록 만들어 나가야 함을 지적하였다. 지역문화공동체의 중요성이 강조되는 지금, 공동체 스토리텔링에 대한 논의의 시작과 활성화를 기대해 본다.

생애사 스토리텔링의 일반적 구조

1. 구술생애사

최근 들어 정보 소통의 방식과 매체가 혁명적으로 바뀌면서 문학을 둘러싼 환경에도 큰 변화가 일어나고 있다. 그중에서 서사 혹은 스토리텔링의 쓰임새가 크게 확장되는 것은 주목할 만한 변화이다. 이제 서사나 스토리텔링은 소설, 영화, 드라마 같은 전통적인 영역을 벗어나, 게임, 광고, 디자인, 홈쇼핑, 테마파크, 스포츠, 박물관 등의 수많은 부문에서 가장 필요로 하는 중요한 기획 요소가 되어가고 있다. 가히 스토리텔링의 시대가 되고 있는 듯하다. 하지만 이러한 폭발적인 수요 증대에 부흥하여 기획자들이 참고할 만한 새로운 스토리 소스를 개발하고 제공하기 위한 노력은 크게 부족한 형편이다. 특히 문학계는 아직도 인쇄텍스트에 기반한 허구적인 근대적 서사물 즉 근대소설에 대한 과도한 애정을 버리지 못하고 있는 것으로 보인다.

이 글은 이런 문제의식에서 출발하여, 구술생애사 스토리텔링이라는 새로운 분야를 탐색하려 한다. 근대소설을 벗어나서 새로운 스토리 소스를 개발하기 위해서는, 우선 근대소설의 물적 토대가 되는 인쇄 매체의 한계를 넘어서야 한다. 그리고 허구적 이야기여야 한다는 제한에서도 벗어나야 한다. 구술생애사 스토리텔링은 바로 그런 분야이다. 이것은 평범한 일상인들의 자기 서사, 즉 자신의 삶과 생애에 대한 이야기이다.

왜 하필 인쇄 매체 대신에 구술 매체여야 하고, 허구적 이야기 대신에 생애사 이야기여야 하는가의 문제는 여기서 자세히 다루지 않겠다. 그렇지만 한 가지 말하고 싶은 것은, 평범한 사람들의 생애사 이야기는 우리가 생각하는 것보다 더 흥미롭고 다채롭고 역동적인 이야기 소스를 제공해 준다는 사실이다. 그것은 어쩌면 소설의 상상력이 제공하지 못하는 더 드라마틱한 이야깃거리일 수도 있다. 실제로 보통 사람들의 이야기를 전하는 KBS의 휴먼 다큐멘터리 <인간극장>은 그 드라마틱한 이야기로 해서 영화의 단골 소재로 각광을 받아 왔다. 예컨대, 고두심 주연의 <엄마>, 최민식 주연의 <꽃피는 봄이 오면>, 정재영과 수애 주연의 <나의 결혼 원정기>, 조승우 주연의 <말아톤>, 신현준 주연의 <맨발의 기봉이> 등이 휴먼다큐 <인간극장>을 소재로 해서 기획된 영화들이며, 이런 추세는 최근 들어 더 확대되고 있는 것으로 파악된다.

구술생애사 스토리텔링은, 뒤샹의 <샘>이라는 작품이 그렇듯이, 일종의 새롭게 발견해야 하는 오브제라고 할 수 있다. 변기라는 일상적 사물이 미술관이라는 새로운 장소로 편입됨으로써 새로운 가치와 관점을 부여받았듯이, 보통 사람들의 개인생애사도 서사인터뷰라는 구술 방법론을 통과하고 학문적 장에서 논의됨으로써 이야기로서 새로운 가치와 의미를 부여받을 수 있다고 생각한다. 구술생애사 스토리텔링의 서사 구조를 분절과 결합의 원리로 설명해 내고자 하는 이 글을 통해 그런 학문적 논의가 새로 시작되기를 바란다.

2. 연구 대상 자료의 소개

이 글은 서사인터뷰 방식으로 만들어진 총 30건의 구술생애사 스토리
텔링 자료를 대상으로 삼았다. 서사인터뷰란 조사자의 개입을 최대한 줄
이고 구술자가 자신의 삶 전체를 이야기 형식으로 구술하는 방식이다.
이를 통해 구술자는 자연스러운 분위기 속에서 생애 경험의 구성요소들
을 스스로 취사선택하여, 자신이 원하는 방식대로 이야기하게 된다. 이
는 기존 회고록 형태의 구술 자료들이 대부분 잘 짜인 질문지를 활용함
으로써 조사자 혹은 연구자의 의도나 목적을 주로 반영하게 되는 것과
크게 다른 점이다. 서사인터뷰에서 구술자는, 회고록의 구술자와는 달리,
자신의 삶에 대한 창의적인 이야기꾼으로 거듭나게 된다.

자료의 구술자는 모두 경기도 성남 지역에 거주하는 사람들이다. 구술
자 30명의 기본정보를 이름(대부분 가명), 출생연도, 성별, 직업 순으로 밝
히면 아래와 같다. 구술자 개인별 구술시간은 대개 90분 전후이며, 간혹
120분을 초과하거나 60분을 조금 넘는 경우도 있다. 구술 과정은 디지
털 녹음기로 녹음하여 MP3 파일 형태로 저장하였다. 그리고 녹음된 자
료는 음성전사 프로그램인 소리벼리[21]를 이용하여 텍스트 형태로 전사
함으로써 구술생애사 스토리텔링 연구를 위한 기본 자료를 만들었다.

1. 이문성, 1968년생, 남, 지역문화운동가
2. 라경승, 1969년생, 남, 지역문화운동가
3. 김정헌, 1964년생, 남, 문화단체 대표
4. 전영준, 1963년생, 남, 문화단체 대표
5. 황윤정, 1968년생, 여, 문인화가, 복지관강사
6. 양미영, 1961년생, 여, 분당퀼트 대표
7. 송주석, 1958년생, 남, 합주단지휘자

  8. 구보윤, 1963년생, 남, 구두수선업

  9. 궁태원, 1959년생, 남, 사진작가

10. 노민숙, 1960년생, 여, 주부·부업

11. 민서희, 1982년생, 여, 학원강사

12. 백자경, 1969년생, 여, 봉사활동

13. 봉준수, 1945년생, 남, 자영업

14. 염철희, 1945년생, 남, 자영업

15. 지석태, 1980년생, 남, 대학원생

16. 박영호, 1936년생, 남, 새마을지도자·방앗간

17. 정형주, 1929년생, 남, 새마을지도자·인쇄업

18. 김미경, 1966년생, 여, 통장·보험업

19. 박준규, 1956년생, 남, 주민자치위원장

20. 성진원, 1970년생, 여, 보험업

21. 정유재, 1942년생, 남, 선원·건설업

22. 김유미, 1982년생, 여, 다문화가정 주부

23. 윤여정, 1953년생, 여, 부녀회장·슈퍼

24. 표승태, 1962년생, 남, 과일가게

25. 박금순, 1926년생, 여, 농사 및 장사

26. 김유전, 1926년생, 여, 농사 및 장사

27. 강지용, 1958년생, 남, 사회복지법인 운영

28. 안일준, 1952년생, 남, 보험업

29. 이현정, 1966년생, 여, 통장·보험업

30. 정철경, 1960년생, 남, 방범대장·자영업

구술자들은 2007년부터 2009년까지 단계적으로 생애사 스토리텔링에 참여하였다. 우선 1~7번 구술자는 2007년도 '기층리더십과 시민공동체' 연구 과제[22]와 관련하여 서사인터뷰에 참여한 이들이다. 기층리더의 서사적 정체성을 재구성하여 기층리더의 유형과 특성을 밝히기 위한 목적

으로 연구가 이루어졌기 때문에, 여기에 참여한 구술자들은 모두 소규모 문화클럽을 자발적으로 이끌고 있는 사람들이다.

7명을 제외한 나머지 구술자들은 성남문화재단의 '우리동네 문화공동체 만들기' 사업의 일환으로 진행된 '이야기북 프로젝트'를 위해 구술에 참여해 준 사람들이다. 이야기북 프로젝트는, 앞 글에서 자세히 다루었듯이, 지역 주민의 생애사 스토리텔링을 통해 지역 내의 생활문화와 삶의 방식을 기록하고 나아가 생활문화공동체를 강화한다는 목적에서 진행되었기 때문에, 구술자는 모두 평범한 지역 주민들이다. 2008년에 성남시 상대원동을 대상으로 처음 시작하였고, 2009년에는 태평동과 은행동을 대상으로 이야기북 작업을 수행하였다. 구술자 중에서 8~15번은 상대원동 구술자이며, 16~24번은 태평동, 25~30번은 은행동 구술자이다. 이야기북은 서사인터뷰를 통해 만들어진 기본 구술 자료를 재구성하여 최종적으로 단행본으로 출간된 바 있지만, 이 글은 재구성 자료가 아니라 기본 자료인 전사된 텍스트를 연구 대상 자료로 삼았다. 2010년에도 수진동과 도촌동(섬말) 이야기북 작업이 수행되지만 이 글의 자료로는 사용하지 않았다.

3. 스토리텔링의 분절과 결합 양상

서사 인터뷰를 통한 개인생애사 스토리텔링은 삶을 재구성하는 행위이다. 그것은 무수히 다양한 가지들과 고원들로 이루어진 현실적 삶의 직접 체험과 간접 경험들을 재구성하는 작업이다. 구술자는 자신의 서사적 기획과 관점에 따라 이야기를 분절하고 그것을 배치하면서 자신이 원하는 방향으로 삶을 재구성하게 된다. 이 작업은 일견 근대적 소설가의 창작 작업과 유사한 것으로 보이기도 한다. 하지만 구술자와 소설가의 작업은 서사 구조의 측면에서 무시할 수 없는 차이를 보인다. 소설가는 서사적 연속성을 중시하는 반면, 구술자는 서사적 분절의 원리 위에서 작업한다. 이러한 차이가 발생하는 원인으로 서사적 기획이나 전달 매체의 특성, 장르의 미적 관습 등 다양한 측면의 영향을 고려해 볼 수 있을 것이다. 이런 확장된 주제를 탐구하는 것은 차후로 미루고, 여기서는 처음 설정한 연구 목표대로 구술생애사 스토리텔링의 중요한 특징에 해당하는 서사적 분절의 원리 자체에 한정해서 논의를 진행시키기로 하겠다.

3.1. 분절의 원리와 표지들

구술생애사 텍스트는 서사적 분절의 원리에 따라 구술되고, 그 결과 크고 작은 분절된 텍스트 구조를 갖는다. 분절된 텍스트는 하이퍼텍스트 서사의 단위텍스트[23]와 유사한 속성을 지닌다. 그런데 구술생애사 스토리텔링이 분절의 원리에 따라 파편화된 구조를 갖는 이유는 어디에서 찾아야 할까? 그것은 삶 자체의 파편성에 기인하는 것으로 볼 수 있다. 생애사 스토리텔링은 끝없이 반복되는, 우연적이고 단편적인 인생 여정을 대상으로 한다. 그것은 구술이 이루어지는 순간까지도 어떤 완성이나 완결에 이를 수 없다.

물론 구술자에 따라서는 삶을 계획적이고 연속적인 것으로 간주하는 경우도 없지 않지만, 실제로는 정도의 차이가 있을 뿐이지 삶 자체가 우연적 계기를 따르는 비연속적인 과정이라는 점에는 변함이 없다. 비연속적 삶의 과정은 시분할된 일상의 반복을 의미한다. 일상은 루프 구조처럼 무한 반복되는 파편들일 뿐이고 연속적인 과정은 아니다. 이런 파편화된 삶의 구조는 심하게는 이야기의 끝없는 반복 구조로 재현되기도 한다. 칼라하리 사막의 쿵족 여성들의 생애사 이야기를 다룬『니사』에는 서른 다섯 살 된 나우카[24]의 이야기가 나온다.

나우카는 생애사 구술 요청을 받고, 이름과 장소를 매번 바꿔 가며 전형적인 패턴에 끼워 맞춘 이야기를 끝없이 반복한다. 그 이야기란 결국 이런 것이다. 그녀의 어머니, 아버지, 언니, 오빠, 이모, 삼촌 등이 어떤 나무뿌리, 열매, 고기 등을 그녀에게 나눠주기를 거절했다. 그런데 그 다음날, 다음 주, 다음 달에 그녀가 나무뿌리, 열매, 고기 등을 얻게 되어 아버지, 어머니 등이 그걸 달라고 손을 벌리자, 앙갚음할 기회를 놓치지 않고 그 부탁을 보기 좋게 거절했다는 것이었다. 나우카는 자가기 아는 사람, 혹은 장소, 혹은 음식의 이름들을 가지고 전형적인 패턴에 끼워 맞춰 새로운 기억을 조합해 내는 놀이를 하였다. 나우카의 이야기는 삶이 동일한 패턴에 의해 끝없이 반복된다는 극적인 상징으로 읽힐 수 있다. 이는 인과성을 기반으로 처음부터 끝까지 지속적으로 발전하는 근대 소설의 서사구조와는 확연히 다른 특징을 보여준다.

구술생애사 스토리텔링이 서사적 분절의 원리에 따른 파편화된 구조를 갖는 또 다른 이유는 '구술'이라는 전달 매체의 특성에서 기인한다. 월터 옹에 따르면 구술문화의 사람들은 근본적으로 상황의존적이며 첨가적인 형태로 사고하고 표현한다.[25] 즉 구술적 표현은 상황별로 파편화되고, 첨가적인 형태로 상호 결합하게 된다. 우리는 이를 구술이라는 전달 매체의 특성으로 볼 수 있다. 따라서 구술생애사 스토리텔링의 경우도 구술문화의 이런 특성이 반영된 결과라고 볼 수 있다.

서사적 분절의 원리는 구술생애사 텍스트의 서사 구조와 주제를 밝히는 데 있어서 중요한 부분이다. 왜냐하면 스토리텔링의 대상과 매체적 특성으로부터 분절의 원리가 기인하고 있기 때문이다. 구술자가 자신의 생애를 어떤 관점에서 바라보는지, 인생의 변화 양상과 단계를 어떻게 이해하려 하는지 등은 텍스트의 분절 양상을 살피는 과정에서 자연스럽게 파악될 수 있다.

생애사 구술자들은 새로운 인생의 한 면이 시작될 때, 혹은 매우 중요한 사건과 제도의 변화가 나타날 때를 비롯하여 무수히 다양한 지점에서 텍스트를 분절하면서 새로운 텍스트를 시작한다. 그리고 이런 분절 지점에는 분절의 표지를 심어둔다. 분절 표지는 서사적 혹은 통사적으로 의미가 있는 한 덩어리의 이야기를 분리해내는 표식이다. 분절 텍스트는 바로 이 표식에 의해 경계지워진 각각의 단위텍스트를 지칭한다.

구술생애사 스토리텔링의 분절 표지[26]는 새로운 단위텍스트가 시작됨을 알려주는 시작 표지와 지속되던 단위텍스트가 끝남을 알려주는 종결 표지, 두 종류가 있다. 분절 표지는 그것이 분절 표지임을 쉽게 알아볼 수 있는 형태로 나타나기도 하고 그렇지 않기도 한다. 가장 일반적이며 쉽게 확인되는 분절 표지로는 통사적 구문 자체가 분절 표지로 사용되는 경우이다. 시작 표지로 흔하게 사용되는 통사적 표현으로는, "그 다음으로", "그리고 나서", "그래가지고" 등이 있다. 종결 표지로는 "그랬습니다", "그랬었어요", "네 그래요…. 하하하", "예 그거는 그러고" 등의 통사적 완결 표현들이 사용된다. 이런 종결 표지는 모든 구술자에게서 나타나지는 않지만, 구술자에 따라서는 지속적으로 사용되기도 한다. 김정헌 구술자와 황윤정 구술자는 이런 종결 표지들을 자주 사용하였다.

또한, 새로운 시간 상황을 설정하는 분절 표지나 새로운 공간의 도입을 보여주는 분절 표지도 비교적 손쉽게 알아볼 수 있는 언어적 표지이다. 메타 서사적 예고 구문도 손쉽게 인식되는 분절 표지에 해당한다. 몇 가지 예를 보이면 다음과 같다.

● 새로운 시간 상황의 설정
　－"그렇게 80년대가 지나고 90년대 들어서면서"(이문성)
　－"몇 년이 지나서 2004년 쯤 됐나"(양미영)

● 새로운 공간의 도입
　－"거기를 가서 느낀 게"(양미영)
　－"바로 여수동으로 나왔죠"(전영준)

● 메타 서사적 예고 구문
　－"그러면서 이제 유독 기억나는 게"(송주석)
　－"그리고 그 사람들이 뭐가 되게 충격적이었냐 하면"(황윤정)
　－"이게 거의 막바지 얘긴데요"(김정헌)

개인생애사 스토리텔링에서 새로운 시간 상황을 설정하기 위한 시작 표지는 위의 경우처럼 연대, 연도, 그리고 "20대에 들어서" "결혼 이후", "졸업을 하고" 등으로 보다 큰 규모의 시간 단위를 사용하는 경우가 대부분이다. 날짜나 몇 시 몇 분 등의 구체적인 시간 단위를 분절 표지로 사용하는 경우는 거의 발견되지 않았다. 아무래도 수십 년에 걸친 긴 인생사를 대상으로 하기 때문에 날짜나 세부적인 시간을 서술하는 것이 적당하지 않다고 판단하기 때문으로 보인다.

또한 시간 상황의 설정을 보여주는 시작 표지들은 구술 시점으로부터 먼 이야기일수록 보다 확연한 형태로 등장한다. 반면 구술이 이루어지는 시점에 가까워질수록 그런 표지들은 줄어들거나 불확실하고 비확정적인 형태를 취한다. 이는 오래된 기억일수록 이미 자신의 삶에서 차지하는 비중이나 관계가 분명하게 정리되고 의미가 확정되었음을 말해준다. 즉 오래된 사건이나 체험은 살아오면서 여러 차례 회상되고 반추되는 계기가 있었을 것이고, 그런 과정을 통해 자연스럽게 자신의 생애사에서 그 일이 가지는 의미나 중요성이 정리·확정되었을 것이다. 따라서 잊혀지거나 망각되지 않고 구술자의 기억 속에 각인되어 있으며, 각인된 기억 덕분에 좀 더 분명한 시간 표지를 사용하는 스토리텔링이 가능해지는 것으로 이해된다.

새로운 공간의 도입을 나타내는 분절 표지는 시간 표지에 비해 거의 나타나지 않으며, 나타나더라도 시간 표지와 함께 등장하는 것이 일반적이다. 이를 통해 개인생애사 스토리텔링이 공간보다는 시간 중심의 스토리텔링이라는 사실을 확인할 수 있다.

한편 종결 표지로는 하향적 억양 곡선과 발화의 휴지 등이 많이 쓰인다. 라경승 구술자는 이런 종결 표지를 특히 많이 사용했다. 예컨대, "일 년 사이에 고민이 상당히 많이 늘어났다고…↘" 등의 형태로 나타났다. 또 다른 형태의 종결표지로는 다음과 같은 것들이 있다.

- 평가적 또는 결과 확인적 완결 해석
  - "그런 식으로 인제 생각을 바꿨어요"(황윤정)

- 서사 내용의 요약적 반복
  - "인제 그런 계기들이예요. 제가 음악적으로 한 어린 시절의 계기는 잡다한 거보다는 그런 짤막짤막한 임프레션들이 주는 영향력이랄까"(송주석)

서사 내용의 요약적 반복의 분절 표지는 반복적인 구술 청취나 이야기의 결과를 확인한 후에야 그것이 분절 표지였다는 사실을 알게 될 수도 있다. 생애사의 몇 가지 중요한 사건들을 요약하여 관용구처럼 반복 구술하는 아래 사례는 이런 분절 표지의 좋은 예가 될 수 있다.

- 텍스트 사례 (1) : 박금순 "가족들의 중풍"
  1. 좀 살만 하니까

2. 우리 시어머니 중풍 맞아서 삼년 고생하시고
3. 우리 바깥양반 또
4. 저리 이사 가서
5. 쉰아홉에 중풍 맞아서
6. 예순셋에 세상을 오년 만에 뜨시고.
7. 뭐 잘 살 거 뭐 있어.
8. 그냥 하루하루 사는 거지.27)

이 사례는 2009년도에 조사된 성남시 은행동 박금순 구술자28)의 생
애사 스토리텔링 마지막 부분이다. 시어머니와 남편이 중풍을 걸려 3년
과 5년 만에 세상을 뜨게 되었는데 할머니는 그 기간 동안 병수발을 하
느라 무진 고생했다는 내용이다. 할머니는 자신이 겪었던 이 일을 전체
구술 과정에서 모두 3차례 반복했다. 이 일은 삶에서 가장 깊이 각인된
사건들로 이미 관용구처럼 정형화된 패턴으로 할머니의 기억 속에 정리
되어 있는 듯했다. 시어머니의 3년 중풍과 사망, 그리고 남편의 5년 중
풍과 사망에 대한 기억은 한 토막의 이야기가 마무리되는 부분에서 자
연스럽게 넋두리처럼 등장하여 구술의 분절 표지로 사용되었다.

종결 표지와 시작 표지는 각각 독립적으로 나타나기도 하고, 함께 나
타나기도 한다. 다음은 텍스트 분절 지점에 종결 표지와 시작 표지가 함
께 나타나는 경우이다.

● 텍스트 사례 (2) : 김정헌 '교사의 꿈'
1. 그래서 등교 정지 좀 먹었거든요.
2. ○○고등학교를 나왔어요.
3. 근데 아니 난 수업도 다 받았는데
4. 학교를 공부를 다 했는데, 출석부에만 등교 정지예요.
5. 어 그래서 마음이 굉장히 지랄 같더라구요.

6. 그때 이제
7. 제가 꿈은
8. 교사가 꿈이었죠. 선생하는 거.
9. 그것도 또 낙도나 이런 데서
10. 선생님 되는 게 꿈이었었어요.

위의 김정헌 구술자[29)]의 사례에서는 5번째 줄과 6번째 줄 사이에서 텍스트가 분절된다. 여기서 구술자는 자신이 착실한 고등학생이었지만 등록금을 못 내서 등교 정지를 먹었던 일을 이야기하고 난 후 이 단위텍스트를 종료하기 위한 종결 표지로서 '평가적 언급'을 활용한다. 5번째 줄의 "어 그래서 마음이 굉장히 지랄 같더라구요"가 바로 종결 표지에 해당한다. 그러고 나서 구술자는 곧바로 새로운 분절 텍스트의 시작을 알리는 시작 표지를 사용한다. 이어지는 분절 텍스트는 교사의 꿈을 꾸게 했던 한 여교사에 대한 추억인데, 이를 구술하기 위해 구술자는 다음에 나올 이야기의 내용을 간추려 알려주는 '예고' 형식의 시작 표지를 사용한다. 6번째 줄에서 10번째 줄까지가 바로 그것에 해당한다.

3.2. 상위체험의 설정

생애사 구술 요청을 받았을 때, 대부분의 구술자들은 자신의 삶이 '이야기 될 가치'가 있을지 걱정한다. 평소 자신의 인생 역정을 책으로 쓰면 소설 몇 권은 될 것이라고 입버릇처럼 말하는 사람들도 비슷한 걱정을 한다. 하지만 '이야기 될 가치'에 대한 걱정은 삶 자체의 사소하고 하찮음에 대한 생각이나 염려가 아니라, 자신이 구술을 효과적으로 잘 해낼 수 있을까 하는 걱정에 다름 아니라고 여겨진다. 즉 이야기꾼으로서의 자신의 능력에 대한 걱정이라고 볼 수 있다. 이는 좋은 이야기가 되기 위해서는 이야기에 나름대로의 체계와 구조가 있어야 함을 구술자들이 의식하고 있다는 반증이 된다.

구술자들이 이야기 효과를 걱정하는 한, 이야기는 나름대로의 체계와 구조를 갖추게 된다. 구술자는 자신의 구술을 의미로 가득찬 이야기로 만들기 위해 노력하게 된다. 예컨대 "구술자는 시간의 정리 전략과 순차화의 노력을 할 수도 있고, 내용적 연상과 의사소통적 욕구를 추종할 수도 있다."[30] 이런 노력 덕분에 구술 스토리텔링 텍스트는 나름대로 체계와 구조를 갖출 수 있게 된다. 일반적으로 구술 텍스트는 통일성과 완결성이 부족하며 산만하고 느슨한 체계로 인식되는 것이 사실이지만, 그렇더라도 그것이 완전히 무질서하고 체계 없는 텍스트라고 보는 것은 잘못이다.

분절된 텍스트는 다양한 형태를 취한다. 어떤 분절 텍스트에서는 서사적 사건이 다루어지고, 어떤 경우에는 사건에 대한 평가나 의미가 이야기되기도 한다. 이들은 기본적으로 의미나 형식 면에서 자립적이라는 공통점을 지닌다. 자립적인 분절 텍스트는, 하이퍼텍스트 서사의 단위텍스트가 그러하듯이, 다른 분절 텍스트와 다양한 방식으로 결합한다. 즉 인접한 분절 텍스트들과 복잡하게 얽혀들면서 좀 더 역동적인 이야기 구조를 만들어내는 것이다. 그런 결합 과정을 통해 더 큰 서사가 구성되고 의미가 분명해진다.

파편적인 이야기 요소에 해당하는 분절 텍스트들이 서로 결합을 이루어가는 과정을 살피기 위해서는 "상위체험의 관점"이라는 것을 도입할 필요가 있다. 상위체험이란 학창시절의 경험들, 시댁 식구들, 직업을 갖고 돈을 벌기 위한 노력들, 질병과 그것의 치료에 관한 일련의 노력 등으로 다양하게 설정할 수 있고, 실제로 구술자마다 다양한 상위체험의 관점에서 스토리텔링을 진행한다. 한 개인의 생애사 스토리텔링에서 상위체험은 보통 여러 개가 설정되며, 이런 상위체험들은 상호 대등한 수평적 구조를 갖거나, 중요도에 따른 계층적 구조를 형성하기도 한다. 하나의 상위체험은 여러 개의 분절 텍스트를 수반하며, 수반되는 텍스트의 수가 많을수록 구술자는 그것에 큰 의미를 부여하는 것으로 볼 수 있다.

예컨대 박금순 구술자는 시댁 식구들이라는 상위체험에 구술의 많은 분량을 할애한다. 시어머니, 남편, 시동생 이야기는 스토리텔링의 이곳 저곳에서 불쑥 불쑥 등장한다. 그것은 구술자의 삶이 시댁 식구들과의 관계에서 큰 영향을 받고 있음을 알려준다. 송주석 구술자는 학창시절의 경험이라는 상위체험을 긴 분량으로 상세하게 이야기하는데, 이는 그것이 현재의 모습을 있게 한 근원이라고 생각하기 때문이다. 이현정[31] 구술자는 아들의 암투병과 극복이라는 상위체험을 중심으로 생애사 이야기를 끌어가는데 그녀는 이를 통해서 자신의 삶의 변곡점을 드러내려 하였다. 또 정유재 구술자는 군대 체험을 스토리텔링하면서 많은 분절 텍스트를 만들어 내는데, 이는 구술자가 군대 시절을 극적이고 인상적인 장면들로 기억한다는 의미이다.

상위체험을 설정하는 방법에는, 주제 귀속 관점과 소재 귀속 관점이 있다. 분절된 텍스트들을 주제적으로 귀속시키는 상위체험의 관점은 인식론적이며, 해석적으로 구성된다. 따라서 자신의 삶이 일관된 의도 하에 전개되어 왔다고 생각하는 구술자에게서 주로 나타난다. 반면 텍스트들을 소재적으로 귀속시키는 상위체험의 관점은 비교적 덜 해석적이다. 이 경우의 구술자는 삶의 의도성을 드러내지 않고, 삶에 대한 자신의 해석적 견해를 덧붙이지 않는다. 물론 구술자들이 어느 하나의 관점에만 의존해서 상위체험을 설정하는 것은 아니다. 동일한 구술자라도 어떤 것은 주제 귀속적으로 어떤 것은 소재 귀속적으로 상위체험을 설정한다.

주제 귀속 관점에서 주로 상위체험을 구성했던 예로는 이문성 구술자들 들 수 있고, 반면 구보윤[32] 구술자는 소재 귀속 관점에서 상위체험을 구성하는 사례에 해당한다. 이문성[33] 구술자는 한국현대사의 변화에 맞춰 개인사를 구술했다. 그의 구술에서는 자신의 생애사를 성남지역의 시민문화운동의 변화라는 주제와 결합시키고자 하는 강한 의도를 엿볼 수 있다. 반면 구보윤 구술자는 주거문제와 관련하여 '집'이라는 소재 관점에서 가장 중요한 상위체험 하나를 설정하였다. 답십리에서 반강제 철거를 당하고 성남 상대원으로 이주하게 되었던 구술자는 천막집에서 시작하여 이후 집다운 집을 처음 짓고, 다시 고쳐짓고 하면서, 집을 소유해 가는 과정을 삶의 핵심이자 가장 중요한 성취로 인식할 수밖에 없었던 것 같다.

이문성의 경우처럼 주제 귀속 관점에서 중요한 상위체험을 설정하는 구술자들은 삶의 전개 과정을 주체의 의도와 깊게 관련된 것으로 인식한다. 따라서 이런 구술자들은 대개 문제 제기와 해결을 중심으로 스토리를 구술한다. 반면 구보윤의 경우처럼 소재 귀속 관점에서 상위체험을 설정하는 구술자들은 삶을 흩어져 있는 인상적인 요소나 경험들의 집합체로 인식한다. 이들은 공간이나 관심대상의 이동을 중심으로 스토리를 구술해 나가며, 자신의 삶에 대한 의미 부여를 지연시키거나 구술 청취자의 몫으로 남겨두는 경향을 보인다.

3.3. 분절된 텍스트의 결합 양상

분절 텍스트의 결합 방식은 4가지 정도로 정리된다. 즉 시간적 순서, 문제 제기와 해결, 공간(관심대상)의 이동, 연상의 기법이 그것이다. 분절 텍스트가 결합되는 양상은, 앞서 논의하였던 것처럼, 구술자가 삶을 대하는 태도와 깊은 연관을 가지기도 하지만, 다른 한편으로는 구술자의 스토리텔링 전략에 따라 임의적으로 선택되기도 한다. 드물게는 구술자의 스토리텔링 능력에 좌우되는 경우도 있음을 확인할 수 있다. 상위체험의 관점이 주제 귀속적인지 소재 귀속적인지에 따라서 분절 텍스트 간의 결합 방식이 배타적으로 정해져 있다고 말할 수는 없다. 주제 귀속 관점을 취하는 구술자도 공간의 이동이나 혹은 연상 작용을 따라 스토리텔링을 할 수 있고, 반대로 소재 귀속 관점의 구술자도 문제 제기와 해결 혹은 시간적 순서에 따라 스토리텔링하는 것이 얼마든지 가능하다.

우선 문제 제기와 해결의 결합 양상부터 살펴보자. 이는 삶의 어떤 단계나 순간에 봉착한 구술자가 먼저 하나의 문제와 목표를 먼저 이야기한 후 그것을 해결하고 달성해 가는 과정을 스토리텔링하는 방식이다. 이 결합 양상은 지나간 일에 대한 평가나 의미 분석(일종의 analepses)과 다가올 일의 전망이나 선취(일종의 prolepses)에 대한 직접적인 언급을 통해 만들어진다. 선행하는 문제 제기와 후행하는 결과가 대개 시간적 역전 없이 자연적 시간의 흐름을 따른다면, 이것은 시간적 순서에 따른 결합의 특수한 양상이라고 할 수 있다. 하지만, 스토리텔링 상으로는 앞서 나오는 문제와 목표가 기실은 그 이후의 삶의 과정을 다 겪고 난 후에 사후적으로 인식가능하게 된 경우도 많았다. 즉 실제로는 시간적 순서를 벗어난 서술이 이루어지고 있는 것이다. 주로 이런 경우에 한정해서 문제 제기와 해결의 결합 양상을 분류하는 것이 좋을 것이다.

연상의 기법은 자연스런 의식의 흐름에 맡겨 스토리텔링을 이어가는 방식이다. 앞서 언급했던 쿵족 여성 이야기의 주인공이었던 니사는 연상을 통한 스토리텔링을 다음과 같이 인상적인 말로 표현하였다. "어떡하지? 지금 얘기를 하나 하는데 다른 얘기가 머릿속으로 생각 속으로 달려 들어오네! 그건 좀 이따 말해 줄게. 지금 하는 얘기 다 끝난 다음에"[34]

연상의 기법은 대상의 교체라는 측면에서 볼 때 공간(관심대상)의 이동에 따른 결합 방식의 특수한 양상에 해당한다. 하지만 연상의 기법은, 니사처럼 순차적 나열의 경우는 제외하고, 다른 이야기 중간에 연상된 분절 텍스트가 삽입되는 양상에 한정하는 것이 좋을 듯하다.

생애사 구술자들이 가장 선호하는 방식은 시간적 순서에 따른 스토리텔링이다. 생애사 구술 요청을 받은 구술자 대부분은 출생에서부터 구술 시점까지 시간적 순서에 따라 삶의 과정을 스토리텔링하는 것을 볼 수 있다. 즉 고향이나 부모, 혹은 출생에 대한 기억으로부터 이야기를 시작하는 경우가 많았다. 일부 구술자들이 현재의 사회적 위치나 하는 일을 이야기 머리에서 구술하기도 하지만, 그들도 곧바로 출생 시점으로 돌아가 전체 서사의 흐름을 잡아 이야기를 끌어가는 것이 일반적이었다. 상위체험의 관점이 주제 귀속적이건 소재 귀속적이건 시간적 순서를 따른 연대기적 구술은 생애사 스토리텔링의 가장 보편적인 방식으로 활용되었다.

하지만 그것이 언제나 일관되게 지켜지는 서사적 원칙이나 틀은 아니다. 사실 시간적 선후나 순서가 무시되는 경우도 많이 찾을 수 있다. 송주석35) 구술자의 사례를 살펴보자. 구술자는 기타학원을 운영하다가 실력을 더 쌓고 싶어 대학교수를 찾아가 사사를 받고, 더 나아가 스페인으로 유학을 다녀오고, 1996년부터 진정한 프로페셔널 기타리스트로서 활동하게 되는데, 구술은 시간적 순서에 따라 진행된다. 텍스트 사례 (3)의 1, 2번 줄에 나타나는 분절 표지는 스페인 유학을 포함하여 프로 기타리스트가 되기까지의 학업 과정에 대한 구술을 마무리짓는 분절 표지에 해당한다.

● 텍스트 사례 (3) : 송주석 "스페인 유학의 계기"
　1. 이런 생활을 하다가
　2. 그 전공을 마무리짓는 것이 96년도가 되는 거죠.
　3. 아 그 전에 인제 그런 계기가 있어요.
　·4. 90년도 쯤해서 그니까 이
　5. 91년도 여름캠프 가기 전에 90년도 쯤 해서 제가
　6. 서울대학교를 들어갈려고 시도를 합니다.
　7. 서울대학교. 그 때 당시만 해도
　8. 서울대학교에 기타과가 유일하게
　9. 기타전공이 생겼어요.

　　그런데 이 이야기가 끝난 직후, 구술자는 무려 6년을 거슬러 올라가 스페인 유학의 계기를 다시 설명하기 시작한다. 그것은 3번째 줄에서부터 시작한다. 이는 마흔이 넘은 늦은 나이에 부인을 남겨두고 생업도 제쳐둔 채 스페인 유학으로 5년이라는 긴 시간을 소비해야 하는 것에 대한 자기 합리화와 정당화를 위해 필요한 보충 서술의 성격을 지닌다. 기억 자체의 불확실성에 의한 시간적 선후의 착오가 아니라면, 생애사 구술에서 시간적 선후가 무시되는 경우는 대개 이런 이유 때문이다.

　　생애사 서사인터뷰가 구술 시점에 접근할수록 시간적 선후나 순서가 자주 무시되고 덜 중요해지는 것도 삶의 과정에 대한 합리화의 욕구 때문으로 보인다. 즉 어린 시절, 학창 시절처럼 먼 과거의 경험에 대해서는 시간적 스토리텔링이 선호되지만, 최근 경험에 대해서는 그렇지 않다. 최근 경험은 대개 진행되고 있는, 아직도 자신의 삶에 어떤 식으로든 영향을 미치는 경우가 많다. 이런 경우 구술자들은 대개 시간적 스토리텔링보다 문제 제기와 해결의 스토리텔링을 구사한다. 그것을 통해, 사건을 서술하기 보다는 사건의 의미를 따지려 하고 원인을 분석하려

하고, 일에 정당성을 부여하려 한다.

현재에 영향을 미치는 가까운 과거는 완전한 객관화가 불가능하다. 뿐만 아니라 구술자는 오히려 현재적 처지와 경험들을 합리화시킴으로써 스스로 선택한 삶의 내적 동기를 강화하려 한다. 물론 그것은 나쁜 의미의 합리화는 아니다. 자신의 결정과 선택에 대한 스스로의 인정을 통해 최소한의 자존심을 지켜내고 그것을 지속 확대하려는, 그런 의도를 반영하는 합리화이다. 이런 내적 요구가 강화되면 강화될수록, 앞서 거론했던 이문성 구술자의 경우처럼, 시간 순서 보다는 문제 제기와 해결의 스토리텔링 방식을 선호하는 경향을 보이게 된다.

시간의 방식보다 공간(관심대상)의 이동을 중시하는 구술자들도 있다. 그들은 시간적 방식을 선호하는 구술자들보다 변화가 적은 삶을 살았거나 변화가 적은 시대를 살았던 구술자일 확률이 높다. 안일준 구술자36)의 경우가 그런 경우에 해당한다. 그는 경북 영주에서 태어나 학교공부를 마치고 우연히 서울에 있는 오리엔트 시계 회사에 취직을 하게 된다. 서울에서 산 지 얼마 되지 않았을 때 회사가 성남으로 이전하는 바람에 그도 성남으로 옮겨가게 된다. 그 후 다시 서울 청량리 누나 집으로 한 차례 들어갔다가 다시 성남으로 옮겨 몇 차례의 이사를 하게 된다. 그의 스토리텔링에서 시간의 흐름은 크게 의미를 갖지 못한다. 단지 나이가 들어가고 남편이 되고 아버지가 되어간다는 정도의 의미를 가질 뿐이다. 대신 이사를 통한 공간의 이동이 삶을 구성하고 구술하는 중요한 계기들로 작동한다.

또한, 공간의 이동을 중시하는 구술자들은 시간적 순서를 중시하는 구술자보다 소재 귀속적 관점에서 스토리텔링을 하는 경우가 많다. 이런 경우에는 상위체험 간의 연결 관계는 물론이고 하위체험들도 단순한 병치 관계를 유지하는 경우가 많다. 안일준 구술자가 결혼 후에 살던 집들을 구술하는 부분은 전형적인 병치 관계를 유지한다.

● 텍스트 사례 (4) : 안일준 "신혼 살림하던 집들"
  1. 그 다음에는 이사를 가가지고
  2. 이사를 갔는데 바로 옛날 성남서고 바로 뒤에 뒤에
  3. 햇빛이 쫙 나는 날 아침에 인제
  4. 그 집이 굉장히 어두운 집이었는데
  5. 햇빛이 쫙 문을 여니까 방이 환히 빛이 비치니까
  6. 어둡다는 생각을 전혀 못하고 갔는데.
  7. 그게 이제 서고 바로
  8. 옛날 성남서고등학교 바로 뒤라
  9. 지형이 좀 꺼져있고
  10. 고 다음에 그 밑에다 마당도 내려가 있는 덴데
  11. 그 다음에 뭐 성남의 집이 따닥따닥 붙어있으니까
  12. 집에 딱 들어가니까
  13. 이사를 다 하고 들어가 보니까
  14. 집이 깜깜하더라구요. 근데 그 집에서도
  15. 뭐 할 수 없이 한 2년 살았었어.
  16. 2년 살고 고 다음에 인제

신혼 살림하던 집을 소개하는 사례 (4)의 앞뒤에는 다른 신혼살림 집들이 병치된다. 집의 위치와 특징적인 점을 간단히 소개하는 방식이다. 1번 줄과 16번 줄은 각각 이전 텍스트와 이후 텍스트를 위한 분절 표지에 해당한다.

공간의 이동에 따른 병치 방식만큼이나 인접 텍스트들과의 관계에서 비의존적인 관계를 유지하는 스토리텔링의 방식은 삽입의 방식이다. 삽입은 주로 연상적 계기를 활용하는 것으로, 중심적인 내용에서 잠깐 벗

어나 여담을 늘어놓는 것이다. 즉 삽입 구성이란 이질적인 이야기가 끼어드는 방식이다. 박금순 구술자는 특히 연상의 기법을 활용한 삽입 구성 방식을 많이 사용했다. 구술자는 담양에서 서울로 시집온 후 시댁 식구들을 소개하는 부분에서 일제시대 면서기들의 행태에 대한 이야기를 삽입한다. 시동생을 소개하려고 하는 순간 갑자기 구술자의 머릿속에 시동생의 행방불명과 관련되어 있다고 믿어왔던 면서기가 떠오른 것이다.

● 텍스트 사례 (5) : 박금순 "시댁 식구들"
 1. 내가 시집을 오니까는
 2. 큰동... 시어머니 시아버지 큰 동세 시아재
 3. 둘째 아들이유 우리가, 우리 영감
 4. 인자 나, 또 우리 큰 동세가 네 살 먹은 놈.
 5. 이름이 성천이예요.
 6. 네 살 먹은 아들이 있었어요 · 맏이로. 홍역하다 갔어요.
 7. 작년 가을에 내 시집 왔으면 구정 새고 올봄으로
 8. 홍역하다가 가버렸어요. 그러고는 우리 시아재는 그저
 9. 행방불명이 되고.

이 사례에서 구술자는 2~4줄까지 시집온 후의 가족들을 한 명씩 호명한 후에 5~8줄에 걸쳐서 성천이라는 조카를 소개한다. 그리고 다시 8~9줄에서는 시동생(시아재)에 대해서는 그가 행방불명되었다는 보충 정보를 제공한다. 그리고 나서 구술자는 시동생의 행방불명에 대한 자세한 구술을 위해 일제시대 동네의 면서기 이야기를 꺼내며, 그 면서기의 담당구역을 말하기 위해 주변 일대의 여러 지명들을 자세히 설명하고, 그 면서기가 돈을 받고 부잣집 아들 대신 가난한 집안의 아들을 대신 징용 보내는 횡포에 대해 이야기한다. 그리고 결국 자신의 시동생도 그렇게

군대를 갔는데 후에 폭격맞아 죽었다는 소식을 듣게 된다고 이야기한다. 그리고 다시 가족들 소개로 돌아와 아래와 같이 시동상, 시누이, 조카딸 등을 추가로 소개한다.

● 텍스트 사례 (6) : 박금순 "다시 시댁 식구들"
1. 열한 식구더라고.
2. 시어머니 시아버지, 큰동새 시아재, 우리 두 부부.
3. 두 부부면은 여섯 식구 아니여요.
4. 또 시동상 둘, 시누 하나,
5. 또 저기 저 조카 하나는 죽고 그면 열 아니어요.
6. 조카딸, 음력 4월 달에 홍역하다 죽고
7. 조카딸이 또 태어났어요. 그런데 또 쉰여덜에 세상 떴어요.
8. 장조카 딸이.

텍스트 사례 (6)는 텍스트 사례 (5)에 이어지는 부분이다. 그런데 그 사이에 시동생의 행방불명을 이야기 하는 과정에서 주변 일대의 지명 소개와 일제시대 면서기의 횡포에 대한 이야기를 삽입해 놓고 있다. 물론 면서기의 횡포에 대한 이야기는 시동생의 행방불명에 대한 이야기를 위해 필요한 이야기이지만, 그것 자체로서 독자적으로 자립할 수 있는 이야기 단위이다.

4. 구술생애사 스토리텔링의 의의

구술생애사 스토리텔링에 대한 연구는 기존의 서사 영역을 확장하고 더 나아가서는 문학 연구의 영역을 확대하는 효과를 가져 올 수 있다.

뿐만 아니라 소설 못지않게 흥미롭고 역동적인 생애사 스토리텔링은 문화콘텐츠의 원천소스의 역할도 훌륭하게 해 낼 것으로 보인다. 성남문화재단에서는 향후 2020년까지 성남의 모든 동네를 대상으로 생애사 스토리텔링 시리즈를 이어갈 계획을 세우는 한편, 이를 가지고 영화, 다큐멘터리, 연극, 뮤지컬, 전시, 퍼포먼스, 공공예술과의 연계 사업을 구상·하고 진행하는 중에 있다.[37] 성남문화재단의 이런 움직임은 문화의 최전선인 현장의 실무자들이 생애사 스토리텔링 콘텐츠의 가치와 다양한 활용가능성에 주목하고 있다는 점에서 의미가 깊다.

하지만, 구술생애사 스토리텔링에 대한 학계의 연구는 이제 출발선에 있다. 앞으로 많은 문제들이 정리되고 해결되어야 할 필요가 있다. 예컨대 구술 스토리텔링 자료의 전사 원칙과 방법, 전사 텍스트 표준 양식, 전사 전용 프로그램 등의 개발, 그리고 다양한 분석방법론의 지속적인 개발과 정교화 등이 뒤따라야 한다. 또한 이런 학문적인 작업 말고도 구술 스토리텔링이 일상 속의 생활문화로 자리잡아 가도록 하는 노력도 필요하다고 본다. 그래서 지역사회를 대상으로 생애사 스토리텔링 클럽의 운영 방안 모색이나 지원 체계를 갖추어 나가는 일도 중요하다. 생애사 스토리텔링은 사람들이 자신의 삶을 새로운 관점에서 바라보게 하고, 더불어 스토리텔링에 참여하는 사람들과의 깊은 소통을 통하여 삶을 의미와 가치를 새롭게 발견할 수 있도록 해주기 때문이다.

지역문화공동체와 스토리텔링의 힘

이야기의 신비한 힘…

이야기 나부랭이라는 말이 있다. 이야기를 하찮게 여겨서 하는 말이다. 다시 말해 이야기는 우리 생활에 별 쓸모가 없다는 생각이다. 과연 그럴까? 물론 아니다. 이야기는 사람을 살리기도 하고 죽이기도 한다. 천일야화의 세헤라자데는 재미있는 이야기를 할 수 있어서 예정된 죽음을 하루씩 연기하여 끝내는 죽음을 모면할 수 있었다. 요즘에는 맥도널드나 나이키, 우리나라의 삼성 같은 기업들도 경영과 마케팅을 위해 이야기를 전략적으로 이용한다. 뭐 어쨌든 이야기는 우리가 생각하는 것보다 훨씬 능력 있는 놈이다.

안동 하회마을에 이런 이야기가 전한다. 원래 허씨와 안씨들이 살던 마을에 언제쯤인가 풍산 류씨가 들어와 집을 짓기 시작했다. 선주민이 모여 사는 산기슭을 피해 강가 쪽에 터를 잡았는데, 기둥을 세우고 상량을 할 때까지만 해도 집짓기는 순조로웠다. 말썽은 그 후에 생겼다. 상량을 마치고 났더니 밤새 집이 부서졌다. 다시 지었지만 똑같이 일이 벌어졌다. 누군가 집을 못 짓게 방해를 하는 것이 분명했다. 세 차례나 그렇게 되자 류씨는 하회마을 입촌을 단념하고 떠나려 했다. 그때 노승이 꿈에 나타나서 이 터에 집을 지으려면 마을 고갯길에서 3년 동안 만인 적선을 하라고 일러주었다. 류씨는 고개에 원두막을 짓고 길 가는 사람들에게 끼니와 신발, 노잣돈을 주며 3년간 적선을 했다. 그리고 나서 지금의 양진당 자리에 다시 집을 지었더니 아무 일이 없었다.

이 이야기는 풍산 류씨의 하회마을 입촌기로, 그들이 하회마을에 처음 들어올 때 선주민들의 반대가 극심했고 그로 인한 갈등이 어떠했는지 잘 보여준다. 선주민인 허씨들과 안씨들의 입장에서는 낯선 사람들의 갑작스런 출현과 그들의 공동체 틈입을 용인하기가 쉽지 않았을 것이다. '저들이 어떤 사람이길래 자신들의 공동체로 들어와 자기들의 삶에 영향을 미치려 하는가'라는 의문이 생겼을 것이다. 그리고 지레 짐작으로 '풍산 류씨가 이런 사람일 거야'라고 스스로 임의의 답을 만들어 냈을 텐데, 그것은 대체로 아주 부정적인 답일 가능성이 높았다. 자신들의 삶의 터전을 무단 점유하려는 무뢰한이라 생각했거나, 또 어쩌면 새로운 틈입자로 인해 마을 앞의 강이나 들판에서 얻을 수 있는 자신들의 몫이 줄어든다고 생각했을 것이다.

미국에서 실시된 한 여론 조사에서 따르면, 조사대상의 37%는 대다수 사람들이 기회만 있으면 타인을 이용하려 든다고 생각했다.[38] 그만큼 사람들은 정체를 알 수 없는 낯선 이들을 부정적으로 판단하는 속성을 가지고 있다. 때문에 허씨와 안씨들이 새로운 틈입자에 대해 부정적인 생각을 가지는 것은 지극히 당연하다. 더구나 틈입자는 아무런 동의도 구하지 않고 마을 빈터를 차지하려 하지 않았나. 이런 상황에서 풍산 유씨가 할 수 있는 일이란? 모든 미련을 거두고 마을에서 떠나거나 그러고 싶지 않으면 자신에 대한 부정적 생각을 돌려놓기 위한 행동에 착수하는 것이다.

부정적인 생각은 어떻게 돌려놓을 수 있을까? 다시 앞의 여론 조사에서 힌트를 얻는다면, 85%의 응답자가 '개인적으로 아는 사람들은 공정할 것이다'라고 대답했다는 점이다. 즉 낯선 사람보다 누구인지 아는 사람을 더 많이 믿게 된다는 것이다. 그렇다면 간단한 일 아닌가? 허씨와 안씨들에게 자기가 누구인지 알려주되, 개인적으로 안다는 인상을 심어 줄 만큼 감성적인 접근이 필요한 상황이다. 풍산 류씨는 마을로 들어오는 고갯길에 원두막을 짓고 지나가는 사람들에게 적선을 베푸는 방법을 택했다. 배를 곯은 사람들에게는 식사를 제공하고, 헐벗은 사람에게는 신발을 주며, 돈이 급한 사람들에게는 돈을 보태주었다. 무려 3년이라는 긴 세월 동안 그렇게 공을 들인 결과 풍산 류씨는 하회마을에 받아들여진다. 집을 부숴 버리는 극단적인 행동까지 동원하였던 마찰과 갈등이 원만하게 해소된 것이다

그런데 여기서 이야기의 행간을 다시 한 번 읽어 볼 필요가 있다. 풍산 류씨의 적선은 단순히 필요한 물건이나 돈을 나누어 주는 것이 전부였을까. 그것은 아니었을 것이다. 설화에서는 물건을 기부하는 것으로 단순화되었지만 사실은 그보다 훨씬 복잡한 소통의 과정이 필요했을 것이다. 끼니나 신발이나 노잣돈은 소통의 이야기판을 펼치기 위한 미끼였을 것이다. 이야기판이 펼쳐졌을 때 그는 자기가 누구인지, 왜 이 마을로 들어오려 하는지, 또 이 마을에 들어와서 어떻게 살아갈 것인지, 갖가지 이야기를 풀어놓았을 것이다. 자신에 대한 이야기, 일종의 자기 서사를 통해 그는 마을 사람들과 소통하기 시작했을 것이다.

소통 없이 공동체는 존재할 수 없다. 소통이 시작되고 신뢰가 생기자 류씨는 자연스럽게 허씨와 안씨들의 공동체에 받아들여졌다. 그러면서 더 큰 공동체가 만들어졌다. 이야기는 무관심하고 냉담한 사람들을 매혹시키는 힘을 가지고 있다. 심지어는 풍산 류씨와 마을사람들처럼 적대적

관계도 변화시킨다. 이성적·논리적으로 설명하거나 설득해서는 얻기 힘든 결과도 가져다 줄 수 있다. 그렇게 함으로써 이야기는 새로운 공동체를 만들기도 하고, 이미 만들어진 공동체의 결속을 다지기도 하고, 공동체를 생동하게 하기도 한다. 원시사회 때부터 이야기는 줄곧 이런 힘을 갖고 있었다. 부족의 연장자들이 모닥불 가에서 들려주었을 자신들의 신과 조상에 대한 수많은 이야기들은 부족의 특정한 가치와 정체성을 형성하고 강화하는 역할을 했다.

이야기 만들고 전파하기

그런데 풍산 류씨의 하회마을 입촌기에서 이야기의 신비한 힘보다 더 주목해야 하는 것이 있다. 그것은 바로 '이야기 만들기(Story Shaping)'에 대한 관심이다. 하회마을 사람들은 풍산 류씨의 입촌으로 마을 공동체가 확대되는 내력을 이야기로 만들었다. 자기들 공동체 내에서 일어난 일을 이야기로 만들어내고 그것을 서로에게 혹은 후대에 전승하는 데 관심을 가졌다. 하회마을 사람들은 이야기를 통해 공통의 관심사와 가치관을 확인하고 공동의 문제를 인식하는 이야기공동체였던 것이다. 전통시대의 마을이나 부락 등은 대개 이야기공동체의 성격을 갖고 있었다. 즉 자기들의 이야기를 만들고 전파·전승할 수 있는 내적 힘을 구비하고 있었다.

그런데 근대사회를 지나오는 동안 이야기를 대하는 사람들의 태도가 많이 변했다. 생활 속에서 이야기는 사라져갔다. 이야기는 예술의 영역에 갇혀 '소설'이라는 이름으로만 유통되었다. '소설'이라는 이야기는 전문적인 작가들이 만들어냈다. 작가 수업을 받지 않고 등단하지 않은 사람들의 이야기는 무시되었다. 사람들은 '독자'라는 이름으로 소설가들이 만들어내는 이야기를 소비하는 데 만족해야 했다. 후에 '영화'라는 새로운 이야기 매체가 출현하게 되지만 이 또한 전문가들의 영역에 속했다. 관객에게는 소비의 권리만 주어졌다. 소설이나 영화 같은 근대적 이야기 형식이 예술이라는 이름으로 한 시대를 풍미했지만, 사람들은 문화적 창조력을 거의 상실해 버렸다. '이야기 만들기'에 대한 관심이 시들었고, 무엇보다도 자신들에게는 이야기를 만들 능력이 남아있지 않다고 스스로 생각하게 되었다. 결국 사람들은 자신들의 삶을, 공동체의 경험을 더 이상 이야기로 만들지 않았다.

사람들이 자기 이야기를 만들지 못한다는 것, 그것은 삶을 돌아보고 해석하고 새로운 비전을 세우는 능력을 상실했다는 의미이다. 한마디로 자기 삶에 대한 자치 능력, 자기 공동체에 대한 자치의 능력을 잃어버렸다는 것이다. 역사적으로 고대국가들이 자국의 역사를 기록하면서 보다 강력한 국가체계를 갖추었던 것처럼, 자기 공동체의 이야기를 만들어내고 전승할 수 있다는 것은 보다 탄탄한 공동체의 결속을 만들어낼 수 있다는 의미이다. 따라서 자치를 원하는 공동체는 자기들 공동체의 이야기를 스스로 만들어낼 필요가 있다. 외부의 이야기가 아니라 자신들의 이야기를 직접 만드는 데 관심을 가져야 한다. 그리고 그것을 횡적 종적으로 전파하고 전승시켜야 한다.

다행스럽게도, 최근 들어 자기 공동체 내의 이야기에 관심을 갖는 곳이 늘고 있다. 자기 공동체의 일을 연극으로, 다큐멘터리로, 사진으로, 혹은 이야기책으로 만들어 내고 있다. 공동체 구성원들의 사적이고 내밀한 삶과 생활 이야기에서부터 공통체가 함께 풀어가야 할 집단의 문제에 이르기까지 이야기공동체들이 풀어내는 이야기의 내용과 형식도 다양해지고 있다.

하지만 이때 중요한 것은 공동체 구성원들이 직접 이야기 만들기에 참여해야 한다는 점이다. 어떤 프로젝트를 통해 외부 전문가들이 들어와 만들어주는 이야기는 가짜 이야기이다. 그것은 공동체의 결속을 강화시키고 공동체를 생동하게 하는 데 별로 도움이 되지 않는다. 왜냐하면 결과물로서의 이야기가 중요한 것이 아니라, 이야기를 만들고 전승하는 과정 그 자체가 중요하기 때문이다. 공동체의 구성원들이 근대소설의 독자나 영화의 관객처럼 단순한 소비자로 전락하는 것은 이야기공동체에서 아무런 의미가 없다. 하회마을 사람들이 그랬듯이 스스로 이야기를 만드는 주체가 되고 이야기를 전파하는 주체가 될 필요가 있다. 그렇게 함으로써 공동체 내의 소통에 활력을 주어야 한다. 활발한 소통은 공동체의 자치를 가능하게 만드는 조건이 된다.

지역 문화축제, 문화공동체 vs. 경제활성화

산업사회는 노동 시간과 여가 시간의 분명한 단절이 확인되는 사회이다. 이 사회에서 여가 시간은 노동생산성을 극대화하기 위한 휴식의 시간 정도로 취급된다. 그러나 탈산업사회에 접어들면서 여가 시간의 중요성이 점차 커지고 있다. 여가 시간은 더 이상 노동을 위한 부수적인 시간으로 남아있지 않는다. 오히려 우리의 삶에서 노동 시간보다 더 큰 의미와 가치로 인식되기 시작했다. 여가 시간과 노동 시간이 혼재하는 활동 영역도 점차 늘어가고 있다. 여가 시간의 질에 따라 삶의 의미와 풍요로움이 결정된다는 인식이 빠르게 확산되고 있다. 사람들은 이제 노동보다는 여가 활동을 찾아 즐기는 데 더 많은 관심과 노력을 쏟고 있다.

일상에서의 문화 활동에 대한 개인들의 욕구는 점차 커지고 있다. 문화 활동 중에서도 문화 소비를 즐기고자 하는 개인들의 욕망은 어느 시대보다 왕성해진 것이 사실이다. 21세기 들어 문화콘텐츠, 문화축제, 테마파크 등의 문화산업에 대한 관심 고조 및 지원 활성화는 사람들의 증대된 문화 소비 욕구를 채워주려는 국가 사회적 대응이라고 볼 수 있다.

국가는 사람들의 욕망을 적절한 수준에서 충족시켜 주어야 한다. 욕망의 결핍이 커지면 국가사회를 지탱하는 시스템이 위협받아 흔들릴 수 있기 때문이다. 뿐만 아니라 국가는 한 걸음 더 나아가 문화 소비의 욕구를 적절한 방법으로 부추긴다. 이를 통해 경제 활성화를 꾀하고, 이를 다시 국가 경쟁력으로 이어가려 한다. 문화를 경제적 관점에서 이해하려는 이와 같은 접근법은 국가뿐만 아니라 지방자치단체들에서도 광범위하게 나타나는 현상이다. 문화콘텐츠산업을 육성하고 문화축제를 개최하고 테마파크를 건설하여 경쟁력을 강화하려는 정부와 지방자치단체들의 노력은 중요하고도 의미 있는 실천들이다.

그런데 문화에 대한 경제적 관점은 자칫 문화의 진정한 가치를 실현하는 데 역효과를 가져올 수도 있다. 문화에 대한 이해와 실천들이 오직 경제적 가치에만 국한될 때, 사람들 개개인의 일상적 삶은 풍요롭고 의미 있는 무엇이 되기 힘들다. 오히려 사람들은 문화에서 소외되고 사람에게서 소외되어 결국은 고립된 상태에 빠질 수 있다. 따라서 문화를 문화 자체로 누리고 향유하는 작고 일상적인 문화적 삶 공동체를 만들어가는 것이 필요하다.

이제 문화에 대한 이해는 경제 가치 중심에서 사회 가치 즉 문화, 교육, 환경, 그리고 삶의 가치에 중점을 두는 쪽으로 이동해야 한다. 우리는 전투적인 경쟁력 강화보다 조화롭고 행복한 삶을 위해 문화를 지혜롭게 활용하려는 노력을 펼쳐가야 한다. 경기도 성남시에서 시도했던 문화 프로젝트는 그런 변화를 위한 노력의 구체화에 해당한다. <예술, 태평동에서 노닐다>라는 이름이 붙은 이 문화 프로젝트는, 이벤트와 인프라 구축 중심의 문화산업 육성보다는 사람 중심의 다양하고 창조적인 생활 문화 양성 쪽으로 전략을 수정하였다. 이를 통해 시민 모두가 참여하고 향유할 수 있는 문화적 기반을 조성하여 문화적인 삶 공동체를 구현하려 하였다. 하지만 이런 시도는 아직 드문 사례일 뿐이다.

어떤 사회가 축적하고 길러온 문화적 자산과 문화적 역량은 이처럼 전혀 다른 두 차원에서 활용될 수 있다. 경쟁력 강화와 경제 활성화를 위한 산업적 자원으로 활용하려는 경우와, 풍요롭고 인간다운 삶을 위한 문화공동체 구축에 활용하려는 경우이다. 양자는 사회적 시스템 내에서 서로 양보할 수 없는 중요성을 가진다. 양자는 서로를 지탱한다. 경제 활성화 없는 문화공동체는 허약할 수밖에 없고, 문화공동체의 건설이 없는 지역경제 활성화는 문화적 황무지에 도달할 수도 있기 때문이다.

양자는 서로 다른 실천적 전략을 필요로 한다. 즉 문화공동체는, 성남시의 예가 그렇듯이, 작은 마을이나 동네를 중심으로 하는 소규모 생활밀착형 사업 전략을 필요로 한다. 반면 문화적 자산을 산업적 자원으로 활용하려는 경우는 규모의 경제원칙에 입각한 국제적인 대규모 사업 전략이 우선시 되어야 한다. 양자의 어정쩡한 결합을 벗고, 전략적 고려가 선명해져야 한다. 따라서 전자는 각종 시민단체를 중심으로, 후자는 자본력이 강력한 기업체를 중심으로 진행하되 정부나 지자체가 보조적인 역할을 수행해야 한다.

제4부 미주

1) 지역문화공동체는 경우에 따라 생활문화공동체, 동네공동체, 마을공동체, 지역공동체 등으로 다양하게 불리고 있다. 이 글에서는 이를 "지역문화공동체"로 통일해 부르기로 하겠다.

2) 예술과 마을 네트워크 웹사이트(http://www.artcomm.net) 참고.

3) 크라우스 포그 외, 황신웅 옮김, 『스토리텔링의 기술』, 멘토르, 2008, 62~71쪽 참조.

4) 임재해는 마을을 "경제적으로 자급적이고 정치적으로 자치적이며 문화적으로 자족적이어서, 사회적으로 자립적 구조를 이루고 있는 지속 가능한 공동체"라고 설명했다. 임재해, 「설화에 의한 문화주권 인식과 마을문화 읽기」, 『어문학』 제99집, 한국어문학회, 2008, 70쪽.

5) 신동흔, 「현대의 여가생활과 이야기의 자리」, 『실천민속학 연구』 제13호, 실천민속학회, 2009, 12쪽. 신동흔은 현장 이야기문화가 성립되기 위해서는 세 가지 기본 요소, 즉 스토리(이야기)와 이야기판, 그리고 이야기꾼이 필요하다고 했다.

6) 한국콘텐츠진흥원은 지역 스토리산업 저변을 확대하기 위해 '2010 지역 스토리텔러 양성 지원사업'을 추진하였다.

7) 클라우스 포그 외, 황신웅 옮김, 『스토리텔링의 기술』, 멘토르, 2008, 122~153쪽 참조 바람.

8) 그레고리 울머는 지식 구성의 세 가지 방식으로 서사적 방식, 설명 방식, 패턴 방식을 구분하였다.

9) 여기서 언급한 스토리텔링의 4요소는 클라우스 포그의 설명을 그대로 수용한 것이다. 클라우스 포그 외, 황신웅 옮김, 『스토리텔링의 기술』, 멘토르, 2008, 39~59쪽 참조 바람.

10) 신동흔, 「현대의 여가생활과 이야기의 자리」, 『실천민속학 연구』 제13호, 실천민속학회, 2009, 11쪽.

11) 흥미로운 이야기성이란 간단하게 스토리텔링의 4요소인 메시지, 갈등, 인물, 플롯을 가졌다는 의미로 이해해도 무방하다.

12) 신동흔, 「현대의 여가생활과 이야기의 자리」, 『실천민속학 연구』 제13호, 실천민속학

회, 2009, 15쪽.

13) 김대성, 「탈을 쓴 사적 이야기들의 운명」, 『문학과 문화, 디지털을 만나다』, 산지니, 2008, 165~170쪽 참고 바람.

14) 신동흔은 구전 이야기의 갈래를 논하면서 경험담을 일상적 경험담과 기이한 경험담으로 구분하였다. 전자는 생활의 테두리 속에서 일어나는 일상적인 경험을 전하는 이야기이며, 후자는 상식을 넘어서는 낯설고 기이한, 아주 특별한 경험을 전하는 이야기라고 했다. 신동흔, 「구전 이야기의 갈래와 상호관계에 대한 연구」, 『비교민속학』 22집, 비교민속학회, 2002, 377쪽.

15) 권혁희, 「북아현 뉴타운 조사에 대한 간단한 소개」, 『SEMU』 제22호, 서울역사박물관, 2009년 여름호, 9쪽.

16) 장노현, 『은행동 사람들 이야기』, 성남문화재단, 2010, 28쪽.

17) 이런 평가들은 "우리동네 문화공동체 만들기" 사업을 진행하는 지역 문화활동가들을 통해 우회적으로 들었거나, 또는 필자가 구술 작업 이후에 완성된 이야기북을 전달해 줄 목적 등으로 일부 구술자들을 만나면서 구술자들로부터 직접 전해들은 소감이나 평가들이다. 이야기북 프로젝트의 성과와 효과에 대한 객관적인 평가는 추후 어떤 식으로든지 필요할 것으로 보인다.

18) 송정란, 『스토리텔링의 이해와 실제』, 문학아카데미, 2006, 32~34쪽.

19) 프레이 사이트(www.fray.com) 참조.

20) 가라타니 고진, 조영일 옮김, 『근대문학의 종언』, 도서출판b, 2006, 51쪽.

21) 소리벼리는 한국학중앙연구원 『한국구비문학대계』 개정·증보 사업에서 개발한 음성 자료 전사 프로그램으로, 음성과 전사된 텍스트 간의 시간 동기화가 가능하도록 설계된 전사 전용도구이다.

22) 장노현, 「문화클럽 리더의 생애사 스토리텔링과 공동체 운동」, 『기층리더십과 시민공동체』, 백산서당, 2010.

23) 장노현, 『하이퍼텍스트 서사』, 예림기획, 2005, 262~271쪽 참조.

24) 마저리 쇼스탁, 유나영 옮김, 『니사―칼라하리 사막의 쿵족 여성 이야기』, 삼인, 2088, 60쪽.

25) 월터 J. 옹, 이기우 임명진 옮김, 『구술문화와 문자문화』, 문예출판사, 1995, 60~92쪽.

26) 가브리엘레 루치우스-회네·아르눌프 데퍼만, 박용익 옮김, 『이야기 분석』, 역락, 2006, 155쪽. 분절 표지와 관련된 논의는 이 책을 많이 참고하였음.

27) 장노현, 『은행동 사람들 이야기』, 성남문화재단, 2010, 190쪽.

28) 박금순 구술자의 서사인터뷰는 2009년 11월 26일 이루어졌다. 인터뷰를 재구성한 <은행동 여자의 일생기>와 전사된 구술 자료가 다음 책에 실려 있다. 장노현, 『은행동 사람들 이야기』, 성남문화재단, 2010.

29) 김정헌(가명) 구술자의 서사인터뷰는 2007년 9월 5일 이루어졌다.

30) 가브리엘레 루치우스-회네·아르눌프 데퍼만, 박용익 옮김, 『이야기 분석』, 역락,

2006, 157쪽.

31) 이현정(가명) 구술자의 서사인터뷰는 2009년 10월 22일 이루어졌다. 서사인터뷰를 재구성한 <엄마라는 이름으로>가 다음 책에 실려 있다. 장노현, 『은행동 사람들 이야기』, 성남문화재단, 2010, 125~143쪽.

32) 구보윤(가명) 구술자의 서사인터뷰는 2008년 9월 22일 이루어졌다. 서사인터뷰를 재구성한 <마님발 구두세탁소>가 다음 책에 실려 있다. 장노현, 『상대원 사람들 이야기』, 성남문화재단, 2009, 21~38쪽.

33) 이문성(가명) 구술자의 서사인터뷰는 2007년 8월 25일 이루어졌다.

34) 마저리 쇼스탁, 유나영 옮김, 『니사—칼라하리 사막의 쿵족 여성 이야기』, 삼인, 2008. 67쪽.

35) 송주석(가명) 구술자의 서사인터뷰는 2007년 10월 1일 이루어졌다.

36) 안일준(가명) 구술자의 서사인터뷰는 2009년 10월 19일 이루어졌다. 인터뷰를 재구성한 <가장 평범한 가장 이야기>가 다음 책에 실려 있다. 장노현, 『은행동 사람들 이야기』, 성남문화재단, 2010, 105~121쪽.

37) 장노현, 『태평동 사람들 이야기』, 성남문화재단, 2010, 20쪽. 이 책의 발간사에 해당하는 <태평동 사람들 이야기북을 펴내며>에서 재단은 이런 구상을 밝혀놓고 있다.

38) 아네트 시몬스, 김수현 옮김, 『대화와 협상의 마이더스 스토리텔링』, 한언, 2010, 29쪽.

문학 혹은 인문학, 문화콘텐츠를 만나다

인문학적 문화콘텐츠와 창의성

1. 들어가는 말

문화콘텐츠의 중요성이 날로 증가하고 있다. 이러한 양상은 21세기 지식기반사회로 들어서면서 나타나는 다양한 변화 양상들 중 하나이다. 2000년 들어 '문화산업'이라는 이름으로 출발했던 문화콘텐츠산업은 다음 시대를 선도할 핵심 분야로 떠올랐다. 국가에서는 문화콘텐츠산업을 진흥하기 위해 문화산업진흥기본법(1999), 온라인디지털콘텐츠산업발전법(2002), 저작권법 등을 비롯한 관련 법규를 지속적으로 제정하거나 정비하고 있으며, 한국문화콘텐츠진흥원(2009년 한국콘텐츠진흥원으로 확대 개편됨)을 설립하여 문화콘텐츠 발전의 견인차 역할을 맡겼다. 이밖에도, 정부는 2001년 6월 "콘텐츠 코리아 비전21"을 발표하고, 2003년 12월에는 콘텐츠산업을 국가 핵심산업으로 육성하기 위한 전략적 방향을 제시하여 2008년 세계5대 문화산업 강국 실현을 목표로 지속적인 정책추진을 의지를 보여주었다.

학계에서도 관련 학회를 설립[1]하거나 이에 관한 다양한 논의를 활발하게 진행 중[2]이며, 또한 교육현장에서도 문화콘텐츠 관련 인력을 양성

해내는 데 필요한 여러 방안들을 강구하기 시작했다. 그 일환으로 문화
콘텐츠 관련학과를 신설하거나 기존학과를 개편하여 문화콘텐츠 관련
제반 분야의 인력양성에 적합하도록 리모델링하는 작업이 조금씩 진행
되고 있다. 뿐만 아니라 '문화콘텐츠학'3)을 분과학문으로 정립해 나가려
는 시도와 논의도 나타나기 시작했다.

봇물처럼 터져 시대적 흐름으로 자리잡아가고 있는 문화콘텐츠산업은
창의적인 혹은 그에 준하는 작업을 필요로 한다. 영국에서 문화콘텐츠
관련 산업을 '창조 산업(creative industry)'이라 부르고, 이를 "개인의 창의
성, 기술, 재능 등을 이용하여 지적 재산권을 창출하고 이를 상업적으로
활용함으로써 경제적 부가가치와 고용 창출을 가져오는 모든 산업 활
동"으로 규정한 데서도 창의성(creativity)의 중요성을 쉽게 확인하게 된다.
물론 다른 산업 부문에서도 창의적인 활동은 필요하지만, 문화콘텐츠산
업에서처럼 창의적인 활동이 지속적으로 요구되지는 않는다. 장기적인
안목에서 볼 때 창의성은 문화콘텐츠산업의 활기와 생명력을 오래도록
지속시켜 줄 중요한 동력원임에 분명하다. 이렇듯 문화콘텐츠산업은 지
속적인 창의적 활동이 생산 단계의 핵심이며, 따라서 창의적 활동을 전
문으로 하는 전문직종의 수요가 크게 늘어날 전망이다.

그런데 문화콘텐츠에 접근하는 현단계의 기본 코드는 창의성이 아니
라, 문화상품이 되어 버렸다. 문화콘텐츠는 문화상품을 의미하고, 문화
상품은 모두가 문화콘텐츠인 것처럼 인식되고 있으며, 문화콘텐츠산업
은 문화상품의 생산과 분배에 집중되고 있다. 아도르노와 호르크하이머
는 창의성의 결여를 문화산업이 생산하고 유통시키는 문화상품의 본질
이라고 규정한 바 있다. 창의성이 결여된 문화상품이 한류라는 붐을 타
고 크게 유행하는 것은 한때를 지나가는 소나기의 시원함에 비유될 수
도 있다. 이제 우리의 문화콘텐츠산업은 한때의 시원함을 넘어서야 할

시점에 이르렀다. 문화콘텐츠 담론이 지속적인 생명력을 갖고 문화산업적 영역에 자양분 공급을 계속할 수 있는 방안은? 문화콘텐츠산업의 창의성을 강화하는 것이다.

지금의 문화콘텐츠 담론에서 창의성은 어떻게, 얼마만큼 구체화되어 있는가? 창의성을 문화콘텐츠산업의 체계 속에 내재화된 핵심적 요소로 만드는 방법은 무엇일까? 창의성의 중요성을 어떻게 강조하고 드러낼 것인지 여러 차례 고민하였다. 그 결과 문화콘텐츠 개념을 세분화하여 확장하고, 문화콘텐츠산업과 관련된 체계 모델을 검토할 필요성을 느꼈다. 따라서 여기서 다룰 내용은 다음과 같다. (1) 상품으로서의 문화콘텐츠와 구분되는 '인문학적 문화콘텐츠' 개념의 필요성을 제기하고, (2) 허쉬(Paul Hirsch)의 문화산업 체계 모델과, 칙센트미하이(Mihaly Csikszentmihalyi)의 창의성 체계 모델을 검토한 후, 이를 바탕으로 (3) 창의성을 중시하는 문화콘텐츠 3각체계도를 완성하고자 한다.

2. 인문학적 문화콘텐츠와 문화상품

2004년 2월 문화관광부와 한국문화콘텐츠진흥원에서 펴낸 "세계 문화산업 5대강국 실현을 주도하는 문화콘텐츠 인력양성 종합계획"에서는 문화콘텐츠와 문화콘텐츠산업을 다음과 같이 정의하고 있다.

- 문화콘텐츠 : 창의력·상상력을 원천으로 '문화적 요소'가 체화되어 경제적 가치를 창출하는 문화상품
- 문화콘텐츠산업 : 문화콘텐츠의 개발·제작·생산·유통·소비 등과 이에 관련된 산업. 예컨대, 방송, 게임, 캐릭터, 애니메이션, 영화, 비디오, 출판/만화, 인터넷, 모바일, 음악

이 정의를 통해 우리는 정부가 문화산업 관련 정책을 펼치면서 어디에 집중하려고 하는지 알게 된다. 정책적인 고려에 따라 문화콘텐츠는 경제적 고부가가치를 수반하거나 창출하는 문화상품으로서, 산업적 측면이 강조되고 있는 것이다. 그것은 방송, 영화, 게임 등 구체적인 매체의 형태를 띤 최종 완성품이다.4) 다음 [도표 4]5)를 보자.

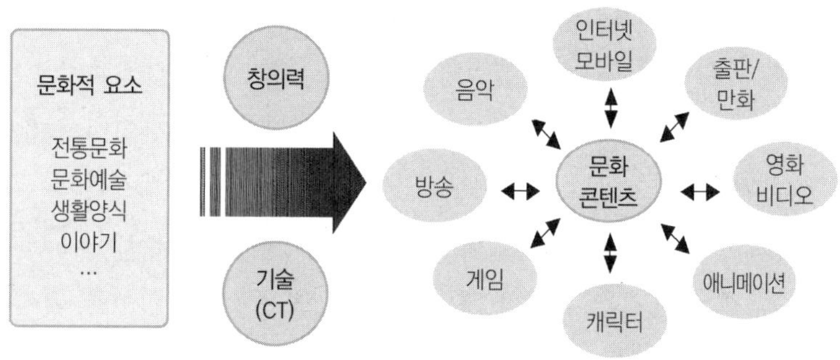

[도표 4] 문화콘텐츠산업의 기존 개념도

[도표 4]의 오른쪽 부분만을 강조하는 문화콘텐츠 개념은 표출적 상징, 즉 문화의 물질적 차원을 중요시한다. 이러한 접근법에서는 필름, 테잎, 음반, 책, 문서 등의 형태로 존재하는 인공물이나 영화, TV, 연극, 음악, 조형예술 같이 청중이나 관중을 위해 공연되거나 전시되는 문화적 산물에 관심을 둔다. 궁극적으로는 산업화·상업화의 가능성만이 모든 판단의 기준이 된다. 당장 산업적 가치로 연결되지 않는 문화콘텐츠는 돌아볼 여유를 갖지 않는다.6)

그러나 실제로 우리는 최종적인 형태의 문화상품만을 문화콘텐츠라고 하지는 않는다. 문화콘텐츠진흥원의 문화원형 사업은 우리의 문화원형을 발굴해서 디지털 콘텐츠로 만들어 21세기 문화경쟁에서 선도적 역할을 할 수 있는 산업적 효용가치를 끌어내는 데 그 목적을 두었다. 이 사업에서 말하는 문화원형은 "한국적인 정체성 나아가 고유성을 가진 전통문화의 원천자료, 즉 상품으로 가공·변형되기 이전 상태의 자료[7]"라는 의미를 내재하고 있다. 문화산업적 쓰임새가 강조되면서도 원천자료, 즉 후속적인 창작이나 가공을 위한 소재와 아이디어라는 의미를 강하게 내포하고 있는 문화원형이라는 용어를 통해 문화콘텐츠의 의미적 자질이 다층으로 형성되어 있음을 알 수 있다. 이를 좀 더 구체적으로 확인해 보자.

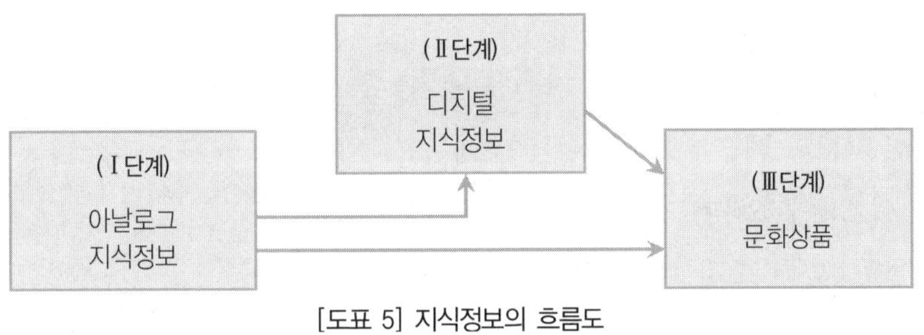

[도표 5] 지식정보의 흐름도

[도표 5]에서 1단계의 아날로그 지식정보는 일단 문화콘텐츠 담론의 범주에서 제외된다. 이유는 문화콘텐츠가 디지털시대로 접어들면서 그 중요성이 대두된 분야이기 때문이다. 즉 여기서 말하는 콘텐츠란 디지털 기술의 보편화에 힘입어 '미디어를 통해 표현되거나 구현된 내용물'이라는 의미를 그 안에 담고 있다고 보는 것이다. 디지털 매체는 강력한 통합력과 상호 영향력으로 문화콘텐츠의 생명력을 이끌어내는 중요한 계기가 된다. 같은 이유로 3단계의 문화상품 중에도 문화콘텐츠 담론의 범주에 들지 못하는 것이 있다. 상품의 제작·개발 단계나 최종적인 완성형태 등 그 어느 단계에서도 디지털 기술이나 매체가 활용되거나 적용

되지 않은 문화상품이 그런 류이다. 이런 류는 더 이상 문화의 창조나 생산 국면으로 피드백되지 않고 최종적인 소비의 차원에 멈추게 되는 경우가 많다.

2단계 디지털 지식정보 자원으로는 한국학중앙연구원의 '**한국향토문화전자대전**'과 '**디지털한국학**', 국사편찬위원회의 '온라인 조선왕조실록'8)을 비롯한 각종의 인문학 데이터베이스가 이에 해당한다. 여기에는 이미 존재하던 아날로그 지식정보를 디지털 매체에 맞도록 재구조화한 경우도 있지만, '한국향토문화전자대전'처럼 처음부터 디지털 매체에 맞게 설계·구조화된 지식정보도 있다. 이것들은 연구자들을 위한 학술 데이터베이스로서 기능할 뿐 아니라, 사회 전반의 문화적 소양을 끌어올리고 문화상품을 만드는 데 있어서 창작소재나 아이디어를 직간접적으로 제공하는 중요한 기초적 문화콘텐츠라 할 수 있다. 이에 대한 풍부한 이해를 갖고, 이를 다루는 데 있어서 훈련된 인력은 문화콘텐츠산업의 중요한 기반이 된다.

3단계 문화상품의 예로는 『조선왕조실록』에 등장하는 광대 '공길'이라는 인물을 통해 이야기를 만들어가는 영화 <왕의 남자>와 이것의 원작이라고 하는 연극 <이(爾)>를 비롯하여 드라마 <대장금>, <다모> 등을 꼽을 수 있다. 3단계 문화상품은 그 자체가 산업적 생산물이기 때문에,

---

한국향토문화전자대전

한국향토문화전자대전은 2003년 디지털성남문화대전의 편찬을 시작으로 현재 총 62개의 지역별 문화대전이 완료되거나 편찬 진행 중이다. 최근에는 편찬 및 홍보용 웹사이트의 URL이었던 http://www.grandculture.net를 통해 통합 사이트를 구축, 서비스를 시작했다. 이 책의 마지막 글은 한국향토문화전자대전의 기획 및 초기 사업에 관한 글이다.

디지털한국학

디지털한국학은 인터넷이 막 보급되기 시작하던 1997년에 시작된 한국문화 웹사이트의 이름이다. PC통신을 더 많이 사용하던 시절에, 한국학과 한국문화에 대한 본격적이고 체계적인 디지털 정보 서비스를 최초로 시작했다. 처음에 디지털한국학은 웹서비스와 함께 PC통신 유니텔 기반의 서비스를 함께 개발하였다. 2000년도 들어서는 www.koreandb.net라는 단독 URL를 확보하고 서비스를 일신했다. 그후 한국문화 대표 사이트를 표방하며 핵심 5대 DB를 중심으로 고급 정보 서비스에 주력하여 2003년 무렵에는 월평균 이용자가 30만 명을 넘어 40만 명에 육박할 정도였다. 그후 검색포털업체인 엠파스를 거쳐, 2013년 현재는 '네이트 한국학'(http://koreandb.nate.com)에서 서비스가 이루어지고 있다.

현재의 문화콘텐츠란 이 3단계와 좀 더 밀접한 개념이다. 국가가 정책적으로 육성하는 문화콘텐츠라는 것도 기실은 이 분야에 한정되고 있다.

한 가지 짚어둘 점은, 3단계의 문화상품은 자체 내에서 수많은 파생 문화상품을 만들어 낼 수 있다는 점이다. 핵심이 되는 원천적인 문화상품으로부터 다양한 파생적 문화상품을 만들어내는 연쇄적 공정이 세 번째 단계에 내재되어 있는데, 일반적으로 이런 연쇄적 공정은 OSMU(One Source Multi-Use)로 설명된다. 이 때 파생적 문화상품에 비해 원천적 문화상품의 중요도는 지극히 크다고 할 수 있다. 또 앞에서 잠깐 언급했던, 디지털 기술과 무관하여 문화콘텐츠 담론의 범주에서 제외된 것들 중에는 이 연쇄과정에서 발생하는 파생적 문화상품들이 다수 포함될 수 있다. 문화상품 중에서 이들을 제외한 나머지를 우리는 '상품콘텐츠'라고 따로 무리지어 부를 수 있겠다.

문화상품은 문화자본을 형성하는 중요한 기제이다. 문화자본(cultural capital)이란 화폐자본으로 환산 가능한 것만을 의미하지 않고 자본으로 전환 가능한 잠재적 가치들의 총체를 의미한다.9) 이는 대중음악, 영화, 드라마 등의 상품콘텐츠로 벌어들인 매출 규모로 한정되지 않고, 이들이 문화 소비자들에게 행사하는 잠재적, 상징적 영향력을 두루 포괄한다. 이처럼 3단계 문화상품, 그중에서도 특히 상품콘텐츠는 단지 소비되는 산업적 생산물로 그치는 것이 아니라, 그 자체가 잠재적 상징적 영역을 갖는다. 그렇기 때문에 그것은 예술적 문화적 생산물로 간주될 수 있으며, 이를 문화콘텐츠라는 큰 범주로 환원시킬 수 있는 것이다.

'문화콘텐츠'라는 우리식의 복수형 용어는 우리 사회의 문화콘텐츠 담론들이 그만큼 포괄적이고 다양하기 때문에 가능해진다. 그런데 그러한 포괄성을 외면하고, 최종적인 상품성만을 강조하는 문화산업의 입장에 섰을 때, 우리는 아직 상품화되지 않은 여러 단계 혹은 여러 형태의 문화 관련 지식정보들을 어떤 범주 속에서 어떻게 인식하고 개념화해야 할지 난감해진다. 최종 상품콘텐츠를 위한 창작 소재나 아이디어를 제공해 주는 다양한 지식정보 자원들을 배제하거나 혹은 부수적이고 부차적이며 덜 중요한 대상으로 취급하게 될 때 문화산업의 지속적 생명력을 보장받기 어렵다. 따라서 [도표 4]의 왼쪽에 위치한 '문화적 요소', 즉 전통문화 자원과 문화 관련 지식정보, 창작 소재나 아이디어 등을 문화콘텐츠의 한 축으로 정위치시켜야 할 필요를 느끼게 된다.

이상의 논의를 통해, 문화콘텐츠의 개념을 소재나 아이디어를 제공하는 문화적 요소들에 대한 지식정보자원과 이를 활용한 최종 문화상품을 함께 아우르는 것으로 확대 재정립할 필요가 있다. 그리고 후자 즉 문화상품을 '(문화)상품콘텐츠'로 개념화할 수 있는 것처럼, 전자는 '인문학적 문화콘텐츠(인문콘텐츠)'로 개념화 할 수 있다. 이렇게 확대 재정립된 개념은 문화콘텐츠에 대한 논의를 보다 활성화하고, 상대적으로 열세에 놓여있는 인문콘텐츠의 연구·개발을 촉진할 수 있는 인식적 근거가 될 것이다. 또한 이러한 개념 구분은 정부의 보조금을 받는 부문과 상업적 자생력이 필요한 부문을 확실하게 구분하는 데도 유용성이 있을 것으로 본다.10)

3. 창의성과 문화콘텐츠산업 체계 모델

문화콘텐츠산업에 관여하는 인력 체계는 지극히 넓고 복잡하다. 앞에서 살펴본 대로, 문화콘텐츠가 워낙 넓고 다층적인 의미와 영역을 가지고 있기 때문이다. 기존 논의들에 따르면, 기획, 개발, 기술, 비즈니스(혹은 기획, 제작, 마케팅) 등에 포진되어 있는 이들이 모두 포함된다. 더 넓게는 문화콘텐츠의 사회적 가치의 생산에 종사하는 비평가(평론가), 갤러리 관리자, 후원자 등도 여기서 포함시킬 수 있다. 케이브즈(Caves)[11]는 타 산업과는 다른 문화산업의 여러 특징들을 지적하면서 다양한 기술과 인력의 필요를 빼놓지 않았는데 이 또한 같은 맥락에서의 지적이 아닐 수 없다.

문화관광부와 한국문화콘텐츠진흥원에서 펴낸, 「세계 문화산업 5대강국 실현을 주도하는 문화콘텐츠 인력양성 종합계획」에서는, 문화콘텐츠 관련 인력을 핵심리더, 현장전문인력, 예비전문인력, 기초잠재인력 등 4대 그룹으로 분류하였다. 도표로 보이면 다음과 같다.[12]

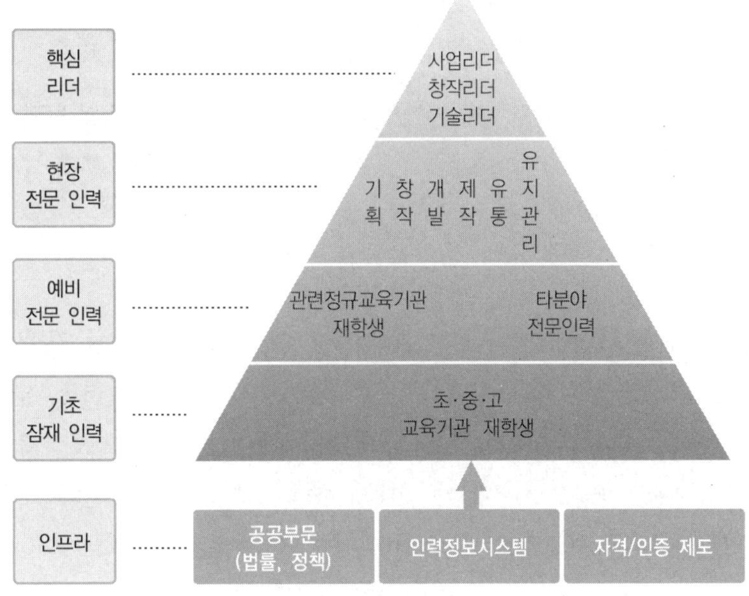

[도표 6] 문화콘텐츠산업의 인력 구조 모델

핵심리더란 문화콘텐츠산업 전반에 커다란 영향을 미치는 리더급 핵심인력으로, 문화콘텐츠와 관련되는 사업의 성과를 책임지는 사업리더, 콘텐츠 상품의 질적 완성도를 책임지는 창작리더, 그리고 창의적이고 생산적인 CT기술 개발과 응용을 책임지는 기술리더로 나누어진다.

현장전문인력은 문화콘텐츠 산업의 Value System 상의 각각의 기능에 따라 다시 나누어진다. 즉 Pre-Production 단계의 기획, 창작 인력, Production 단계의 개발, 제작 인력, Post-Production 단계의 유통, 유지/관리 인력 등으로 구성되며, 현장에서 실무를 담당하는 인력이다.

- 기획 : 사업 혹은 프로젝트 기획 및 관리, 운영
- 창작 : 새로운 아이디어와 가치를 창출하고, 문화콘텐츠를 구체화하는 역할
- 개발 : 기술능력을 기반으로 문화콘텐츠 설계 담당 역할
- 제작 : 제작기술과 장비를 이용 문화콘텐츠를 구현하고 상품화하는 역할
- 유통 : 문화콘텐츠를 소비자에게 전달하기 위한 활동 수행
- 유지/관리 : 문화콘텐츠의 유지 및 사후관리

문화콘텐츠 관련 인력이라 할 때 대부분 이 현장전문인력을 지칭하며, 문화콘텐츠 관련 교육은 이러한 현장전문인력의 기술적 능력을 기르는 데 교육의 초점이 모아지고 있다. 그밖에 예비전문인력과 기초잠재인력은 문화콘텐츠산업으로 진입이 기대되는 잠재적 인력을 말한다.

문화관광부와 한국문화콘텐츠진흥원의 「인력양성 종합계획」의 문화콘텐츠산업 인력체계는 현장중심인력의 세분화와 그에 따른 기술적 인력양성에 주안점이 있다. 이는 정부의 문화콘텐츠 정책이 산업적 측면에 맞춰진 결과로 이해할 수 있다. 이러한 체계 모델은 창의성을 중심으로

문화콘텐츠를 이해하고자 할 경우에는 잘 맞지 않는 체계 모델이다. 이에 따라 문화콘텐츠의 핵심요소로 창의성 개념을 도입하기 위해서, 허쉬(Paul Hirsch)의 문화산업 체계 모델[13]과 칙센트미하이(Mihaly Csikszentmihalyi)의 창의성 체계 모델을 검토하려 한다.

허쉬의 문화산업 체계 모델은 문화산업을 연구하기 위한 종합적인 분석틀로 제시되었다. 이는 예술가의 창조적 작업에서 시작하여 여러 여과과정을 거치고 생산과 분배과정을 거쳐 최종적으로 소비자에 의해 소비되는 문화산업의 전 과정을 하나의 체계로 묶어 설명하는 모델이다. 이러한 종합적인 분석틀은 문화콘텐츠산업 분석을 위해 매우 유용한 도구를 제공한다. 특히 문화콘텐츠산업에서 상품 콘텐츠 창안자의 위치와 역할을 분명히 한다는 점에서 하는 창의성을 중심으로 문화콘텐츠를 이해하려는 시도에 잘 들어맞는다.

문화산업 체계는 기술적 하위체계(창조적 개인), 경영하위체계(조직), 제도적 하위체계(미디어), 그리고 소비자로 구성되어 있다. 각 하위체계 사이에는 필터가 있고, 제도적 하위체계와 소비자로부터 경영하위체계로 피드백이 있다. 이 체계에 영향을 주는 환경으로는 문화시장과 문화정책이 있다. 이 분석틀에서 창안자는 투입의 영역에 있는 기술적 하위체계에 속한다. 그들은 체계에 투입을 제공하는 역할을 하는데, 예술가는 항상 공급이 수요보다 많기 때문에 필터를 통해 걸러지며, 일부만이 경영하위체계에 투입되어 그들의 작품이 문화상품으로 생산된다.

또한 허쉬의 문화산업 체계는 기능 단위와 하위 시스템이 조직상으로 분리되어 있다는 점이 특징이다. 예컨대 투입 국면의 기술적하위체계와 경영하위체계는 경계면 필터 — 예컨대, 편집인, 음반제작자, 영화감독 — 에 의해 연결된다. 이를 도표로 나타내고 그 특징을 요약하면 다음과 같다.[14]

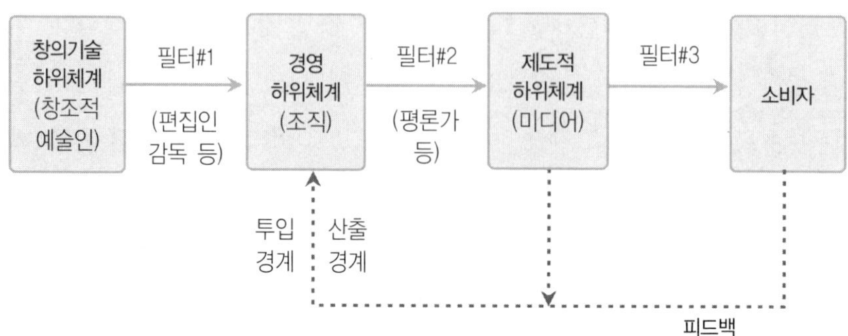

[도표 7] 허쉬(Paul Hirsch)의 문화산업 체계 모델

a. 창조적 개인들(예술가, 천재, 재능있는 사람)이 창의기술 하위체계 (creative technical subsystem)로 전환된다. 이들은 창조적 기술과 영감을 체계에 제공한다.

b. 투입은 필터1을 통과해야 한다. 예술가의 공급은 수요보다 많기 때문에 예술가들은 대리인을 고용하여 생산조직의 주목을 끌고자 한다. 생산조직도 재능있는 예술가를 영입하기 위해 대리인을 고용한다.

c. 경영하위체계(managerial subsystem)는 산물을 실제로 생산하는 조직(출판사, 영화제작소, 음반회사 등)으로 되어 있다. 경영하위체계는 혁신을 관리하기 위해 여러 전략을 사용한다.

d. 산출경계에서 생산조직은 대중매체(판촉 활동의 중요한 대상)에 접근하기 위해 경계에서 활동하는 대리인을 고용한다.

e. 제도적 하위체계(institutional subsystem)는 서평자, 영화평론가, 문화부 기자 등을 포함한다. 대규모 기업은 미디어와의 관계 개선을 위해 소비자 역할(광고)을 한다.

f. 최종 소비자는 새 상품을 주로 미디어를 통해서 인지한다.

g. 두 종류의 피드백이 있는데 하나는 미디어로부터 오는 것이고 다른 것은 소비자로부터 오는 것이다.

h. 환경은 국가 정책과 시장 메커니즘으로 이루어진다.

이 체계 모델은 창조적 개인들을 문화산업 체계의 맨 앞부분에 위치시키고 있다. 이를 통해 문화산업에서 창조적 활동의 중요성을 가시적으로 체계화하였다. 이는 문화산업을 창의성이 결여된 소비산업으로 규정했던 아도르노나 호르크하이머의 견해와는 크게 다른 입장이다.

하지만 허쉬의 체계 모델의 투입 국면은 현재의 상황과 맞지 않는 면이 없지 않다. 영화산업의 예로 들어 보자. 창조적 예술가인 시나리오 작가는 개인 작업을 통해 시나리오를 만든다. 완성된 시나리오는 제작자나 감독의 선별과정을 거처 경영하위체계로 넘겨져 제작에 들어가게 된다. 허쉬의 체계 모델이 제안된 1972년만 해도 실제로 영화 제작은 이 흐름을 따라 단계적으로 이루어졌다. 하지만 지금의 영화 제작 과정은 많이 변했다. 문화콘텐츠산업이 대형화·조직화되면서 초기의 시나리오 작업 자체가 시나리오작가, 제작자, 감독 등이 함께 참여하는 협업을 통해 만들어지게 된다. 이는 영화의 실패 요인을 시나리오 단계에서부터 제거하기 위한 노력의 일환이라 할 수 있다. 이러한 협업은 영화에 국한하지 않고 대부분의 상품 콘텐츠 생산에 그대로 적용되고 있다. 창조적 기술과 영감을 보다 강력한 조직적 협업을 통해 끌어내고 이를 직접 생산단계까지 연결시키려고 한다는 측면에서 현단계의 문화콘텐츠산업은 창의성을 보다 중요시하고 이를 산업적 측면에서 활용하려는 노력을 보인다.

또한 허쉬의 문화산업 체계 모델은 창조적 개인들의 창의적인 기술과 영감의 원천이 무엇인지 설명해 주지 못하는 한계를 지닌다. 즉 창의성이 어디에서 오고 어떻게 발현되는지 설명하지 못하기 때문에 창의적인 개인을 어떻게 양성하고 교육할 수 있는지도 설명하지 못하게 된다. 개인의 천부적인 창의성이 스스로 발현될 때까지 기다릴 것인가? 만약 창의성이 천부적 재능에 해당한다면 문화콘텐츠산업은 생산의 초기 국면에서부터 산업적 측면으로부터 멀어지고, 상품콘텐츠는 창조적 개인의 재능이나 천재성의 산물로 귀속되고 만다.

개인적인 문화예술 활동의 차원이 아니라, 문화콘텐츠산업의 체계 내에서 필요로 하는 창의성이란 교육 훈련이 가능한 무엇이어야 한다. 창의적 개인은 양성 가능해야 하며 창의적 활동은 지속 가능해야 한다. 이를 위해서는 그것이 가능하도록 만드는 원천이 필요해진다. 즉 창조적 개인들을 산업 내로 끌어들여 체계화하기 위해서는 그들을 위한 보다 효율적인 상상력뱅크, 아이디어뱅크가 필요하다. 앞에서 재정립한 문화콘텐츠 범주 중에서 상품콘텐츠와는 구별되는 인문콘텐츠가 그런 역할을 수행할 수 있을 것이다.

창의성을 개인의 천부적 특성으로 규정하던 상황을 획기적으로 바꾼 것은 칙센트미하이[15]이다. 그는 창의성을 개인과 사회의 상호작용의 결과로 본다. 즉 "창의적이라 불릴만한 아이디어나 업적은 한 개인의 머리에서 나오는 것이 아니라 여러 조건이 어우러져서 빚어내는 상승작용의 결과"이다. 따라서 "창의성을 향상시키기 위해서는 창의적인 생각을 하려고 노력하기보다는 환경을 변화시키는 쪽이 훨씬 수월하다." 또한 "진정한 창의적인 업적은 갑작스러운 통찰력에 의한 것이 아니라 오랜 노력 끝에 찾아오게 된다." 결국 칙센트미하이는 창의성의 발휘는 개인의 창의적인 성향만으로는 부족하다고 주장하는 것이다. 창의성을 발휘하고자 하는 사람은 창의적인 체계 안에서 움직이면서 그 체계를 자기 것으로 만들어야 한다. 다른 말로 하자면 영역의 규칙과 내용뿐 아니라 현장이 선택하고 선호하는 기준에 대해 알아야 한다. 사회적인 맥락을 떠나서는 창의성이 유효하게 발휘되지 않는다.

칙센트미하이는 창의성의 일반적인 생성, 유지, 발전의 역학 관계에서 개인과 영역, 현장이라는 세 가지 구성 요소의 상호작용을 중시하는 '창의성 체계' 모델을 제시한다.[16]

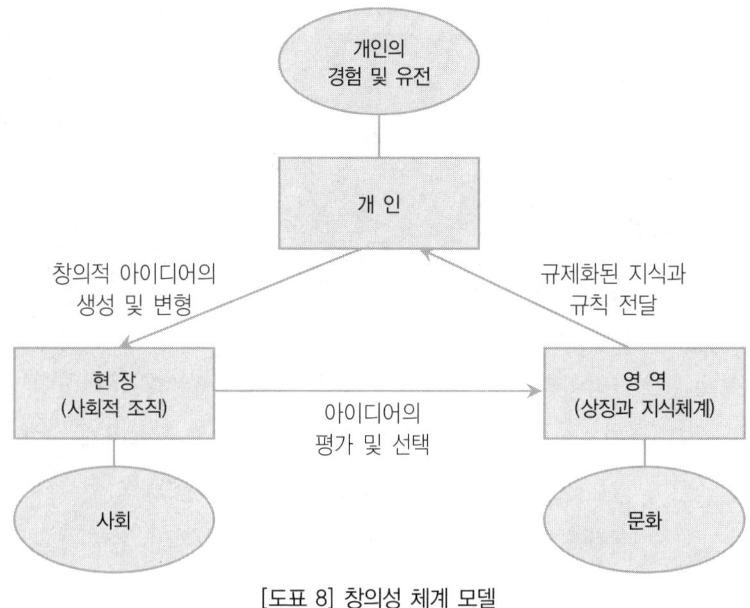

[도표 8] 창의성 체계 모델

a. 영역(Domain) : 상징에 의해 전달되는 지식의 체계이며, 수많은 세부영
  역으로 나누어진다. 각각의 영역은 자체의 상징적 요소와 규칙으로 이
  루어져 있으며, 일반적으로 독립된 표기체계를 갖고 있다. 만일 다른
  조건이 모두 동일하다면, 지식이 보다 체계적이고 핵심적이며, 접근하
  기 쉬울수록 창의적인 발견의 가능성이 높다.

b. 개인(Individual) : 영역에서 사용되는 지식과 규칙을 가지고 새로운 규
  칙, 더 나아가서는 새로운 영역까지도 창조해내는 역할을 한다. 창의
  적인 개인은 영역의 규칙과 내용뿐 아니라, 현장이 선택하고 선호하
  는 기준에 대해서 잘 알아야 한다.

c. 현장(Field) : '개인'에 의해 창출된 변화를 취사선택해서 사회조직에 공
  급하거나 '영역'으로 전달하는 역할을 한다. 현장은 사후반응이나 사
  전반응을 통해 새로움을 권장하고 자극하며, 또한 자체의 기준을 설정
  하여 새로움을 선택하거나 거부한다.

이 체계 모델은 영역, 개인, 현장 간의 유기적 관계가 최적화되어질 때 창의성이 발현되게 됨을 설명해 준다. 삼자 중 어느 하나의 발전만으로 창의적 산물을 기대하기는 어렵다. 영역과 개인과 현장은 상호작용을 할 수가 있으며, 일방향뿐만 아니라 서로 쌍방향의 영향을 줄 수도 있다. 그리고 미디어가 중개하는 창의적인 콘텐츠 개발과정에서 미디어는 이들 구성 요소 간 상호작용을 매개하고 촉진시키는 구체적인 표현 수단이자 경로 역할을 맡는다.

문화콘텐츠산업이라는 관점에서 비교해 볼 때, 허쉬의 문화산업 체계 모델은 칙센트미하이의 창의성 체계 모델의 '현장'을 상세하게 구체화한 모델로 볼 수 있다. 허쉬의 모델은 창조적 개인에서 출발하여 소비자에 이르는 상품 콘텐츠의 생산과 분배의 과정을 부분적인 환류가 가능한 선형적 체계로 모델화했다면, 칙센트미하이의 모델은 상징과 지식체계에서 영감을 받은 창조적 '개인'이 창의적인 아이디어를 생성하고 변형시켜 '현장' 조직에 공급하고, 산업현장에서 생산된 상품 콘텐츠가 다시 상징 및 지식체계인 '영역'으로 환류되는 순환적인 과정을 그리고 있다.

창의성 체계 모델에서는 개인을 현장에서 분리하여 독립적인 구성요소로 구분하고 있다. 그러나 이것 때문에 허쉬가 창의적 개인을 문화산업 체계 내 구성요소의 하나로 끌어들임으로써 이를 강조하고자 했던 의도가 사라진다고 볼 수는 없다. 칙센트미하이는 사람이 자신이 접해보지 않는 영역에서 창의적이 될 수 없으며, 또 영역에서 상징이나 지식체계를 배운다고 해도 새로운 업적을 인정하고 입증해 주는 현장이 없다면 창의성을 증명해 보일 수 없다고 한다. 따라서 창의적 사고와 활동의 주체로서의 창의적 개인은 현장과 밀접한 연관 속에서만 활동 가능하게 되며, 영역의 뒷받침 속에 있어야 더 창의적일 수 있다. 창의성의 시작은 반드시 개인이라고 말할 수 없는 것이다.

창의적인 문화콘텐츠도 마찬가지이다. 창의적인 개인의 천부적 재능에서 문화콘텐츠 생산 과정이 시작되지는 않는다. 오히려 그것은 창의적 개인을 뒷받침하는 '영역'에서 시작되는 것처럼 보인다. '영역'은 많은 정보와 자료를 확보하고 저장할 수 있는 환경이다. 앞에서 우리가 문화콘텐츠 개념을 확대 재정립하면서 상품 콘텐츠와는 구별되는 인문학적 문화콘텐츠 개념을 설정했던 이유가 여기에 있다. 인문콘텐츠는 많은 정보와 자료를 확보하고 저장하고 이용하는 환경에 해당한다.

4. 문화콘텐츠 3각체계

칙센트미하이의 창의성 체계 모델을 문화콘텐츠에 적용할 경우 다음과 같이 변형 모델을 얻을 수 있다.

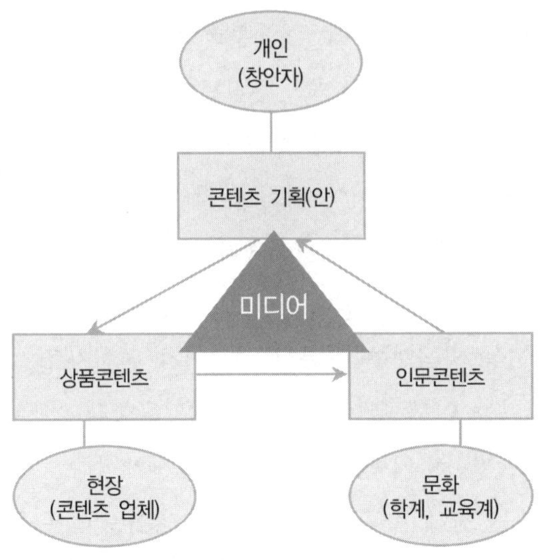

[도표 9] 문화콘텐츠 3각체계도

이와 같은 문화콘텐츠 3각체계도는 문화콘텐츠산업이 장기적 생명력을 유지해 나가는 데 필요한 세 요소를 보여준다. 세 요소 중에서 물질적 차원에 해당하는 상품콘텐츠의 생산과 분배는 대단히 활발한 편이다. 이와 비교할 때 다른 두 요소는 향후 활성화를 기대해야 하는 부분이다. 우선 인문콘텐츠는 산업적 효용의 측면에서만 본다면 활용까지는 여러 단계를 더 거쳐야 하거나 아예 활용률이 저조하다는 판단이 나올 수도 있지만, 학술적 교육적 차원의 공공 아카이브로서의 역할은 무시할 없다. 따라서 당장의 산업적 효과가 기대되지 않더라도 그 공공적 성격 때문에 정부의 보조금이 지속적으로 투입되어야 하는 부문에 해당한다.

그러면, 이런 성격을 갖는 인문콘텐츠는 문화콘텐츠 3각체계에서 어떤 역할을 하게 될까? 전통적인 문화예술 작품들이 그렇듯이, 문화상품콘텐츠도 문화예술적 특성이 강하기 때문에 창안자의 창의력과 상상력 속에서 모습을 드러낸다. 창안자들에게서 일어나는 창의적 사고 과정은 다음과 같다. 자료를 수집하는 준비단계, 의식선상에 해결책이 떠오를 때까지 여러 아이디어를 조합해 보는 부화단계, 아이디어의 조합결과 해결책이 생성되는 조망단계, 그리고 발견된 해결책의 유용성을 평가하는 검증단계의 4단계이다.[17] 이러한 사고 과정은 창의적 활동이 진공상태나 백지상태에서 출발하는 것이 아님을 알려준다. 인문학적 문화콘텐츠의 역할은 바로 이 지점에서 명확해진다.

인문콘텐츠의 역할은 세 가지 정도로 정리된다. (1) 콘텐츠 창안자의 창의력과 상상력을 자극하는 문화적 배경이자 원천자료(Source)의 역할을 수행한다. 창안자는 인문콘텐츠를 통해 많은 문화적·지적 자극을 받게 된다. (2) 콘텐츠 창안자의 창작 아이디어를 구체화하는 데 필요한 자료를 공급한다. 이를 통해 자료수집의 수고는 덜어지고, 다양한 자료를 상호 조합해 보면서 상품콘텐츠의 구체적인 최종 모습을 조망할 수 있게 된다. 그리고 (3) 상품콘텐츠를 제작하고 개발하는 '현장'의 실제 작업과정에도 인문콘텐츠는 크게 소용에 닿는다. 예컨대, 광대의 삶을 다루었던 <왕의 남자>의 제작진은 이야기를 영상으로 옮기는 제작 과정에서 어떤 자료들을 참조하여 영상화에 도움을 받았을까? 만일 조선시대의 광대들이 사용하던 다양한 공연 도구들이나, 공연 방식, 공연 내용 등을 광범위하게 포함하고 있는 인문콘텐츠가 있었다면 영화제작은 그에 크게 도움받았을 것은 자명한 일이다. 이처럼 인문학적 문화콘텐츠는 창안 단계에서 상상력이나 기획 아이디어를 자극하거나 뒷받침할 뿐 아니라, 제작 및 생산단계에서도 직접적 활용가치를 지니게 된다. 상상력 뱅크, 아이디어 뱅크, 자료 뱅크 등의 다층적 활용가치를 지닌 인문콘텐츠는 문화콘텐츠를 위한 좋은 생태환경을 구성해 준다. 따라서 인문정보학을 통해 인문콘텐츠 관련 인력을 양성해 내고, 이들이 문화콘텐츠의 생태환경을 기름지게 만들 수 있도록 다양한 지원이 뒤따라야 할 것이다.[18]

현재 문화콘텐츠산업은 상품콘텐츠를 생산하고 유통하는 데 모든 역량이 집중되어 있다. 인력양성 측면에서도 마찬가지이다. 문화관광부와 문화콘텐츠진흥원의 「문화콘텐츠 인력양성 종합계획」도 현장전문인력의 양성에 맞춰져 있으며, 실제 대학 등의 교육 현장에서도 대부분이 '현장' 즉 문화콘텐츠 업체에서 활동할 디지털 기술 인력의 양성에 초점이 모아져 있다. 하지만 이것이 전부가 되어서는 안 될 것이다. 문화콘텐츠 3 각체계에서는 '현장'의 요소도 중요하지만, 스토리텔링을 비롯한 다양한 콘텐츠 기획 작업이 이루어져서 지속적으로 '현장'에 공급되는 것이 이에 못지않게 중요하다. '현장'에서 직접 활용할 목적으로 산업적 마인드를 갖고 기획되거나 재구성된 창의적 생각들이나 자원은 상품콘텐츠의 생산으로 곧바로 이어질 수 있다. 시나리오나 드라마 대본 등을 포함한 영화나 드라마 기획안이 대표적인 예가 될 수 있다.

이런 역할은 창의적 개인들, 즉 창안자에 의해 수행된다. 이들은 인문콘텐츠라는 광범위한 생태환경 속에서 창의적으로 상상하고 사유하면서 문화콘텐츠에 대한 새로운 구상과 기획을 만들어낸다. 창안자는 개인이나 작은 그룹으로 활동할 수 있으며, '현장'과의 직접적인 교류나 교감 속에서 창의적인 아이디어를 생산해 내게 된다. 예컨대 미야자키 하야오 공방으로 통하는 '스튜디오 지브리'나, 베네통이 디자인 기본 개념 설정 즉 Image Setting을 위해 운영하는 '파브리카(Fabrica)' 등이 여기에 가깝다.

문화콘텐츠 창안자들의 특성을 파악해 보면 다음과 같다. 우선 이들은 기존 개념의 문화예술가와는 달리 '현장'과 밀접한 연관을 갖는다. 즉 이들은 문화자본에 의한 생산과 소비의 시스템 내에서 움직이는 것으로 보아야 한다. 이들은 비공식적 연결망에 크게 영향을 받고 전문화를 추구하지만 쉽게 전문화되지 않는다. 그만큼 이들을 조직하거나 교육하는 일은 많은 어려움이 따른다. 또한 이들은 경기순환에 취약하여 직업적 안정성이 떨어질 수 있다.

문화상품 콘텐츠는 상품 주기가 짧아 끊임없이 새로운 아이디어와 소재를 활용한 독창적인 콘텐츠 기획이 지속적으로 요구되기 때문에, 문화콘텐츠 3각체계의 한 축인 창안자 요소를 잘 육성해 나가는 것은 필수적이다. 이를 위해서는 정부와 기업, 그리고 학계가 각각 나름대로의 역할을 맡아야 한다. 우선 정부는 기존의 문화예술인에 대한 후원과 동일한 근거에 따라 이들을 후원하는 문화예술 예산을 확보할 필요가 있다. 기업은 스튜디오 지브리나 파브리카의 경우처럼, 장기적인 안목을 갖고 이들의 창의적 활동을 지원해주는 예산과 조직을 기업 자체 내에 확보하는 것도 좋겠다. 학계에서는 문화콘텐츠산업을 위한 창의성 교육 프로그램을 운영하여 새로운 인력의 공급을 담당하는 한편, 인문콘텐츠와 같은 창의성을 자극하는 자극제를 끊임없이 제공해야 한다.

　문화콘텐츠산업이 지속적으로 발전해 나가기 위해서는 필요한 인력이 적시적소에 충원될 수 있어야 한다. 필요한 인력의 충원은 교육을 통해 이루어진다. 문화관광부의 전망에 따르면, 2008년이 되면 문화콘텐츠산업에 종사하는 인력이 총 18만 9968명 정도 필요해진다. 2008년까지의 문화콘텐츠산업 인력증가율은 전체산업 가운데 가장 높은 증가율인 10.9%를 기록할 것인데, 이런 예상수치는 산업패러다임 변화를 단적으로 보여주는 것이다. 그러나 문화콘텐츠 인력양성 교육은 아직 만족할만한 수준에 도달했다고 볼 수 없다.

　문화콘텐츠 3각체계에 따를 경우 문화콘텐츠 관련인력은 크게 3가지 측면으로 나눠 양성되어야 한다. 현재와 같은 상품콘텐츠 관련 인력 양성에만 집중하는 것은 문화콘텐츠산업의 지속적 성장에 내재적 불안요소로 작용할 수도 있다. 따라서 문화콘텐츠 3각체계도의 다른 두 꼭짓점에 필요한 인력의 적정한 수요를 예측하고 이를 위한 교육체계를 수립하는 것이 시급하다고 할 수 있다. 현재 진행되고 있는 문화콘텐츠 관련 학과(전공)의 신설 혹은 개편은 대부분의 경우, 인문학 퇴조에 따른 학과(전공) 자체의 소멸 위기를 벗어나려는 측면에서 이루어지고 있는 것으로 보인다. 학생 수의 감소와 이에 따른 폐과의 위기가 인문학에 기반한 전통적인 학과의 변신을 이끄는 주요 동인들이 되고 있는 셈이다. 새로운 학문으로서, 새로운 산업으로서 문화콘텐츠에 대한 이해와 그 필요성에 부응하기 위한, 보다 철저한 형태의 학과 시스템의 개편이 중요한 과제로 남아있는 실정이다. 이를 위해서는 커리큘럼의 대폭적인 정비와 교수요원의 적극적인 변신과 역량강화가 요청된다.

5. 마무리

과학기술부와 문화관광부는 2005년 4월에 첨단 과학기술과 문화산업의 연계발전을 위한 업무 협력방안을 마련해, 콘텐츠의 글로벌화 및 첨단 기술 환경 변화에 대비한 기술기반의 고급 전문 인력 양성을 위한 문화기술(CT)대학원을 KAIST 내에 설치하기로 합의했다. 문화기술대학원은 문화산업을 선도할 수 있는 경영과 창작, 기술을 아우른 기술기반 기획 인력양성을 위한 체계적이고 집중적 시스템을 갖추어 나갈 예정이며, 이를 통해 산업계가 절실히 필요로 하는 인력이나 중장기적으로 국가 차원에서 필요로 하는 창안자[19]급 인력을 양성해 낸다는 목표이다. 이는 현장인력 중심의 현재 교육을 한 차원 끌어올리고, 학제 간 의사소통이 가능한 교육시스템을 만들어간다는 차원에서 긍정적인 흐름이다.

또, 한국문화콘텐츠진흥원에서는 2006년 문화콘텐츠 인력의 전문화와 고도화를 목표로 몇 가지 중점 추진 사업을 마련했다. 그중 8억 8000만 원이 투입될 '문화콘텐츠 기획·창작 아카데미' 사업은 창작 기반 산업 구조를 선도할 이론과 실무를 겸비한 인력의 육성을 목표로, 문화콘텐츠의 기본인 '스토리텔링 과정'과 기획자를 키우는 '플래닝 과정', 기획부터 마케팅까지를 책임지는 '트랜드 리더 과정' 등을 개설하게 된다.

그러나 문화기술대학원의 창안자급 인력이나, 문화콘텐츠진흥원 기획 창작 아카데미에서 배출하게 될 인력이 문화콘텐츠산업에서 어떤 창의적 활동을 담당하게 될지, 혹은 담당해야 하는지 아직은 구체적이지 않다. 이에 대한 학계와 산업계의 논의가 보다 본격화되어야 할 시점이다. 본고의 문화콘텐츠 3각체계가 그런 논의 과정에 개념적 토대를 제공하고, 나아가 대학 내 문화콘텐츠 관련 학과의 커리큘럼 재편을 위한 기본 틀로 작용할 수 있기를 바란다.

문학 활용 테마파크의 전략과 기획

우리 사회가 축적해 온 수많은 문학적 자산과 역량을 경제 활성화에 활용하기 위해서는 보다 선명한 전략적 접근이 필요하다. 여기서는 그 한 방법으로 '문학 활용 테마파크'를 생각해 보기로 하겠다. '문학 활용 테마파크'란 문학적 테마를 활용하는 테마파크를 말한다. 이를 간단하게 '문학 테마파크'라 하지 않고, '활용'이라는 일견 어색하기까지 한 단어를 삽입한 것은 나름대로 이유가 있다. 즉 본고에서 다루고자 하는 테마파크는 문학적 소재를 단순 가공한 테마파크가 아니다. 그것은 문학적 테마로부터 테마파크의 아이디어를 출발시키긴 하지만 그것을 단순 소재 차원에서 이용하는데 그치지 않고 보다 다양하게 변형하고 활용하는데 중점이 놓인다.

문학 활용 테마파크의 설립과 운영을 위한 전략은 어떤 것이어야 할까? 그러한 전략에 부합되는 테마는 어떤 과정을 통해 기획되는가? 이 글은 이런 문제를 다루기 위해 황순원의 <소나기>와 김유정의 <동백꽃>에서 '첫사랑' 테마를 끌어내고 이것을 구조화하는 과정을 보일 생각이다. 이런 과정을 통해 문학작품을 테마파크로 재구조화하는 과정과 방법론의 일단을 확인할 수 있게 되기를 바란다.

1. 문학 활용 테마파크 전략

1.1. 문학관 및 문화마을 사업의 한계

최근 들어서 대부분의 지방자치단체들은 문화를 경제적 관점으로 접근하는 데 주저하지 않는다. 이에 따르면, 각 지역의 문화적 자산들은 지역경제 활성화를 위한 산업적 자원이나 소재의 차원에서 이해된다. 문화공동체 구축을 위해 문화적 자산을 활용하기보다, 문화산업의 인프라를 구축하고 문화적 이벤트를 마련하는 데 활용하려 한다. 지자체가 앞다투어 유치 경쟁을 벌이는 각종 국제대회들이 많아졌다. 동계올림픽이나 세계엑스포 등의 각종 국제대회 유치 노력에는 지역의 경제 활성화와 경쟁력 강화, 즉 경제적 관점의 문화 이해라는 기본적 인식이 깔려 있다.

1990년대 이후 크게 늘어난, 지역 연고 문인이나 그들의 문학 작품을 내세운 지역 문학관(문화마을) 건립 사업들도 이런 인식의 연장선에 있다. 문학관 수가 크게 증가함에 따라, 2004년에는 전국의 문학관들이 '한국문학관협회'를 결성하여 상호 협력과 공동 발전 방향을 모색하기 시작하였다. 지자체들은 이런 문화 시설에 재정적 지원을 함으로써, 지역 정체성 확립과 관광객 유치를 통한 지역 경제 활성화를 기대하고 있으며, 나아가 지역 주민의 정서적 통합에도 한 몫 해 주기를 바란다. 하지만 지역적 연고에 기반하는 문학관 류의 문화공간들이, 지자체들이 기대하고 홍보하는 것처럼, 그와 같은 역할을 충분히 해 줄지는 의문이다. 특히 지역경제의 활성화에 대한 기대는 그 가능성이 더욱 의심스럽지 않을 수 없다.

예컨대, 양평군이 추진했던 '소나기마을' 조성 사업[20]은 <소나기>라는 문학작품을 통해 테마파크에 준하는 '소나기마을'을 건립하고, 이를 통해 지역민의 정서적 통합을 위한 문화공동체 건설과 관광객 유치를 통한 지역경제 활성화라는 두 마리 토끼를 모두 겨냥하는 사업 목표를 제시한 바 있었다. 하지만 이 사업이 그런 두 가지 성과를 모두 이루어낼 수 있을지? 두 목표 즉 문화공동체와 경제 활성화는 전혀 다른 실천 전략을 필요로 하는데, 이 경우는 상이한 전략과 목표가 한 사업 속에 어중간하게 버무려져 있다는 느낌이다.

현재 문학관 운영의 바람직한 모델을 제공한다고 여겨지는 '김유정문학촌'이나 '이효석문학관' 등의 경우도 지역의 경제 활성화에 큰 역할을 한다고 보기 어렵다. '김유정문학촌'은 각종 문화행사와 산과 호수가 잘 어울린 자연환경을 입지로 활용하여 문화도시를 지향하는 춘천시의 발전방향과 연계할 수 있는 모델임에도 불구하고 여전히 운영비 확보의 어려움과 운영 수익의 부재라는 문제점에 직면해 있다. '이효석문학관' 역시 개관 이후 해마다 방문객이 지속적으로 증가하여 관람료 수입이 경상운영비를 상회하는 정도로 성장했지만, 여전히 안정적인 운영 예산 확보의 문제를 안고 있는 실정이다.[21]

물론 이런 한계를 넘어서기 위한 방안 모색이 조금씩 이루어지고 있는 것은 사실이다. 이는 대개 문학관을 독립적인 문화공간으로부터 지역의 다양한 문화적 환경들과 연계시키는 방향으로 전환한다는 구상이다. 즉 문화 환경과 자연환경이 조화를 이루는 지역의 복합문화공간을 지향하는 것이다. 앞의 '이효석문학관'은 정부의 '효석문화마을' 지정 사업과 연계하여 마을 전체를 문화마을로 가꾸고, 더 나아가 평창 및 강원도 일원의 문화적·자연적 환경을 연계시켜 지역의 복합문화공간으로 발전시켜 나가려는 방향 모색이 이루어지고 있다. '김유정문학촌' 역시 **실레마을**을 어떻게 상징화하여 마을 전체를 하나의 문화공간으로 엮어낼지, 더 나아가 춘천의 풍부하고 역동적인 문화 환경과 연계시키는

> **실레마을**
> 춘천의 남내이작면(지금은 신동면) 증리 실레마을은 김유정이 1908년 1월 11일 태어난 곳으로 김유정 문학의 산실이다. 그의 작품들은 대부분 농촌을 배경으로 하고 있으며, 〈봄봄〉, 〈동백꽃〉, 〈산골 나그네〉, 〈만무방〉 등은 모두 실레마을의 풍경과 인물들을 배경으로 하고 있다.

방안이 무엇인지 모색되고 있다. 이는 문학관을 문화마을로 확대 운영하고, 다시 좀 더 넓은 범위의 지역 복합문화공간으로 기능하게 한다는 복안인 셈이다. 하지만 문학관이 중심이 되는 복합문화공간, 혹은 복합문화공간의 한 축로서의 문학관이 지역 경제 활성화를 위한 관광객 유치에 얼마만큼의 효과를 가져 오게 될 지는 여전히 미지수인 상태이다.

[그림 5] 소나기마을. 14,000평의 부지에 조성된 국내 최대 규모의 문학촌이다. 2012년 한 해 탐방객은 매표자 기준 12만 명이라고 한다. (자료 출처 : http://www.sonagi.go.kr)

2007년 완공을 목표(실제로는 2009년 6월 13일 개관함)로 했던 양평군의 '소나기마을' 조성 사업은 "문학관 < 문화마을 < 복합문화공간"의 확장 틀 속에서 관광객 유치를 통한 군민 소득 증대에 기여하는 것을 목표로 설정했다. 이러한 사업 목표는 양평군 웹사이트의 '2007 군정 계획'[22]에서도 분명하게 드러난다. 즉 양평군은 2007년도 주요 군정 실천 과제를 5개 분야로 나누어 보여주는데, '소나기마을' 조성 사업은 '지역경제 활성화 추진' 분야로 분류되었다. 또한 사업에 직접 관여하고 있는 김종회 교수는, "<소나기>를 테마로 하는 문화 관광지로 개발함으로써 군의 문화적 위상을 범국민적 차원으로 홍보하고, 완공시 연간 5백만 명 이상의 방문객을 유치하며 궁극적으로 이러한 사업이 군민의 소득 증대에 기여할 수 있도록 추진한다는 목표"[23]를 세울 수 있다고 언급했다.

[표 9] 2005년 시군별 관광객 수 비교

시군	관광객 총수	내국인수	외국인수	비고
평창군	7,514,624	7,371,368	391,461	동계스포츠 관련 인프라의 강점
춘천시	5,553,287	5,161,826	143,256	다양한 문화축제와 인프라의 강점
함평군	4,523,075	4,514,029	9,046	인지도 높은 '나비축제'
양평군	526,418	524,463	1,955	(?)

그런데 양평군이 생각한 것처럼, 양평의 '소나기마을' 조성 사업은 양평군의 경제 활성화에 얼마큼의 실질적인 도움이 될 수 있을까? 연간 5백만 명의 방문객을 유치하여 군민 소득 증대에 직접적인 도움을 줄 수 있을까? 앞의 춘천시와 평창군의 사례에서 볼 때, 문학관이나 문화마을 사업이 지역 정체성 확립 및 지역 홍보 측면에서는 큰 역할을 하는 것으로 보인다. 하지만 지역의 경제 활성화에는 결정적인 영향을 미치는 것으로 보기 힘들다.

[표 9]는 2005년 양평군의 관광객 수를 춘천시, 평창군, 함평군과 비교한 것으로, 각 시군의 통계연감을 토대로 작성하였다. 우선 강원도 평창군은 그해 751만 명의 관광객을 유치했다. 평창의 경우는 동계스포츠를 즐기기 위한 겨울철 관광객이 많은 비중을 차지한 반면 메밀꽃으로 유명한 효석문화제 기간인 9월의 관광객은 41만여 명에 그친다. '김유정문학촌'을 비롯하여 다양한 문화축제와 인프라를 갖추고 있을 뿐 아니라 교통도 비교적 편리한 춘천시의 관광객은 550만 명을 기록했다. 그리고 나비 축제로 유명해진 전라남도 함평군의 연간 관광객은 그해 452만여 명이었다. 한국에서 가장 성공한 축제의 하나로 평가되는 나비 축제를 기획한 함평군의 한해 관광객 수가 500만에 미치지 못한 상태임을 알 수 있다. 사정이 이러한데, '김유정문학촌'이나 '이효석문학관'과 비슷한 컨셉과 규모로 조성되는, '소나기마을'을 통해 500만 명의 관광객을 불러들이겠다는 양평군의 계획은 현실성이 부족해 보이는 것이 사실이다. 실행 없는 비전이 되기 십상이다.[24]

문학관 같은 소규모의 문화적 인프라를 이용한 관광객 유치는 점차 어려워지고 있다. 오늘날은 볼거리가 너무 다양하고 화려해졌기 때문이다. 결국 지역에 기반하는 소규모 문학관 및 문화마을 사업은 경제 활성화를 통한 지역 경쟁력 강화라는 어설픈 목표와는 전혀 어울리지 않는다. 이는 지역민의 삶을 위한 문화공동체 구축, 그리고 이를 통한 지역 정체성 확립이라는 좀 더 가능한 전략 목표로 바꾸어가야 한다. 문학관과 문학마을 사업은 지역민이 일상에서 문화적 생활을 향유하는, 그리고 그를 통해 그들이 문화적으로 고양된 삶을 누리기 위한 토대 구축 사업으로서 그 성격을 분명해 해야 한다. 그렇게 되었을 때 사업 성격이 분명해지고 사업 성과도 커질 것이다. 그런 연후에야, 지역 경제에 조금이나마 보탬이 되는 성과로 이어질 수 있는데, 그것은 어디까지나 부수적인 성과일 따름이다.

　유지보수 비용이 더 많이 들어가는 애물단지로 전락하는 문학관 사업이 되지 않기 위해서는, 더 이상 지역 연고 문인이나 문학작품을 중심으로 하는 문학관과 그 확장 개념이라고 할 수 있는 문화마을이나 복합문화공간이라는 틀 속에서 지역 경제의 활성화가 가능해질 것이라는 환상을 버려야 한다. 그러면, 문학적 자산과 역량을 경제 활성화에 활용하려 한다면 어떻게 해야 하는가? 문학 활용 테마파크 건설과 같은 국제적인 대형 사업이 대안이 될 것이다.

1.2. 문학 활용 테마파크 전략

　문학 관련 자료의 단순 전시나 백일장, 혹은 관련 학술대회 등의 문학적 행사가 문학적 자산 활용의 전부가 될 수는 없다. 문학 활용 테마파크는 여러 가지 측면에서 문학적 자산의 경제적 활용을 위한 유용한 대안이다. 테마파크는 그 자체로서 방문객 유입 효과를 가지고 있다. 테마파크는 새로운 환상이나 짜릿한 재미를 통해, 반복되는 일상생활의 지루함에서 벗어나고자 하는 현대인의 심리를 자극한다. 이것이 지속적이고 반복적으로 방문객을 끌어들이는 요인이 된다. 그러나 한국에서는 놀이시설이나 동물원 등을 중심으로 한 테마파크가 활성화되어 있을 뿐 문화적 자산을 다양하게 활용한 문화 활용형 테마파크의 건립은 아직 시도되고 있지 않는 상황이다. 제주무속신화를 중심으로 역사문화 테마파크를 조성하기 위한 연구[25]가 보고되어 있는 정도이다.

　문학 활용 테마파크는 문화콘텐츠산업의 다양한 분야 중 하나라고 할 수 있다. 이것이 성공하기 위해서는 전기획(pre-production) 단계에서 두 가지 사항에 대한 세심한 고려가 필요하다. 하나는 테마파크와 관련된 문화콘텐츠산업의 환경 분석을 통한 거시적인 산업화 전략이며, 다른 하나는 테마파크에 적용할 테마 자체의 선정과 구조화 방법이다. 두 번째 사항은 다음 절에서 논하기로 하고, 여기서는 환경 분석을 통한 거시적 전략에 대해 다루기로 하겠다. 물론 전기획 단계를 지나 본격적인 기획(production) 단계로 돌입하면, 국내외 사례의 비판적 고찰, 수요의 예측, 역동적인 공간 설계, 공간별 주 타깃 이용자 분석, 등등의 수많은 전문적 작업들이 뒤따라야 할 것이다. 하지만 그중 일부는 필자의 다음 과제로 남기고, 또 어떤 일부는 분야별 전문가들의 과제가 되어야 할 것이라는 점을 먼저 밝혀둔다.

문화콘텐츠산업의 환경 변화를 잘 분석하고 이를 활용할 수 있어야만 성공하는 테마파크를 만들 수 있다. 국내외 문화콘텐츠산업의 환경은 인구 구조의 변화, 여가시간의 증가, 이업종 간의 경쟁, 정부의 정책 등 다양하고 유동적인 변화 요인들에 직면해 있다. 이러한 변화 요인들은 SWOT 분석을 통해 다시 정리해 볼 수 있다. 강점요인으로는 한국인의 역동성, 우수한 정보통신 인프라, 정부의 지원과 관심 등을 꼽을 수 있고, 약점요인으로는 기획력 부족, 협소한 국내시장, 대형기업 부재 등을 거론해 볼 수 있다. 한편 여가시간의 증가와 한류열풍으로 인한 문화적 욕구 증진 등은 기회요인(O)이 될 수 있으며, 인구구조의 고령화, 국내시장의 성숙화, 고비용 소요, 등은 위협요인(T)으로 작용한다.26)

> SWOT 분석
>
> SWOT는 Strength(강점), Weakness(약점), Opportunities(기회), Threats(위협)의 두문자로, 일반적으로 기업이 시장 환경 분석을 통해 앞의 네 요소를 규정하고 이를 토대로 경영 전략이나 마케팅 전략을 수립한다.

이러한 SWOT 분석을 통해 제시할 수 있는 전략은 다음 4가지 측면에서, 즉 SO(강점을 가지고 기회 살리기), ST(강점을 가지고 위험 회피하기), WO(약점을 보완하여 기회 살리기), WT(약점을 보완하여 위험 회피하기)로 정리된다. SO는 디지털 인프라를 활용한 문화적 욕구 자극, ST는 정부의 지원을 통한 대형화, WO는 기획력 강화를 통한 문화적 수요 창출, WT는 대형브랜드 육성을 통한 글로벌화 등의 거시전략이 확인된다. 이는 결국 문학 활용 테마파크의 디지털화, 대형화, 기획화, 글로벌화 전략이 필요함을 보여준다.

우선 정부의 지원과 국내외 기업의 투자 유치를 통한 대형 문학 활용 테마파크 브랜드를 육성하고 이를 통해 세계로 향하는 글로벌화를 이루어야 한다. 내국인만을 상대하는 테마파크는 개장 초기에는 이벤트나 홍보 등에 힘입어 잠깐의 호황을 누릴 수 있다. 하지만, 얼마 못 가서 반드시 이용객의 감소로 이어지기 쉽다. 이는 앞서 문화콘텐츠산업의 약점요인으로 지적했던 협소한 국내시장으로 인한 필연적인 귀결이다. 당연히 테마파크 운영 과정상에서 큰 문제에 봉착하게 될 수밖에 없다. 따라서 다소의 자금 문제가 있더라도 세계인을 상대하는 국제적인 규모의 테마파크 건립이 요청된다. 이를 위해서는 정부 지원과 기업의 투자를 적극 유치하여 테마파크 브랜드를 대형화시킬 필요가 있다.

세계인을 상대로 하는 문학 활용 테마파크가 가능하기 위해서는 세계인들에게 어필할 수 있는 문학적 테마의 선정이 우선되어야 한다. 그런 의미에서 한국인에게만 의미 있는 민족문학적 테마, 예컨대 식민이나 분단 등의 한국적 특수성만을 강조하는 주제는 적절하지 않을 수 있다. 나아가 한명의 특정 작가 혹은 하나의 특정 지역성을 앞세우는 테마도 세계인을 불러들이는 데 유리하지 않다. 물론 셰익스피어나 제임스 조이스 같은 작가나 해리포터 같은 작품들처럼 세계적인 지명도가 있는 경우는 예외일 수 있겠지만, 한국에는 아직 그만큼의 전세계적인 지명도를 가진 작가나 작품이 없는 실정이다. 전세계적인 보편성을 가지면서도, 세부적인 측면에서는 다양한 이문화 체험이 가능한 테마의 선정이 필수적이다. 이에 대해서는 다음 절에서 구체적으로 다루기로 하겠다.

또한 SWOT 분석 중 SO전략에 대한 분명한 실행이 필요하다. 즉 디지털감성기술, 디지털가상화기술 등 디지털 기술을 종합적 체계적으로 활용함으로써 놀이적·체험적 요소를 극대화함과 동시에 테마의 표현 자체만으로 흥미로운 볼거리가 될 수 있도록 해야 한다. 디지털기술의 종합적 활용을 통해 현실에서 체험 불가능한 것들에 대한 다양한 사이버 체험 공간을 구현해 내는 것이 필요하다. 다시 말해서 가상의 디지털 공간을 적극적으로 활용해야 한다. 이는 자연물이나 지형지물을 가공 없이 그대로 활용하는 것보다 훨씬 큰 효과를 거둘 수 있다.

양평군의 '소나기마을'은 이런 전략과 다소간 거리가 있어 보인다. '소나기마을'은 소설 속에서처럼 개울과 징검다리 등의 전형적인 농촌 풍경을 간직한 곳에 만들어지는 것으로 계획되었다. '소나기마을' 조성 적합지 선정을 위해 제시한 원칙론적 기준은 "양평군의 새로운 문화 환경에 적합한 미래 지향적인 촌락으로서 자연과 문학, 그리고 사람이 함께 어우러지기에 적합한 곳"이어야 한다고 했다. 좀 더 실질적인 기준으로는 "<소나기>에 묘사된 마을 풍경에 어울리는 아늑하고 아름다운 전형적인 농촌 풍경이어야 한다"고 결정한다. 그리고 실질적인 기준을 구체적으로 예시하여, "소년이 소녀를 업고 건너던 개울이 마을 어느 곳엔가 있어야 하며, '소나기마을'을 찾아오는 사람들이 그 개울에서 애인을 업고 건넌다든지 예쁜 조약돌 줍기 내기"가 가능한 곳이어야 한다고 결정했다. 더 나아가 몇 가지 부가적인 기준을 제시하면서, "허수아비를 구경하거나, 무와 참외를 심을 수 있는 개울가의 밭에서 직접 참외를 가꾸고 따먹기, 원두막에서 휴식 취하기, 무공해 논에서 메뚜기 잡기, 호두나무 밭에서 호두 따기 등 농촌 생활을 체험하며 자연학습을 할 수 있는 공간"27)이면 더욱 좋겠다고 판단한다.

그런데 이런 세 가지 차원의 기준을 자세히 뜯어보면, 그것이 사업 환경 분석을 통해 제시된 현실적 기준인지, 아니면 양평군의 특정 지역을 염두에 두고 꿰어 맞춘 기준인지 의문이 드는 것도 사실이다. 우선 원칙론적 기준은 '미래 지향적'이라는 표현도 그렇거니와 '자연과 문학, 그리고 사람이 함께 어우러지기에 적합한 곳'이란 그야말로 선언적 수준 이상도 이하도 아니어서 우리나라 어느 시골 마을을 선정하더라도 무리는 없다. 전형적인 농촌 풍경으로 개울이 있어야 하고 농촌 생활 체험과 자연학습이 가능한 곳이어야 한다는 기준도 마찬가지이다. 한국의 어느 농촌 어느 산골을 가도 그런 시골 체험이나 자연 학습에서 예외적인 장소를 찾기가 오히려 더 어려울 것이다. 그것은 한국인에게 있어서 일상성과 평범성의 범주를 크게 벗어나지 못한다. 테마파크 이용객의 입장에서 본다면 이런 일상성과 평범성은 특별한 매력을 지니지 못한다.

따라서 시골이나 자연 체험보다는 좀 더 매력적으로 디자인된 인공적 대상에 대한 체험이 필요하다. 즉 자연이나 지형지물을 가공 없이 그대로 활용하여 흥미와 매력을 창출해 내는 데는 한계가 있을 수밖에 없다. 특히 개울과 징검다리 같은 지극히 평범한 지형지물을 중심으로 테마파크를 설계하는 것은 좋은 방법이라 할 수 없다. 놀이와 휴양을 위한 테마파크로서 '탕왕조 마을'(The Tang Dynasty villiage)에 대한 연구를 진행한 카우(Kau)도 인위적으로 만든 매력물 개발의 중요성을 역설한 바 있다.[28]

우리나라의 경우는 인위적이고 인공적인 매력물을 만드는 데 우리의 강점요인인 디지털기술을 적극 활용하는 것이 좋다. 2012년 여수세계박람회에서 선보인 빅오(Big-O)는 테마파크 매력물의 좋은 사례 중 하나이다. 전체 높이 47m, 직경 35m의 멀티워터 스크린인 "The O"를 중심으로 해상분수와 조명, 레이져 등이 디지털기술을 통해 어우러지며 연출되는 빅오쇼는 박람회 기간 내내 관람객들이 가장 선호하는 관람 코스였다. 이처럼 디지털기술을 활용하여 매력적이면서도 새로운 공간과 대상을 디자인할 필요가 있는 것이다. 이는 테마파크가 평범성에서 벗어나는 가장 경제적이면서도 효율적인 방안이 될 것이다. 뿐만 아니라 새로운 세부 아이템을 손쉽게 도입할 수 있어서 방문객들의 흥미를 지속시키는 데 유리하다.

2. 황순원의 〈소나기〉와 테마 기획

2.1. 첫사랑의 원형성 : 테마의 선정

좋은 테마는 잘 되는 테마파크를 위한 전제이다. 그렇다면 문학 활용 테마파크에 맞는 좋은 테마란 어떤 것인가? 그것은 일반적 문학 담론에서 사용하는 주제 개념과 다를 수밖에 없다. 일상적 삶에서 벗어나 테마파크를 찾은 사람들은 적어도 그 시간만큼은 비일상적 체험을 원한다. 문학 활용 테마파크에 적용될 테마는 사람들의 이런 기대를 충족시켜 줄 수 있어야 한다. 일반 테마파크에서 다양한 놀이 기구들이 하는 역할을 문학 활용 테마파크에서는 문학적 테마가 감당해 내야 한다. 테마 자체가 관광객을 유입하는 힘을 가지고 있어서 다양한 형태의 비일상성의 구현이 가능해야 한다.

그렇기 때문에 연구 논문에서나 볼 수 있는 문학텍스트의 정밀하고 분석적인 주제나, 작품 속에 나오는 단편적인 소재나 특별한 장소성 같은 것은 좋은 테마라고 하기 어렵다. 소재나 장소성은 일회적 체험에 적당한 것으로 반복적인 흥미요소가 되지 못한다. 좋은 테마는 보편적으로 인식가능한 범주적 주제로서, 의미있는 구조화가 가능하여야 한다. 그것은 시대와 지역 혹은 국가를 초월하여 여러 작품에서 반복적으로 등장하는 것일수록 좋다. 왜냐하면 이를 통해 다양한 구성적 변주가 가능하기 때문이다. 또한 구성적 변주를 위해서는 하이퍼텍스트처럼 파편화가 가능[29]하여야 하며, 이를 통해 '분산적 몰입'[30]이 가능한 테마가 좋다. 테마 자체가 지니는 선형적인 스토리라인에 너무 집착하는 것은 전통적 스토리텔링의 덫에 걸린 것이다. 뿐만 아니라 현실 세계에서 벗어날 수 있는 환상적 요소가 강력한 테마일수록 좋으며, 시각적 요소와 놀이적·체험적 요소를 도입하기 쉬워야 한다.

테마의 선정과 관련하여, <소나기>의 '첫사랑' 테마로서 예거를 삼아 논의를 전개해 보기로 하자. 소설 <소나기>가 다루는 '첫사랑' 테마는 흔하디 흔한 사랑 이야기의 일종이다. 사랑 이야기는 인류에게 보편적이며, 특히 첫사랑은 모든 이의 기억 속에 존재한다. 첫사랑 경험이 실제하는 사람은 말할 것도 없고, 그런 경험이 없는 사람에게도 첫사랑의 기억은 나타날 수 있다. 첫사랑은 실제했던 경험이면서 동시에 조작된 기억이며 환상이기 때문이다. 이처럼 첫사랑의 기억은 실제적 경험과 조작적 경험 사이 어딘가에 위치하는 구성적 기억이다. 이러한 기억은 다양한 매체를 통해 전달되는 사랑 이야기를 통해 강화되고, 수정되고, 확정된다. 누추한 것은 탈락시키고 아름다운 것은 추가하는 짜깁기의 과정, 편집의 과정이 일어난다. 이런 이유로 해서 첫사랑에 대한 사람들의 기억은 모두 유사하다. 그런 유사성을 첫사랑의 원형성이라 할 수 있다.

여기서 첫사랑의 **원형성 문제**를 거론하는 것은 첫사랑 테마의 구조화를 위한 포석이다. 테마의 구조화는 실제 테마파크 설계 단계에서 테마를 훨씬 다양하고 역동적으로 표현해 내는 데 큰 효율성을

원형성 문제

어떤 것의 원형성을 따지는 일은 그것의 기원을 찾는 작업이면서 동시에 시간적 공간적 제약을 벗어나 존재하는 대상의 보편성을 따지는 일이기도 하다. 기원으로서의 원형에 집착할 경우 원형을 찾는 작업은 과거로의 한없는 회귀를 요구한다. 하지만 원형의 보편성에 방점을 두면 멀지 않은 가까운 시기에서도 원형적 자질을 발견할 수 있다. 우리민족의 오랜 역사적 경험에 비춰볼 때, <소나기>가 아주 최근의 작품이면서도 정신문화적 원형질을 간직할 수 있는 것은 그런 이유 때문이다.

지닌다. 즉 원형을 통해 첫사랑 테마의 보편성과 순수성을 표현하고, 그 것과 대조되는 수많은 변형태 혹은 활용태들을 거기에 대비시켜 공간을 구조적으로 표현해 내기 쉽다. 즉 첫사랑의 원형과 그것의 활용태는 다양한 측면과 요소에서 계열체 관계를 맺고 있기 때문에 테마파크의 공간 배치에 필요한 아이디어들을 보다 쉽게 만들어 낼 수 있으며, 또한 그 사이를 흐르는 통합체적 관계를 따라 방문객의 동선을 아주 다양한 형태로 그려내기 편리하다.

그럼, <소나기>의 첫사랑이 첫사랑 테마의 원형으로 인식되는 이유는 무엇인가? 그것은 만남과 애틋한 사랑, 그리고 이별로 이어지는 첫사랑의 공식을 그대로 반복하는 이야기 구조에서부터 찾아질 수 있다. 하지만 이런 이야기 구조는 다양한 서사적 기법과 상징들에 의해 지지를 받으면서 더욱 분명하게 원형으로 인식된다고 할 수 있다. 구체적으로 살펴보자.

우선, <소나기>의 주인공들은 구체적인 이름이나 특정한 별명으로 불리지 않는다. 그들은 그냥 '소년'과 '소녀'라는 일반명사 그대로 불릴 뿐이다.31) '윤초시', '덕쇠 할아버지' 등 오히려 부수적인 인물이 특정 별칭으로 일컬어지는 것과도 대조된다. 소년과 소녀라는 일반명사의 사용은 이야기의 구체적 현실성을 지워버리려는 서사적 기법으로 볼 수 있다. **이름은 시대의 트렌드를 반영**하며, 특히 문학텍스트 속 인물의 이름은 특정한 의도를 갖는 경우가 많다. 따라서 작품에서 인물의 이름을 지워버리고 일반명사를 사용한 것은 이름짓기(appellation) 기법을 역으로 활용한 것으로 볼 수 있다. 즉 구체적인 역사적 현실을 배제함

이름은 시대의 트렌드를 반영

"지난 60년간 한국인에게 가장 흔한 이름은 '영수→정훈→민준'(남성), '영자→미영→서연'(여성)으로 변해온 것으로 나타났다. (…중략…) 이를 보면 남성과 여성을 불문하고, 한 세대에서 인기를 끈 이름이 다음 세대의 인기 순위에서 살아남은 사례는 단 하나도 없었다. 이름도 시대상을 반영, 유행을 탄다는 것을 보여주는 것이다. 성명학(姓名學) 전문가들은 이름에도 시대상황이 고스란히 녹아있다고 말한다." (조선일보, 2006. 9. 22일자)

으로써 텍스트의 시공간을 개방하려는 의도가 깔려 있는 것이다.

문체 면에서도, <소나기>는 일상적 삶의 디테일을 회피하려 한다. "필요한 묘사 이외 일체의 군더더기를 배제하려는 듯한 절제된 단문체 문장들, 간접화법, 내적 독백 등은 모두 일상화된 삶의 디테일을 걸러내면서, 작중 현실을 현실의 직접성으로부터 떼어놓는 기법들의 장치"[32]인 셈이다. 더불어 '다음날', '어떤 날'과 같은 시간 부사어들도 지금 여기에서의 삶에 대한 이야기라는 느낌을 소거시키고, 마치 먼 옛날 신화의 이야기 같은 분위기를 만들어낸다.

또한 서사가 진행되는 공간이, 독자들의 섣부른 생각과는 달리, 어떤 토속적인 정취를 느끼게 하는 전통적인 '마을'로 설정되어 있지 않다는 점이다. 서사의 중심 공간은 개울가이고, 들판이며, 산등성이이다. '마을'이 사람의 삶이 펼쳐지고 역사가 만들어지는 공간이라면, 개울가와 들판과 산등성이는 마을 밖의, 마을과 마을 사이에 존재하는 사잇공간이다. 실제로 소년의 집은 개울가로부터 '우대로 한 십 리 가까잇길'이 되고, 소녀의 집은 '아래편으로 한 삼 마장쯤' 되는 곳에 위치한다. 각각을 미터법으로 환산하면, 3.92km, 1.17km가 되니, 결코 가깝지 않은 거리이다. 그러한 사잇공간은 삶의 일상성을 벗어난 지점에 형성된 시원적 세계에 가깝다. 이런 곳에서는 비일상적 환상성에 기초한 체험이 가능해진다. 이런 공간적 특성, 즉 일상을 벗어난 환상성은 테마파크 공간들이 지향하는 가장 중요한 요소이다. 이 공간을, '소나기마을' 기획에서처럼, 그냥 '시골 체험과 자연 체험'이 가능한 소박한 장소성으로만 파악하는 것은 테마파크의 지향점과 잘 접목되지 않는다고 할 수 있다. 어쨌든 이런 환상성의 공간에서 소년과 소녀는 만나고 이별한다. 그들의 첫사랑은 다분히 현실적 삶이 탈각된 상태에서 이루어지는 만남과 이별인 셈이다.

이처럼 <소나기>는 애펄레이션이나 문체, 제한적으로 사용되는 시간

부사어, 서사 공간의 설정 등 다양한 방법을 통해, 구체적인 현실이 배제된 원형성의 세계를 그려내고자 한다. 소설 <소나기>가 구체적인 역사적 시공간성을 배제하고 있다는 사실은 소설 <소나기>와 HDTV 문학관 <소나기>를 비교하는 연구에서도 분명하게 나타난다. "소설 「소나기」가 역사적 시공간성이 거의 배제된 채 소년과 소녀에 집중하고 있다면 드라마는 역사적 현실적 공간을 내러티브 전개에서 구체적으로 재배치하고 있"[33]다. 즉 '순수의 구성'을 통해 무의식적인 기원으로의 지향을 드러내는 소설 <소나기>와는 달리, 드라마는 봉건의 해체, 신분제의 붕괴, 전근대적 정체성과 근대적 정체성이라는 역사적 국면을 통해 드라마 서사의 중요한 물질적 현실성이 부여된다는 생각이다.

한편, <소나기>의 첫사랑이 삶의 역사적 개별성을 초월하여 보편적 원형성에 접근해 가는 것은 서사의 전개 과정에서도 분명하게 드러난다. 보편적 원형성은 코드화된 상태에서 암시적으로 제시된다. 산 너머에 가보자는 소녀의 제안에 소년이 따라나선다. 그들은 논 사잇길로 들어서서 "벼 가을걷이 하는 곁을 지났다."[34] 그런데 벼 가을걷이 하는 장면은 마치 걸개그림처럼 소년과 소녀의 배경에 둘러쳐져 있을 뿐이다. 가을걷이를 하는 어떤 촌부도 소년과 소녀에게 말을 걸지 않는다. 허수아비가 서 있고, 소년이 새끼줄을 흔들고 참새 몇 마리가 날아갈 뿐이다. 생각해 보면, 인근 마을에서는 윤초시의 증손녀를 누구나 알고 있었을 것이다. 소년도 개울가에서 처음 본 소녀를 담박에 알아보았을 만큼, 서울서 내려온 소녀는 인근 마을의 관심의 대상이었을 터이니. 그런 윤초시의 증손녀가 사내아이와 논길을 가로질러 가고 있는데, 아무도 소년이나 소녀에게 말을 걸지 않았고, 소년 역시 어느 누구에게도 인사를 건네지 않는다. 그곳은 인간사가 사라진 진공의 들판 같다. 소년 소녀만 등장하는 동화적 세계 같다.

소년이 '누렁송아지' 등에 올라타 놀고 있을 때, 한 농부가 나타난다. 그는 '나룻이 긴 농부'였다.

> 농부 하나가 억새풀 사이로 올라왔다.
>
> 송아지 등에서 뛰어내렸다. 어린 송아지를 타서 허리가 상하면 어쩌느냐고 꾸지람을 들을 것만 같다.
>
> 그런데 나룻이 긴 농부는 소녀 편을 한 번 훑어보고는 그저 송아지 고삐를 풀어내면서,
>
> "어서들 집으루 가거라. 소나기가 올라."
>
> 참 먹장구름 한 장이 머리 위에 와 있다. 갑자기 사면이 소란스러워진 것 같다. 바람이 우수수 소리를 내며 지나간다. 삽시간에 주위가 보랏빛으로 변했다.
>
> 산을 내려오는데 떡갈나뭇잎에 빗방울 듣는 소리가 난다. 굵은 빗방울이다. 목덜미가 선뜩선뜩했다. 그러자 대번에 눈앞을 가로막는 빗줄기.[35]

'농부'라고 표현되어 있지만, 그는 '긴 나룻 수염'을 가졌다. 그는 홀연히 나타나 소나기가 내릴 거라고 말한 후 송아지를 끌고 사라진다. 그가 사라지자 바람이 불고 소나기가 내리기 시작한다. 긴 나룻을 한 모습도 그렇거니와 송아지를 끌고 사라진다거나, 벼 가을걷이를 하던 맑은 하늘에서 예언처럼 내리는 소나기, 등에서 우리는 그가 평범한 농사꾼이 아님을 직감하게 된다. 사실 더운 여름철에는 소나기가 무시로 내린다고 하더라도, 가을걷이가 한창인 가을철 맑은 하늘에서 소나기[36]가 쏟아지는 경우는 드물다. 그래서 농부의 출현과 소나기는 밀접한 관련성을 갖게 된다. 즉 소나기를 몰고 올 수 있는 그는 현실세계를 벗어나 있는 설화적 인물에 가깝게 느껴진다. '소녀 편을 한 번 훑어보'는 그의 모습에서도 소녀의 앞날 즉 소녀의 죽음을 예견하는 듯한, 그러면서도 이렇다 저렇다 말이 없는 초월적 풍모마저 느껴진다. 마치 자기는 모든 앞날을

알고 있지만 죽고 사는 문제가 이미 정해져 있고 이에 따를 수밖에 없음을 알고 있는 선인(仙人)이나 초월자의 모습 같기도 하다.

뿐만 아니라 농부는 소년이 뽐내며 타던 송아지를 몰고 흔적 없이 사라진다. "(소는) 선비들의 취향에 각별한 영물로 인식되어 시문, 그림, 고사에 자주 등장한다. …… (선비들은) 기우행(騎牛行)을 즐겨 하고 그러한 분위기를 시나 그림으로 표현하였다. 소를 탄다는 것은 우리 옛 선조들에게 있어 세사(世事)나 권력에 민감하게 굴거나 졸속하지 않는다는 철학적인 의미가 있다."37) 적어도 소녀 앞에서 송아지 등을 타보이던 시간 동안만큼은, 선비들의 기우행이 그렇듯이, 소년도 현실이나 속세가 아닌 다른 공간에서 노니는 셈이 된다. 더군다나 나룻이 긴 농부가 송아지를 몰고 간다는 설정은 소가 제의의 희생이 되듯이 소녀도 소년에게서 멀어지게 됨을 예고한다. 소녀의 죽음에 대한 예고가 나타나고 있다고 볼 수 있다. 다름 아닌 희생 제물로서의 또 다른 상징성이 적용되고 있다. 송아지를 끌고 감으로써 소녀의 죽음을 예고하는 '나룻이 긴 농부'는 죽음의 매개자인 셈이며, 여기에서도 그는 현실의 자장 밖에 있는 사람이라는 해석이 가능하다.

이처럼 소년 소녀가 들판을 지나고 산등성이에서 노니는 대목에서 서사는 현실의 공간을 잠시 이탈한다. 그곳은 소년과 소녀만을 위해 열려진 새롭고도 비현실적 공간이 된다. 그곳은 신선의 세계라고 해도 좋고 견우 직녀가 만나던 은하수라고 해도 좋다. 아무튼 그들은 현실 공간에 있지 않고, 다른 공간에 있다. 그들의 첫사랑이 구체적인 시공간에 기반하지 않은 원형적 사랑으로 인식되는 또 다른 이유이다. 이런 측면에서 볼 때 <소나기>의 첫사랑 테마는 비일상성과 환상성을 중요시하는 테마파크의 공간을 기획 설계하는 데 아주 적합한 측면이 있다.

2.2. 천상지애와 지상지애 : 테마의 구조화

<소나기>는 소년으로만 표기되는 시골 초등학생이, 소녀로만 불리는 윤초시네 증손녀와 만남을 거듭하면서 어느덧 자기도 모르는 사이에 내면적인 그리움을 키우게 되나 소녀는 병으로 죽고 만다는 이야기이다. <소나기>는 이처럼 만남에서 애틋한 그리움을 지나 이별로 이어지는 첫사랑의 보편적 구조를 취하고 있을 뿐만 아니라, 다양한 서사적 기법과 상징들을 통해 구체적인 역사적 현실을 배제시켜 또 다른 측면의 보편성을 획득한다. 이 글에서는 이런 보편성을 <소나기>에서 찾을 수 있는 첫사랑 테마의 원형성이라 규정하였다. 이런 원형성으로 인해 <소나기>의 첫사랑 이야기는 몇몇 단어나 문장들을 바꾸거나 삭제하면, 동남아시아의 베트남이나 태국, 안데스 산록의 칠레나 페루, 지중해 연안의 이탈리아나 터키 등 그 어떤 지역에 사는 소년 소녀의 첫사랑 이야기라 해도 무방할 정도의 개방성을 갖는다. 뿐만 아니라 그것은 시간축에 대해서도 개방적이어서 과거나 현재, 심지어는 미래의 어떤 때의 사랑이라 해도 무방하다. 즉 소년과 소녀 사이의 미묘한 감정적 교감은 어떤 현실적 역사적 성격도 배제된 초월적 시공간 속에서 진행된다.[38]

이것은 김유정의 <동백꽃>에 등장하는 첫사랑과 좋은 대비를 이룬다. 양자는 첫사랑 테마를 공유한다는 점에서 계열체적 관계 속에 구조화될 수 있다. 즉 원형을 통해 첫사랑 테마의 보편성과 순수성을 표현하고, 그것과 대조되는 수많은 변형태 혹은 활용태들을 거기에 대비시켜 공간을 구조적으로 표현해 내기 쉽다는 말이다. 그렇다면 원형성으로 인식되는 <소나기>의 첫사랑과는 달리, <동백꽃>의 첫사랑이 수많은 활용태 중 하나로 인식되는 것은 무엇에 근거하는가?

<소나기>가 역사적 현실을 배제시키고 시원적 시공간을 추구함으로

써 원형성을 갖게 되었다면, <동백꽃>의 첫사랑은 구체적 현실의 시공간 속에 깊은 뿌리를 내리고 있다는 점에서 첫사랑의 활용태가 된다. <동백꽃>은 17살 먹은, 마름의 딸과 소작인의 아들 사이에 오고가는 감정의 대립과 변화를 통해 첫사랑 테마를 풀어간다.39) 여주인공 '점순'과 그의 상대역인 '나'는 '1930년대의 한국농촌'이라는 구체적인 시공간을 벗어날 수 없는 인물들이다. 달리 말하면, 그들은 구체적인 일상성에 갇힌 인물들이다. <소나기>의 소년 소녀와는 크게 다른 점이다.

처음에 감자를 들이밀면서 '나'에게 접근했던 점순은 본시부터 부끄럼을 잘 타는 계집애가 아니었다. 그러나 처음 말을 걸어 거절당하자 얼굴이 홍당무가 된다. 점순은 이후 여러 가지 간접적인 방법으로 나에게 싸움을 건다. 예컨대 우리집 씨암탉을 암팡스레 패기도 하고, 수탉에게 닭싸움을 붙여 괴롭히기도 한다. 점순의 이런 화풀이와 감정 표현은 건강하고 자연스런 본성과 욕망의 표출임에 분명하다. 그럼에도 불구하고 점순의 이런 행동에는 계산된 의뭉스러움이 묻어 있다. 왜냐하면 그런 행동은 마름의 딸이라는 자신의 사회적 지위를 충분히 인식할 때 가능한 행동이기 때문이다.

이에 비해 소작인의 아들인 '나'는 점순이의 괴롭힘을 묵묵히 참아내야 하는 입장이 된다. 소작 부치던 땅이 떨어지고 집도 내쫓길지 모른다는 걱정 때문이다. 그러다가 한번은 참지 못하고 점순네 수탉을 단매로 때려죽인다. 하지만 이러한 일시적인 흥분 상태의 행동은 금세 후회와 걱정으로 되돌아온다. 그래서 점순이가 내미는 화해의 손길에서 살길을 찾고, 점순이와 함께 동백꽃 그늘로 겹쳐 쓰러지게 된다. 이처럼 점순이 만큼이나 '나'라는 인물도 생활 세계에서 작동하는 권력 구조를 잘 파악하고 있는 야무지면서도 의뭉스러운 인물인 것이다.

의뭉스러운 두 인물이 빚어내는 첫사랑은 <소나기>에서처럼 순수를 지향하지는 않는다. 순수는 구체적인 일상생활을 높이 벗어난 곳에 있는 일종의 원형성이며, 그래서 현실적인 삶과 욕망의 논리가 틈입할 수 없다. <소나기>에서 소년과의 추억이 흙탕물로 물들어 있는 옷을 그대로 입혀 묻어달라고 하는 소녀나, 소녀에게 줄 주머니 속 호두알을 수없이 만지작거리는 소년은 그러한 순수성에 대한 문학적 표현임에 분명하다. 이에 비해 노란 동백꽃 속으로 겹쳐 쓰러지는 <동백꽃>의 점순이와 나는 어떤가? "나의 몸뚱이도 겹쳐서 쓰러"진 후 "알싸한 그리고 향긋한 그[동백꽃] 냄새에 나는 땅이 꺼지는 듯이 온 정신이 고만 아찔"하여 졌다는 표현에서 그들 사이에 어떤 일이 있었는지 짐작하기 어렵지 않다. 열일곱의 나이에 두 주인공은 첫사랑을 만나 잠깐 티격태격하는 과정을 거쳐 가까워진다. 그리고 이내 첫 번째 성적 경험을 하게 된다. 참으로 조숙하고 빠른 성적 경험이 아닐 수 없다. 그들의 행동에서 우리는 어떤 윤리적 정조 관념도 발견할 수 없다.

<동백꽃>의 주인공들에게 첫사랑은 순진하고 순수한 무엇일 필요는 없었다. 그들에게는 자연스럽게 싹트는 이성에 대한 그리움이 있을 뿐이다. 사랑은 현실 속에 있고, 현실 속에서 사랑이 싹튼다. 삶의 무게가 그대로 사랑이라는 관계 속에 전이되고 스며든다. 그들은 이처럼 현실 속의 사랑, 지상의 사랑을 시작한다. 그 관계는 굳건한 믿음의 상태를 지속하지 못하며 시간의 흐름과 권력 관계의 변화에 따라 얼마든지 변해갈 수 있다. 점순 어머니가 부르자 점순이와 나는 어떤 행동을 취했는가?

> "점순아! 점순아! 이년이 바누질을 하다 말구 어딜 갔어!" 하고 어딜 갔다 온 듯싶은 그 어머니가 역정이 대단히 났다. 점순이가 겁을 잔뜩 집어먹고 꽃 밑을 살금살금 기어서 산 아래로 내려간 다음 나는 바위를 끼고 엉금엉금 기어서 산 위로 치빼지 않을 수 없었다.40)

점순 어머니의 등장으로 현실적 권력의 구조가 바뀌는 상황이 되자, 점순이는 산 아래로 내려가고 나는 산 위로 올라간다. 두 사람이 정반대 방향으로 향하고 있는 것이다. 그들 사이에 맺어진 사랑의 감정이 영원히 계속되지 않을 것임을 암시한다. 그들에게서는 <소나기>의 소년 소녀 사이에 오가던 사랑의 순수성과 지속성이 없다. 그들의 감정은 현실의 권력 구조에 깊이 잠겨 있어 그것에 영향을 크게 받고 있다.

한류 바람을 일으켰던 드라마 <가을동화>가 그렇고, 그것의 마지막 연작에 해당하는 <봄의 왈츠>도 그렇다. 드라마는 동경과 행복감으로 가득했던 어린 시절의 이야기에서 시작한다. 어린 시절의 이야기는 파편화된 기억의 일종이다. 기억 속에 저장된 이야기는 시간이 지나 어른이 되면 누구나 첫사랑이라고 이름붙일 만한 아련하고 아름다운 추억이 된다. 그 과정에서 인류의 공동심리가 자극되면서 첫사랑에 대한 어떤 원형이 만들어진다. 황순원의 <소나기>가 보여주는 첫사랑은 이런 원형에 가깝다. 이런 원형성을 띠는 사랑에 우리는 천상지애(天上之愛)라는 이름을 붙일 수 있다. 반면 시대적 현실적 감각이 덧입혀진 첫사랑은 지상지애(地上之愛)라고 이름할 수 있겠다. 그것은 원형에 대한 시대적 활용태에 다름 아니며, 본고에서는 그 대표 작품으로 김유정의 <동백꽃>을 선택하였다. 하지만 첫사랑의 활용태를 보여주는 작품은 시대와 국가를 뛰어넘어 수없이 많을 것이다. 지속적으로 공급 가능한 첫사랑 테마의 수많은 활용태들이 존재하기 때문에 첫사랑 테마파크는 대형화 글로벌화가 가능해지며, 더불어 이국적 체험을 통한 일상성의 탈출도 가능해진다.

첫사랑의 원형으로서의 천상지애와 그것의 활용태로서의 지상지애는 다양한 측면과 세부적인 요소들에서 계열체 관계를 맺는다. 이러한 계열체적 관계 맺음을 통해 테마파크의 테마 전개에 대한 기본 아이디어가 수립된 셈이다.[41] 이후 공간의 배치, 동선의 설계 등 모든 작업은 천상지애와 지상지애라는 첫사랑의 구조에서 도출될 수 있을 것이다.

3. 마무리

테마파크 사업은 테마를 선정하는 데서부터 벤치마킹 및 수요조사, 테마의 전개 및 표현, 공간배치 구상, 토지이용 및 동선계획, 시설 배치 및 건축계획, 투자 및 운영 계획 등 다양한 분야에 대한 종합적인 계획이 필요하다. 하지만 이 글에서는 대규모 문학 활용 테마파크의 전기획(pre-production) 단계 중에서 거시적 전략과 테마 기획 즉 테마의 선정 및 구조화 과정만을 논의의 대상으로 삼았다.

우리사회는 수많은 문학적 자산을 축적해 왔다. 문학텍스트를 이해하는 데 필요한 다양한 문학적 능력도 길러왔다. 이러한 문학적 자산과 역량은 생활문화적 차원에서 활용될 수도 있고, 경제적인 문화산업적 측면에서 활용될 수도 있다. 본고에서는 후자의 측면, 즉 경제 활성화를 통한 지역 경쟁력 강화라는 실질적인 효과를 거두기 위해서는 문화에 대한 경제적 관점의 접근이 필요하며, 그 방안으로 대규모 문학 활용 테마파크를 제안했다. 그것은 전략과 규모 면에서 현재의 문학관 건립 사업들과는 크게 다르다.

문학 활용 테마파크의 성공을 위해 필요한 거시적 전략을 문화콘텐츠 산업 환경 분석을 통해 도출한 후, 황순원의 <소나기>와 김유정의 <동백꽃>에 등장하는 첫사랑 테마를 예거로 해서 전략적 테마를 선정하고 구조화하는 과정을 보였다. 첫사랑 테마는 원형성과 활용태라는 큰 틀의 구조화가 가능한데, <소나기>의 첫사랑은 역사적 구체적 현실을 배제하고 시원적 시공간을 추구함으로써 첫사랑의 원형성에 도달하며, <동백꽃>의 첫사랑은 구체적인 현실의 시공간에 뿌리내린 의뭉스런 인물을 그려냄으로써 첫사랑의 활용태를 보여준다. 따라서 '첫사랑 테마파크'는 <소나기>가 보여주는 첫사랑의 원형적 사고를 바탕으로 테마파크의 기본 공간을 설계하고, 여기에 <동백꽃> 류의 다양한 첫사랑 활용태로서 이를 보완하고 구체화해야 한다. 이러한 구조화 작업은 테마파크의 공간 배치와 전개, 동선 설계 등의 후속 작업에 직접 연계되는 중요한 과정이다.

글을 마치기 전에 덧붙인다. 이 논문에서 다룬, 지역 경제 활성화와 경쟁력 강화를 목표로 하는 문학 활용 테마파크 건립 제안이 조속한 시일 내에 실험·실현될 수 있는 장은 어디가 될까를 마지막으로 생각해 보았다. 아마도 그것은 호남지역의 지속 가능한 발전을 견인하기 위해 계획된 '아시아 문화중심도시 조성'[42] 사업이 아닐까 생각된다. 이 사업은 광주를 문화예술과 디지털기술이 접목된 문화수도로 육성하고자 하는 초대형 문화 프로젝트이다. 문학 활용 테마파크는 이 프로젝트의 다양한 사업부문의 하나인, 문화적 가치와 경제적 이익이 조화되는 문화경제도시 구현을 기본 방향으로 하는 '예술진흥 및 문화·관광산업 육성' 사업과 성격상 일맥상통한다. 이미 계획 수립이 완료되어 추진 과정에 있는 사업이지만 한번쯤 돌아볼 수 있지 않을까 하는 바람이다.

인문자원의 지식정보화 : 한국향토문화전자대전

1. 들어가는 말

한국에서 한국학과 한국문화 관련 정보화가 본격적으로 시작된 것은 1998년 전후부터였다. 당시 서울대학교 규장각, 국사편찬위원회, 한국학중앙연구원 등에서는 한국역사정보통합시스템 구축사업과 한국학전자도서관 구축사업 등을 실시하여 관련 분야의 디지털화를 13~14년 앞당겼다고 평가되는 성과를 이루어냈다.[43] 특히 한국학중앙연구원에서는 1997년 한국학정보센터(The Korean Studies Information Center)를 설립하고 '디지털한국학 Digital Korean Studies'[44] 오픈함으로써 국내 최초로 종합적인 한국문화 디지털 서비스를 시작했다.

이후 공공기관들이 중심이 되어 다종의 한국학 및 한국문화 데이터베이스가 구축되었는데, 이것들은 대부분 범국가적 시각과 관점을 취했다. 반면 각 지방의 특성을 반영하는 향토문화 자료에 대한 디지털 정보화는 아직 본격화되지 않았다고 할 수 있다. 물론 각 지방자치단체별로 추진된 향토문화 디지털화 프로젝트가 없었던 것은 아니지만, 종합적이고 체계적인 성과를 내기에는 역부족인 상황이었다.

한국학중앙연구원에서는 이런 문제점을 인식하고, 전국의 향토문화를 디지털화하는 초대형 정보화 프로젝트인 '한국향토문화전자대전' 편찬 사업을 기획하게 된다. 이것은 전국 232개 시군구의 다양한 향토문화 자료를 발굴, 수집, 연구, 분석하여 체계적으로 집대성하고, 이를 디지털화하여 인터넷으로 서비스하는 프로젝트로, 2003년 7월 정부의 승인을 받아 본격적으로 시작되었다. 이 사업은 초기부터 정보 편찬 방식을 혁신하기 위한 온라인 편찬시스템 도입, 높은 재활용성을 갖춘 고품질의 정보 생산, 일반 이용자들이 직접 정보 생산에 참여하는 순환형 시스템 등을 통해 한국에서의 정보화 수준을 한 단계 도약시키는 중요한 계기를 마련한다는 목표를 설정하고 있었다.

이 글은 한국향토문화전자대전 프로젝트의 기획 과정과 지향점, 프로젝트의 초기 진행과정과 내용, 특징, 그리고 프로젝트 첫 결과물을 소개하는 데 주된 목적이 있다. 이 글을 쓰기 위해 필자는 아래와 같은 참고문헌과 출판되지 않은 내부 문서를 활용하였다. 1~7번의 참고문헌은 한국학중앙연구원의 향토문화의 집대성 및 편찬에 지속적인 관심과 노력을 기울여 왔음을 보여주며, 이는 이후 한국향토문화전자대전의 기획을 위한 중요한 밑거름이 되었다. 8~14번의 내부 문서는 한국향토문화전자대전의 초기 기획 과정, 사업화 과정, 추진 과정 등에서 만들어진 것들이다.

1. 이계학 외, 『가칭『민국여지승람』 편찬을 위한 연구』, 한국정신문화연구원, 1995.
2. 이계학 외, 『가칭『민국여지승람』 편찬을 위한 연구』(2), 한국정신문화연구원, 1996.
3. 한국정신문화연구원 편, 『경기지역의 향토문화』(상, 하), 1997.
4. 한국정신문화연구원 편, 『경상남도의 향토문화』(상, 하), 1999.

5. 한국정신문화연구원 편, 『The Regional Culture in the Jeollanam-do』
   (상, 하), 2002.
6. 한국정신문화연구원 · 전국문화원연합회, 『'한국향토문화전자대전'
   편찬 기초조사 연구』, 2001.
7. 한국정신문화연구원, 『향토문화란 무엇인가』, 2002.
8. 장노현, 「한국향토문화전자대전 계획(안)」, 2003. 4. 30.
9. 한국정신문화연구원, 「지역균형발전과 문화강국건설을 위한 향토
   문화전국포럼」, 2003. 5. 2.
10. 장노현, 「디지털성남문화대전 계획안」, 2003. 5. 16.
11. 한국정신문화연구원, 「한국향토문화전자대전 기본 계획(안)」, 2003.
    7. 9.
12. 교육인적자원부 제4차 인적자원개발회의 제2호 심의안건, 「지방문
    화 집대성 및 지식 · 문화산업 기반 구축을 위한 한국향토문화전자
    대전 편찬사업계획(안)」, 2003. 7. 23.
13. 한국정신문화연구원, 「한국향토문화전자대전 정보화전략계획」, 2004.
14. 한국학중앙연구원 · 애듀미디어컨소시엄, 디지털성남문화대전 완료
    보고서, 2005.
15. 한국학중앙연구원 · 성남시, <디지털성남문화대전> 이용안내서, 2005.

2. 향토문화 편찬의 전통과 현재적 필요성

한국에서는 이미 전통시대 때부터 대규모 향토문화 편찬의 전통이 있
었다. 그러한 전통은 땅에 대한 관심에서부터 시작되었다. 인간이 살아
가는 터전이 될 뿐만 아니라 필요한 물자를 공급해 주는 곳으로서의 땅
에 대한 관심은 자연스럽게 각종 지지(地誌)의 편찬으로 이어졌다.

우리나라의 지지 편찬사업은 일찍이 삼국시대부터 있었다. 그후 『삼

국사기(三國史記)』<지리지>와 『고려사(高麗史)』<지리지>의 편찬 경험을 거쳐, 조선시대 들어서는 지리지 편찬 사업이 성황을 이루었다. 조선 초기에는 몇 개의 관찬 지리지가 거듭 편찬되었다. 『경상도지리지』, 『세종실록』 <지리지>, 『경상도속찬지리지』, 『동국여지승람(東國輿地勝覽)』 등이 그것이다. 이들 지리지는 세종 때부터 성종대에 이르는 약 60년간에 집중적으로 편찬된 지리지들이다. 그리고 『신증동국여지승람』이 성종대와 연산군대에 증보 작업을 시작하여 중종 때인 1531년에 완성되었다. 이상의 조선 초기 지리지들은 그 내용이 지명의 변천이나 고증에 머무르지 않고 정치, 경제, 사회, 인물, 예속, 시문, 행정 등의 각 분야에 걸쳐 매우 상세한 독립된 체계를 갖춘 지리지들이었다. 뿐만 아니라 개정·증보를 통해 변화된 시대 상황을 사실적으로 반영하려는 노력도 있었다.

전국 지리지의 편찬사업은 16세기 후반부터 사림과 각 지방 수령을 중심으로 하여 지방 단위로 편찬되는 관찬읍지와 사찬읍지의 편찬으로 이어졌다. 특히 이중환의 『택리지』는 당시 국토 위에서 전개되는 생활의 모습을 지리적 공간적 관점에서 거시적으로 조망하고 있으며, 지역적 특색과 지역의 역사, 지형의 맥락, 인간과 환경과의 구체적인 관계로서 토지 이용 등등의 여러 현상을 특징적으로 서술하였다. 영조 33년(1757)에는 230년이 지난 『신증동국여지승람』의 개수 보완 건의에 따라 『여지도서』를 만들었다. 이는 지금으로부터 200년 전의 한국의 모습을 공식적인 기록과 정확한 통계숫자를 통해 보여주고 있을 뿐 아니라, 지도를 활용하여 시각적 효과를 높인 점이 돋보인다.

한국학중앙연구원에서 기획한 '한국향토문화전자대전'은 이러한 유구한 전통을 계승하는 한편, 오늘날의 필요성에도 부합하는 새로운 문화편찬 프로젝트라는 성격을 갖는다. 그럼, 오늘날의 필요성이란 무엇인가?

우선 한국문화에 대한 중앙 중심적 시각과 지방 중심적 시각의 균형을 유지하는 광범위한 한국문화 정리 작업의 필요성이다. 1980년부터 12년간에 걸쳐서 완성된『한국민족문화대백과사전』편찬 프로젝트는 중앙 중심적 시각에서 편찬되었기 때문에 지방의 다양한 향토문화 자료를 충분히 수록하지 못하였다. 이에 따라 지방민의 생활상과 문화의식을 지방적 시각에서 구체적으로 정리하고 집대성하는 일이 필요해진 것이다.

둘째, 1990년대 이후 사회·문화적 상황의 급격한 변화로 인해 향토문화 자원의 급속한 훼멸이 예상되고 있었다. 향토문화 자원은 전통적인 것과 당대적인 것으로 구분할 수 있다. 전통적인 삶의 양식이 급속히 사라져감에 따라 전통적인 문화자원에 대한 보존과 계승을 위한 대책이 절실해졌던 것이다. 또한 우리 선조들이 그랬던 것처럼, 우리시대의 문화를 후대를 위해 체계적으로 정리하고 보존할 필요성도 대두되었다. 이를 위해 현장조사를 기반으로 하는 자료의 광범위한 수집과 체계적인 정리 사업이 필요해졌다.

셋째, 정보통신 기술의 혁신적 발전에 따라 지식정보의 생산, 가공, 유통, 활용의 체계가 변하고 있었으며, 이에 대응하여 지식정보의 편찬 방식도 변해야 했다. 즉 IT기술과 인터넷의 발달로 인한 시대적 변화에 부합하는 새로운 지식정보의 체계가 필요해졌던 것이다. 이는 '한국향토문화전자대전'이 온라인 기반의 디지털 지식정보로 편찬되어야 했던 이유이다.

넷째, 문화의 시대에 부응하는 문화콘텐츠산업의 기반 조성이 요구되고 있었다. 특히 문화콘텐츠산업에서 활용 가능한 기초적인 문화자료가 크게 부족한 형편이었다. 광범위한 향토문화자료의 집대성을 통해 이런 부족 현상에 대응함으로써 문화콘텐츠산업의 저변을 튼튼히 할 필요가 있었던 것이다.

이처럼 '한국향토문화전자대전' 프로젝트는 유구한 향토문화 편찬의 전통을 이어받으면서 향토문화 집대성의 현재적 필요성에 기반하여 기획되었다. 이는 지방화와 세계화로 대변되는 21세기를 주체적으로 맞이하려 했던 노력의 산물로서 의미를 가진다.

3. 한국향토문화전자대전 프로젝트의 내용

한국향토문화전자대전 프로젝트는 크게 5개의 주요 사업으로 나누어 진행되었다. (1) 향토문화 조사 연구 사업, (2) 향토문화 지식정보 콘텐츠 제작 사업, (3) 향토문화 지식정보 프레임워크 개발 사업, (4) 향토문화 지식정보 관리 운영 사업, (5) 향토문화 콘텐츠 개발 인력 육성 사업 등이 그것이다. (1)은 이 프로젝트를 위한 선행 사업의 성격을, (2), (3)은 이 프로젝트의 핵심 사업의 성격을, (4)는 후행 사업의 성격을, (5)는 부대 사업의 성격을 갖는다.

3.1. 향토문화 조사 연구 사업

향토문화 조사 연구 사업은 본격적인 핵심 사업을 위한 사전 사업의 성격으로, 프로젝트가 출범되기 전에 진행한 사전 연구와 2004년 이후 프로젝트의 일환으로 추진되는 사전 조사연구로 나누어진다.

한국학중앙연구원에서는 이미 1994년부터 『동국여지승람』을 이을 수 있는 국가 수준의 문화 편찬 사업을 기획하기 시작했다. 그 결과의 하나로 1995년에 『민국여지승람 편찬을 위한 연구(1)』라는 제목의 연구논총을 발간했다. 여기서는 편찬의 기초라 할 수 있는 향토문화 분류체계의 문제가 다루어졌다. 그리고 이듬해에 이를 보완하여 내용 체계를 보다 상세화하는 연구를 진행하여 『민국여지승람 편찬을 위한 연구(2)』를 발행하였다.

또한 1997년부터 각 지방의 향토문화의 실상을 도 단위로 정리하는 작업을 실행하였다. 『경기지역의 향토문화』, 『경상남도의 향토문화』, 『전라남도의 향토문화』 등은 그 결과로서 출판된 결과물이다. 『경기지역의 향토문화』를 중심으로 그 내용을 간단히 살펴보면 다음과 같다.

- 경기지역 향토문화의 이해
- 위치와 지형적 환경
- 하천유역과 인간활동
- 기후와 문화의 토대
- 역사적 배경
- 교통로와 교통의 발달
- 시장변동
- 토지와 지적(地籍)
- 현대산업과 지역발전
- 성씨와 씨족
- 가옥
- 촌락
- 도시
- 인구이동과 이주행태
- 문화유적
- 왕릉
- 서원, 사우, 향교
- 관방문화
- 지지와 고지도
- 민속의 역사적 개관

- 세시풍속과 놀이
- 의식주생활
- 신앙과 의례
- 민요와 무가

이밖에도 한국학중앙연구원에서는 『향토문화란 무엇인가』, 『한국향토문화전자대전 편찬 기초조사 연구』 등을 통해 이 프로젝트를 위한 사전 연구 작업을 수행했다. 이러한 사전 연구 작업은 2003년 이 프로젝트가 정식으로 성립되어 출범할 수 있는 밑거름이 되었다.

2004년 이후 프로젝트의 범위 내에서 수행되고 있는 사전 조사연구로는 「후보지역 선행조사 연구」와 「향토문화 아카이브 구축」 등을 들 수 있다.

한국향토문화전자대전 프로젝트는 지방자치단체 즉 시군구를 기본 단위로 진행되었다. 「후보지역 선행조사 연구」는 차년도에 진행이 예상되는 시군구를 대상으로 사전에 해당 시군구의 향토문화자원의 현황을 파악할 목적으로 진행되었다. 선행조사 연구는 각 지역의 향토문화 전문가나 지역대학 및 연구소에 위탁 연구를 통해 진행되었다. 이를 통해서 전통시대로부터 최근까지 간행된 향토문화 관련 서적 및 홍보자료를 총체적으로 조사하고, 해당 지역의 특수사항 예컨대, 특산물, 역사적 사건, 인물, 지자체의 문화산업 등을 심도 있게 분석하여 해당 지역의 사업 추진을 위한 종합적인 조사연구 보고서를 작성하였다.

「향토문화 아카이브 구축」도 역시 편찬기반 조성을 위한 선행 연구 작업이다. 이는 전자대전 편찬을 위한 지식 전거(典據, Authority) 및 참고(參考, Reference) 자료를 집대성하는 것이 목적이었다. 향토문화전자대전 편찬 과정에서 편찬 작업자들이 개인적으로는 접근하기 힘든 각종 향토문화 참고자료를 수집 정리하여 그들에게 단일한 인터페이스로 제공하려는 의도였다. 이는 2005년부터 연차적인 추진이 계획되었다. 아카이브가 완성 단계에 이르면 이 아카이브 자체가 충분히 의미 있는 향토문화 지식정보로서 기능하게 되며, 향토문화전자대전의 이용자들은 이 아카이브 자료도 함께 활용할 수 있게 됨으로 보다 다양하고 깊이 있는 지식정보를 얻게 될 것이라는 생각이었다.

3.2. 향토문화 지식정보 콘텐츠 제작

한국향토문화전자대전 프로젝트의 핵심은 향토문화 지식정보 콘텐츠 제작이다. 이는 지방자치단체 시·군·구 단위별로 향토문화 콘텐츠를 조사·발굴하거나 연구하여 지역별 향토문화 지식정보를 제작하도록 계획되었다. 2003년 시범사업으로 시작한 경기도 성남시의 향토문화 지식정보가 2005년 초에 '디지털 성남문화대전'이라는 이름으로 제작 완료되었고, 이후 청주, 강릉, 진주, 남원을 대상으로 작업이 이루어졌다.

각 지역의 향토문화 지식정보는 9개 영역으로 체계화되었다. 이는 선행된 향토문화 조사연구 사업을 통해 확립된 향토문화 표준분류체계에 근거하였다.

[표 10] 향토문화 표준분류체계표

삶의 터전 (자연과 지리)	자연환경, 지형 및 지질, 기후, 동식물상, 마을 경관 등
삶의 내력 (지방의 역사)	선사시대로부터 현대에 이르는 각 지방의 역사
삶의 자취 (문화유산)	선사시대 유물유적, 건축유적, 조가, 서화, 고예, 기타

삶의 주체 (성씨와 인물)	주민, 성씨, 인물
삶의 틀1 (정치와 행정)	지방정치, 지방행정, 사법 및 치안, 지역사회운동
삶의 틀2 (경제와 산업)	경제현황, 농림수산업, 광공업, 금융업 및 보험업, 상업 및 서비스업, 교통 통신, 건설업, 관광
삶의 내용 (종교와 문화)	종교, 교육, 문화예술, 언론, 체육
삶의 방식 (생활과 민속)	의생활, 식생활, 주생활, 민속, 오락
삶의 이야기 (구비전승과 어문학)	지명 유래, 구비전승, 어문학

향토문화 지식정보 콘텐츠는 항목(item)을 최소단위로 하였다. 이는 기존의 백과사전의 서술이 항목을 기준으로 하는 것과 같다. 항목의 종류는 일반 항목, 기획 항목, 마을지 항목으로 나누었고, 일반항목은 다시 개관 항목, 표준 항목, 부대 항목 등으로 구분했다. 개관항목은 한 지역의 문화 양상을 통시적·공시적으로 개관하는 항목이며, 부대 항목은 특정한 표준 항목과 연관된 부수적인 정보를 담고 있는 항목이다. 기획 항목과 마을지 항목은 일반항목의 단점을 보완하여 각 지역의 향토문화의 특성을 보다 확연히 드러내기 위한 것으로, 보다 심도 있는 조사연구 과정을 거쳐서 집필되도록 하였다.

체계화된 분류체계에 따라 향토문화를 정리함으로써, 한국향토문화전자대전 프로젝트는 지방의 단편적인 문화정보를 수집 정리하는 데 그치지 않고, 인간의 삶과 관련되는 문화의 전 영역을 개괄적 내용에서부터 전문 지식 차원의 심층 지식 정보에 이르기까지 종합적으로 커버하는 '순환형 지식정보시스템'으로 구상되었다.

모든 항목은 전문 연구자에게 의뢰되어 조사연구 과정을 통해 집필되고, 교열 및 교정 과정을 거친 후 XML 문서로 최종 가공되었다. 특히 기획 항목과 마을지 항목은 지역의 특성을 잘 알고 있는 조사연구팀이 철저한 현장조사를 통해 항목을 개발하고 원고를 작성하도록 했으며 모든 조사 과정이 녹음되거나 녹화되었다. 녹음·녹화 자료는 가공 과정을 거쳐 최종적인 소리자료나 동영상자료 등으로 만들어지게 되며, 이 또한 이용자들에게 제공되도록 하였다.

모든 텍스트 데이터는 XML 문서로 만들어져서, 상하위 항목 간의 계층적 구조 및 관련항목 간의 연관성, 멀티미디어 데이터로의 연계 등이 정확히 기술되었다. 데이터 내의 모든 인명, 지명, 기관명, 서명 등의 고유명사에는 이를 식별할 수 있는 고유명사 태그가 붙게 되며, 시공간 개념을 갖는 모든 단어에는 전자지도와 전자연표로 연결을 유도하는 시공간 태그가 붙게 된다.

3.3. 향토문화 지식정보 시스템 구축

한국향토문화전자대전 프로젝트의 또 하나의 핵심사업은 향토문화 지식정보 시스템 구축이다. 이는 효율적인 지식정보 관리 및 유통·활용 체계의 구축을 최종 목표로 한다. 편찬시스템 개발과 서비스시스템 구축이 이 부문에 해당하는데, 전자는 지식정보의 관리, 후자는 지식정보의 유통·활용과 관련된다.

편찬시스템은 항목 선정, 집필의뢰, 집필, 교정, 교열, 태깅, 검수 등 전체 편찬 프로세스를 온라인화하여 보다 효율적으로 편찬 작업을 수행하기 위해 구상되었다. 항목선정, 항목관리, 집필의뢰, 원고수합 등이 기본적인 기능으로 구현되었고, 완성된 콘텐츠의 추가, 수정, 삭제 등을 온라인 상에서 수행하고 그 결과가 검색 서비스에 바로 반영되는 실시간

정보편찬 기능을 구현하는 데까지 구상이 이루어졌다.

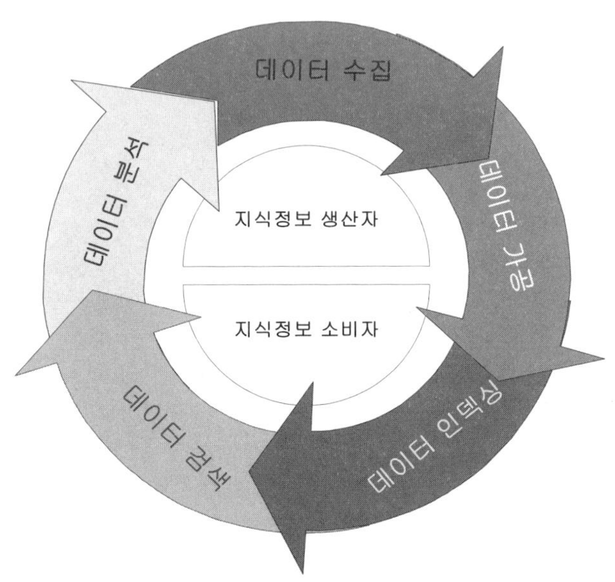

[도표 10] **순환형 지식정보시스템.** '순환형 지식정보시스템'이란 향토문화 자료의 수집에서부터, 가공·검색·분석 등의 지식의 생성과 소비의 사이클이 한 시스템 내에서 이루어짐으로써 자체적으로 지식정보의 확대재생산이 가능한 시스템을 말한다. 따라서 이 시스템은 단편적인 데이터에서부터 고급의 지식정보까지를 포괄함으로써 일반인으로부터 학술연구자에 이르는 광범위한 이용층을 고려한 종합시스템의 성격을 갖게 된다.

서비스시스템 구축은 다양한 디렉토리 서비스, 검색 서비스, 관련 기사 연계 서비스를 제공하여 다양한 정보를 손쉽게 이용할 수 있도록 설계되었다. 특히 GIS(Geographic Information System) 기능을 도입 적용함으로써 콘텐츠에 포함되어 있는 공간·시간적 정보 요소가 입체적 전자지도 및 전자연표로 표현되도록 했다.

편찬시스템과 서비스시스템은 종국에는 하나로 통합되도록 계획되었다. 통합은 향토문화 지식정보에 대한 관리체계와 유통·활용 체계의 일원화를 가져온다. 이러한 일원화는 지식정보가 시스템 내에서 끊임없이 확대 재생산되는 순환형 지식정보시스템으로의 진보를 목표로 했다. 순환형 지식정보시스템은 향토문화 지식정보뿐만 아니라 인문학 전분야의 지식정보를 관리하고 유통·활용하는 보다 효율적인 프레임워크가 될 것으로 기대했다.

그런데 이러한 프레임워크의 최종적이고 이상적인 모습은 아직 구체적인 모습을 드러내지 않았다. 현재로서는 그것이 분산시스템(Distributed System) 환경을 갖게 될 것이고, **XML**로 가공된 고도로 지능적인 하이퍼텍스트가 될 것이라는 정도이다. 정보의 관리와 활용의 측면에서 분산시스템이 제대로 작동하기 위해서는 각각의 정보 자원이 갖는 특성을 충분히 반영한 표준적인 정보 기술(記述, description) 규칙이 사전에 확립되어 있어야 하고, 개별 정보 자원들은 그러한 기술 규칙을 엄격하게 적용하여 생산되어야만 한다. 이는 정보 내용의 세세한 부분을 모두 통일적으로 규제한다는 의미가 아니며, 정보의 내용보다는 가공 형식을 표준화한다는 의미이다.45) 향문 프로젝트에서는 이를 위해 정보 스키마를 개발하여 성남문화대전에서 1차로 적용해 보았고, 지속적으로 수정 보완하고 있다.

향토문화 지식정보 시스템에서는 분산 시스템이 요구하는 상호 운영성의 확보와 고급 지식으로의 확장을 위해 모든 콘텐츠를 예외 없이 XML 문서로 가공하게 된다. **XML**문서는 두 가지 문서요소(Elements)를 갖는다. 문서 상의 모든 정보 요소를 계층적으로 구조화 하는 구조 요소, 텍스트 가운데 특정한 의미를 갖는 부분을 부각시키고 그들 상호 간의 정밀한 하이퍼텍스트

XML

XML(Extensible Mark-up Language)은 문서의 구조적인 형식과 내용 요소들이 컴퓨터가 식별할 수 있는 명시적 정보로 기술될 수 있도록 하기 위한 전자문서 마크업 언어이다. XML은 1998년 W3C(World Wide Web Consortium)가 최초의 권장안을 제시하였다. W3C는 최근에 이르기까지 여러 단계의 개선안과 함께 다양한 XML 응용 기술의 표준화 방안을 제공하고 있다.

링크를 구현하는 표기 요소가 그것이다. 표기 요소의 종류를 간단히 보
이면 다음과 같다.

- 고유명사 표기 요소 : <인명>, <지명>, <서명>, <기관>, <연호>
- 주석문 표기 요소 : <원주>, <편자주>, <교열>
- 연관성 표기 요소 : <참조>, <부출>, <시청각>
- 시공간 정보 표기 요소 : <시간>, <공간>

　향토문화 지식정보 시스템의 모든 문서가 갖게 되는 구조 요소와 표
기 요소는, 모든 정보를 상호 참조 가능한 하이퍼텍스트로 만들어 주게
된다. 하이퍼텍스트의 상호 참조를 통해 단순 데이터가 정보가 되고, 낮
은 단계의 정보가 고급 지식정보로 성장해 가며, 다시 그것으로부터 단
순 데이터가 추출되고 다시 고급 지식정보로 성장해 가게 된다. 이것이
바로 순환형 지식정보시스템의 지식 순환 모델이다.

3.4. 향토문화 지식정보 관리 운영 사업

　완성된 디지털 콘텐츠는 효율적인 관리와 충분한 활용을 통해 콘텐츠
의 가치를 높여가는 것이 중요하다. 그런데 한국에서 이루어진 디지털
콘텐츠 구축 사업은 콘텐츠의 적극적인 활용 및 관리 운영을 통한 콘텐
츠 가치의 확대에는 무관심한 경우가 많았다. 관리 운영되지 않는 콘텐
츠는 활용되지 않는다. 활용되지 않으면 콘텐츠의 보완이나 확장은 결코
기대할 수 없다. 보완이나 확장이 이루어지지 않은 콘텐츠의 가치는 지
속적으로 떨어질 수밖에 없고, 콘텐츠에서 새로운 가치를 발견해 내거나
창출해 낼 수 없게 된다. 이러한 과정이 반복되면 해당 콘텐츠는 사장된

다. 콘텐츠의 가치를 지속적으로 떨어뜨리는 악순환의 과정을 끊기 위해서는 디지털 콘텐츠 구축 완료 이후의 관리 운영에 세심하고 종합적인 계획이 필요하다.

한국향토문화전자대전 프로젝트는 기획 단계에서부터 지식정보의 효율적인 사후 관리 운영 방안에 대해 많은 관심을 쏟아왔다. 그런데 정작 사업이 구체화되고 예산이 편성되는 과정에서 문제가 발생했다. 이전의 다른 문화콘텐츠 구축 사업처럼 개발 예산만 편성되고, 관리운영에 대한 어떤 예산도 고려되지 않았다. 향토문화 지식정보 관리 및 유통에는 최적의 프레임워크와 이를 관리할 운영조직이 필요했다. 최적의 프레임워크는 본 프로젝트를 통해 만들어져 가고 있었지만, 관리 운영 체계 및 인력 운영에 대한 종합적인 계획이 마련되지 못한 상황이었다.

2005년 초에 완성되어 서비스가 시작된 디지털성남문화대전은 개발 사업팀이 관리 운영을 병행하였다. 그리고 확장 구축 및 관리 운영을 위한 예산을 성남시에 요청해서 성남시가 이를 일부 부담하는 체제를 갖추었다. 하지만 이것은 성남에 국한되는 체제일 뿐, 모든 지역을 이런 식으로 관리 운영할 수는 없는 것이 사실이다. 한국향토문화전자대전 프로젝트의 초기 기획 단계에서 구상되었던 관리 운영을 위한 종합적인 방안이 재검토되고 실행되어야 할 필요가 높아지고 있다.

3.5. 향토문화 콘텐츠 개발 인력 육성

한국향토문화전자대전 프로젝트에서는 향토문화 연구자 연찬을 매년 2차례씩 개최하였다. 이 연찬은 프로젝트를 각 지방에 널리 홍보하여 프로젝트 수행을 위한 분위기를 조성하는 것이 1차적인 목적이었다. 나아가 지방 소재 문화단체, 향토사 연구 전문가, 지방자치단체 문화 담당관 등 본 프로젝트 관계자들의 전문적인 지식과 의견을 수렴하여 각 지역별 사업 계획의 합리성을 제고하는 한편, 사업추진 과정에서 발생하는 다양한 문제거리들을 공론의 장으로 끌어내 합리적인 해결책을 찾아가기 위한 목적도 겸했다.

그런데 연찬에는 이것 말고도 중요한 목적이 하나 더 있었다. 한국향토문화전자대전 프로젝트는 전국에 걸친 방대한 규모로, 사업이 본격화되는 2007~2008년부터는 수십 개 지역의 사업을 동시에 수행하도록 계획되었다. 따라서 여기에 소요되는 전문 인력의 수요도 만만치 않다. 특히 집필된 원고를 교열 교정하고 이를 다시 XML 문서로 가공하여 정해진 태깅 작업을 수행하는 인력은 향토문화에 대한 인문학적 지식과 정보공학적 지식을 동시에 갖추고 있어야만 한다. 그러나 두 분야가 결합된 인문정보학적 교육 훈련을 받은 전문 인력이 크게 부족한 형편이었다. 연찬은 이런 상황을 감안하여 프로젝트에서 필요로 하는 인력을 교육 훈련하기 위한 목적도 함께 가졌다.

그러나 향토문화 연찬을 몇 차례 실시해 본 결과 연찬의 성격이 향토문화를 학술적으로 연구하는 연구자 중심으로 고정되어 버렸다. 따라서 프로젝트에 직접 소용되는 전문 인력을 교육하기에는 적합한 형태가 아니라는 판단에 이르게 되었고, 연찬을 대체할 수 있는 향토문화 아카데미 설립이 고려되었다. 향토문화 아카데미에서는 향토문화 지식에 대한 교육뿐 아니라, 향토문화 디지털 콘텐츠의 제작에 필요한 실무 지식을 교육 훈련하게 되며, 이를 통해 각 지역에서 추진되는 디지털 문화대전 편찬 사업의 인력 수요를 감당하도록 하였다.

4. 프로젝트의 초기 결과물

디지털 매체가 널리 보급되면서 대부분의 디지털 지식정보는 지식생산자, 지식관리자, 지식이용자 등의 삼자가 상호 작용하는 상황 속에 놓이게 되었다. 향문 프로젝트의 초기 결과물을 보다 확실하게 이해하기 위해서는 삼자의 입장에서 각각 다른 설명이 필요하다. 하지만 지면의 한계가 있기 때문에 여기서는 지식이용자의 입장에서 주로 설명하겠다. 따라서 설명은 디지털성남문화대전의 사용자 인터페이스를 중심으로 이루어진다. 나머지 지식생산자와 지식관리자 측면에서의 설명은 디지털성남문화대전에 대한 개관과 특징을 소개하는 것으로 대신할 생각이다.

4.1. 디지털성남문화대전의 특징

2004년에 본격적으로 시작한 향문 프로젝트는 2005년 2월에 그 첫 번째 결과물로서 디지털성남문화대전[46]을 완성하였다. 2003년 6월 성남시와 개발 협약을 체결한 이후, 중앙정부의 지원예산 3억 원과 성남시의 자체 예산 3억 원이 투입되었다. 디지털성남문화대전은 한국학중앙연구원에서 발간한 한국향토문화전자대전의 성남시 편이다. 성남시 지역의 역사와 문화유산을 비롯한 정치, 경제, 사회의 변화 발전상 등에 관한 모든 정보를 집대성한 디지털 백과사전으로, 온라인 상에서 누구든지 쉽게 검색, 활용할 수 있는 지식정보 시스템이다.

디지털성남문화대전은 기존의 다른 한국문화 디지털 콘텐츠와 비교할 때 다음과 같은 특징을 갖는다. 우선 모든 텍스트 콘텐츠는 관련 분야의 권위 있는 전문 연구자가 집필하였고, 원고와 관련된 다양한 멀티미디어 자료를 풍부히 수록하여 디지털 콘텐츠로서의 장점을 극대화하였다. 원고 집필에 투입된 연구자는 100명에 이르며, 사업관리 및 시스템 개발 등의 분야에 다시 100여 명의 인력이 투입되었다. 그 결과 2,370항목에 13,000여 매의 원고가 쓰였고, 사진 및 도면이 2,000여 장, 동영상 자료가 114종, 음향자료가 100여 종이 만들어졌다.

데이터의 구조와 내용을 체계적으로 관리하고 활용하기 위하여 모든 콘텐츠를 XML 전자문서로 가공하였다. 이 결과 총 198,065개의 태그(구조 태그 : 46,610, 인명 : 17,235개, 지명 : 35,940개, 서명 : 7,765개, 기관 : 7,953개, 키워드 상호 참조 : 20,842개, 관련 항목 상호 참조 : 5,896개)가 생성되었다. 이에 따라 콘텐츠간의 상호 연동이 유연하여 고차원적인 서비스가 가능해졌고, 다양한 매체로 손쉽게 전환될 수 있으며, 또한 빠른 업그레이드가 가능해졌다.

이러한 XML 마크업 작업을 통해서, 성남문화대전은 보다 진보한 하이퍼텍스트 구조를 갖추었다. 하이퍼텍스트는 단위텍스트와 하이퍼링크로 이루어진 문서표현의 방식이며 문서의 구조 자체이며, 또한 사용자 인터페이스이다. 그 결과 무수한 단어와 단어, 단어와 문서, 문서와 멀티미디어 자료, 문서와 문서 등이 상호 연동되는 체제를 구축하였다. 특히 전자지도와 전자연표 그리고 텍스트가 상호 링크되면서 원하는 정보를 찾는 재미가 한층 높아졌다. 하이퍼텍스트 문서 구조 덕분에 성남문화대전의 모든 개별 문서들은 경계 자체가 무의미해지거나 혹은 모호해지는 '경계지울 수 없는 문서(borderless text)'가 되었다.

디지털성남문화대전을 위한 서비스시스템은 사용자의 편의성을 최대한 고려하여 인터페이스를 설계하였기 때문에, 다양한 접근점을 통하여 콘텐츠를 열람할 수 있다. 다양한 접근점에 대해서는 뒤에서 좀 더 자세히 설명하기로 하겠다. 또한 모든 화면에서 검색 탭을 자유롭게 활용할 수 있으며, 다양한 조합 검색을 통하여 검색 대상 및 검색 범위를 지정할 수 있게 만들어졌다. 제목, 본문, 사진, 도면도표, 동영상, 음향 등을 대상으로 독자적인 검색 수행도 가능하다. 이용자가 정확한 검색어를 알지 못해도 한국학중앙연구원이 만든 분류표에 따라 유형별, 분야별, 시대별, 지역별 찾기 기능을 통해 필요한 정보를 효율적으로 찾아볼 수 있도록 하였다.

디지털성남문화대전의 또 다른 특징은 데이터와 정보의 지속적인 추가·갱신이 편리한 시스템이라는 점이다. 특히 이용자들이 직접 자기가 생산한 정보를 추가·갱신할 수 있게 하였다는 점은 주목해볼 만하다. 즉 정보이용자가 다시 지식정보의 생산자가 될 수 있도록 한 것이다. 1인 미디어인 블로그나 미니홈피가 이용시간과 페이지뷰에서 다른 인터넷 서비스인 메일, 검색, 클럽 등의 서비스를 능가하는 것으로 조사[47]되고 있는데, 이는 1인 미디어가 정보 생산 활동 및 유통 권한을 이용자들에게 대폭 이양하였기 때문으로 분석된다. 이처럼 이용자에 의한 지식정보 생산은 미디어의 이용 실태를 큰 틀에서 변화시킬 만큼 중요한 의미를 갖는다.

뿐만 아니라, 이용자가 지식정보 생산에 직접 참여하는 환경을 구현했다는 것은 전통적인 지식체계의 변화를 의미하기도 한다. 같은 대상을 두고도 서로 다른 담론들이 얼마든지 공존할 수 있게 되었다. 지배가치를 중심으로 모든 지식이 서열화되고 획일화되는 전통적인 지식체계에 조금씩 균열이 발생하게 되었다. 이런 의미에서 성남문화대전은 지식정보의 생산과 유통에서의 새로운 시도라 할 수 있으며, 이 시도는 '순환형 지식정보시스템'이라 명명된 시스템의 개발로 가는 길목에서 얻어진 성과라고 할 수 있다.

순환형 지식정보시스템에서는 이용자에게도 전문 집필자들에게 제공되었던 것과 유사한 집필 환경이 제공되어야 한다고 생각했다. 때문에 이용자는 자신의 이용 목적에 따라서 문서를 복사하고 수정할 수 있으며 또한 전체의 문서를 연결시키거나 특정의 페이지를 삽입, 연계시킴으로써 독자 자신이 원하는 새로운 문서를 만들어 낼 수 있어야 한다. 이에 따라 독자는 저자의 권위를 해체하는 기본적 단위이자, 새로운 텍스트 생성의 원인자가 된다. 이렇게 개방된 시스템은 이용자와 전문적인 필자와의 협업을 가능하게 만들 것으로 예상할 수 있다. 창조적 개인에 의한 단독 작업이 인쇄문화의 작업방식이었다면, 협업은 디지털 문화의 중요한 작업방식인 셈이다.

4.2. 디지털성남문화대전의 인터페이스 구조

디지털성남문화대전에서의 항목은 가장 작고 최종적인 형태의 단위정보(chunk of information)이다. 단위정보로서의 항목은 자체 정보는 물론이고 관련되는 정보도 효과적으로 드러낼 수 있도록 디자인되었다. 오른쪽 그림은 항목 페이지의 공간 분할을 도식화한 표이다. 분할된 각 공간은 특정한 기능을 갖는다. 예컨대, 이용자는 (1-2)의 아이콘들을 이용해

(1-1)	
(1-2)	(1-3)
(2-1)	
(2-2)	
(2-3)	
(2-4)	
(3-1)	
(3-2)	
(3-3)	

[도표 11] 항목 페이지의 공간 분할 방식

같은 범주 내의 다른 항목으로 자유롭게 이동할 수 있다. 또한 (1-3)에 배치되어 있는 의견달기 아이콘을 통해 이용자는 현재 보고 있는 항목과 관련된 자신의 정보를 만들어 등록할 수 있다. 이렇게 등록된 정보는

(3-3)에 목록으로 표시된다.

(2-1)에는 항목명이, (2-4)에는 항목에 대한 상세 설명이 위치한다. (3-1), (3-2)에는 관련되는 항목 정보 및 멀티미디어 정보가 표시된다.

이용자들은 다양한 접근점을 통해 이렇게 구성된 항목이라는 최종적인 단위정보에 이를 수 있다. 크게는 메뉴바를 이용하는 방법과 검색 기능을 이용하는 방법으로 나눌 수 있다. 여기서는 메뉴바를 이용하는 다양한 정보 접근점들을 알아보기로 한다.

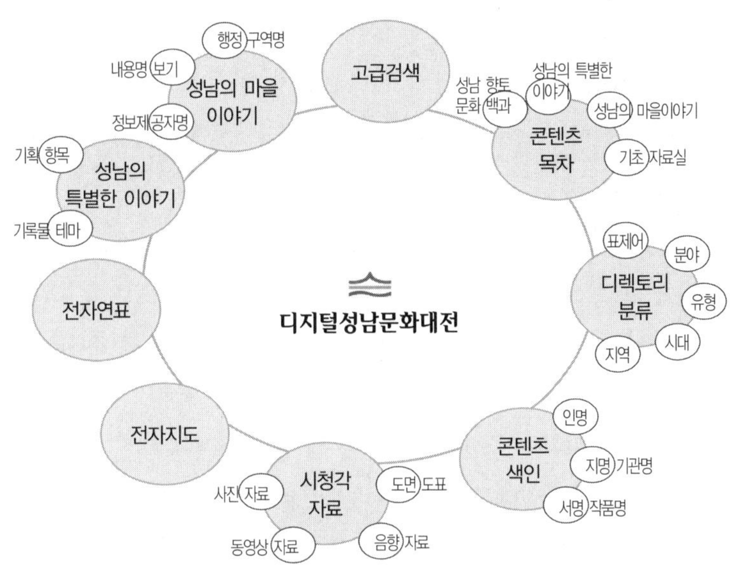

[도표 12] 디지털성남문화대전의 다양한 접근점들

4.2.1. 콘텐츠 목차(TOC, Table of Contents)

콘텐츠 목차는 인쇄 책의 목차 개념을 본떠 만들었다. 책에서 목차는 내용의 선형적 구조를 한눈에 볼 수 있도록 하기 위한 장치이다. 즉 시작과 끝이 일정하고, 전체의 분량이 한눈에 들어오는 것이다. 콘텐츠 목차에서는 성남문화대전의 모든 콘텐츠를 순차적으로 한눈에 파악할 수 있도록 배려한 것이다. 이는 문화적 연속성을 고려한 인터페이스인데, 책에 익숙한 이용자들에게 보다 친숙한 인터페이스 환경을 제공하는 데 목적이 있다.

콘텐츠 목차 속에서는 성남문화대전의 모든 콘텐츠들이 한 줄로 제자리를 잡고 있다. 그 위치는 변동이 없고 언제나 같다. 콘텐츠가 이처럼 자기의 고유 위치를 갖는 것은 사실 디지털 문서의 개념과는 크게 배치된다. 그럼에도 불구하고 우리는 문화적 연속성을 고려하여 콘텐츠 목차를 가장 중요한 접근 통로로 배려했다.

콘텐츠 목차에서는 여러 단계로 분류표가 펼쳐지면서 최종적인 항목에 이르게 된다. 항목을 클릭하면 해당 항목의 콘텐츠를 보는 화면이 열린다.

4.2.2. 디렉토리 분류(Meta Data Index, Directory)

디렉토리 분류는 디지털성남문화대전의 모든 항목을 표제어, 분야, 유형, 시대, 지역 등으로 새로 분류하여, 또 다른 접근점을 제공한다. 이용자는 이 중에서 원하는 어떤 경로를 통해서라도 콘텐츠를 열람할 수 있도록 했다. 이는 모든 항목 속에 분야, 유형, 시대, 지역 등의 정보가 정밀하게 태깅되어 있기 때문에 가능해진다.

- 「표제어」는 모든 항목을 항목명의 가나다 순으로 정렬함.
- 「분야」는 모든 항목을 9개의 대분야와 38개의 소분야로 정렬함.
- 「유형」은 모든 항목을 19개 유형으로 정렬함.
- 「시대」는 모든 항목을 20개 시간단위로 정렬함.
- 「지역」은 모든 항목을 23개 지역으로 정렬함.

4.2.3. 콘텐츠 색인(Keyword Index)

콘텐츠 색인은 모든 항목 속에서 인명, 지명/기관명, 서명/작품명 등을 추출하여, 이를 가나다순으로 정렬한 색인이다. 콘텐츠 색인 또한, 콘텐츠 목차와 마찬가지로, 인쇄 책에서 주로 부록의 형태로 덧붙은 색인(찾아보기)의 관습을 받아들였기 때문에 책 문화에 익숙한 이용자에게는 좀 더 친숙한 접근점이 될 것이다.

4.2.4. 시청각 자료(Illustration Index)

시청각 자료는 사진, 동영상, 소리, 도표/도면 등의 자료를 볼 수 있는 접근점이다. 이들 자료들은 테마별로 나누어져 있는데, 사진자료는 8개의 테마를, 동영상과 소리 자료는 각각 10개 테마를 갖고 있다. 다만 도표와 도면은 테마별로 분류되어 있지 않다. 동영상과 소리 자료를 구성하는 언어는 모두 채록하였기 때문에, 이용자도 동영상을 보거나 소리를 들으면서 채록된 텍스트 자료를 동시에 볼 수 있다. 또한 모든 시청각자료는 관련 텍스트 정보와 상호 연동되도록 정밀한 쌍방향 하이퍼링크가 걸려 있다.

4.2.5. 전자지도(Geographic Index)

전자지도는 지도를 통하여 원하는 곳의 지리정보를 확인하고 이 지역과 관련이 있는 다양한 향토문화 정보를 얻을 수 있는 접근점이다. 하지만 이용자는 반대로 항목 정보를 열람하다가 관련 지역의 지리정보를 확인하기 위해 전자지도를 열어 볼 수도 있다. 즉 전자지도와 항목 정보는 상호 참조가 가능하도록 설계되어 있다.

4.2.6. 전자연표(Chronological Index)

전자연표는 성남의 향토문화와 관련된 다양한 시간정보를 연대표 형식으로 디자인해 놓은 것이다. 여기서 말하는 다양한 시간정보는 항목에서 태깅 정보를 통해 자동 추출해 낸 것이다. 따라서 연표의 어떤 개체를 선택하면 그 개체를 포함하고 있는 항목으로 바로 이동할 수 있게 되어 있다.

5. 한국향토문화전자대전의 지향점

한국향토문화전자대전은 디지털 백과사전을 표방하고 있다. 그러나 이 프로젝트가 곧 디지털 백과사전 편찬 프로젝트라고 말하기는 어렵다. 이것은 기존의 백과사전과 다른 형태의 지식정보를 추구하기 때문이다.

현대는 인간 두뇌의 정보처리 능력을 넘어서는 정보의 홍수 시대이다. 분류와 개념화를 통해서 삶의 전체상을 파악하는 것이 점차 어려워지고 있다. 이러한 인식론적 위기의식과 함께 내러티브적 사고(narrative mode of thought)의 중요성 대두되었다. 이는 사물과 사건들에 대한 불변하는 객관적, 추상적 지식을 추구하는 패러다임적 사고(paradigmatic mode of thought)와 대립되는 개념이다. 내러티브적 사고는 구체적, 경험적 지식을 추구하기 때문에, 단순한 정보보다는 스토리와 같이 맥락을 가진 담화를 원하게 된다.[48] 지식에 대한 이런 변화된 생각이 향토문화전자대전을 그답게 하는 요소인데, 그것을 빼놓으면 향토문화전자대전도 없다.

이런 변화와 다름을 설명하기 위해 "순환형 지식정보시스템"이라는 용어가 필요해진다. 디지털 백과사전과 순환형 지식정보시스템의 차이,

그것은 하나의 대상이 여러 번에 걸쳐 다른 관점과 시각에서 반복 서술될 수 있다는 점에서 극명하게 드러난다.

어떤 인물에 대한 평가가 엇갈릴 때를 생각해 보자. 백과사전에서는 한 명의 집필자에 의해 한 항목이 완성된다. 따라서 집필자의 단일한 관점과 시각에 따라 인물은 평가되고 서술된다. 평가와 서술을 위한 많은 관점이 거세되고, 오직 하나의 관점과 단일한 목소리만 남는다. 문학이론에서 말하는 소위 "다성성(polyphony)"이 끼어들 여지가 전혀 없다.

그러나 순환형 지식정보시스템은 한 명의 집필자에 전권을 위임하지 않는다. 필요하다면 다른 집필자 심지어는 이용자까지도 전혀 다른 관점의 원고를 덧붙일 수 있다. 즉 동일 대상의 서술은 단 한 번으로 끝나지 않는다. 서술은 두 번, 세 번, … 여러 번 반복되고, 그것은 차곡차곡 쌓인다. 그 때마다 서술의 관점은 다양화되고, 정보의 깊이는 깊어진다. 그리고 이렇게 만들어진 모든 개별 원고는 동등한 지위를 갖는다. 그것을 선별하는 권한은 개별 이용자들에게 위임된다.

근대사회에서 모든 정보 생산자(발신자)들은 자신의 정보가 완결된 체계와 의미를 갖추도록 애써왔다. 그 자체에 해석의 열쇠나 자신의 존재 이유를 포함하는 메시지를 구성하려 하였다. 그것을 통해 보편에 접근해 가려고 했다. 그러나 그것은 도달할 수 없는 꿈이었다. 디지털 정보기술이 발달함에 따라, 정보 시스템 설계자들은 자체 완결적인 정보에 대한 꿈을 대신하여, 상호보완적이며 상호참조적인 정보구조에 관심을 갖기 시작했다. 하나의 지식정보 주변에 다양한 맥락의 정보를 배치하거나 연결시켜 놓는 작업을 시도하게 되었다. 이는 하이퍼링크 기능을 사용할 수 있게 됨으로써 더욱 가속화되고 있다. 끝없는 링크를 통해 다양한 문화적 맥락을 제공하여 텍스트의 가치를 높이게 되는 것이다.

백과사전은 어떤 대상에 대한 정보를 완결되고 최종적인 정보인 것처럼 제공한다. 모든 정보는 다른 정보와 단절된 채 외딴 섬을 이룬다. 이를 다른 말로 완결 정보라고 할 수 있다. 정보는 다른 정보들과 어울려 구조화되면서 점차 지식정보로 성장해 가야 하는데, 외딴 섬처럼 존재하는 백과사전의 완결 정보는 서로 어울리기 힘들기 때문에 지식정보로 성장해 가지 못한다. 이와는 달리, 순환형 지식정보시스템에서는 데이터가 정보로, 정보가 지식으로 점차 성장해 가게 된다. 링크를 통해 연결된 관련 정보들이 이를 가능하게 만든다. 순환형 지식정보시스템에서 독자는 링크를 통해 제공되는 다양한 형태의 관련 정보들 — 유사정보, 반대정보, 유추정보, 추가정보 — 의 안내를 받으며, 한 분야에 대한 지식을 종합적으로 구조화하게 된다.

끝으로, 모든 정보는 새로운 지식정보를 위해 환류되어야 한다. 모든 정보는 처음부터 전자정보 형태로 만들어지고, 통신 네트워크를 통해 즉각적으로 공유되어 새로운 지식정보 생산에 직접 활용되어야 한다. 하지만 지금처럼 글쓰기 따로, 정보화 따로인 상황에서는 지식 자원의 이용 효과를 극대화하는 정보화가 이루어지지 못한다. 정보생산의 행위 즉 R&D 자체가 사이버 세계로 진입해야 지식정보 생산의 효율성과 생산된 정보의 활용성을 극대화할 수 있다. 따라서 향토문화전자대전은 순환형 지식정보시스템을 통한 e-R&D 환경의 구축을 궁극적인 목표로 삼아야 한다.

한국향토문화전자대전 편찬사업계획(안) 심의안건 문서

교육인적자원부
2003. 7. 23.

제4차 인적자원개발회의
제2호 안건 (심의안건)

지방문화 집대성 및 지식·문화산업 기반 구축을 위한

한국향토문화전자대전 편찬사업계획(안)

제출위원	부총리 겸 교육인적자원부장관	윤덕홍
담 당 실(국)·과장	교육인적자원부 대학지원국장 학술지원과장	장기원 김관복

본 안건은 한국정신문화연구원 출연사업인「한국향토문화전자대전 편찬사업」추진계획에 관한 것으로, 행정자치부(기초자치단체), 과학기술부, 문화관광부, 정보통신부와 협조하여 추진한다는 내용을 담고 있습니다.

교육인적자원부

- 목 차 -

1. 추진배경

◆ 소멸되어 가는 향토문화 보존·계승을 위해 지방 중심의 체계적이고 종합적인 향토문화 정리 사업 필요
◆ 이를 통해 지식·문화콘텐츠 산업의 기반을 마련하고, 나아가 21세기 문화시대를 주체적으로 선도하고자 함

□ **조선시대**에는 국가주도하에 **전국 규모의 향토문화 편찬 사업**을 실시하여,

○ 세종실록지리지(1454), 신증동국여지승람(1531), 여지도서(1757) 등 향토문화 집대성 작업이 주기적으로 이루어짐

□ **1980년~1991년** 한국정신문화연구원 주관으로 『**한국민족문화대백과사전**』 편찬을 국책사업으로 추진

○ 이는 18세기 후반 이후 맥이 끊겼던 대규모 민족문화 집대성 사업으로서, **중앙 중심적 시각**에서 이루어짐

○ 이 성과를 바탕으로, 급속히 소멸되어 가는 **향토문화자료의 보존·계승**을 위해 **지방적 시각에서 체계적이고 종합적인 지방문화 정리 사업** 필요

※「한국민족문화대백과사전」과「한국향토문화전자대전」비교 : 붙임

□ 향토문화 자료의 발굴, 수집, 연구를 통한 **문화콘텐츠 산업의 기반**을 **마련**하여 주체적으로 21세기 문화시대 대비

○ 문화콘텐츠 산업의 중간재로 활용할 수 있도록 다양한 **향토문화자료 디지털화** 필요

○ 21세기 문화시대를 맞이하여 새로운 **민족문화공동체 형성**을 위해 **주체적인 향토문화 집대성** 필요

2. 향토문화 관련 사업 현황 및 진단

□ 현 황

○ **중앙정부** 차원
- 국가문화유산종합정보시스템(문화부), 한국역사정보통합 시스템(정통부), 정보화시범마을조성추진(행자부) 등

○ **지방자치단체** 차원
- 경기도지역정보시스템 구축(경기도), 사이버 백제문화관 구축 (충남), 사이버 유교박물관 시스템 구축(경북), 전통문화 예술정보시스템(전북) 등

○ **외국**의 향토문화백과사전 편찬 사례
- 뉴잉글랜드지역문화대전(Encyclopedia of New England Culture, 2003), 남부지역문화대전(Encyclopedia of Southern Culture, 1989) 등

□ 현황 진단

○ **종합적, 체계적인** 향토문화 **편찬** 사업은 **미미**한 수준
- 전국규모의 사업은 유물·유적 등 문화재 중심이거나 특정한 주제에 국한되어, 해당지역의 향토문화 전반에 관한 포괄적인 정보를 담지 못하고,
- 지방자치단체의 사업은 지역의 관심 주제에 국한되어 지역간 정보 연계 및 전국적 표준 정보를 얻는데 한계

○ 향토문화 콘텐츠로서 **고유성과 수월성이 부족하여 지식· 문화산업**의 발전과 **연계**시키는 데 **한계**
- 향토문화의 새로운 발굴·연구가 아닌 **기존의 향토문화자료를 디지털화** 하는데 그쳐, 향토문화 콘텐츠로서의 수월성이 미흡하고
- 과거사 중심이어서, 지역의 고유한 생활문화의 특성을 부각 시키지 못함으로서 문화산업의 경쟁력 확보에 미흡

3. 『한국향토문화전자대전』 편찬사업 개요

◆ 『한국향토문화전자대전』 이란?
전국 232개 시·군·구 지역의 다양한 **향토문화 자료를 발굴·수집·연구**하여 체계적으로 집대성하고, 이를 **디지털화**하여 인터넷으로 서비스하는 지식정보시스템

□ 목 적

○ 전국에 산재해 있거나 사라져 가는 **향토문화 자료를 총체적으로 발굴· 분석**하여 **디지털화**하고,

○ 시·군·구별「디지털향토문화대전」을 통합·구축하여 향토문화에 대한 총체적인 정보를 제공함으로써,

○ 지식기반 사회의 토대를 마련하고, **참여정부의 지역 균형 발전과 지역경제활성화**에 기여

□ 특징

○ **최대· 최고의 문화콘텐츠 구축 사업**
 - 전국의 전문학자 2만여명이 표준화된 분류체계에 따라 향토 문화자원(역사, 지리, 인물, 산업 등)의 **연구· 분석작업**을 거쳐 문화 콘텐츠 구축

○ **자료 표준화 및 지식정보 확대 재생산**이 가능한「**차세대 편찬 시스템**」을 통한 **순환형 작업 방식**
 - 자료 발굴·수집·집필·교정·등록 등의 모든 편찬과정이 순차적으로 **웹시스템상에서 작업**할 수 있도록 설계된 시스템

○ **이용자에게 맞춤형 정보제공 및 정보생산 기회 제공**
 - 최소단위 텍스트로 해체되거나 통합되어 이용자가 원하는 정보 제공
 - **이용자의 정보 생산 참여**를 통해 최소의 유지관리비로 지속적인 콘텐츠 확장 및 재생산 가능

□ 사업내용

○ 향토문화 콘텐츠 구축 부문

- 향토문화콘텐츠의 발굴, 수집 및 연구 작업 수행
- 향토문화를 **9개 영역**으로 나누어 항목을 선정·발굴하고, 연구·집필

【 향토문화 분류체계표(안) 】

분류체계	분류내용
삶의 터전(자연과 지리)	자연환경, 지형 및 지질, 기후, 동식물상, 마을 경관 등
삶의 내력(지방의 역사)	선사시대로부터 현대에 이르는 각 지방의 역사
삶의 자취(문화유산)	유물유적, 건축유적, 조각, 서화, 공예, 기타
삶의 주체(성씨와 인물)	주민, 성씨, 인물
삶의 틀1(정치와 행정)	지방정치, 지방행정, 사법 및 치안, 지역사회운동
삶의 틀2(경제와 산업)	경제 현황, 농림수산업, 광공업, 금융 및 보험업, 상업 및 서비스업, 교통 통신 및 건설업, 관광
삶의 내용(종교와 문화)	종교, 교육, 문화예술, 과학기술, 언론, 체육
삶의 방식(생활과 민속)	의생활, 식생활, 주생활, 민속, 오락
삶의 이야기 (구비전승과 어문학)	지명유래, 구비전승, 어문학

○ 편찬시스템 개발 부문

- 향토문화자료의 수집, 집필, 가공에 이용할 편찬시스템 개발 작업 수행

  ※ 연구·집필자가 표준화 시스템에 따라 인터넷을 통해 직접 자료 및 정보를 입력하고, 전문가의 검수 과정을 거쳐 수정·보완 하는 「**차세대 편찬시스템**」 개발

○ 서비스 운영 부문

- 구축된 자료를 토대로 향토문화 포털사이트 개설 및 운영

  ※ 서비스 운영 및 유지보수를 민간에 위탁(예정)

□ 사업기간 : 2004년 ~ 2013년(10년)

□ 소요예산(추계) : 1,160억원('04~'13년)
  ○ 재원은 국고, 지방자치단체, 민간이 부담하도록 하되, 분담
    비율등은 예산편성과정에서 협의·조정
  ※ 국고는 정신문화연구원 출연후 집행

□ 기대효과
  ○ 향토문화자료의 체계적 발굴을 통해 연구기반 확충 및
    교육·연구의 기초자료 제공
  ○ 문화콘텐츠산업의 중간재 및 관광산업 등 타 산업의
    자본재로 활용
  ○ 향토지적재산의 산업화로 지역기반의 영세·중소기업을
    활성화하여 지방자치단체의 재정자립도 제고
  ○ 지역 문화 활성화 및 지역문화 관련 기관의 운영 내실화

4. 『한국향토문화전자대전』 편찬사업 추진계획
□ 추진경과
  ○ 1997~2002 : 지역 향토문화 연구자 및 관련자 1,200여명을
                 대상으로 「향토문화관계자 연찬」 실시
  ○ 2001년 : 전국문화원연합회와 공동으로 「향토문화전자대전
                 편찬을 위한 기초조사 연구」 및 CD-ROM 발간
  ○ 2002. 12. : 「향토문화란 무엇인가」 책자 발간
  ○ 2003. 5 : 시범지역(경기도 성남시) 사업 착수
    ※ 「디지털 성남문화대전 구축(2003~2004년)」
  ○ 2003. 7. 11 : 인적자원개발회의 실무조정회의 심의
  ○ 2003. 7. 18~ 19 : 지방자치단체의 의견 수렴

□ **추진방법**

○ **관련 부처 및 출연연구기관과** 긴밀한 **협조관계** 구축
  - 행자부, 과기부, 문화부, 정통부 등 관련 부처와, 정부출연
    연구기관 등의 적극 참여

    ※ 행자부 : 자치단체의 재원 부담 및 사업 참여 지원
                자치단체 보유 자료 활용 지원 등

       과기부 : 과학기술관련 각종 단체·기관의 참여지원
                기 보유 과학기술 관련자료 활용 지원 등

       문화부 : 지방문화원 및 각종 문화단체의 참여 지원
                기 구축 문화 자료 활용 지원 등

       정통부 : 국가정보화 사업과 연계 지원
                정보화 표준 마련 지원 등

  - **한국정신문화연구원과 기초자치단체의 적극적 협력 유지**

○ **우선지역**을 선정하여 추진하되, 5개 권역으로 나누어 단계적 추진
  - 시·군·구의 재정자립도와 **자치단체의 사업 추진 의지**에
    따라 **경쟁방식**으로 **우선 사업지역**을 선정·추진
  - 전국을 **5개 권역**으로 나누어 **단계별로 추진**
    ※ 전라남·북도, 광주, 제주 권역(2004-5),
       충청남·북도, 대전, 강원 권역(2006-7)
       경상남·북도, 부산, 대구, 울산 권역(2008-9)
       경기도, 인천 권역(2010-11), 서울 및 미비지역(2012-13)

○ **중간평가**를 통해 사업의 **종합 진단 및 효과성 제고**
  - 2년마다 평가를 실시하고, 2단계 사업이 끝나는 2008년(5년차)에
    종합중간평가를 실시하여 종합적인 성과진단 및 향후 사업
    추진방향 보완
  - 사업이 종료되는 2013년(10년차)에 최종평가를 실시하여 사업의
    성과 정리 및 향후 지속적인 관리·운영방안 강구

□ 추진체계 : 추진기획단 구성·운영

○ 구성 (20여명)
- 단　장 : 한국정신문화연구원장
- 부단장 : 한국정신문화연구원 한국학정보센터소장
- 위　원 : 교육부, 행자부, 과기부, 문화부, 정통부등 관련부처 과장(당연직)
　　　　　 지방자치단체 및 향토문화연구자단체의 추천을 받은 자
　　　　　 유관기관(단체) 전문가
※ 유관기관(단체) 전문가 : 관련부처의 정부출연연구기관, 전국문화원
　 연합회, 한국문화정보센터, 한국전산원, 사단법인 향토지적재산운동본부 등

○ 역할 : 사업의 총괄 기획·운영
　　　　 세부사업계획 수립·추진

□ 향후 추진일정

○ 인적자원개발회의 상정 : 2003. 7. 23
○ 사업추진기획단 구성 : 2003. 8
○ 세부사업계획 확정 : 2003. 12

제5부 미주

1) 최근 한국문화콘텐츠기술학회(2005. 12)가 설립되었고, 이밖에도 한국문화콘텐츠학회(2000. 7), 인문콘텐츠학회(2002. 10) 등이 설립된 바 있다. 또한 인문학 관련 기존 학회들에서도 문화콘텐츠를 연구영역에 포함시키는 추세가 뚜렷하다.

2) 최근에 출간된 "글누림 문화콘텐츠 총서"는 문화콘텐츠에 대한 논의들이 얼마나 넓고 다양하고 신속하게 펼쳐지고 있는지 보여준다.

3) 신광철, 「학부 수준에서의 문화콘텐츠학과 교과과정의 분석과 전망」, 『인문콘텐츠』 2, 2003 ; 김영순, 「인문학 기반 문화콘텐츠학과 교과과정 검토」, 『교육문화연구』 10, 2004 ; 태지호, 「문화콘텐츠학의 체계 정립을 위한 기반구축에 대한 연구」, 한국외국어대학교 석사학위논문, 2005 ; 박상천, 「문화콘텐츠학의 학문 영역과 연구 분야 설정에 관한 연구」, 『인문콘텐츠』 10, 2007.

4) 물론 박물관, 민속촌, 사찰, 고궁 등의 다양한 볼거리와 그런 곳에서 판매되는 소품들처럼 미디어를 수반하지 않는 전통적인 형태의 문화상품들도 존재하지만 이들을 우리의 논의 속에 끌어들이면 개념의 혼선을 가져오게 될 듯하다. 따라서 이들은 일단 논외로 한다.

5) 문화관광부·한국문화콘텐츠진흥원, 「세계 문화산업 5대강국 실현을 주도하는 문화콘텐츠 인력양성 종합계획」, 2004. 2.

6) 우리식의 용어로 자리잡아가고 있는 "문화콘텐츠(Culture Contents)"라는 말을 미국과 유럽 등지에서는 그 의미나 쓰임이 분명하지 않다고 어리둥절해 하면서, 그것은 문화산업(Culture Industry)으로 표현해야 옳다고 말하는 논자들도 있다. 이런 고착되고 관습화된 의식 속에도 문화콘텐츠의 산업적 속성만을 강조하는 쉬운(?) 발상이 내재되어 있음을 볼 수 있다.

7) 배영동, 「문화콘텐츠화 사업에서 '문화원형' 개념의 함의와 한계」, 『인문콘텐츠』 제6호, 인문콘텐츠학회, 2005, 45~49쪽.

8) http://sillok.history.go.kr

9) 이동연, 「한류 문화자본의 형성과 민화민족주의」, 『한류와 21세기 문화비전』, 청동거울, 2006, 257쪽.

10) 영국의 문화산업 체계를 살펴보면, 영국 정부나 정부정책연구기관들은 보조금을 받는 부문과 상업적 자생력이 있는 부문의 엄격한 구별이 쉽지 않음에도 불구하고 이 양자를 분명히 구별하고 있다. 이에 대해서는 양종회 외, 『영국의 문화산업체계』, 지식마당, 2003, 130쪽 참조.

11) Caves, Richard E. 2000. *Creative Industries : Contacts between Art and Commerce.* Cambridge Mass. : Harvard University Press.
케이브즈가 지적하는 문화산업의 특징들, 1.수요의 불확실성. 2.상품의 질에 대한 생산자의 높은 관심, 3.다양한 기술과 인력의 필요, 4.무한정에 가까운 상품의 다양성, 5.상품에 대한 우수/열등이라는 수직적 평가가 분명함, 6.시간의 중요성 7.오랜 기간 매체의 형태로 보존되고 재생됨.

12) 문화관광부・한국문화콘텐츠진흥원, 「세계 문화산업 5대강국 실현을 주도하는 문화콘텐츠 인력양성 종합계획」, 2004년 2월.

13) Hirsch, Paul M. 1991. "Processing Fads and Rashions : An Organization-Set Analysis of Industry System." pp.313~334 in *Rethinking Popular Culture : Contemporary Perspectives in Cultural Studies,* edited by Chandra Mukerji and Michael Schudson. Barkeley, CA : University of California Press.

14) 양종회 외, 『영국의 문화산업체계』, 지식마당, 2003, 16쪽. 허쉬의 문화산업 체계 모델과 그 특징에 대한 요약은 이 책에 따른다.

15) 미하이 칙센트미하이, 『창의성의 즐거움』, 북로드, 2005. 이하 창의성 체계 모델은 이 책을 참조하여 논의를 전개함.

16) 전방지・심상민, 『문화콘텐츠와 창의성』, 글누림, 2005, 142쪽 참고.

17) 전방지・심상민, 『문화콘텐츠와 창의성』, 글누림, 2005, 71쪽.

18) 이에 대해서는 김현의 다음 연구를 참조할 수 있다. 김현, 「한국학과 정보기술의 학제적 교육 프로그램 개발에 관한 연구」, 한국학중앙연구원, 2004.

19) 문화산업이 필요로 하는 핵심고급인력을 "창안자"라는 인력 개념으로 구체화하고 있다. 창안자는 무엇보다 새로운 장르, 새로운 산업, 새로운 콘텐츠를 개척할 인재상으로 제시되었다.

20) 김종회・최혜실 편, 『황순원 '소나기마을'의 OSMU & 스토리텔링』, 랜덤하우스, 2006. 책의 서문 10쪽에서 편자는 "이 책은 바로 그러한 테마파크 조성 사업의 한 과정이면서 '소나기마을' 운영의 이론적 기반과 미래상을 제시하는 의욕적 비전을 담고 있다. 동시에 하나의 문학작품이 어떻게 문화산업으로, 생활문화로 전화될 수 있는가를 웅변으로 증거한다"고 적고 있다.

21) '김유정문학촌'과 '이효석문학관' 관련 사항은 다음 논문을 참고함. 김종우・윤학로, 「김유정문학촌과 이효석문학관의 운영현황과 전망」, 『비교문학』 41권, 한국비교문학회, 2007.

22) 양평군 웹사이트, 군정자료실―'2007 군정 계획', http://www.yp21.net/military/gunjung

2007/sub_05_f.html 이 자료에 따르면, '소나기마을' 조성 사업은 2004~2007년에 걸쳐 114억 원을 들여 양평군 서종면 수능리 산74번지 일원 47,640㎡의 부지에 황순원문학관을 건립하고 '소나기마을' 배경을 조성하게 된다.

23) 김종회·최혜실 편, 『황순원 '소나기마을'의 OSMU & 스토리텔링』, 랜덤하우스, 2006, 57쪽.

24) 이 글을 처음 쓴 지 6년여가 지난 2013년 9월에 '소나기마을' 관리소에 실제 탐방객 수를 전화로 문의해 본 바에 따르면, 개관 다음해인 2010년 매표자 기준 4만여 명에서 시작하여 2012년 10만여 명까지 늘었고, 2013년에는 13~14만여 명이 예상된다고 한다. 탐방객 수의 집계에 여러 다양한 방법이 사용될 수 있다는 것을 고려하더라도, 계획상에서 예상한 500만 명은 지나치게 과장되었음을 확인할 수 있다.

25) 장성수·김관오, 「역사 문화 테마파크 조성계획의 적용사례 : 제주무속신화를 중심으로」, 『문화관광연구』 제7권 제1호, 한국문화관광학회, 2005.

26) 고정민, 「문화콘텐츠산업의 10대 전략」, 삼성경제연구소 프리젠테이션 자료, 17번 슬라이드.

27) 김종회·최혜실 편, 『황순원 '소나기마을'의 OSMU & 스토리텔링』, 랜덤하우스, 2006, 61~62쪽 참조.

28) 장성수·김관오, 「역사 문화 테마파크 조성계획의 적용사례 : 제주무속신화를 중심으로」, 『문화관광연구』 제7권 제1호, 한국문화관광학회, 2005, 53쪽.

29) 장노현, 『하이퍼텍스트 서사』, 예림기획, 2005, 33~105쪽 참조.

30) '분산적 몰입' 개념에 대해서는 다음 책을 참고할 것. 심혜련, 『사이버 스페이스 시대의 미학』, 살림, 2006, 64~85쪽.

31) 황순원은 어린 소년 소녀를 주인공으로 내세운 단편들을 여럿 발표하였다. 그중에서 <소나기>는 <별>과 함께 대표적인 작품으로 꼽힌다.

32) 김종회·최혜실 편, 『황순원 '소나기마을'의 OSMU & 스토리텔링』, 랜덤하우스, 2006, 222쪽.

33) 김용희, 「『소나기』와 드라마―HDTV 문학관 <소나기>와 최근 한류에서의 한국 드라마」, 김종회·최혜실 편, 『황순원 '소나기마을'의 OSMU & 스토리텔링』, 랜덤하우스, 2006, 127~130쪽.

34) 황순원, <소나기>, 『한국소설문학대계』 27, 동아출판사, 1996, 534쪽.

35) 황순원, <소나기>, 『한국소설문학대계』 27, 동아출판사, 1996, 537쪽.

36) 기상청 홈페이지의 용어사전에서는 소나기에 대해 다음과 같이 설명하고 있다. "갑자기 구름이 짙어져서 굵은 빗방울(지름 5~8mm)이 1~2시간의 짧은 시간 동안 강하게 내리다가 그치는 비를 말한다. 주로 한여름에 자주 있는 현상으로, 맑고 무더운 날에 적운이 발달한 적란운이 통과할 때 내리는 것이 보통이다. 소나기는 아주 국지적 현상으로, 보통은 오후 늦게 내리고 뇌전을 동반할 때가 많다. 한편, 한랭전선 또는 스콜선이 통과할 때 내리는 경우가 있어서 한여름 이외의 계절에도 가끔 내린다."

37) 천진기, 「한국문화에 나타난 소의 상징성 연구」, 『제30회 국립민속박물관 학술발표회 자료집』, 1996. 12, 37쪽. 천진기는 한국문화에 나타나는 소의 상징성을 크게 다섯 가지로 읽어낸다. ① 농사신으로서 부·풍요·힘의 상징, ② 희생·제물·축귀의 상징, ③ 순박·근면·우직·충직의 상징, ④ 유유자적의 여유·한가함·평화로움의 상징, ⑤ 고집·어리석음·아둔함의 대명사.

38) 황순원 소설, 특히 그의 1950년대 소설의 특징으로 탈역사성을 거론하는 경우가 많다.

39) 김유정 소설 속 인물들은 "일시적이고 잠정적인 협력이나 원조의 관계에서 궁극적 배반의 관계에 이르게 되고, 목표로 한 돈이나 물질적 재화를 승자가 독식하는 제로-섬적 게임의 논리를 구축하게 된다." 그러나 동백꽃에서 점순과 나의 관계는 그런 속악한 상태에까지는 이르지 않았다. 그들이 만들어 가는 관계가 첫사랑으로 해석될 수 있는 것은, 그들이 17세의 어린 나이라는 사실뿐만 아니라, 다른 소설들에서 보여준 인물들의 이러한 속악함이 아직은 구체적으로 드러나지 않았다는 데 근거한다.

40) 김유정, <동백꽃>, 『20세기 한국소설』 5, 창비, 2006, 320쪽.

41) 이후 원형과 활용형에 따른 보다 상세한 세부구조를 끌어내기 위한 추가 작업이 필요하지만 본고에서는 지면 관계상 더 이상 다루지 않는다.

42) 문화관광부, 『아시아문화중심도시 조성 종합계획』(2007. 10)

43) 남권희, 「한국학 자료 전산화의 문제점과 바람직한 방향」, 『국내외 한국학 자료의 보존실태와 전망』, 한국국학진흥원, 2002.

44) http://www.koreandb.net

45) 정보 기술 규칙을 사전에 정해두고, 그것에 따라 수많은 정보를 가공한다는 것은 그렇게 좋은 방법이 아니며, 어쩌면 실현 불가능한 일일지도 모른다. 물론 아주 간단한 기술 규칙 정도는 용납할 수 있겠지만, 기술 규칙이 세부적이고 상세해질수록 그것은 점점 규칙을 위한 규칙이 될 뿐이다. 따라서 정보시스템 설계자는 정보의 생산과 가공 과정에 부여하는 기술 규칙을 최소화시킨다는 기본 정신에 충실해야 한다고 필자는 생각한다.

46) http://seongnam.grandculture.net

47) KoreanClick, 국내 인터넷 포탈 이용행태 보고서. 이 보고서의 조사기간은 2005년 4~5월임.

48) 이인화 외, 디지털 스토리텔링, 황금가지, 2003, 233~234쪽.

찾아보기

ㄱ

저자 장노현(張魯鉉), jnohyun@hanmail.net

한국학중앙연구원에서 문학박사 학위를 받았다. 현대소설과 디지털서사를 공부하면서 매체가 문학에 미치는 다각적인 영향에 깊은 관심을 갖고 있다. 그러면서 문학을 넘어 디지털 문화콘텐츠와 인문정보학으로 연구 영역을 확장해 왔다.

1990년대 후반 한국문화 대표사이트로 세간의 주목을 받았던 '디지털한국학' 사이트를 기획·개발하였고, 2000년대 들어 '한국향토문화전자대전' 사업의 초기 기획 및 개발을 이끌었다. 현재 한국학중앙연구원에서 전임연구원으로 근무하고 있으며, 각종 문화콘텐츠 사업의 기획과 자문 활동을 하고 있다.

저서로『하이퍼텍스트 서사』,『태평동 사람들 이야기』,『은행동 사람들 이야기』,『섬말 사람들 이야기』,『기층리더십과 시민공동체』(공저) 등 여러 책이 있으며, 논문으로「신소설 혈의누의 서사전략과 텍스트의 균열」,「근대전환기 중국 매개 번역문학의 현황과 양상」,「인종과 위생」 등 다수가 있다.

근대문학을 넘어서 새로운 지식체계로 확장하는 문학

디지털 매체와 문학의 확장

초판 1쇄 발행 2013년 10월 15일
초판 2쇄 발행 2014년 7월 4일

지은이 장노현
펴낸이 이대현
편 집 권분옥
디자인 이홍주
펴낸곳 도서출판 역락
　　　　　서울 서초구 반포4동 577-25 문창빌딩 2층
　　　　　전화 02-3409-2058(영업부), 2060(편집부)
　　　　　팩시밀리 02-3409-2059
　　　　　이메일 youkrack@hanmail.net
　　　　　등록 1999년 4월 19일 제303-2002-000014호

ISBN 978-89-5556-784-7 93810
정 가 25,000원

* 파본은 구입처에서 교환해 드립니다.